R O S A

MINHA IRMÃ

Obras da autora publicadas pela Editora Record:

Série Magia ou loucura

Magia ou loucura
Lições de magia
Filha da magia

Amores infernais
Zumbis x Unicórnios (Com Holly Black)
Confesso que menti
Time Humanos (Com Sarah Rees Brennan)

JUSTINE LARBALESTIER

ROSA
MINHA IRMÃ

Tradução:
João Sette Câmara

1ª edição

— *Galera* —
RIO DE JANEIRO
2017

CIP-BRASIL. CATALOGAÇÃO NA PUBLICAÇÃO
SINDICATO NACIONAL DOS EDITORES DE LIVROS, RJ

Larbalestier, Justine
L332m   Minha irmã Rosa / Justine Larbalestier; tradução de João Sette Câmara. – 1. ed. – Rio de Janeiro: Galera Record, 2017.

Tradução de: My sister Rosa
ISBN 978-85-01-11172-2

1. Ficção australiana. I. Câmara, João Sette. II. Título.

17-43260   CDD: 028.5
                                                              CDU: 087.53

Título original:
My sister Rosa

Copyright © 2016 by Justine Larbalestier

Todos os direitos reservados.
Proibida a reprodução, no todo ou em parte, através de quaisquer meios.
Os direitos morais do autor foram assegurados.

Texto revisado segundo o novo Acordo Ortográfico da Língua Portuguesa.

Editoração eletrônica: Abreu's System

Direitos exclusivos de publicação em língua portuguesa somente para o Brasil
adquiridos pela
EDITORA RECORD LTDA.
Rua Argentina, 171 – Rio de Janeiro, RJ – 20921-380 – Tel.: (21) 2585-2000,
que se reserva a propriedade literária desta tradução.

Impresso no Brasil

ISBN 978-85-01-11172-2

Seja um leitor preferencial Record.
Cadastre-se e receba informações sobre nossos
lançamentos e nossas promoções.

Atendimento e venda direta ao leitor:
mdireto@record.com.br ou (21) 2585-2002.

*Para a minha agente, Jill Grinberg,
que sempre acreditou na minha escrita
e me apoiou quando eu mais precisei.*

PARTE 1
Mantenha Rosa sob controle

CAPÍTULO 1

Rosa está apertando todos os botões.

Ela faz com que o assento vá para a frente e para trás, com que o descanso de perna suba e depois desça, luzes acesas, luzes apagadas, tela da TV para cima, tela da TV para baixo.

Era a nossa primeira vez na classe executiva. Rosa tem que explorar tudo e descobrir o que ela pode fazer e como escapar de uma bronca por fazer o que não pode.

Os comissários de bordo adoram Rosa. Sempre. A maioria dos desconhecidos adora. Ela tem 10 anos, cachinhos louros, enormes olhos azuis, e covinhas que ela consegue fazer aparecer e desaparecer do rosto, como se também apertasse um botão.

Rosa parece uma boneca. Só que ela não é uma boneca.

Ela está sentada no assento da janela, o que significa que estou entre ela e suas vítimas em potencial. Neste momento Rosa está se divertindo com os botões. Ela às vezes fica distraída com isso, apertando botões, contando grãos de areia, calculando ângulos, descobrindo como as coisas funcionam, e como fazer com que elas funcionem a seu favor.

Minha esperança é que ela permaneça distraída até chegarmos em Nova York, mas essa esperança é pouca. O voo é longo, Rosa vai ficar entediada, e vai acabar encontrando alguma maneira de arranjar problema sem que nossos pais, Sally e David, descubram. Esse é o tipo de coisa que ela faz. E o meu dever é impedi-la.

A classe executiva vai mantê-la ocupada por mais tempo do que a classe econômica jamais manteve. E isso é muito bom. Posso esticar o corpo. Quando me inclino para a frente, quase não consigo tocar o assento diante de mim. Não há nada apertando os meus joelhos. Se pelo menos aqui houvesse uma academia de ginástica... Se pelo menos o avião estivesse voando de volta para casa, para Sydney...

— Será que é muito difícil abrir a saída de emergência? — Rosa está olhando fixamente para o folheto com as informações de segurança.

— Para você? É impossível. Você é pequena demais. Além disso, ninguém consegue abrir a saída de emergência quando o avião está no ar. — Eu não sabia se aquilo era verdade. Tenho certeza de que mais tarde Rosa vai pesquisar e me contar.

— E colocar fogo no avião?

Ela não estaria dizendo nada disso se Sally e David estivessem escutando. Mas eles estão na fileira da frente, e o zumbido dos motores abafa as nossas palavras. Eu consigo ouvir tudo o que Rosa diz, o barulho dos botões que ela aperta, o ranger do seu assento, e ela consegue me ouvir; mas não conseguimos ouvir as palavras de mais ninguém, e ninguém mais consegue ouvir as nossas.

— Che.

— Sim, Rosa?

Será que ela vai perguntar sobre explodir o avião?

— Queria que a gente tivesse ficado em Bangkok.

Duvido disso. Rosa nunca parece ligar para onde nos arrastam: Nova Zelândia, Indonésia, Tailândia, de volta para casa na Austrália. É tudo a mesma coisa para ela.

— Seis meses não foram o suficiente pra você? — Seis meses é um tempo longo para ficarmos em qualquer lugar.

— Vou sentir falta da Apinya.

Lanço um olhar para Rosa, mas não falo nada. Apinya *não* vai sentir a menor falta dela. Não depois do que Rosa a obrigou a fazer. Quando nos despedimos, Apinya ficou agarrada à mãe, se recusando a soltá-la. Os pais dela acharam que a filha estava desolada por ter de se separar da Rosa. Mas eu sabia que era porque Apinya tinha medo dela.

Rosa volta para os botões, apertando cada um deles várias vezes. Ela está esperando que eu a mande parar. Mas isso não vai acontecer. Coloco os fones de ouvido e começo a escutar um podcast da Flying Fists — eu guardei cinco deles para escutar no avião — enquanto leio as últimas mensagens de texto dos meus melhores amigos, Jason, Georgie e Nazeem. Inclino o telefone para que Rosa não consiga ver.

Ela já botou fogo em alguma coisa?

Engraçadinho.

Era mais engraçado agora que Rosa tinha perguntado sobre colocar fogo no avião. Queria que Georgie estivesse aqui. Jason e Nazeem também. Sinto falta deles. Eles são os únicos com quem posso conversar sobre Rosa. Mesmo que só Georgie acredite em mim.

No meio do segundo podcast, um especial sobre Muhammad Ali, Rosa cutuca o meu braço.

— Che.

— O que foi, Rosa? — Tiro os fones.

— Eu tenho me comportado, e cumpri minhas promessas.

Solto uma gargalhada. Rosa geralmente mantém as promessas dela depois que encontra brechas no que prometeu. Ela vai ser uma advogada de dar medo.

— Eu deveria poder fazer só uma coisinha ruim.

— Se comportar não é um jogo, Rosa. — Tudo é um jogo para ela.

Rosa me mostra as covinhas, apesar de saber que sou imune a elas.

— Eu deveria ganhar algum prêmio por ter me comportado.

— O fato de eu não contar aos parentais é o seu prêmio.

— Mas você *contou* para eles.

— Não sobre o que você fez com a Apinya.

Eu costumava contar aos parentais tudo o que a Rosa fazia. Mas parei de fazer isso. Eles estão convencidos de que a *birra dela* — sim, é assim que eles chamam isso — é normal para uma criança da sua idade. Além disso, eles sempre dizem que *hoje em dia está bem melhor do que costumava ser*. Não, na verdade ela consegue disfarçar melhor o que ela realmente é. Na opinião deles, Rosa *teve* um problema. Eles a levaram a médicos, terapeutas, especialistas que a curaram. O problema estava resolvido. Agora, ela era só meio desajustada socialmente, e era nosso dever ajudá-la não dando muita importância a isso.

— Não havia nada o que contar. Eu não fiz *nada*.

Eu não vou dizer pela bilionésima vez que obrigar alguém a fazer uma coisa terrível é tão ruim quanto fazer essa coisa terrível você mesmo.

— Os outros fazem maldades o tempo todo.

— Você não é...

— Olha para aquele velho — interrompe ela. — *Ele* não está se comportando.

No outro extremo do corredor, há um homem de meia-idade usando um terno e acenando para chamar a atenção da comissária de bordo. Ele bebe um líquido cor de âmbar como se fosse água.

— Beber desse jeito não é bom — diz Rosa, se queixando. — Esse é o sétimo drinque dele. — Ela cruza os braços como se tivesse concluído um argumento brilhante. — Por que continuam trazendo bebida para ele? Ou por que não colocam ele na cadeia do avião?

— Não existe cadeia no avião.

— Mas ele está perturbando aquela mulher — diz Rosa, fingindo se importar.

O homem agora está se inclinando em direção à mulher ao seu lado, o que é difícil de fazer. Na classe executiva, em vez de um descanso de braço estreito, há uma mesa entre os assentos. A mulher está se afastando para ficar o mais longe possível do homem. Ela está usando fones de ouvido e segura um livro nas mãos.

Fico imaginando se devo fazer algo. Talvez o homem se sinta envergonhado se um garoto de 17 anos repreendê-lo por esse tipo de comportamento.

Antes que eu consiga me levantar, uma comissária de bordo para ao nosso lado. Ela não se vira para o bêbado, mas para a Rosa.

— Você nos chamou, senhorita? — pergunta ela, se inclinando para apagar a luz que sinaliza que um passageiro está pedindo assistência a um comissário de bordo.

Rosa abre um sorriso, mostra as covinhas, faz os cachinhos quicarem no ar.

A comissária de bordo não resiste, e devolve o sorriso.

— Estou bem, mas acho que aquela mulher não está. — Rosa aponta para um assento que está à frente da comissária. — Aquele homem está perturbando ela. Há algo que nós possamos fazer? Meu irmão diz que não existe uma cadeia no avião, mas, se existir, você devia prendê-lo lá. Ele é um homem mau.

A comissária espalma as mãos num gesto de desculpas.

— Não existe cadeia no avião, mas é simpático da sua parte se preocupar. Vou ver o que está acontecendo. — Ela ri de novo para Rosa.

— Gostei dos seus brincos — diz Rosa. São brincos de pressão com joias douradas e vermelhas que ficam paralelos aos lobos das orelhas da mulher.

— Obrigada. — A comissária segue para a outra ponta do corredor.

— Está vendo só? — diz Rosa. — Eu me importo com os outros. Eu ajudei aquela mulher. Qual é a minha recompensa?

— Sua recompensa *é* ajudar os outros.

Rosa revira os olhos numa expressão que ela reserva só para mim.

— Acho que a comissária deveria me dar os brincos dela.

Eu me recosto no meu assento e volto a ouvir o podcast sobre Muhammad Ali. Estou na parte em que ele ainda se chama Cassius Clay e é apenas um amador.

Rosa está assistindo a um filme. Não inclino a cabeça para ver qual é. Talvez assim ela pare de apertar os botões por um tempo. Cassius Clay acaba de ganhar uma medalha nas Olimpíadas.

O bêbado está cambaleando pelo corredor. Ele tropeça e se agarra à lateral do meu assento para se equilibrar. Está fedendo a álcool e suor seco.

— Oi, garotinha — diz ele encarando Rosa. — Bonito cabelo. Igual ao da Shirley Temple. Aposto que você não sabe quem...

Rosa mostra a língua para ele.

— Ela sabe quem é Shirley... — digo, mas o bêbado já havia saído tropeçando em direção aos banheiros. Ele parece não conseguir se ater a um pensamento em particular por muito tempo.

A comissária com quem Rosa havia conversado atravessa o outro corredor e se abaixa para falar com a passageira que o bêbado estava incomodando. Não conseguimos ouvir o que ela está falando, mas logo a mulher recolhe as suas coisas e acompanha a comissária para a frente do avião.

— Vão transferi-la para a primeira classe — diz Rosa. — E a responsável por isso sou eu. Eu que salvei aquela mulher. Deveriam me transferir para a primeira classe também. Essa deveria ser a *minha* recompensa.

Minha vez de revirar os olhos para ela.

— Os McBrunight deviam ter colocado a gente na primeira classe — diz Rosa. — Eles são ricos. Aposto que viajam de primeira classe.

Os McBrunight são os amigos mais antigos de Sally e David. Eles se conhecem desde que tinham a minha idade. E pagaram uma viagem a

Nova York para que nós começássemos um negócio. Meus pais já abriram vários negócios. É a especialidade deles. Abrem o negócio, vendem e depois vão embora.

— Eles transferiram a mulher, mas como vão punir *o bêbado*, Che? Ainda queria que *existisse* uma cadeia no avião.

— Eles provavelmente vão cuspir no café do bêbado.

— Isso não é o suficiente.

— Eu estou brincando, Rosa. Eles não vão fazer isso.

— Pois deveriam.

— O mundo não funciona desse jeito, irmãzinha.

— Como é que o mundo não funciona? — pergunta Sally, inclinando-se sobre mim para dar um beijo em Rosa. — Como estão minhas queridas crianças?

— A classe executiva é o máximo — diz Rosa. — Gosto dos assentos de gente rica. Deveríamos viajar sempre assim.

— Quem me dera. — Sally riu.

— Você pode conseguir fazer com que os McBrunight paguem a passagem — diz Rosa. — Mas você deveria pedir a eles para ficarmos na primeira classe da próxima vez.

Sally solta uma gargalhada.

— Eu queria saber como é lá. Imagine quantos botões não deve haver na primeira classe. — Rosa aperta um dos botões para endireitar o assento, e depois aperta outro para abaixá-lo.

— Pelo visto você já testou todos.

Só para variar, eu não digo.

— David fez a mesma coisa, e agora ele está dormindo profundamente.

Sally e eu trocamos sorrisos. O David dorme em qualquer lugar.

— Vou assistir a todos os filmes — diz Rosa.

— Você precisa ir ao banheiro?

— Sally! — fala Rosa. — Tenho 10 anos, não 2. Posso ir ao banheiro sozinha.

— Tudo bem, tudo bem. — Sally ergue as mãos. — Você pode ir sozinha. — Ela diminui o tom de voz e sussurra no meu ouvido: — Fique de olho nela.

Eu sempre fico.

— Durmam um pouco! — Sally se inclina para beijar Rosa, e depois me dá um abraço rápido.

O fedor de álcool retorna.

— Ele é um homem horrível. — Rosa observa enquanto o bêbado cambaleia até o seu assento. — Ele não foi punido — continua, antes de fechar os olhos e cair no sono imediatamente. Assim como o David.

Do outro lado do corredor, o bêbado havia desmaiado. Sua boca estava aberta. Tenho certeza de que estava roncando.

COMEÇO A ASSISTIR aos filmes de luta com a esperança de que eu durma antes que todos eles acabem. Penso em todas as coisas que prometi a mim mesmo que não pensaria. Como o fato de que agora estávamos viajando para Nova York, e não para casa. Em quanto tempo vai demorar até que eu possa voltar para Sydney. Em como vou fazer 17 anos logo depois que aterrissarmos. Vamos ser só eu, Rosa e os parentais. Mais uma droga de aniversário. Já tive muitos assim.

Na maior parte do tempo, fico pensando como Rosa jamais vai entender o motivo de eu obrigá-la a fazer e manter tantas promessas. Como posso fazer com que ela perceba que saber se comportar não é um jogo?

Não consigo ficar sentado e parado. O ar tem cheiro de plástico reciclado. Tomo o último gole da minha água, mas minha boca continua seca.

Depois de me certificar de que Rosa está dormindo, vou para a área entre as classes executiva e econômica. As cortinas estão fechadas. Há um bar de plástico branco com bancos giratórios também de plástico branco. Me sirvo de mais água, apoiando o pé na base do banco para esticar minha panturrilha. Bebo a água, troco de pernas, e me sirvo de mais. Depois de quatro copos, minha língua ainda está grudando no céu da boca.

Deixo meu corpo cair no chão e começo a fazer algumas flexões. Uma série rápida de vinte. Alguém pode tentar passar, e Rosa pode acordar.

Percorro o circuito da classe executiva. David está dormindo. Sally está lendo. Ela sorri quando me vê, aperta a minha mão, e volta sua atenção ao livro. Rosa ainda não mudou de posição. Sua boca está um pouco aberta, e ela respira suave e regularmente. Parece um anjo.

Caminho pela classe econômica, na qual todos se espremem em assentos minúsculos que quase não se reclinam; ainda assim, a maioria das pessoas dorme. Eu nunca consegui dormir aqui. Nunca consegui ficar sentado e parado por muito tempo, e sempre viajei com Rosa ao meu lado, tendo espasmos musculares enquanto esperava pelo que quer que ela aprontaria em seguida.

Passei a noite anterior ao voo praticamente em claro conversando com Georgie, Jason e Nazeem; não falávamos sobre Rosa, mas eu sabia que poderia mencioná-la caso precisasse. Nós nos conhecemos desde os 5 anos, quando fizemos uma aula de artes marciais para crianças. Bem, pelo menos Georgie, Jason e eu. O Nazeem era o melhor amigo do Jason na escola naquela época. Logo todos nós nos tornamos melhores amigos.

Vai ser difícil manter contato com eles em Nova York. Sydney e Bangkok ficam a apenas algumas horas de distância, mas, por causa do fuso horário, Nova York está a mais de meio dia de distância.

Dou mais uma volta pela classe executiva, embora eu saiba que Rosa está sozinha por tempo demais. Meu coração bate um pouco mais rápido, mas eis que lá está ela, dormindo profundamente. Sally também está dormindo. Todos menos eu.

Assisto a outro filme. Não há uma cena de luta nele.

Vamos ser os últimos a sair do avião. Nós sempre somos, porque o David não gosta de se apressar. Não importa o quanto eu esteja a ponto de explodir, o quão desesperado eu esteja para esticar as minhas pernas, para *correr*, nós temos que nos mover no ritmo do David.

Quando finalmente chegamos na ponte de desembarque, o bêbado — que agora está de ressaca, arfando e com o rosto vermelho — nos empurra ao se virar para voltar ao avião.

— Que homem grosso — diz Sally.

Rosa ri.

Quase rio junto com ela. Chegamos até aqui sem que Rosa tenha aprontado nada.

DEPOIS DE PASSAR uma hora na imigração e pegando nossas malas, somos conduzidos até o maior carro em que já estive. Rosa e eu sentamos no banco de trás. Há televisores e garrafas d'água e lenços e pacotes de amendoim. É quase como estar de volta a um avião. Sinto uma vontade quase incontrolável de gritar.

Nossos parentais sentam no banco do meio, onde há um frigobar, e avaliam se é uma má ideia tomar um vinho. Com hesitação, decidem que sim.

Rosa segue apertando botões. Fico olhando para fora da janela, mesmo que tudo o que eu possa ver seja o carro estacionado ao nosso lado. Meus olhos ardem. Até minhas unhas dos pés estão cansadas.

— Mais botões de gente rica.

— Todos os carros têm botões para abrir as janelas — resmungo sem olhar para ela.

— Não como...

— Está chovendo lá fora — diz o motorista lá da frente ao ligar o carro. — É melhor deixar essa janela fechada.

Rosa aperta o botão para fechar a janela.

Quando alcançamos a estrada, tudo o que conseguimos ouvir é o ronco do motor, o trânsito, o vento soprando com velocidade. Eu me afundo no banco e fico olhando para fora, para uma escuridão triste e molhada, pontilhada por ocasionais borrões de luzes coloridas. Duvido que eu consiga ver a silhueta dos edifícios contra o céu de Nova York. E não tenho certeza de que me importo com isso, o que é meio que uma bosta.

Meu aniversário de 17 anos começa em pouco mais de uma hora, o que é pior ainda: fazer 17 anos longe de casa, sem amigos.

Fecho os olhos e fico absorto em meus pensamentos.

— Quer ver uma coisa? — sussurra Rosa em meu ouvido.

— O quê? — Eu levo um susto.

Rosa está arreganhando os dentes, o que nunca é bom. Estou completamente acordado.

A janela do lado dela está com uma fresta aberta, e a chuva entra no carro.

— Fecha a janela, Rosa.

Ela tira um livrinho da mochila e o vira de frente para que eu possa ver a capa.

Um passaporte australiano. Ela abre na página da foto: o bêbado horrível do avião.

Eu me lanço na direção dela enquanto Rosa joga o passaporte pela janela.

— Ganhei — diz Rosa.

CAPÍTULO 2

Rosa é uma bomba prestes a explodir.

O nome que se dá para isso eu acho que não importa: psicopatia, sociopatia, transtorno de personalidade antissocial, maldade, ou o diabo no corpo. O que importa é impedir que a bomba exploda.

Seria muito mais fácil se os nossos parentais acreditassem que Rosa é uma bomba. E seria mais fácil ainda se ela *não fosse* uma bomba. Eu daria qualquer coisa para que ela não fosse assim. Rosa tem todas as características descritas nas listas de psicopatia, exceto a promiscuidade, a direção em alta velocidade e outros pecados dos adultos. Deem tempo a ela.

Cada uma das listas — há diferentes versões — tem dezenas de questões elaboradas para se encaixar em diversos fatores. Os quatro que mais fazem sentido para mim são:

Frieza: Rosa não se importa com ninguém além dela mesma.

Desinibição: Rosa busca impulsivamente emoções fortes. Sua capacidade de avaliar os riscos é péssima, porque ela acredita que nada pode lhe acontecer. Se ela quer alguma coisa, simplesmente a toma.

Destemor: Ela não tem medo de nada. Nunca fica aflita.

Carisma: Isso ela tem até demais. Consegue cativar as pessoas e fazer com que elas façam tudo o que ela quer.

Rosa é uma bomba-relógio, e ela está sob minha responsabilidade.

Minha irmã Rosa nasceu na nossa casa, em Sidney, quando eu tinha 7 anos. Eu assisti a tudo, apesar de os pais do David, Vovó e Vovô, terem ficado preocupados de que eu ficaria traumatizado. Muita gente criticou o David, principalmente o Vovô, como sempre.

— Ele é um menino de 7 anos! Você vai ter que pagar analista para ele pelo resto da vida! Já não é ruim o bastante você obrigá-lo a te chamar pelo primeiro nome? O coitado não tem nem o sobrenome do pai! Não foi para isso que os nossos pais sobreviveram ao Holocausto! Onde já se viu, obrigar o garotinho a assistir ao nascimento da própria irmã? Eu vou te deserdar!

O nascimento da Rosa não me traumatizou.

Foi lindo e meio entediante. Acabei dormindo num pufe que a parteira havia trazido. Quando acordei, Sally estava apoiada com os braços na cama, e David segurava as mãos dela com força. No chão entre as pernas dela havia um espelho.

— Você gostaria de ver, Che? A cabeça dela está saindo. — A parteira sorriu para mim.

Eu me arrastei para mais perto, com medo de estar atrapalhando. No espelho eu podia ver uma coisa escura e gosmenta entre as pernas da Sally. Não se parecia com a cabeça de um bebê, mas sim um monstro.

— Aqui está ela!

Rosa nasceu tão rápido que só vi um borrão. A parteira puxou-a. David e eu soltamos um arquejo.

Ela era tão pequena, tão perfeita, com os maiores olhos que eu já tinha visto, e ela estava olhando diretamente para mim. E eu não conseguia parar de olhar para ela.

A parteira pousou Rosa sobre a barriga de Sally, e Sally aninhou o bebezinho em suas mãos. Rosa era praticamente do tamanho das mãos.

David deu um tapinha nas costas da filha recém-nascida. E eu sentia um aperto muito grande no peito. Amor. Eu estava repleto de amor por essa criaturinha em forma de pessoa.

— Ela é linda — disse a parteira. — Parabéns.

Ela deu ao David uma tesoura para cortar o cordão umbilical, que mais se parecia com uma corda rosa e azul. Ele pulsava.

Sally sorriu para mim.

Lágrimas rolavam dos meus olhos, mas eu não estava chorando convulsivamente. Parecia que as lágrimas não tinham nada a ver comigo.

— Posso encostar nela?

— Claro.

Estiquei o braço para tocar a mãozinha dela. Ela enroscou os dedinhos no meu indicador. Senti um aperto no coração.

— Você vai ter que cuidar da Rosa, sabe? — disse Sally para mim.

— Proteger sua irmã do mundo — completou David. — Você é o irmão mais velho dela.

Proteger o mundo de sua irmã, isso ele não disse.

— Que patriarcal da sua parte — disse Sally, sem emoção. Ela soprou um beijo para David e abaixou a cabeça, fazendo uma reverência.

Ficamos todos encarando a pequena Rosa.

O APARTAMENTO DE Nova York é enorme. Pelas plantas e fotos que vimos, ele não parecia tão grande. Os McBrunight é que o escolheram — o que é justo, já que são eles que estão pagando pelo apartamento. Não quero nem saber o valor. É como se fosse a classe executiva dos apartamentos, sendo que passamos a vida toda na classe econômica.

Nosso caixote da mudança, cheio até menos da metade, que foi enviado há muitas semanas, está no meio da sala. Não sei se dá para chamar um cômodo tão grande assim de sala. Ele é maior do que qualquer outro apartamento que já moramos. Numa extremidade fica a cozinha, que brilha, toda em mármore e metal, com uma enorme bancada em ilha e dois fornos.

Na outra extremidade ficam as escadas que levam aos quartos, o meu e o da Rosa. Entre as extremidades há dois sofás enormes, com mesinhas de apoio em cada ponta, e uma mesa de centro. A TV gigante fica na mesma parede da porta de entrada do apartamento. Assistir a alguma coisa ali vai ser como ir ao cinema. Eu não sabia que havia aparelhos tão grandes assim. Há quatro plantas em vasos gigantescos contra a parede de vidro com vista para a Second Avenue. Elas são de verdade. Fico imaginando quem irá regá-las. Nunca conseguimos manter nenhuma planta viva.

O caixote da mudança parece deslocado neste lugar que brilha de tão novo. Ele faz com que eu me sinta melhor por estar aqui. Em todas as outras mudanças nós só pudemos levar o que conseguíamos carregar. Dessa vez, não tivemos de deixar para trás nenhuma roupa, livro, pôsteres ou os jogos de xadrez de Rosa.

Não consigo me lembrar o que mais há no caixote; faz muito tempo que o enviamos. Com certeza não há móveis nele. Nossa mobília está definhando embaixo do teto da casa dos pais de David, em Sydney. De vez em quando, o Vovô ameaça jogar tudo fora se não voltarmos para casa. Ele faz isso com a mesma frequência com que ameaça nos deserdar. O Vovô altera seu testamento no mesmo ritmo em que as pessoas trocam a roupa de cama.

Em dez minutos vai dar meia-noite em Nova York, e eu vou completar 17 anos. Ainda não recebi nenhuma mensagem de texto de Nazeem, Georgie e Jason, ou das minhas tias. Normalmente, no meu aniversário, meu telefone pisca sem parar. Mas só vamos comprar chips novos amanhã. Num tom ameaçador, David diz que não temos wi-fi ainda, mas promete que no dia seguinte tudo vai estar funcionando. David é um gênio da informática. As tarefas tecnológicas sempre ficam a cargo dele.

— Me ajuda a botar a Rosa na cama — diz Sally.

Pego Rosa no colo e sigo Sally escada acima. É difícil não amá-la quando ela está com sono assim, com os olhinhos caídos e os braços e pernas molengas. Ela tem a mesma aparência de quando era bebê.

— Matei uma borboleta — diz Rosa suavemente.

— Você... — digo antes de perceber que ela agora tem os olhos fechados e o corpo mais pesado. Ela está dormindo.

— Ponha ela na cama — disse Sally depois de abrir a porta do quarto de Rosa.

É o que faço.

— Ela não é uma gracinha?

Sim, ela é. Seus cachos louros formam uma auréola fofa. Dou-lhe um beijo na testa. Se pelo menos ela agisse de modo tão doce quanto sua aparência.

Voltamos para o andar de baixo. Minhas pernas parecem não fazer parte do meu corpo.

— Bem, aqui estamos nós. Nova York! — diz David sentando num dos sofás. — Durante um tempo achei que isso nunca ia acontecer. — Ele olha para o seu relógio. — Meia-noite! — Depois dá um salto e me agarra num abraço. — Feliz aniversário, Che! Finalmente 17!

— Feliz aniversário. Achei que esse dia nunca ia chegar — diz Sally, se juntando ao abraço. — Nem acredito. Você tem 17 anos.

E estou muito longe de casa, penso. Que ótimo presente de aniversário. Isso eu não digo. Não tem sentido começar uma briga agora. Só quero dormir nas escadas mesmo de tanto sono.

— Uau, você está com uma cara horrível, Che — diz David.

— Obrigado — resmungo. — A sua também não parece... — As palavras se perdem. David parece que acabou de acordar depois de uma boa noite de sono em sua própria cama. Isso não é justo.

— Para a cama. Dormir. — Sally me beija e me empurra em direção às escadas.

Eu me arrasto para cima até o meu quarto, tiro a roupa, boto o telefone para carregar, para que ele esteja pronto para se conectar à internet e receber um novo chip pela manhã, tiro da tomada o despertador que brilha demais, e caminho devagar até a cama, quando me dou conta de que minha mochila, com meu pijama, escova de dente, creme para espinha, livros e tudo o mais ficou no andar de baixo. A distância é muito grande. Fecho os olhos, pronto para cair no sono.

Mas não durmo.

Fico deitado no quarto novo olhando para as sombras que se formam no teto. Um facho de luz entra, vindo da cidade lá fora, que está molhada e brilhante. Deixei a persiana aberta. Ouço o som de sirenes, que vai ficando mais e mais alto, até que desaparece lentamente. Escuto a chuva contra a janela de novo, antes que o barulho seja abafado pelo som de um helicóptero.

Saio da cama cambaleando, fecho a persiana, e depois as cortinas. A única luz agora é um pequeno facho que entra por debaixo da minha porta. Quando estou deitado, não consigo vê-lo.

Fecho os olhos.

Mais sirenes. Fico imaginando qual será a emergência.

Faz dois anos que saímos de Sydney. A saudade de casa me dói como se fosse uma apendicite.

Usei todos os argumentos que pude para convencê-los. Disse que minha vida era um caos desde os 12 anos. Casas diferentes, cidades diferentes, países diferentes. Nova Zelândia, Indonésia, Tailândia, e agora os Estados Unidos. Por causa disso, frequentei muitas escolas diferentes, e às vezes eram nossos próprios pais que tentavam tapar uns buracos nos dando aulas em casa.

Como vou entrar numa faculdade de medicina se não tenho estabilidade? Não me dei o trabalho de mencionar o quão difícil estava sendo não poder me exercitar com a minha treinadora de boxe em Sydney, a Natalie. Meus pais não gostavam nada do fato de eu treinar boxe.

E Rosa?, perguntei. *Ela só passou cinco anos seguidos numa mesma casa. Vocês a estão afastando dos parentes, das tias, dos tios, primos e avós. Ela precisa que a própria família cuide dela, e não desconhecidos. Como ela pode fazer amizades se estamos sempre nos mudando?*

Ela é perigosa, isso eu não disse.

Falei do quanto eu sentia falta dos meus amigos. Como sentia falta de estar cercado de pessoas que falavam como eu. Como eu já estava cansado de ser um estrangeiro.

Os amigos e a família contribuem para moldar as nossas personalidades, argumentei. *Todos precisam viver em comunidade. Especialmente a Rosa*, isso eu não disse.

Você pode fazer mais amizades, eles argumentaram. *Vamos para Nova York para tornar o mundo um lugar melhor. Às vezes temos que fazer alguns sacrifícios por um bem maior.*

Vocês se importam mais com o mundo do que comigo e com a Rosa, gritei.

E foi aí que perdi a discussão. Sally e David não têm respeito nenhum por quem apela para as emoções. Você precisa ser racional e calmo para vencer uma discussão com eles. Você tem de ser adulto, mesmo que não seja um.

Eu odeio vocês, isso eu não disse.

Em vez de ir para casa: mais uma cidade, outro país, outra cama estranha, o som de sirenes estranhas, ficar encarando um teto estranho com olhos tão cansados que parecem estar escorrendo bochecha abaixo. Sinto uma câimbra na panturrilha direita. Flexiono o pé — um truque que a Natalie me ensinou. Depois, sinto a câimbra na panturrilha esquerda.

Não vou ver que horas são.

Será que eu deveria ter contado a eles? O passaporte se foi. Rosa vai dizer que não havia passaporte algum. Eles sabem que ela mente. E eles sabem que eu, não. Ainda assim, Sally vai me perguntar se tenho certeza de que foi isso que a Rosa jogou pela janela. Até porque faz mais de 48 horas que eu não durmo.

Acrescento isso à lista de coisas que não contei para eles. O pior item da lista é o porquinho-da-índia da Apinya.

Não consigo pensar em nada disso.

Faço o que Natalie nos obrigava a fazer ao final de cada sessão de treinamento: verifico todos os músculos, começando pelos lumbricais do pé e subindo até a gálea aponeurótica, no topo da minha cabeça. Natalie não era tão meticulosa assim, mas eu queria ser médico — psiquiatra ou neurologista, especificamente. Sei o nome de todos os músculos.

Não estou dormindo.

Devo aceitar isso e fazer uma greve de sono até que eles concordem em voltar para casa?

O melhor aniversário de todos os tempos.

Meus olhos ardem.

Um carrilhão eletrônico começa a soar, ecoando entre os prédios.

Consigo ouvir o *barulho* dos pneus de carro sobre a avenida molhada, o guincho dos freios, pessoas gritando. Como que isso é possível do sétimo andar? Ainda por cima quando está chovendo?

Será que minha mente vai calar a boca?

Meu cérebro fornece a resposta para a pergunta sobre a qual eu não sabia que estava refletindo: do que a Rosa falava quando disse que matou uma borboleta? Tenho quase certeza de que foi no aeroporto Changi, em Cingapura. Faz dois anos? O jardim de borboletas de lá é muito lindo. Rosa ficou parada de pé com as mãos estendidas até que uma borboleta pousou na palma da sua mão, as asas batendo.

Ela sorriu — um sorriso sincero —, esmagou a borboleta, jogou o corpo morto na grama, e limpou as mãos numa samambaia.

Natalie ficaria desapontada comigo: um lutador é sempre capaz de bloquear pensamentos periféricos.

E se a nova academia de boxe não for como a de casa? E se o wi-fi nunca funcionar? E se não parar de chover nunca?

E se a Rosa... Não quero pensar na pior coisa que ela seria capaz de fazer.

Um carro de polícia grita avenida abaixo. A sirene é tão alta que as janelas tremem; ela emite uma série de sons cada vez mais irritantes, e um deles faz a minha cama vibrar — parece uma revoada de pássaros zumbis sendo torturada. E depois há outro barulho, mais parecido com o som de uma sirene de polícia normal, seguido de um estrondo de terremoto. Uma voz saída de um megafone manda um carro parar no acostamento. A sirene volta a soar, e a ordem é repetida.

Nunca escutei tantas sirenes. Nova York, cidade de policiais raivosos e de emergências constantes.

Rosa vai ficar encantada.

CAPÍTULO 3

Às cinco da manhã desisto de tentar dormir. O sol ainda não nasceu. Faço meu alongamento e exercícios matinais de qualquer maneira, com um jogo de pernas no melhor estilo Muhammad Ali — tão desajeitado e deselegante que o grandalhão ficaria horrorizado.

Depois me arrasto até o andar de baixo, tentando não acordar ninguém, mas Sally, David e Rosa estão sentados na bancada em ilha da cozinha comendo muesli e tomando café e suco de laranja, tão despertos quanto eu.

Sally tem os olhos vermelhos e o rosto cheio de olheiras.

— Feliz aniversário, Che — dizem meus parentais em uníssono, saltando dos bancos para me abraçar. Rosa se junta ao abraço.

Eu tinha esquecido que ainda era meu aniversário.

— Dezessete anos, hein? — diz Sally me abraçando de novo.

— É um número primo — diz Rosa. — Se você somar os primeiros quatro números primos, o resultado é 17.

— Nem dá pra acreditar. Dezessete. Essa era a nossa idade quando nos conhecemos — comenta David, beijando o nariz de Sally.

— Sim, e você era o meu homem selvagem. Você se lembra da primeira vez que tive que pagar sua fiança...

— Meu primeiro desejo de aniversário é que vocês não fiquem recordando os primeiros dias, ou qualquer outro dia, do eterno e sincero amor de vocês — digo levantando uma das mãos.

David inclina a cabeça em concordância. Sally faz um gesto como se fechasse os lábios com um zíper.

— Na verdade, acho que vou transformar isso num desejo da minha semana de aniversário.

— Posso preparar um café da manhã de aniversário pra você? — pergunta David, me ignorando. — Você sabia que nesta cidade você pode comprar itens de necessidade básica e outros não tão essenciais a qualquer hora do dia ou da noite? Isso quase me faz perdoar a chuva que não para de cair.

— Mas a gente acabou de chegar — diz Sally. — A chuva vai parar.

— Eu gosto da chuva — comenta Rosa.

— Banana?

Concordo com a cabeça, e David fatia uma banana dentro de uma tigela e dá para mim. Eu acrescento iogurte e muesli.

— Café da manhã dos deuses — declaro, avançando sobre a tigela. A banana consegue ser gosmenta e farinhenta ao mesmo tempo. — Essa banana é nojenta.

— Desculpa. Tentei três mercados diferentes. Parece que esse é o único tipo que tem por aqui.

Em Bangkok, perdi a conta de quantos tipos diferentes de banana havia, e eram todas deliciosas.

— Bem-vindos ao inferno — resmungo e dou um sorriso arreganhando os dentes, para mostrar que estou brincando. Mas na verdade não estou.

— Suco de laranja? — pergunta Sally. Concordo com a cabeça.

— Quando podemos dar os presentes para o Che? — Sinto um pouco de orgulho da Rosa por ela ter feito uma pergunta tão normal.

— Você sabe que ele não consegue tomar nenhuma decisão antes de comer a primeira das milhões de refeições que ele faz durante o dia — diz David.

— É meu aniversário. Você não pode implicar comigo.

— Retiro o que disse. Então, quando você quer receber os presentes?

— Vocês vão conseguir encontrá-los? — digo olhando para o caixote da mudança e para a nossa pilha de malas.

— Sim e não.

— Eu posso esperar — falo, mas na verdade eu meio que já queria ganhar algum presente. Para que o dia pelo menos tenha cara de aniversário, na ausência de um celular que funcione, e das mensagens de texto dos meus amigos. — Posso ganhar de presente acesso à internet?

— Só vou poder consertá-la em horário comercial — diz David. — Mas vou consertar isso hoje, ou cabeças vão rolar.

— Estou com o meu presente aqui — comenta Rosa. — Posso entregar para o Che agora?

— Claro — digo. Ela sai correndo para o quarto e volta carregando o presente.

— Fui eu mesma que embrulhei.

Não, não foi ela. Está embrulhado bem demais para que tenha sido Rosa.

— É bem grande — comento. — Ele estava na sua mala?

— Sim.

Desfaço o elegante laço preto e retiro o papel prateado com cuidado. Dentro de uma caixa simples de madeira está um modelo didático de plástico do cérebro humano. Eu o levanto.

— Olha, vem até com o tronco cerebral.

— Ele se separa em partes — diz Rosa. Retiro o lobo frontal, depois, o parietal, o occipital, o temporal e o límbico.

— Hummm... cérebro — digo, tentando fazer minha melhor voz de zumbi.

Rosa sorri. Não é o sorriso dela de verdade. Mais isso não importa, repito para mim mesmo. É um sorriso pertinente. Assim como o presente. É mais do que pertinente, é perfeito. Sally e David já internalizaram o fato de que eu quero ser médico, mas Rosa sabe que eu quero ser neurologista ou psiquiatra.

— Posso segurar um deles? — pergunta Rosa.

Entrego a ela o lobo frontal.

— Você tem em mãos os pensamentos conscientes, Rosa. Essa é a parte do cérebro que mais nos torna humanos.

Ela vira o lobo de cabeça para baixo. Fico imaginando se ela pensa tanto sobre sua própria humanidade quanto eu. Será que ela em algum momento fica imaginando quais partes do seu lobo frontal estão faltando?

— É muito detalhado — digo, observando o lobo parietal. Olho para o sulco lateral. Dentro dele fica o córtex insular anterior, a parte do cérebro que talvez abrigue o sentimento de empatia. Toco-o com os dedos. A sensação é de plástico.

— Adorei o presente — digo, sorrindo para Rosa, e depois lhe dou um abraço. — Obrigado.

Ela me abraça de volta. É bem melhor do que eu nisso.

— Esse presente vai ser difícil de superar — diz David, como se ele já não soubesse sobre o presente que Rosa ia me dar. — Gostaria de fazer alguma coisa especial hoje, aniversariante?

— Hum. — Me sinto desperto, porém cansado. Tudo o que quero fazer é me enfurnar no meu quarto com um celular, tablet ou laptop que funcione, e me reconectar com os meus amigos.

— A gente estava pensando em dar uma volta de bicicleta. — David está empolgado para experimentar o programa de compartilhamento de bicicletas da cidade. — Se a chuva parar. — Ele acena para as janelas, onde a chuva bate horizontalmente.

— O tempo está bem feio — diz Sally. — O plano B é ir ao cinema ou a algum musical da Broadway.

— A gente cairia no sono. — Não são nem seis da manhã. O dia se estende infinitamente diante de mim. Quem sabe eu não consigo fazer uma aula ou duas na minha nova academia? Eu estava pretendendo fazer minha primeira aula amanhã.

— É verdade — diz David. — Está muito cedo. A gente podia jogar pôquer.

Sally e eu soltamos um gemido.

David é um mestre do pôquer. E Rosa é a sua aluna fervorosa. Ela tem o rosto certo para o pôquer. Quando ela se obriga a sorrir, consegue dar um sorriso sem expressão. E David tem uma cara dissimulada impressionante, principalmente porque ela não é natural, como a da Rosa.

David diz que no pôquer devemos pensar com a cabeça, e não com o coração — o que não faz sentido. Nossas emoções, assim como os nossos pensamentos, formam o nosso cérebro. Não dá para separá-los.

— De jeito nenhum — digo. — Por que não vamos para algum lugar que tenha wi-fi? Será que tem uma biblioteca aqui perto? As bibliotecas sempre têm wi-fi gratuito.

— Elas só abrem em horário comercial.

Solto outro gemido.

ROSA ESTÁ ENCOLHIDA do meu lado no sofá da biblioteca com o mais recente número da revista *Chess Life*. Sally está sentada numa cadeira do lado oposto mexendo em seu tablet. Eu estou com o laptop apoiado nos joelhos, num ângulo em que Rosa não consiga ver a tela. E David ficou em casa resolvendo os nossos problemas de conexão.

Vinte minutos se passaram até que vagasse um lugar para sentarmos. A biblioteca estava lotada de adolescentes passando o tempo e de velhos curvados sobre os poucos computadores disponíveis. A fila de espera estava praticamente na porta do prédio.

Do lado de fora, a água cai pelas janelas abaixo, quase bloqueando a vista das árvores, que parecem mortas. Parece o fim do mundo.

Respondo às mensagens de aniversário. Quase choro quando vejo quantas recebi. Ficar emocionado com coisas que você normalmente não ficaria é um dos muitos sinais de jetlag.

Faço minha lista. Toda vez que nos mudamos para um lugar novo, faço uma nova lista com meus objetivos. Faz algum tempo que eles são os mesmos. Escrevo a lista, depois apago tudo. Não tem jeito de eu esquecer o que escrevi. Eles guiam a minha vida.

Não, isso não é verdade. Só o primeiro guia a minha vida; os outros são apenas esperanças.

1. *Mantenha Rosa sob controle.*

Sempre a Rosa. Tenho de impedi-la de fazer algo terrível. Tenho de encontrar uma maneira de fazer isso para sempre. Existe algum jeito de fazer isso para sempre? *Para sempre* soa um tanto agourento, não? Como se eu quisesse vê-la morta. Não quero. Eu a amo. Ela é minha irmã mais nova; não posso não amá-la.

Será que ela é capaz de aprender a sentir empatia? O livro que estou lendo atualmente sobre transtorno antissocial em crianças não está me dando muitas esperanças. Há muitos estudos de casos de crianças como a Rosa, em que, quando pedem para as crianças mudarem o seu comportamento, elas respondem: *Eu simplesmente não me importo.* Quer dizer, respondem isso quando não estão tentando enganar o entrevistador. Quando estão sendo realmente sinceras. *Não me importo.*

Nem a Rosa.

Como posso fazer com que ela se importe com as coisas? Como posso conseguir uma tomografia do cérebro dela para ver que partes brilham? E o que acontecerá se elas não brilharem? *Sim, ela é exatamente o que você pensa que ela é.* E então?

Tudo o que posso fazer é continuar a anotar todas as coisas ruins que ela faz, continuar a registrar as nossas conversas.

Eis algumas coisas "não relacionadas com a Rosa":

2. *Quero fazer* sparring.

Nunca vou passar para o próximo nível se eu não fizer *sparring*. A promessa de não começar a fazer esse treino é o que me reprime. Mas não posso quebrar minha promessa.

3. *Quero arrumar uma namorada.*

Depois de escrita, a frase parece patética. Muitos corações e muitas rosas, cílios piscando e explosões de cantoria: *eu quero amar!*

Eu realmente *quero* amar. Quero conhecer uma pessoa inteligente, engraçada, sexy, e que goste de boxe, do Muhammad Ali, que já tenha visto *Ong-bak* pelo menos vinte vezes.

É normal querer ter uma namorada. Ou um namorado. Não que o Jason queira um namorado. Ele vive dizendo que "é o maior pegador", o que sempre faz a gente morrer de rir. Você é mesmo um pegador quando fica dizendo por aí que é? Isso definitivamente é muito mais patético do que querer ficar só com uma pessoa.

Entendo quem quer sair por aí fazendo sexo. Eu quero sair por aí fazendo sexo. Ou, para ser mais honesto, quero fazer *qualquer* sexo. Mas o Jason fala de um jeito como se não importasse o que a outra pessoa — a pessoa com quem você está fazendo sexo — pensa disso. Como se fossem números, e não pessoas.

Jason acha que ele é como a Rosa. Frio, indiferente. Ele é um cara geralmente legal que finge ser uma pessoa horrível. (Aqui estou eu metendo a Rosa numa coisa que não tem nada a ver com ela.)

Quero uma namorada que seja inteligente, engraçada, forte, que esteja em forma e se preocupe com os outros. (E que não seja loura!) Não quero um número.

4. *Quero ir para casa.*

* * *

ENQUANTO APERTO DELETE, Rosa dá um puxão na manga do meu casaco.

— O que você está fazendo, Che? — Ela vem me fazendo essa pergunta desde que aprendeu a falar.

— O que *você* está fazendo, Rosa?

E eu venho respondendo a ela dessa maneira desde que ela começou a me fazer essa pergunta. Acho que ela não viu a minha lista.

— Te perturbando, Che. O que você está fazendo?

— Esvaziando a lixeira — digo, esvaziando a lixeira só por segurança. Minha lista agora foi deletada duplamente. — O que você vai fazer quando parar de me perturbar, Rosa?

— Nunca vou parar de te perturbar, Che — diz Rosa, dando risadinhas.

CAPÍTULO 4

Assim que começou a se mexer, Rosa passou a me seguir. Primeiro com os olhos; depois, engatinhando de maneira estranha atrás de mim, até que evoluiu para algo que poderia ser identificado como uma forma de andar.

Isso me deixava orgulhoso. Virava as costas e lá estava minha irmã me olhando. Pegava ela no colo, sentia o seu cheirinho bom de bebê, apertava o meu nariz contra a nuca dela, sentia sua pele macia, os pequenos batimentos do seu coraçãozinho, e ficava tão assoberbado de amor que não conseguia falar.

Eu já tinha segurado bebês no colo antes. Meu pai e minha mãe são os filhos mais velhos de suas famílias. Tenho muitos primos mais novos. Eles tinham um cheiro maravilhoso também. Mas não como o da Rosa. Eu costumava olhar nos olhos dela e ficar imaginando se algum dia eu amaria alguém tanto quanto eu a amava.

Rosa me olhava de volta, quase sem piscar.

Como todos os bebês, ela estava me estudando, estudando a gente, aprendendo a ser humana.

Diferente da maioria dos outros humanos, quase nada era natural para ela.

Rosa aprendeu tudo mais lentamente do que os nossos primos. Tudo o que não era inato. Ela engatinhou e andou no tempo certo.

Rir e sorrir e abraçar e beijar e chorar e apontar foi o que veio de forma mais lenta. Todas as coisas que os humanos fazem uns com os outros, e em reação aos outros, Rosa demorou a aprender. Ela começou a esticar os braços para que a pegássemos no colo meses depois que os seus primos já faziam isso. Mas assim que ela se deu conta de que poderia nos usar como táxi, começou a fazer isso.

Toda a vez que ela esticava os braços na minha direção, meu coração batia mais rápido. Ela era tão fofa, dependente, pequena. Eu não precisava que me pedissem. Sempre teria vontade de protegê-la.

Nos seus primeiros dois anos de vida ela quase não chorou. Ficava mais intrigada do que incomodada com cortes, topadas e doenças. A maioria dos bebês chora quando alguém está chorando, especialmente se for outro bebê. Não a Rosa.

A falta de choro era o que mais preocupava os nossos parentais. Então, Rosa começou a chorar. Ela viu como os primos choravam e passou a imitá-los. De maneira pouco convincente a princípio. Ela soltava gritos como se estivesse sendo estrangulada, e piscava os olhos rapidamente para que as lágrimas começassem a cair. Mas Sally e David se convenceram de que era verdade, e depois de um tempo ela já conseguia produzir lágrimas de verdade.

Ela mentia com aquelas lágrimas de crocodilo como mentia com as palavras.

Pensei em comentar alguma coisa com Sally e David, mas a maioria dos meus primos só chorava depois de uma queda se houvesse algum adulto olhando. Não tinha certeza de como explicar para eles que o que Rosa fazia era diferente.

Ela não sorria quando sorríamos para ela. Ela não reagia quando chamávamos seu nome. Ela já tinha quase 2 anos e ainda não havia dito uma só palavra.

— O Che era meio lento também — disse Sally. Eles nunca me haviam dito isso. — E não há nada de errado com ele hoje. Cada bebê se desenvolve no seu próprio ritmo.

— Mas não *tão* devagar assim — respondeu David.

Resolveram então levar Rosa ao médico.

E que surpresa: ela começou a sorrir e a falar.

Seu primeiro sorriso foi naquela consulta. Fomos todos juntos para lá. Ela entendeu que eles estavam falando do fato de ela não sorrir. Desviou os olhos dos brinquedos com que brincava para a gente e abriu bem os lábios, arreganhando os dentes. Aquilo não parecia um sorriso de verdade, mas Sally ficou ofegante. David falou:

— Caramba! Isso é um presságio. Ela está bem.

O médico disse que ela provavelmente era um pouco mais lenta com relação ao desenvolvimento, mas que isso não era preocupante.

Quando trouxeram minha irmã de volta para casa depois da segunda consulta, ela caminhou na minha direção e disse suas primeiras palavras:

— Eu quero meu.

Isso *sim* era um presságio: *essa* frase é o lema de vida dela.

Era bem típico da Rosa que a primeira coisa que ela falasse fosse uma frase completa, e não as primeiras palavras comuns aos outros bebês, como *mamá* e *papá* e *oi* e *tchau* e *bola* e *tá*, sem falar da fase em que só balbuciam. Um bebê que não balbucia é sinistro.

Tão logo Rosa começou a falar, começou também a mentir.

VOU PARA A minha nova academia munido de um celular que funciona, e com um guarda-chuva que peguei emprestado do cara que fica atrás do balcão no saguão de entrada, que disse que seu nome era John. Não consigo mais ficar parado, seja na biblioteca, seja na casa nova. Preciso suar e me mover, ou vou ficar louco. É hora de exaurir cada músculo do meu corpo.

O vento atravessa o meu casaco de lã com capuz e minhas calças de moletom mais grossas, lançando sobre mim gotas de chuva que caem quase horizontalmente. O guarda-chuva protege minha cabeça, e não muito mais do que isso. Georgie vai ficar decepcionada quando eu contar para ela que Nova York parece um mar de carros amarelos nadando numa chuva cinza torrencial. Eu deveria ter posto uma capa de chuva. Deveria ter ido dormir. Enquanto subo as escadas para chegar na recepção da nova academia, estou tremendo tanto e tão ensopado que meus dentes rangem.

Ainda assim, reparei nela.

Uma garota de pele muito escura, brilhando pelo suor, no primeiro ringue. Fico imaginando se eles se certificam de que os seus melhores lutadores treinem sempre naquele ringue, próximo ao topo das escadas, perto das janelas, para que as pessoas sejam obrigadas a vê-los ao entrar. Não consigo não pensar: *ela, aquela dali, é como ela que eu quero me movimentar. Me façam ficar como ela.*

A garota está treinando uma série de golpes defensivos rápido como um raio. Gosto do jeito como ela se esquiva e serpenteia, do modo como ela gira.

As pessoas pensam que as brigas são vencidas na força, mas não são; rapidez e agilidade são o segredo. Muitos lutadores vencem várias vezes sem desferir golpes que levem o adversário a nocaute. Aquela garota no ringue é mais rápida que o seu treinador. Queria ver como ela se sai numa luta de verdade.

Poderia ficar o dia inteiro olhando para ela. Mas vim até aqui para acordar, droga. Quando ainda não estava com jetlag, tive a brilhante ideia de me inscrever em tudo on-line, preenchendo formulários, me matriculando em aulas, reservando um armário, e pagando minha anuidade. Vovô pagou, na verdade. Tenho um cartão de crédito que ele me deu, e que eu uso para as minhas despesas com o boxe.

Vovô paga porque ele quer que eu me torne um homem de verdade. Ele tem medo de que eu esteja me tornando mais fraco por influência da falta de determinação e firmeza dos parentais, ou qualquer outra palavra que ele esteja usando excessivamente naquela semana. Ele paga porque os parentais se recusam a pagar. Eles não acreditam em violência. Apesar de todas as evidências de que a violência, de fato, existe.

Eles ficaram horrorizados quando Vovô me ensinou a dar socos. E ficaram mais horrorizados ainda quando ele se ofereceu para pagar por minhas aulas de boxe. Sally e David só concordaram porque eu prometi que só iria fazer *sparring* depois que meu corpo já estivesse completamente desenvolvido. Desde então, me arrependo dessa promessa.

ENCONTRO O ARMÁRIO que havia reservado, vou tomar uma ducha, e a água está maravilhosamente quente. Depois visto minha roupa de treino seca e embrulho minhas roupas molhadas em uma das toalhas fofas e mornas fornecidas pela academia. Minha academia em Sydney cobrava por toalhas ásperas e gastas, que não eram deixadas em pilhas enormes para que as pessoas pegassem à vontade. Aqui também há desodorantes e cremes para a mão grátis. Tem até um secador de cabelos, que aponto para os meus sapatos na tentativa de secá-los.

Faço o aquecimento numa esteira, mantendo um ritmo rápido de passadas até que eu pare de tremer.

Minha primeira aula é na sala onde ficam os sacos de pancada. Há uma floresta de sacos pendurados no teto. De longe, parecem corpos. De perto, eles cheiram a suor, e não a putrefação.

A garota que eu vi treinando no ringue está de pé em meio aos sacos falando com outra garota e sorrindo. Ela golpeia de leve na direção da amiga, de um modo fácil e controlado, como se aquilo fosse uma extensão do seu braço, e depois se esquiva do revide mais rápido da amiga, girando quase como se estivesse dançando.

Não consigo não olhar para ela.

Eu me forço a sentar, a olhar para as minhas mãos enquanto visto as bandagens, e a olhar para todas as outras pessoas na sala. Só há outros dois homens. Nunca fiz uma aula em que a maioria dos alunos fosse mulher. Essa academia é excelente.

Ela e sua amiga parecem ter mais ou menos a mesma idade que eu. O resto da turma é mais velho. Estou acostumado a ser o mais novo. Talvez a garota também esteja. Ela tem mais ou menos a minha altura; talvez seja um pouquinho mais alta. Seu cabelo encaracolado está preso para trás. Ela é magra e definida como eu.

Estou encarando ela de novo. Me obrigo a olhar para o saco de pancada na minha frente, e fico imaginando como seria beijá-la.

Um a um, nos cumprimentamos inclinando o corpo, e o jetlag me atinge com mais força do que uma paulada na cabeça. Um campo de força turvo desce pelo meu corpo. Quase consigo ver estrelas dando voltas na minha cabeça, como num desenho animado. As palavras do treinador ficam mais lentas. No momento em que elas chegam a mim, todos os outros já estão em movimento.

— Um, dois, três! Com a outra esquerda, José, aquela que não é a sua direita. Galera, se vocês estiverem confusos, olhem para a Soldado.

O treinador está apontando para a garota linda. O apelido dela é Soldado? Ela deve ser sinistra.

Desisto de tentar ouvir o treinador e em vez disso acompanho a Soldado. Ficar alguns segundos para trás é melhor do que ficar alguns minutos para trás.

Minhas pernas parecem chumbo. Onde está a minha memória muscular? Onde está minha memória normal?

— Principiante, hein? — pergunta nosso treinador. — Que tal você fazer uma aula menos avançada da próxima vez?

Meu cérebro e minha língua não me ajudam a explicar que eu acabei de passar meses treinando Muay Thai *na Tailândia*.

Ele passa para o próximo aluno antes que eu consiga abrir minha boca. Merda.

No fim da aula, me afundo no tatame. Tudo o que eu quero é dormir. No próximo treino, vou mostrar para o imbecil do treinador que não sou principiante.

A Soldado me cumprimenta com a cabeça, tirando as bandagens das mãos.

— Você estava indo bem no aquecimento. O que aconteceu?

— Jetlag — respondo depois do que parece uma hora. Consigo sentir meu coração bater forte demais, apesar do campo de força turvo que me envolve. A Soldado está falando comigo.

— Ouvi dizer que isso é muito ruim — diz ela. Suas bandagens já estão fora das mãos, nos bolsos da calça de moletom. Ela se curva para pegar as luvas. — Te vejo na semana que vem? — pergunta ela enquanto vai embora.

— Claro — digo, mas minha voz sai fraca, e ela já está quase chegando no vestiário. Faço um cumprimento com a cabeça também. Não que ela esteja olhando.

Apesar do jetlag, estou eufórico. Por conta própria, meus lábios formam um sorriso. Ela reparou em mim.

No vestiário, me afundo no banco mais próximo ao meu armário e deixo o cansaço tomar conta de mim. Tenho que tirar a roupa suada, tomar banho, me vestir, e encontrar o caminho de volta para casa. Tarefas impossíveis.

Meu telefone apita. Jason. Tento descobrir que horas são em Sydney. Não consigo.

Detonei ele mais morto do que morto mortinho da silva. Ele jah era.

Não consigo entender do que o Jason está falando, e não só pela maneira estranha de ele soletrar as palavras com que programou o corretor automático do celular. Estou acostumado a isso.

Hein?

Digito devagar. Meu dedos são grossos demais para as teclas.

Ontem de noite! A luta!

Que maneiro!

Não consigo me lembrar de que luta ele está falando.

Pois é. Arrebentei na luta. Arrebentei com ele.

Eu queria ter visto.

Eu Tb queria que você tivesse aqui. Volta pra casa! Tenho um monte de golpe novo pra te ensinar. Vc não vai reconhecer a Baxter. Toda limpa e com todos os aparelhos funcionando. Passou por uma reforma milagrosa. Tem um ringue decente agora. Me amarrei! Como estão as coisas aí?

Obrigo os meus dedos a digitarem uma resposta.

Os parentais estão enlouquecendo. Pra variar. Querem q eu treine menos, q me concentre + na escola. Blá blá blá. Fala sério... Lutador precisa de diploma de ensino médio pra q na vdd? Palhaçada.

O Jason vai ser um lutador. Ele *é* um lutador. Ele já venceu duas lutas na categoria júnior. O objetivo dele é vencer os Jogos da Commonwealth, e talvez até mais.

Se eu estivesse em casa, em Sydney, só encontraria com ele na academia. Quando eu morava lá, costumávamos sair nos fins de semana, mas agora ele treina todos os dias. Eu provavelmente nem conseguiria esbarrar muito com ele na academia. Ele já não frequenta as aulas normais.

Começamos a treinar aos 5 anos, com a Natalie no *kickboxing*. Agora o treinador dele o convenceu de que ele pode representar a Austrália e começar a ganhar dinheiro com isso. Jason só pensa nisso, no desejo de lutar, e de lutar bem. Ele realmente *quer* isso.

Na época em que treinávamos juntos, não sei se ele era melhor do que eu. Mas agora? Ele está bem mais avançado. E isso meio que me magoa. Não deveria — eu não quero me tornar um lutador —, mas magoa.

Seu niver aí hj. Parabéns!

Valeu.

— A Sojourner é gostosa — diz um dos caras que estava na minha última aula. Ele está dobrando as bandagens com cuidado. O motivo disso eu não faço ideia. A não ser que ele vá deixar que elas sequem assim, sem lavar. Nojento. — Falei isso pra ela e ela me ignorou. Vaca.

Tenho quase certeza de que ele está falando da garota de quem eu gosto. Eu não sei o nome dele, Babaca Cérebro de Merda, talvez, mas agora eu sei o nome dela: não é Soldado, mas sim Sojourner. Gostei.

— Hein? — diz o José. Ele é o que não sabe diferenciar a esquerda da direita.

— Deixa pra lá. As gostosas são sempre umas vacas.

José revira os olhos e vai para o chuveiro.

A Sojourner não é uma vaca.

— O que você está olhando? — pergunta o cara para mim.

— Nada, cara — levanto as mãos fazendo um sinal de paz.

Ele não para de me olhar com ódio. Um músculo na sua bochecha se contrai.

— Estou me sentindo meio aéreo, é só isso. Acabei de aterrissar aqui. Não dormi muito no avião.

— Jetlag, né? — A bochecha dele já não está contraída.

Concordo acenando com a cabeça.

— Você é inglês?

— Não — falo, desejando não estar conversando com esse idiota. — Australiano.

— Ah. — Graças a Deus ele não fala mais nada enquanto se arrasta até o chuveiro.

Bocejo com tanta força que minha mandíbula estala. Será que posso dormir aqui? Teria problema?

Sim, teria problema.

Checo meu telefone. Várias mensagens do Jason. Estou cansado demais para ler.

Tiro a roupa suada, me levanto para abrir o armário, e depois me dou conta de que eu me esqueci dos quatro números que tinha escolhido como segredo do cadeado. Merda.

Tento usar a data do meu aniversário. Nada. A senha do meu cartão. Também não. O aniversário da Rosa. Da Sally. Do David. Não, não, não. Droga.

Por que eu não me lembro de ter escolhido uma senha?

Eu escolhi uma senha?

Tenho uma vaga lembrança de ter escolhido uma combinação muito fácil, para eu não esquecer.

Tento 0000. O armário se abre. Uau. Nada mal até para alguém com jetlag como eu. Fico impressionado por todas as minhas coisas ainda estarem ali dentro.

Pelo menos o susto pelo esquecimento da combinação melhorou a minha confusão mental. Enfio minha roupa suada na mochila, boto ela de volta no armário, tranco com a mesma combinação — para que me confundir ainda mais? —, vou para o chuveiro e pego uma toalha limpa no caminho. Ligo o chuveiro sem checar a temperatura antes. Água gelada cai na minha cabeça.

E isso ajuda. Não há nada como um jato de água fria na cabeça.

Enquanto me visto, meu telefone apita.

Parabéns! Tá acordado?

É o Nazeem.

Me sento para responder. Não garanto que eu consiga andar e digitar ao mesmo tempo.

Valeu. Ainda é de tarde aqui.

É, mas você está com jetlag. Achei que você estaria tirando um cochilo.

Eu bem que queria. Tá acordado pq?

Não consegui dormir. Tenho que te contar uma coisa que está me incomodando.

Oq?

Não fica puto.

Me pergunto como posso ter raiva dele se não o vejo faz séculos.

Pq eu ficaria?

Não foi de propósito. Mas você sabe como é, você estava viajando.

O ódio sai pelos meus dedos.

Sim. Sei que estou viajando, caralho. Não fui embora pq eu queria.

Tá bem. Foi mal. É a Georgie.

Oq tem ela?

A gente está... ficando.

Paro, perplexo. Por que o Nazeem acha que isso me chatearia? Minhas duas pessoas favoritas saindo juntas. Por que eu ficaria puto?

Me dou conta de que estou puto. Por quê?

Não foi de propósito. Vc está aí ainda? Não fica bolado. Sei que vc gostava dela.

Quando eu tinha 10 anos. Ela é incrível. E vc não é de se jogar fora. Só não converte ela. O ateísmo é o máximo!

Engraçadinho. Vc realmente tá de boa?

Não, não estou de boa. Tem um monte de coisas acontecendo com eles enquanto eu não estou lá. Me pegaram desprevenido. Jason provavelmente está implicando com eles faz semanas. E eu não pude zoar com a cara deles. Porque eu não sei nada da vida deles além do que eles se lembram de me contar. Machuca à beça.

Achei que você talvez ainda gostasse dela.

Fala sério.

Vc é inconstante pra caralho.

Bem... tem umas gostosas aqui em NY.

Achei que você não queria estar aí. Você disse que NY seria uma merda.

Ele está me zoando lá da Austrália. O Nazeem jamais diria que um lugar era uma merda sem tê-lo visto antes. Ele come pelas beiradas. Que nem com a Georgie. Ele provavelmente queria ficar com ela anos antes de se declarar.

E eu tinha razão. Aqui é um saco. Mas não fiquei cego de repente. De qlqr forma, vcs provavelmente já vão ter terminado quando eu voltar pra casa.

Você tem sorte de eu não estar aí. Ia te dar um soco agora.

Estou revirando os olhos. Vc? Me dar um soco? Gargalhando tb.

Nazeem não luta boxe. O negócio dele é críquete.

Ele me manda um gif de uma carranca mostrando a língua.

Tenho q ir. Até mais tarde.

Até mais.

Parece que eu levei um soco. Me sinto como se os dois tivessem me dado um soco. Jason prestes a começar uma carreira que eu não quero como lutador, e Nazeem ficando com a Georgie, com quem eu não quero nada. Eu amo os três. Estou feliz por eles. Mas me sinto arrasado.

Já estou dizendo coisas sem sentido.

Mas é assim que eu me sinto. Abandonado numa cidade para a qual eu não queria me mudar, sem amigos ou qualquer tipo de apoio. Somente eu, minha irmã mais nova demoníaca e meus pais, que não fazem ideia do que ela é.

Feliz aniversário, Che.

CAPÍTULO 5

Chego em casa ensopado. O porteiro tem que me deixar entrar no prédio. David abre a porta do nosso apartamento e me dá um molho de chaves.

— Feliz aniversário — diz ele.

Ainda é meu aniversário. Os parentes ainda não me deram um presente, a não ser que as chaves sejam meu presente. Tento não me importar com isso.

— Você está molhado.

— Sim — digo. *Você é muito observador.* — Pode pegar uma toalha para mim?

Eu me curvo para tirar os sapatos molhados.

— Pode deixar — diz ele desaparecendo no banheiro do andar de baixo e voltando com uma toalha. — Como foi na academia?

— Ótimo.

O caixote foi aberto. Seu conteúdo está esparramado pela sala.

— Cadê a Rosa?

— No quarto dela. Sally está arrumando o escritório. Terminei de conectar o wi-fi. O login é o mesmo de sempre. Foi um parto para conseguir isso. De nada.

— Obrigado. Isso é ótimo, David.

— Vou começar a fazer o jantar em breve. Que tal comermos às sete?

Concordo com a cabeça. Faltam duas horas para as sete. Já estou com fome. Pego uma maçã e um punhado de nozes.

Rosa está sentada em sua cama com as pernas cruzadas lendo um livro de matemática. Ela ama números. Rosa é meio que um gênio da matemática. E isso ela herdou do David. Eles são capazes de ficar horas e horas falando sobre números e computadores.

E eu não sou um gênio de nada.

O computador dela já está funcionando, e seus livros de ciências e de matemática já estão nas prateleiras. Os livros de história norte-americana e os romances que os parentais decidiram que temos que ler antes do começo das aulas aqui estão numa pilha atrás do computador. Rosa vai ler colas na internet quando eles começarem com a sabatina.

— O que você está fazendo, Rosa? — pergunto, me recostando contra a porta e botando as nozes na boca.

— Lendo. O que você está fazendo, Che?

— Mastigando e perguntando o que você está fazendo. Você está lendo sobre o quê?

— Números primos.

Rosa sabe falar de cor os primeiros mil números primos, e é por isso que eu sei que o milésimo número primo é 7.919.

— Sally e David estão brigando.

— Por quê? — pergunto com sarcasmo. Rosa costuma dizer isso, mas raramente os vejo brigando.

— Por causa dos McBrunight. David diz que temos de ser simpáticos com eles.

— Devemos ser simpáticos com todo mundo.

— Sim, mas não é *todo mundo* que paga pelas nossas passagens de avião e por esse apartamento chique. David quer que sejamos *supersimpáticos* com eles. Mas Sally diz que eles estão forçando muito. E que os McBrunight são os melhores amigos deles. Você alguma vez já se perguntou por que nunca conhecemos eles antes?

Não, nunca me perguntei. Os parentais já tinham passado férias com eles, mas nunca levaram a nós, os filhos. Eu achava que era porque nossos calendários escolares não batiam.

— Mal posso esperar para conhecê-los — diz Rosa. — Quero saber como são as pessoas ricas.

— Tenho certeza de que eles se parecem muito conosco.

— Vou analisar tudo. Quero ser rica também.

— Você analisa todo mundo — digo. Fico horrorizado só de pensar numa Rosa rica.

— Nunca conheci gêmeos.

Os McBrunight têm três filhas: a Leilani, que tem mais ou menos a mesma idade que eu, e as gêmeas Maya e Seimone, que são um pouco mais velhas do que a Rosa.

— Tenho certeza também de que elas se parecem com todo mundo.

— Eu li que alguns gêmeos se comunicam numa linguagem inventada por eles mesmos, e que eles conseguem ler a mente um do outro. Se um gêmeo está distante do outro e se machuca, o outro gêmeo vai saber. Gêmeos são sempre melhores amigos — diz Rosa balançando a cabeça.

— Parece provável — digo, querendo dizer o oposto.

Rosa concorda. Ela não entende sarcasmo.

— Queria ser telepata. Será que elas usam a telepatia para confundir a Leilani? Vou perguntar para elas.

— Com certeza elas vão te contar tudo sobre os superpoderes delas.

— As pessoas sempre me contam coisas interessantes.

Isso é verdade. Rosa gosta mais de saber sobre os outros do que eles sabem dela. Ela é sempre a líder quando está com crianças da mesma idade que ela. A princípio porque as outras buscam a aprovação dela, querem que ela os ame, porque ela é estonteantemente linda, porque é um desejo impossível. Mas esse amor se transforma em medo. Ela fisga todas as histórias deles, as coisas que querem manter em segredo, e depois ela deixa escapar essas histórias no momento mais oportuno.

Rosa tem carisma em excesso.

Mas nem todos caem na dela. Há sempre uma ou duas crianças que acham que tem algo de estranho com Rosa. Só que essas crianças nunca são as populares.

Ela em breve vai começar as aulas na escola de dança nova. Tento não me preocupar muito com isso, pois não há muito o que eu possa fazer.

O Vovô paga pelas aulas dela porque Rosa reclamou que era injusto que eu pudesse treinar boxe. Por que ela não podia treinar também? Vovô disse: *Garotas não treinam boxe. Escolha outra coisa.* E ela escolheu sapateado, o que o Vovô aprovou. Ele gosta que as garotas façam coisas que ele considera femininas.

— No que você está pensando, Che?

— No diabo.

Rosa solta uma risadinha.

— Isso não existe.

A PARTIR DOS dois ou três anos, mais ou menos, Rosa já era um monstro.

Quando os acessos de raiva dela atingiram níveis insuportáveis, David e Sally a levaram ao médico, que indicou que ela deveria se consultar com um especialista em desenvolvimento na primeira infância, e foi aí que os acessos de raiva pararam.

Ela ficava com raiva quando algo a deixava frustrada. Frequentemente. Mas, depois daquelas consultas, os acessos pararam. Rosa entendeu que eles não funcionavam. Em vez de os parentais se renderem e darem a ela o que ela queria, eles a levavam no médico. E desse tipo de atenção a Rosa não gostava.

Depois de suas consultas com o especialista, uma expressão monstruosa e enfurecida tomava conta do rosto dela, mas apenas brevemente. Eu ficava tenso esperando pelos gritos, mas eles não vinham.

Ninguém mais reparava nessas pequenas expressões. Ela eliminou os acessos de raiva do seu arsenal, mas, em compensação, passou a mentir e mentir e mentir.

Certa vez saímos para tomar café da manhã. Rosa tinha dois anos e meio, estava sentada numa cadeira alta para bebês, tomando um babyccino, uma bebida geralmente servida para crianças pequenas nos cafés da Austrália e da Nova Zelândia. David estava sendo simpático com as garçonetes, e Sally estava com a cabeça enfiada no jornal de domingo.

Vi Rosa beliscar a si mesma no antebraço e estendi a mão para impedi--la. Ela berrou e chorou.

— O Che machucou a Rosa — disse ela abruptamente.

Minha mão estava no braço dela, bem ao lado da enorme mancha vermelha deixada pelo beliscão.

Sally pegou Rosa e a colocou no colo. Ela chorou mais alto ainda.

— O que você fez, Che? — perguntou David, enquanto Sally me lançava o olhar mais reprovador que podia.

— Eu não fiz nada. Ela mesma se beliscou.

O olhar de descrença deles foi repetido pelas pessoas na mesa ao lado da nossa.

— Por que eu beliscaria ela?

— Não sei — disse David. — Por que você *beliscou* a sua irmãzinha?

— Eu não belisquei.

Eles não acreditaram em mim. Mas mudaram de opinião uma semana depois, quando Rosa falou para uma desconhecida na rua que ela não queria mais dormir na casinha do cachorro. Nem cachorro nós tínhamos.

Ela só fazia essas coisas quando estávamos fora de casa, em público. Quando havia testemunhas que jamais acreditariam que o anjinho de cachinhos loiros poderia estar mentindo. Ela fazia isso para nos constranger, e porque achava graça dessas coisas.

Voltamos ao especialista em desenvolvimento na primeira infância.

O diagnóstico foi que talvez ela tivesse TDAH, transtorno do déficit de atenção com hiperatividade. Ou que talvez esse comportamento fosse só uma forma de chamar atenção, coisa comum em crianças pequenas. O especialista explicou que é assim que as criancinhas de um a dois anos são: monstros que pensam que o mundo gira em torno delas. De acordo com o especialista, era provável que aquilo fosse apenas uma fase.

Enquanto isso, mais consultas semanais.

Rosa se comportava perfeitamente bem com o especialista; conosco, de modo monstruoso. E isso durou por muitos meses. Ela deixou os parentais esgotados. E a mim também. Sempre que saíamos de casa, ela contava mentiras e armava alguma cena.

O especialista então disse que talvez fosse a hora de tentar usar remédios no tratamento. Sally e David hesitaram; ela era muito pequena. Depois, decidiram que sim, era isso o que eles deviam fazer.

Rosa se recusava a tomar o remédio. Ela gritava, se debatia e cuspia os comprimidos.

Os parentais estavam exaustos. Mas na próxima vez em que saíram com Rosa na rua, ela não fez cena alguma. Nem na saída seguinte.

No fim das contas era mesmo só uma fase. Foi tanto alívio por ela ter parado e por não terem de drogar a própria filha, que fizemos uma viagem de férias. Criancinha perfeita.

Apesar disso, ela continuou a mentir. Simplesmente se tornou mais astuta.

Ela mentia para todos, escondia de todos quem ela realmente era.

Todos, menos eu.

A mim, ela usava como uma peça nas jogadas dela. A mim, ela observava para ver se eu iria me juntar a ela nas risadas, ou se ia fazer cara feia. A mim, ela fazia as suas confidências.

— Belisquei aquele bebê — dizia para mim. — Foi legal beliscar ele.

Para mim, ela se gabava de suas façanhas. O velho para quem ela tinha mentido. A medalha que ela havia roubado.

Em mim, ela confiava. A mim — eu tinha certa esperança — ela amava. Mas só a mim.

Os parentais pensavam que a fase havia passado. Ela seria para sempre a criança meiga deles. Mas eu sabia que não era bem assim.

— Fizemos um trabalho excelente na criação dos nossos filhos, você não acha? — diz David a Sally dando-lhe um rápido abraço durante o jantar do meu aniversário.

Eu solto um gemido.

— Eu só tenho dez anos, e o Che, dezessete. Não acho que vocês podem avaliar o quão bem nos criaram até que a gente fique mais velho.

Eles riem, mas Rosa não está brincando.

Fico imaginando o quão orgulhosos eles ficariam da criação que nos deram se soubessem o que aconteceu com o porquinho-da-índia da Apinya. Se soubessem o que aconteceu com o passaporte daquele homem. Se soubessem das muitas coisas de que não sabem. Esses pensamentos me deixavam cansado. *Mais* cansado.

Eles finalmente me dão meu presente de aniversário, que é muito legal: uma edição vintage do livro *Gray's Anatomy*. Enquanto folheio as páginas, o livro exala o cheiro de papel velho, o que me faz ficar mais cansado ainda.

Vou para a cama assim que consigo depois do jantar. Ainda não são oito e meia.

Mando uma mensagem para Jason, Georgie e Nazeem, que querem saber o que estou achando de Nova York. Eu não acho nada da cidade.

NY é um saco.

Vc não pode falar isso da <u>Big Apple</u>!

Georgie sonha em morar aqui e se tornar estilista.

Eu troco com vc!

Eu tb.

É Jason. Ele está pensando na comunidade de lutadores, que é bem maior do que em Sydney.

Frio pra caramba e úmido. Zero glamour. Nada legal. Não vi nada além da academia e da biblioteca. As ruas são cinza e molhadas.

Então como pode dizer que a cidade é um saco?, comenta Georgie.

Aqui faz sol.

Consigo imaginar o risinho na boca do Nazeem enquanto ele digita isso. Desgraçado.

Claro que faz sol aí.
A temporada das mangas ainda não acabou. Uma delícia!
Cala a boca! Não quero saber disso.
Mas estão caras!, rebate Nazeem.

Não me dou ao trabalho de escrever uma mensagem dizendo que as mangas em Bangkok eram tão boas quanto as que tínhamos em casa, em Sydney, e ainda eram baratas. Não estou em Bangkok.

Odeio aqui.

Tenho noção de quão patético isso soa. Não é que eu odeie Nova York. Eu acharia qualquer lugar tão ruim quanto. Até um lugar ensolarado. Preciso da minha casa.

Se ferrou, Che!
Você acabou de chegar aí. Espera um pouco..., diz Georgie
Vou tentar. Meu único desejo era estar aí. Deixa pra lá. Tenho que dormir. Já tá tarde aqui.
Não são nem nove horas. Vc acha que a gente é otário não sabe o fuso horário?
Eu sou, digitou o Nazeem, Otário demais. Malditos fusos horários.
Estou com jetlag, cansado, com sono e destruído. Vou indo.
Fracote.
Boa noite, Che!
Feliz aniversário!
É isso aí, Che! Todo mundo com 17 agora!
Valeu!

Pego a *História do cérebro* e tento ler. É um livro denso e difícil de acompanhar, e geralmente me faz dormir em questão de minutos. Dessa vez, não consigo ler uma só palavra, e mesmo assim eu não caio no sono.

Levanto da cama e pratico alguns movimentos de caratê, na esperança de que assim eu me canse.

Finalmente começo a cochilar, mas sou acordado pelo som de sirenes. No fim das contas, consigo dormir apenas por umas três horas.

Parabéns para mim, eu penso, antes de me dar conta de que meu aniversário finalmente acabou.

Pior. Aniversário. Da vida.

Quer dizer, quase. A Sojourner reparou em mim.

CAPÍTULO 6

Hoje vamos encontrar com os McBrunight.
    A chuva parou. O sol faz com que as ruas brilhem. O cinza e o desbotado se transformaram em um milhão de cores diferentes: de um gigantesco mural que mostra um rato em tons de marrom, preto e vermelho às assinaturas dos grafiteiros, que são brilhantes como neon, às elaboradas vitrines em lojas e restaurantes, com robôs, dinossauros e roupas de décadas atrás — algumas delas inclusive sendo usadas nas ruas. Vejo cartolas, saias bufantes e cabelos de todas as cores, a maioria rosa.
    É difícil não sorrir, e é fácil ficar desperto. Vamos encontrar os McBrunight para um brunch às onze horas, e portanto sei que ainda é de manhã, mas meu corpo não está convencido disso.
    Caminho pela vizinhança com Rosa e os parentais. Há poças d'água para todos os lados. Rosa pisa firme em cada uma delas com suas galochas.
    Passeamos pelo Tompkins Square Park. O parque ocupa várias quadras. As árvores não estão de todo mortas. Algumas estão cobertas por minúsculas flores brancas e roxas ainda em botão, e em algumas delas há folhas verdes. Primavera. Esquilos correm pelos galhos torcendo o nariz, tremendo de ansiedade em não se tornar presa. Homens jogam xadrez em mesas de pedra com tabuleiros talhados, o que deixa Rosa fascinada. Os parentais ficam com ela enquanto eu continuo o passeio. Xadrez me entedia.
    — Deixe seu telefone ligado — diz Sally.
    Tem uma área para cachorros do outro lado do parque. O lugar está lotado de cães de todos os tamanhos e cores — inclusive dois poodles com os pelos pintados de rosa — correndo para lá e para cá, latindo até não poder mais, e pulando em cima dos seus donos. Quando Rosa vir isso, ela vai voltar a insistir para ganhar um cachorro. Ela vem falando nisso há anos. Mas ela nunca vai ganhar um.

Uma garota linda num vestido preto estampado de flores vermelhas passa por mim. O vestido é ajustado na cintura, e a saia se abre à medida que caminha. Ela é deslumbrante, e há algo na maneira confiante e atlética com que ela anda que me faz ficar encarando. Depois, me dou conta de que é a garota da academia.

— Sojourner? — Eu corro atrás dela.

— Sim? — Ela se vira.

Noto que ela não me reconhece.

As flores que estampam seu vestido são tulipas.

— Oi — digo, me sentindo um idiota. — Nós nos conhecemos na academia de boxe. Na Rilston Street?

— *Rau-stein* — diz ela.

Fico corado, o que faz minhas espinhas arderem no rosto.

— É assim que se pronuncia *Houston*? Eu não sabia. Achava que se pronunciava como o nome da cidade.

Fico balbuciando.

Sojourner sorri.

— Você é aquele cara novo. Com jetlag. E aí, como você está se sentindo? Ainda muito cansado?

Concordo com a cabeça.

— Bem, eu pronunciei o nome da rua errado, né? Acho que daqui a um ou dois dias vou estar melhor.

Ontem, o cabelo da Sojourner estava preso para trás; agora, ele forma uma auréola. Seus lábios estão pintados da mesma cor das tulipas. No treino ela não estava usando maquiagem. Ela está linda, mas de algum modo não parece ela mesma.

— Não te reconheci sem as roupas de ginástica — diz ela, o que foi muito educado, considerando que acabamos de nos conhecer, e nem nos apresentamos direito. Será que ela sabe o meu nome? — Olha para as suas mãos. Elas estão sem as bandagens, e não estão vermelhas e suadas. Sua camisa tem gola.

— Estava pensando o mesmo sobre você. — Desvio o olhar para as minhas mãos. Elas estão um pouco vermelhas em volta dos nós dos dedos.

— É verdade. Toda vez que uso um vestido e passo batom, parece que estou disfarçada.

— E não é um disfarce muito bom. Eu te reconheci de cara. — Isso provavelmente soou estranho. Eu mal conheço a garota.

— Você se surpreenderia de saber quantos caras da academia não me reconhecem vestida assim.

Tenho certeza de que reconheceria Sojourner não importa que roupa ela estivesse usando. Ela se move de maneira fluida, como se os movimentos dos seus músculos não fossem restritos por qualquer tipo de tensão. Quase ninguém anda assim.

— Para onde você está indo? — Espero não estar encarando ela. Tenho quase certeza de que estou.

— Para a igreja. E você?

— Estou explorando. — Ela frequenta a igreja? — Acabei de me mudar para cá. Estou vendo como são as coisas em Alphabet City. — Eu poderia ter dito a ela que eu estava com a minha família, que estávamos prestes a encontrar os amigos mais antigos de Sally e David pela primeira vez, mas eu não queria falar da Rosa. Não estou mentindo. *Estou* explorando. — Ainda estou conhecendo o meu novo bairro.

— Bem, é melhor você saber que só as pessoas mais velhas ainda chamam este bairro de Alphabet City. Estamos em Loisaida.

— Isso aqui é Lois... o quê?

Sojourner revira os olhos, mas ela está sorrindo.

— Como se soletra isso?

Ela diz letra por letra para mim, e eu anoto a palavra no telefone. Vou pesquisar sobre isso depois.

— Vou te dar um desconto porque você ainda é muito novo por aqui.

Eu sorrio. Talvez por tempo demais. Penso em como Nova York é um completo mistério, e esse novo bairro, Alphabet City, o East Village, o Lois-sei-lá-o-quê, tem muitas ruas pelas quais nunca passei. Queria passear por essas ruas com ela.

— Tem muitos esquilos — digo, ao mesmo tempo em que ela pergunta:

— Há quanto tempo você treina boxe?

— Desde que eu tinha...

— Essa é sua irmã?

Meu coração bate mais rápido. Eu me viro. Rosa está caminhando na pontas dos pés para que seus cachos saltem, o que faz com que ela pareça a criança de um comercial. Cabelos loiros, olhos azuis, bochechas rosadas, covinhas, um sorriso enorme. Caso ninguém note a semelhança, ela carrega consigo sua bolsinha branca estampada com uma foto da Shirley Temple.

— Ela se parece com você.

Rosa não se parece em nada comigo. Temos o mesmo tom de pele, só isso. Meu cabelo é liso e grosso como o de David. Eu tenho o nariz dele. Rosa tem o de Sally. Meus olhos são de um tom de azul bem mais escuro, como os dela.

— Sou Rosa Klein — diz Rosa estendendo uma das mãos. Sojourner a aperta. Eu fico parado ali, me dando conta de que deveria tê-las apresentado.

— Prazer em te conhecer. Eu me chamo Sid.

Sid?

— Você é bonita — comenta Rosa, mostrando as covinhas. — Gosto do seu vestido. Vermelho e preto combinam muito bem.

— Obrigada. Gosto do seu vestido também.

Rosa faz uma mesura. Fico imaginando de onde ela tirou isso. Será que é das aulas de dança? Os dançarinos de sapateado fazem esses gestos?

— A Soj... A Sid e eu frequentamos a mesma academia de boxe — digo finalmente.

— Você gosta de fazer as pessoas sangrarem? — indaga Rosa.

Sojourner ri.

— Já quebrou o nariz de alguém?

— Sim, uma vez.

— E foi divertido?

— Divertido? Não. Mas eu gostei de ter ganhado aquela luta.

— E se você matasse alguém?

Fico imaginando onde estão Sally e David, e por que eles deixaram a Rosa sair sozinha por aí. Queria que eles aparecessem. Rosa vai parar de fazer perguntas como essas quando eles estiverem próximos o bastante de nós para poder ouvi-la.

— Isso seria horrível. Quase nunca acontece. Mais pessoas morrem jogando futebol americano do que lutando boxe.

Será que isso é verdade?

— O boxe não é um esporte tão cruel quanto as pessoas pensam. É um esporte que ensina o autocontrole. Se você tiver um acesso de raiva ou tentar golpear alguém só porque está com ódio, você vai perder. Os bons lutadores não são furiosos. Eu não quero machucar os outros. Não é por isso que treino boxe.

Fico imaginando o que Rosa achou dessa resposta, dado que ela sempre quer machucar os outros.

— Eu gosto de estar no comando.

Bem, *isso* é verdade.

— E não gostamos todos? — diz Sojourner. Ela lança um sorriso para Rosa como se a achasse adorável, o que faz o meu coração afundar no peito. Eu amo minha irmã, mas toda vez que alguém demonstra carinho por ela, eu fico triste. Como é possível que eles não vejam o que ela realmente é?

— Você tem que se justificar o tempo inteiro para as pessoas por gostar de boxe? — pergunta Sojourner para mim. — Ou isso só acontece com as garotas?

— O tempo todo. Meus pais odeiam que eu lute boxe.

— Tem outras garotas na sua academia? — quer saber Rosa ao mesmo tempo.

— Claro, minha melhor amiga Jaime e eu treinamos juntas lá. — Sojourner ri.

— Você tem uma melhor amiga? — continua Rosa, conferindo às palavras o máximo de curiosidade que consegue.

— Por favor — resmungo. Acho que nenhuma das duas me ouve.

— Claro que sim — responde Sojourner. — Você não?

E isso é exatamente o que Rosa quer que ela pergunte.

— Nossos pais se mudam muito, e por isso eles nos dão as aulas que seriam do colégio em casa. É difícil fazer amigos assim. — Rosa diz isso com a voz ligeiramente falhada.

Sojourner olha para mim.

— *Às vezes* eles nos dão aulas em casa — corrijo. — Mas geralmente frequentamos escolas comuns. A Rosa gosta de exagerar. Onde estão Sally e David? — pergunto para Rosa. — Não vamos nos atrasar?

Sojourner checa o seu telefone.

— Tenho que ir. Você vai na academia na segunda?

Faço que sim com a cabeça.

— À tarde. E você?

— Vejo você lá.

— Tchau, Sid — diz Rosa. — Foi maravilhoso te conhecer.

— Até mais. — Sojourner sorri e dá um aceno com uma das mãos.

— Até mais — digo. Não fico vendo ela ir embora, apesar de querer muito.

— Exagerou nos elogios, hein? — digo para Rosa assim que Sojourner está longe o bastante. — Onde *estão* os parentais? Temos de estar lá em cinco minutos. O David vai surtar se nos atrasarmos.

Em vez de responder minha pergunta sobre ficar bajulando a Sojourner, Rosa me diz que deveriam deixá-la jogar xadrez com os homens no parque.

— David diz que eles são trapaceiros. Mas aposto que eles não sabem jogar xadrez tão bem quanto eu. *Eu* vou trapaceá-los.

Não duvido disso.

Encontramos os parentais discutindo política com um homem branco e velho que está distribuindo panfletos anarquistas do outro lado do parque. Eles nem perceberam que perderam a Rosa de vista.

— Vocês dois estão prontos? — diz David, acenando.

Eles se despedem do anarquista, que solta um resmungo para eles.

— É nessa direção — avisa Sally, olhando para o seu telefone. — Mal posso esperar para que vocês finalmente conheçam eles. Estão animados?

Rosa declara que está, e mostra as covinhas para reforçar o seu entusiasmo. Eu dou um sorriso forçado. Suspeito que as filhas dos McBrunight vão ser muito mimadas. Elas cresceram ganhando tudo o que queriam. Provavelmente acham que quem não é rico não merece a atenção delas.

David passa o braço pela cintura de Sally para impedir que ela trombe com outros pedestres. Ela está andando contra o fluxo. Rosa e eu deslizamos para trás deles.

— Você gosta da Sid, né? — comenta Rosa enquanto olha para um homem carregando um poodle pequeno no colo que passa entre os nossos pais. — A pele dela brilha.

Solto um resmungo evasivo.

— Eu não acho que eles vão deixar você jogar xadrez com aqueles homens — falo como se isso fosse mais importante para mim do que Sojourner.

Rosa sorri.

OS MCBRUNIGHT SÃO nascidos e criados bem aqui em Nova York. Aparentemente isso é raro. Quase tão raro quanto ser um casal desde a adolescência. Como nossos pais. Espero que eles não fiquem se agarrando como Sally e David. Ter pais que são desesperadamente apaixonados um pelo outro é constrangedor.

Gene e Lisimaya McBrunight e as três filhas estão esperando vagar uma mesa quando chegamos.

Gene e Lisimaya soltam um gritinho quando veem Sally e David, embora eu pudesse ter reconhecido eles de qualquer modo. Já vi milhões de fotos da família toda. Mas ninguém me havia avisado o quão lindas eram as gêmeas: elas têm grandes olhos negros, maçãs do rosto salientes, rostos em forma de coração. São quase tão perfeitas quanto Rosa. Também são idênticas, *realmente* idênticas. Se a Seimone não tivesse o cabelo mais curto, seria impossível distingui-las; Maya usa um rabo de cavalo, enquanto Seimone tem um cabelo chanel repicado.

Gene e Lisimaya soltam as mãos um do outro para abraçar os parentais. Dando as mãos em público. Bem parecido com David e Sally.

Rosa pega a minha mão e dá um pequeno aperto nela. Ela está animada. Nem quero imaginar o que ela está pensando. Mais pessoas para manipular?

Gene tem os olhos marejados quando vai abraçar Sally. Ela também.

— Obrigada — diz ela com veemência.

Depois, passam a secar os olhos, soltar exclamações e atravancar a entrada do restaurante grego.

— Ela tem o sorriso igual ao seu — comenta Lisimaya para David, depois de abraçar Rosa. — Ela também consegue fazer com que as pessoas façam tudo o que ela quer?

David sorri, confirmando o quão parecidos são os seus sorrisos, inclusive com as covinhas.

Todos no restaurante nos encaram. Sinto um calor tomar minhas bochechas. As gêmeas parecem tão incomodadas e constrangidas quanto eu. Leilani parece entediada.

— Com licença. Senhor? Senhora? — diz um garçom pigarreando. Eles não escutam. Ele pigarreia de novo. Mais alto dessa vez. — Com licença, senhor. Com licença!

Sally se vira, pede desculpas, e somos levados até a nossa mesa. As duas mulheres na mesa ao lado da nossa cochicham algo à medida que nos sentamos.

Nós, as crianças, não nos damos ao trabalho de nos apresentar. Sabemos quem elas são, e elas sabem quem nós somos. Sei que eles são as únicas pessoas no mundo com esse sobrenome. Sei quando são os seus aniversários. Sei que Seimone é alérgica a amendoim. Sei que Leilani tem quase a mesma idade que eu. Sei que...

— Você vai ficar encarando elas o dia todo? — pergunta Leilani para mim. — Sim, elas são como duas princesinhas que acabaram de sair de um dorama coreano. Tão exóticas! Duas lindezas que puxaram ao papai coreano.

— Eu não estava encarando. Estava... — Eu não sei o que é dorama.

— Sim, elas são muito lindas.

— Eu também — comenta Rosa.

— Somos todas lindas — diz a Maya.

— Somos todas muito lindas — completa Seimone, rindo.

Leilani ri com desdém.

Não é que Leilani seja feia. Ela é bonita o suficiente, eu acho. Já posso ouvir o sermão da Sally, como se eu tivesse dito isso em voz alta: *Bonita o suficiente para que exatamente?*

A beleza da Leilani é como a minha. A Vovó usaria a palavra *insossa*. Estamos no mesmo barco, a Leilani e eu: a pessoa menos bonita numa família de pessoas lindas. Fico imaginando se isso a incomoda. Ou será que ela se sente aliviada, como eu? Pelo menos ela não tem espinhas.

O visual dela é mais interessante do que o das irmãs. Consigo perceber exatamente o que está pensando sem que ela diga uma só palavra. No geral, Leilani está pensando que isso aqui é uma perda de tempo, e que eu sou muito desinteressante. Queria pensar o mesmo sobre ela, mas é fascinante ficar observando o seu rosto.

Leilani e eu estamos sentados de lados opostos, com as gêmeas ao nosso lado e a Rosa na cabeceira. Os quatro adultos já estão bebendo vinho e conversando animadamente, balançando os braços, rindo alto demais, apontando. Cada segunda frase que dizem começa com *Não é possível que já passaram vinte anos desde...* ou *Lembra quando...* Eles estão rindo de um dia que o David acabou com eles no pôquer, durante uma desastrosa viagem para esquiar. Estão ridiculamente felizes.

— Escola em casa, hein? — comenta Leilani, me puxando de volta para a ponta da mesa onde estavam as crianças.

Esse vai ser um brunch longo.

— É para que os nossos cérebros não sejam influenciados pela fábrica de enlatados do capitalismo — comenta Rosa, atiçando Leilani.

As gêmeas dão risinhos.

— Não me sinto um enlatado — declara Maya. — Você se sente como um enlatado, Seimone?

— Bem, eu estou com um pouco de fome.

As gêmeas dão mais risinhos. Rosa se junta a elas.

— Gosto das suas luvas — diz Rosa para Seimone. As luvas em questão são pretas e vermelhas. Maya não está usando luvas. — Você sabe jogar pôquer?

Seimone faz que não com a cabeça.

— Eu te ensino. E xadrez?

— Sim!

— E estudar em casa é legal? — pergunta Leilani para mim, enquanto Rosa e Seimone dão gritinhos por causa do xadrez.

Ela consegue fazer com que a pergunta soe de um modo que eu vou parecer um imbecil se responder que sim, ao mesmo tempo em que deixa claro que ela não está interessada na minha resposta. Tem a ver com a maneira como ela ergue as sobrancelhas e curva o lábio superior ao mesmo tempo. Se eu explicar que frequentei mais escolas do que tive aulas em casa, as sobrancelhas dela só vão se erguer ainda mais.

— Você gosta da sua escola? — É o que acabo dizendo, tentando lutar contra ela com trivialidades. Sua sobrancelha esquerda se arqueia mais um pouco. Não consigo erguer nenhuma das minhas sobrancelhas tão alto assim. Fica claro para mim com aquele único gesto elegante que ninguém em sã consciência gosta do colégio ou faz uma pergunta imbecil dessas. Isso seria um teste? Estou reprovando feio. Se tentar explicar que eu sei que a pergunta é imbecil, que a fiz de propósito *porque* ela é imbecil, isso também não vai me ajudar a cair nas graças dela. Fico me coçando de vontade de escrever uma mensagem para a Georgie para relatar para ele esse brunch tão divertido.

— Você vai me perguntar o que eu quero ser quando crescer? Para que faculdade vou prestar vestibular? Quais são os meus planos de carreira?

Essas perguntas me ocorreram.

— Tenho aulas em casa — digo. — Minhas interações sociais são esporádicas.

— Mas o seu caso de amor com o dicionário é eterno. — Ela exibe um sorrisinho que me transmite o insulto *idiota* com a mesma intensidade que teria se ela tivesse pronunciado a palavra.

— Você deveria ser artista — falo. — Você tem um rosto incrivelmente expressivo.

Tá vendo? Eu também sei ser rancoroso. Mas depois lembro que ela frequenta uma escola de artes performáticas. Provavelmente já está estudando para isso.

— Acho que você quer dizer *atriz*. Não vamos ignorar que há uma discrepância entre o quanto as mulheres e os homens ganham para fazer exatamente a mesma coisa. Não vou mudar essa situação fingindo que eu sou *artista*. É por isso que eu mesma vou dirigir os meus filmes e programas de televisão. Atuar é para quem quer ser explorado por babacas misóginos.

— Você parece a Sally falando — comento.

— E você parece o meu pai falando. Que alegria, não? Mal nos conhecemos, e já nos sentimos em família.

Fico tentado a dizer para ela que eu também não queria estar aqui, e a sugerir que é melhor que engulamos o nosso desgosto porque nossos pais querem muito estar aqui, para que não tornemos esta refeição mais horrível do que já está sendo. Quero pedir uma trégua. Mas consigo imaginar o quão rápido ela vai me cortar.

Rosa ri de algo que uma das gêmeas disse, mas noto que ela está prestando atenção em cada palavra que Leilani diz. Os olhos de Rosa brilham com admiração, e estou convencido de que ela está decidindo que Leilani é uma pessoa que pode ensinar a ela uma coisa ou outra sobre como espezinhar os outros.

Vou ter de manter minha irmã longe da Leilani. Já é ruim o bastante o fato de que a Leilani possa dar à Rosa aulas de maldade, mas e se ela for como a Rosa e souber ensinar coisas ainda piores? Leilani não está exatamente emanando vibrações muito boas. Frieza: ela não se importa em ferir meus sentimentos; desinibição: ela diz o que quer, sem ter medo das consequências; carisma: é difícil não voltar sua atenção a ela. Será que ela busca impulsivamente emoções fortes? Fico tentado a perguntar se ela gosta de dirigir muito rápido.

Ter Rosa como irmã me faz ver as pessoas de modo diferente. Não confio só em quem tem charme — não que a Leilani esteja sendo charmosa, mas posso notar que vontade ela tem. As únicas pessoas em quem eu confio de cara são aquelas que ficam incomodadas na presença da Rosa. Me sinto desapontado por Sojourner não ter reagido a ela dessa maneira.

— Amei sua camisa com estampa rural — diz Leilani para mim.

Rosa solta uma gargalhada alta. Leilani olha para ela como se a estivesse avaliando.

— Você realmente sabe usar essas covinhas a seu favor, né?

Os olhos da Rosa se cerram. Só brevemente, mas eu noto.

Bem, Rosa não vai pôr as garras na Leilani tão cedo. Estariam duas iguais se reconhecendo?

Meu pai tem o mesmo charme fluido que Rosa. Mas não é insensível. Rosa é muito parecida com o Vovô e com o tio Saul. Eles dois não carregam sequer um pingo de empatia. O Vovô fica constantemente tentando manipular todos ao seu redor. Incluindo as pessoas em seu testamento quando elas o agradam, e deserdando quando não. Todo ato de bondade dele tem segundas intenções. E o tio Saul é farinha do mesmo saco.

— E vocês estão se dando bem? — pergunta Gene McBrunight. Leilani nem disfarça ao revirar os olhos.

— Ah, está tudo incrível aqui nesta ponta da mesa. O Che e eu já estamos planejando o nosso casamento. Vai ter pombinhas. E pinguins também.

Fico corado, mas não porque ela é bonita. As gêmeas riem e me lançam olhares que tenho certeza que significam que elas acham que estou apaixonado.

— Quanta rapidez — comenta Gene.

— Deixa a gente em paz, pai — retruca Leilani. — Acabamos de nos conhecer. Não somos melhores amigos que se conhecem desde que os telefones celulares vinham dentro de maletas, tá bem?

— Tá bom, tá bom — comenta ele, se virando para Sally.

— Os celulares costumavam vir dentro de maletas? — pergunto. Leilani não acha graça, muito menos sorri.

— Para que você não fique tendo ideias — diz ela —, e caso esse rubor não seja só o seu sistema nervoso simpático hiperativo atacando, eu tenho namorada. Não gosto de garotos. Não, nem de qualquer astro do cinema que você esteja prestes a citar.

Eu não estava prestes a citar o nome de ninguém. Estou ocupado demais imaginando como ela sabe o que é o sistema nervoso simpático. Ela está estudando para virar diretora, e não médica.

— Se algum dia eu me sentisse atraída por algum cara, com certeza não seria por um garoto fazendeiro australiano chato e alimentado à base de milho como você.

Rosa e as gêmeas soltam risinhos.

— Bom saber — digo. Nunca me xingaram de nada daquilo. Bem, de chato talvez, e de australiano com certeza. Mas das outras coisas, não. Nunca pisei numa fazenda, nem sou muito fã de milho.

— Apesar disso, talvez eu te leve para fazer umas compras. — Ela dirige os olhos para a minha camisa. — Se vamos ser obrigados a conviver o tanto quanto eu suspeito, você vai ter de usar roupas que não façam os meus olhos sangrarem.

— Perdoe-me se minhas roupas ofendem vosmecê — resmungo.

Leilani sorri. O fato de ela saber abrir um sorriso me surpreende. Por um fração de segundo tenho certeza de que ela não é como a Rosa.

CAPÍTULO 7

Depois do brunch vamos para a casa dos McBrunight, que domina a rua, ocupando quase o quarteirão inteiro. Antigamente, havia uma sinagoga naquele local. Atravessar as enormes portas de madeira e subir nos degraus é como entrar na Grande Sinagoga de Sydney.

Eu sabia que eles eram ricos, mas, ao ver aquela casa, agora *realmente* sei que são.

Raios de luz caem de uma claraboia gigante, como se viessem do próprio paraíso. É como se eles morassem no Louvre. Só que o Louvre é muito mais atulhado.

Claraboia é a palavra errada. Dois segmentos inteiros do teto, além do telhado acima deles, foram substituídos por vidro transparente.

O teto se parece com o interior do corpo de uma baleia, com costelas que se estendem formando colunas. À noite deve dar para ver as estrelas.

— Sua boca está aberta — diz Leilani para mim.

Eu a fecho.

— Todo mundo fica impressionado. Mas você é o primeiro a babar.

Passo a mão pelos lábios antes de me dar conta de que não estava babando. Qualquer outra pessoa teria rido de mim. Mas Leilani consegue me arrasar igualmente apenas erguendo de leve a sobrancelha.

— Você quer conhecer o resto da casa, ou vai se contentar em ficar aí de pé, encarando? Sua boca está aberta de novo, por falar nisso.

Está mesmo. Fecho a boca de novo.

Eles fizeram o que puderam para dar ao cômodo gigante um toque de humanidade. Metade do espaço é ocupado por confortáveis móveis de sala de estar. Seimone arrasta Rosa para o sofá maior, onde começam uma competição de quem pula mais em cima dele. Desde o caminho de volta do restaurante elas estão cochichando e dando risinhos. Maya não fica de risadinhas com elas. Fica perto da mãe.

— Essas eram as galerias? — pergunto olhando para cima. Leilani concorda com a cabeça.

— É onde as mulheres ficavam exiladas. Transformamos elas em quartos... Depois de fazer uma cerimônia de purificação para livrar o prédio de toda essa misoginia.

Não consigo saber se ela está falando sério.

— Venham ver as cozinhas — diz Lisimaya.

— Ah — diz Sally —, suas famosas cozinhas que não emitem gases do efeito estufa.

Os parentais e Gene acompanham-na até uma porta do outro lado do corredor.

— É uma cozinha — diz Leilani.

— Sua mãe falou *cozinhas*. Elas não emitem gases do efeito estufa?

— Tanto faz. Até parece que os velhos cozinham alguma coisa. Imagino que eu deva ter que te mostrar o resto da casa.

— Obrigado. — Fico tentado a dizer *se não for muito incômodo*. Mas ela certamente acha que é.

Há dois elevadores. Um para cada lado, ou asas, do prédio, como Leilani as chama. A "asa leste" e a "asa oeste".

— Se eu fosse meu pai mostrando a casa para você, eu diria: *Sim, como na Casa Branca*.

Solto um gemido, porque sei que é isso que ela quer que eu faça, mas não tenho certeza porque as asas têm a ver com a Casa Branca. Imagino as asas de um pássaro gigante e o prédio inteiro voando.

— Nunca estive numa casa com elevador.

— *Ascensor*. Acho que já ficou claro que estamos numa casa grande.

— Tem quatro andares — digo estupidamente enquanto olho para o painel com os botões. Tem um botão de emergência e uma alavanca, como o elevador de um prédio normal.

— Cinco. Você se esqueceu do porão. Sabe, onde fica a piscina.

— Uau — digo, e me arrependo em seguida.

— Eu estava brincando com relação à piscina. — Ela indica que está revirando os olhos apenas direcionando o olhar levemente para cima.

— Ah. — Eu teria dito *com certeza você está brincando*, só que não havia certeza *alguma*. Por que este lugar não teria uma piscina? Mas havia a questão dos quatro botões no painel do elevador. — Então acho que isso quer dizer que vocês não têm um heliporto no telhado, né?

— Não seja idiota. O heliporto fica em cima da garagem, atrás da casa.

— Sério?

— Não, é mentira. Existem regras sobre onde os helicópteros podem ou não voar. Aqui não é permitido.

— Como você sequer *sabe* sobre isso? — Nada de risada da parte de Leilani, apenas a sobrancelha que ela ergue em substituição. — Você sempre morou nesta casa?

— Acho que você quer dizer *mausoléu*. Sim, eles são donos desta casa faz vinte anos.

Não cometo o erro de dizer *uau* de novo. Não consigo imaginar como deve ser crescer num lugar assim. Na verdade, não consigo nem imaginar como é morar no mesmo lugar a vida toda. Nós ficamos na mesma casa até eu completar 7 anos. Depois disso: o caos. Casas diferentes em Sydney até meus 12 anos, depois casas diferentes pela Austrália, depois na Nova Zelândia por uns dois anos, depois de volta a Sydney por um ano, depois Indonésia, depois Tailândia, e agora aqui.

— Você tem sorte — comento. O olhar que Leilani me lança me diz que ela não concorda com a minha afirmação. — Como é ser rica?

— Como é ser australiano?

O elevador para, e as portas se abrem para uma sala repleta de livros.

— O dinheiro não é meu. É deles.

— Mas... — começo. Não importa de quem é o dinheiro. Ela está nadando nele. — Eles são seus pais. Você não é exatamente pobre.

Ela me lança outro olhar mordaz.

— Eu não disse que era pobre. Mas isso aqui é deles. Se não fosse pelos meus pais, eu não viveria assim.

— Claro. Se não fosse pelos meus pais, eu não estaria morando em Nova York. Eles nos controlam até que tenhamos idade o suficiente para ir embora.

— Infelizmente.

— Então é melhor aproveitar, né? — Ela novamente me lança um olhar que diz *você é um idiota*.

— Aproveitar o quê? Eles só tiveram a gente para transmitir o nome da família. Esse nome estúpido e inventado! E para que fôssemos versões deles em miniatura. Isso nunca dá certo. Você ficaria surpreso com o potencial de vaidade das pessoas. Eu não ficaria. Mas você se surpreende com tudo.

— É esse milho todo que eu como. Me faz acreditar em tudo. Parece que é por causa dos inseticidas que eles usam.

Ela emite um som que é quase uma risada.

— Você quase riu!

— Não ri nada — diz ela com a mão sobre a boca. — Não estou sorrindo. Vamos por aqui. — Eu a acompanho enquanto fico imaginando por que ela é tão ácida com relação aos pais.

— Este é o quarto da Maya e da Seimone.

Há uma foice e um martelo pintados na porta fechada. Não questiono.

— Obra da Maya. Tem algo a ver com a Sibéria.

Aparentemente não preciso perguntar.

— Elas dividem um quarto?

— Elas gostam de dividir. Elas sempre preferiram fazer tudo juntas. Só que a Seimone faz aulas de dança, e a Maya, de tênis. É uma coisa de gêmeos. Esta é a sala de leitura delas.

A porta está aberta. Vejo duas escrivaninhas, cadeiras, pufes, livros, tablets, um aquário, e um mural com criaturas aquáticas. Na parede atrás de uma das escrivaninhas há pôsteres de lindas estrelas do pop asiático. Atrás da outra, uma ferradura presa por um prego.

— Isso é chinês? — Na parede à nossa frente há um grande pergaminho.

— Coreano. Meu pai é coreano. Já fui para lá milhões de vezes. Temos família em Seul.

Eu sei disso. O Gene foi adotado por uma família branca americana, que fez questão de que ele aprendesse coreano e todas as coisas sobre os seus dois países. Eles mantiveram contato com a mãe biológica dele.

— Este é o meu quarto. — A porta está fechada, mas não há adesivos colados nela. Leilani não a abre. — E esta é a minha sala de leitura.

O piso é negro. Meus pés sentem que o chão é esponjoso à medida que a acompanho para dentro da sala.

— Um tatame. Legal. Que arte marcial você pratica?

— Nenhuma. Quer dizer, não quero me tornar faixa preta. Eu atuo, lembra? E atuar exige muito trabalho corporal. Então eu treino um pouco de tudo: um pouco de caratê, esgrima, boxe, ginástica. Ajuda a ficar em forma.

— Por isso a esteira.

— Nem sempre tenho tempo de sair para correr. Esteiras quebram um galho.

Quase digo *vamos correr juntos*. Há pistas de corrida por toda Manhattan.

— Agora, o terraço.

— Como se tivesse um terraço — resmungo.

— Temos um terraço — diz Maya da porta. Leilani e eu nos assustamos.

— Onde estão Rosa e Seimone? — pergunto com um toque de preocupação.

— Papai está fazendo truques de mágica para elas. — Leilani solta um gemido. Maya dá um risinho. — Rosa queria ver. Então a Seimone está sendo simpática e acompanhando ela.

— Coitada da Seimone. Ela é simpática demais.

— A Rosa dança — diz Maya, como se isso explicasse tudo.

— Ah — exclama Leilani.

— Ela vai fazer aulas na McKendrick também.

Esse nome não me é estranho.

— A Rosa e a Seimone vão frequentar a mesma escola de dança?

— Sim — diz Maya. — Vamos nadar um pouco depois do show de mágica. Eu me ofereci para ir pegar os biquínis.

— Então vocês realmente têm uma piscina?

Leilani bota a mão sobre a boca. Maya dá um risinho.

Há um terraço.

Com vistas. Dá para ver o topo de outros edifícios, muitas caixas d'água, algumas jardineiras, e varais de roupa.

— Os velhos estão proibidos de vir aqui — diz Maya. — O lugar é todo nosso. Está vendo aquela igreja? Aquele telhado ali? Tem uma mulher que leva o cachorro ali para fazer as necessidades. Mas ela nunca limpa depois. Deve ter um cheiro horrível. Nunca vimos ninguém levar o cachorro para passear. Coitadinho.

— Mas como é que eles conseguem chegar no telhado? — Ele é plano, e tem um capitel de cada lado, mas não consigo ver como alguém conseguiria chegar ali. Leilani fica me encarando.

— Pela porta.

— É uma igreja católica — diz Maya como se isso explicasse tudo. Ainda estou perplexo.

— É isso o que vocês ficam fazendo aqui? Olhando os outros?

— Todo mundo faz isso — comenta Maya. — Mas nunca vimos um assassinato.

— A Maya ainda tem esperanças de ver um dia.

Rosa também teria.

— O senhor Chaminé teve um infarto. — Maya aponta para o bloco de apartamentos ao lado da igreja, onde um homem no quinto andar fuma sentado na saída de incêndio. — Aposto que ele não pode mais fumar, mas está sempre do lado de fora. Ele acende um cigarro atrás do outro. Muito. Nojento. Vimos a ambulância chegar. O rosto dele estava roxo. A Yani, da venda, diz que o coração dele parou. Ele praticamente morreu. Dá pra imaginar isso?

— Sim — diz Leilani. A irmã a ignora.

— Mas lá está ele, fumando como antes. Yani diz que ele só compra carne seca, balas e cigarros. E parece que ele só tem 43 anos. É mais jovem do que os nossos pais!

— Ele se parece com os nossos avós.

— Bisavós.

— Bisavós das múmias do Museu de História Natural. — Maya ri.

— Quer brincar de pique-esconde?

— Não — diz Leilani. — Não tenho 5 anos. Nem estou chapada.

— Eu *gosto* de pique-esconde. — Maya se vira para mim. — Quer brincar?

— Hum — digo. — Por que você não pergunta para Rosa e Seimone?

— Elas estão ocupadas com o show de mágica. — Maya dá de ombros.

— Não é melhor brincar com mais pessoas?

— Acho que sim.

— Mas deve ser bom brincar de pique-esconde aqui — digo. — Tem vários lugares para se esconder.

Leilani emite um som abafado.

— O que foi?

— Ela já tem 11 anos, e não 5.

— Mas *é* divertido se esconder aqui. Dá pra subir no telhado. Por que você odeia se divertir, Leilani?

— Odeio Diversão com D maiúsculo pelo mesmo motivo que você odeia as boy bands imbecis que a Seimone ama. Por que elas são horríveis e ruins.

Maya ri. Eu também. Leilani abre um rápido sorriso. Fico imaginando se ela alguma vez ri de verdade.

O telefone de Leilani apita.

— São os velhos. Seus pais estão indo para casa. Parece que esses encontros vão virar encontros semanais. Que alegria.

Descemos então as escadas e nos despedimos.

— É amanhã às dez, né? Vamos combinar a data da festa *asap* — diz Gene.

Nunca tinha ouvido alguém pronunciar *asap* como se fosse uma palavra de verdade.

Rosa e Seimone se abraçam apertado, e se declaram melhores amigas. Maya revira os olhos quando nenhum dos adultos está olhando.

— Vamos ter que ensinar todos vocês a usarem um injetor. É fácil. Mando o link do vídeo depois — diz o Gene. — Acho que elas vão passar bastante tempo juntas.

— Um o quê? — pergunta David.

— Injetor de adrenalina. Caso a Seimone entre em contato com amendoim.

— Olha só! — diz Rosa tirando algo do bolso. — A Seimone me deu luvas iguais às dela! Não preciso usá-las porque não sou alérgica. Mas agora somos gêmeas de luvas! Elas não são lindas?

Ela veste as luvas e abraça Seimone.

— Tchau, Che — diz Leilani. — Foi um prazer te conhecer.

— Igualmente — falo, mas sem o sarcasmo dela.

— POR QUE não pudemos ir nadar? — pergunta Rosa enquanto andamos pela rua. — Por que não temos uma piscina?

— Fica para outra vez, Rosa.

— Quero morar na casa dos McBrunight.

Os parentais caminham na frente de mãos dadas. Eles estão rindo juntos.

À medida que atravessamos o Tompkins Square Park, Rosa pega a minha mão, como costumava fazer quando era ainda menor, e diz:

— Algum dia vou morar naquela casa.

Noto que ela quer que eu pergunte como isso vai acontecer. Não pergunto.

— Você pegou algum suvenir?

Ela retira uma boneca coreana, branca como um fantasma e com um vestido enorme, de dentro da bolsa com a estampa da Shirley Temple.

— O vestido é de seda. Ela é uma cortesã. Eu queria ser coreana também.

— Você vai devolver isso.

— É um presente. A Seimone me deu.

— Te deu mesmo? — pergunto.

— Claro que sim. Ela gosta de mim. Não podemos arrumar problemas com os McBrunight. David ficaria irritado.

Ela já disse isso antes.

— Sally e David não vão ficar juntos por muito tempo — diz ela como se estivesse me dizendo as horas.

— O quê? — pergunto antes que consiga me deter.

Ela balança nossas mãos para a frente e para trás. Daqui a pouco ela vai começar a dar pulinhos.

— Você vai ver.

Tudo o que consigo ver é que os parentais estão meio quarteirão à nossa frente. Sally está apoiada no David, que tem os braços em volta dela. Eles vão ficar juntos para sempre.

CAPÍTULO 8

Rosa ainda estava dando os primeiros passos quando a fiz prometer que não mataria.

Não me importava com o que diziam os médicos. Sabia que havia algo de muito errado com ela.

Digitei *tem algo de errado com a minha irmã*, e os resultados da busca foram irmãs que não comiam, que corriam o tempo todo, que arrancavam os próprios cabelos, que arranhavam o próprio rosto, que se cortavam. Rosa não fazia nenhuma dessas coisas.

Troquei *irmã* por *filha*.

Ah...

Havia outras crianças que mentiam e não se importavam quando eram descobertas, que não sentiam afeição, que riam e sorriam e abraçavam só para conseguir o que queriam.

Outras crianças como a Rosa.

Que não sentiam empatia. Essa palavra era nova para mim: *empatia*.

Quase todas as crianças a princípio são egoístas, mas depois aprendem a sentir empatia. Por que Rosa não conseguia aprender isso?

Os parentais não estavam preocupados. Ela não estava tendo acessos de raiva. Ela fazia contato visual direto com as pessoas. (Direto demais, para dizer a verdade.) Eles davam broncas nela quando a pegavam mentindo.

— Mas as crianças mentem mesmo — costumavam dizer.

O pior, apesar de tudo, era o quanto ela gostava de matar. Sim, muitas crianças fazem isso, mas não como a Rosa.

Eu a vi matar formigas.

Uma por uma, metodicamente seguindo-as pelo rastro, esmagando cada uma com o seu rechonchudo dedo indicador. Seu olhar demonstrava intenção, satisfação, deleite.

Depois ela começou a pegar mariposas e despedaçá-las.

Nessa época eu tinha 11 anos. Rosa, 4.

Sally e David haviam me dito que eu devia protegê-la. Se eu contasse a eles o que ela estava fazendo, eu a estaria protegendo? Talvez ela superasse essa fase. Quase tudo o que consultei dizia que a maioria das crianças conseguia superar.

Contei aos parentais.

Eles me agradeceram e tiveram uma conversa com Rosa sobre o assunto. Ela disse que era eu quem matava formigas e mariposas, e não ela. Os parentais sabiam que eu não mentia.

Eles levaram Rosa a um médico, que indicou que ela se consultasse com uma psiquiatra infantil. Não sei o que a psiquiatra disse, mas, depois da primeira sessão, Rosa passou meses se consultando com ela semanalmente. Ela odiava essas sessões de terapia.

Até que parou de matar insetos quando achava que alguém poderia estar olhando.

Mas eu via.

Eu via que ela continuava matando formigas. Ela estava distraída demais para notar a minha presença.

— O que você está fazendo?

— Nada.

O polegar e o indicador estavam pretos.

— Por que você matou essas formigas?

— Gosto do barulho que elas fazem quando estouram.

Elas não faziam barulho nenhum quando estouravam. Não que eu pudesse ouvir.

— Gosto de fazer com que elas parem de se mexer. Gosto de mandar nelas.

— Não faça mais isso.

Ela se virou para me lançar seu olhar grande, desconcertante e impassível.

— Porque Sally e David não gostam? É por isso que eles me levaram para aquela médica, né? Ela vive me perguntando sobre isso.

— Porque matar é errado. Eu também não gosto quando você faz isso.

— O tio Saul pagou pessoas para matarem as formigas na casa dele. Eu pelo menos não estou lançando venenos no meio ambiente como ele fez.

— Ela estava repetindo algo que David havia dito.

— O tio Saul não é uma pessoa muito correta — falei, também parafraseando David.

— Mas Sally espalha armadilhas para as baratas pela casa. Por que não tem problema em matar baratas?

— Porque elas são pragas que espalham doenças. — Tive a esperança de que isso fosse verdade, e senti um alívio quando pesquisei mais tarde e vi que era.

— Mas aquelas armadilhas grudentas também matam formigas e às vezes mariposas e até uma lagartixa, como daquela vez.

— Sally e David ficaram chateados quando isso aconteceu.

— Eles ficaram chateados pela lagartixa, mas não pelas formigas e mariposas. Eles só ligam quando *eu* mato mariposas e formigas.

— Porque isso te faz sorrir. — O sorriso sincero dela.

— Então eles não gostam quando eu fico feliz?

— Matar coisas *não deveria* te fazer feliz, Rosa. É *por isso* que eles estão preocupados.

Pude ver como ela armazenava essa pequena informação. Ergueu os braços para que eu a pegasse no colo e me abraçou com força. Todo o meu amor por ela voltou a me preencher. Amor por essa garotinha que gostava de matar insetos, e que talvez não fosse capaz de sentir empatia.

— Você tem que prometer para mim que não vai mais matar nada.

— Mas eu gosto.

— O que vai acontecer se Sally ou David te virem fazendo isso?

Rosa não disse nada.

— O que sua psiquiatra vai dizer?

— E os mosquitos? — Rosa mordeu seu lábio inferior.

— Mosquitos você pode matar.

— Moscas?

— Sim.

— Pernilongos? Pulgas?

— Sim.

— Minhocas?

— Não. Elas fazem bem ao solo.

— Aranhas?

— Não. As aranhas comem os mosquitos.

— E se a aranha estiver me picando?

— Pegue um jarro e coloque a aranha dentro dele para que os médicos saibam que antídoto te dar.

— E se...

— Já chega — disse levantando a mão.

— Tudo bem. Não vou matar mais.

Pouco depois dessa conversa, ela parou de ir à psiquiatra. Sally e David disseram que ela havia melhorado um pouco. Ela já admitia que tinha matado as formigas.

Depois disso, só peguei ela matando mosquitos. Mas às vezes a encontrava perto de criaturas mortas. Um rato, um pardal. Já estavam mortos quando ela começou a cutucá-los com um graveto, o que era bastante perturbador, mas eu podia dizer a mim mesmo que ela estava apenas sendo curiosa.

Depois, houve o caso do porquinho-da-índia da Apinya.

Apinya era dois anos mais nova do que Rosa e morava no apartamento ao lado do nosso, em Bangkok. Ela ficou radiante com o fato de uma garota mais velha como Rosa querer brincar com ela. E ficou mais radiante ainda quando Rosa disse que elas eram melhores amigas. Elas eram as únicas crianças no nosso andar. Apinya fazia tudo o que Rosa mandava.

Acabei colocando a culpa em mim mesmo. Se eu tivesse me esforçado um pouco mais para aprender tailandês... mas eu não sou bom em línguas. Não como Rosa, que se tornou fluente em questão de minutos. Além disso, tailandês é ridiculamente difícil de aprender. Subia o tom das palavras quando eu deveria baixá-lo. Não aprendi muito além de oi, tchau, obrigado, e como manter as mãos unidas como se fosse rezar em sinal de respeito.

Ouvi Rosa chamar alguém. Parecia ter sido o meu nome. Entrei no quarto dela. Apinya estava empurrando um travesseiro contra o chão.

— O que você... — comecei.

— Oi, Che — disse Rosa.

Por que Apinya estava se debatendo contra um travesseiro?

Rosa havia sussurrado para ela algo que a motivou. Peguei a jaula vazia que estava no chão ao lado delas. Rosa olhou diretamente para mim e arreganhou os dentes. Corri para agarrar o travesseiro.

Tarde demais.

Embaixo do travesseiro estava o corpo do porquinho-da-índia de Apinya virado para cima. Ele já não se mexia.

A palavra *monstro* passou pelos meus lábios antes que eu pudesse impedir. Tive ânsias de vômito. Rosa havia prometido não matar mais. Mas ela não havia matado; Apinya, sim.

A menina ficou com os olhos rasos d'água. Ela olhou para Rosa em busca de aprovação, e Rosa concordou com a cabeça.

Fiquei sem palavras.

Rosa devolveu o porquinho à jaula.

A campainha tocou. Rosa correu para atender. Era o pai de Apinya, que havia voltado do trabalho. Apinya desatou a chorar. Rosa parecia triste.

Sally e David saíram do escritório. Rosa se juntou a Apinya e começou a chorar. Os parentais a consolaram.

Eu me recolhi para o meu quarto, sentei na minha cama, e fiquei olhando para o nada.

Eles pensaram em cancelar o jantar que tinham naquela noite, mas haviam combinado com um investidor, e desmarcar não ficaria bem. As lágrimas da Rosa não os fez mudar de ideia.

Ficamos em casa só eu e Rosa.

Requentei o espaguete à bolonhesa — o favorito de Rosa. Precisava conseguir que ela fizesse outra promessa. Uma que não tivesse brechas.

Ela nunca havia feito outra pessoa matar. Ela nunca havia matado algo tão grande quanto um porquinho-da-índia. Ela estava progredindo.

— Por que Apinya matou o porquinho-da-índia dela? — perguntei, apesar de já saber a resposta.

Rosa botou um pouco de macarrão na boca e mastigou, se certificando de que mastigava cada bocado cinquenta vezes. Sally a ensinou isso quando ela era menor, para que parasse de engolir a comida antes de mastigar. Funcionou. Rosa gosta de regras. Ela gosta de usá-las para importunar os outros.

Pousei meu garfo na mesa.

— Por que eu queria ver se ela era capaz de fazer isso.

— Como você se sentiu quando ela matou o animal?

— Bem.

— Você sabe que isso não está certo, Rosa.

— Os pais dela vão comprar outro.

— Você fez com que ela matasse algo de que ela gostava.

— Se ela realmente gostasse dele não o teria matado.

— Talvez ela goste mais de você do que do porquinho-da-índia.

— Então isso é problema dela. Ela deveria rever as prioridades. — Isso era algo que o tio Saul teria dito. — Ela deveria dar mais valor à vida.

— Da mesma maneira que você dá valor à vida? Foi você quem falou para ela matar.

— Não achei que ela fosse fazer isso.

— Você é quem dá as ordens, Rosa. Apinya é mais nova do que você. Ela te admira. Você criou uma situação em que era difícil para ela te desobedecer. Você sabe que isso é errado.

Rosa colocou mais macarrão na boca e começou sua contagem infinita.

Eu sabia que ela não se importava. Como eu poderia fazer com que ela se importasse? Pensei em contar a Sally e David o que eu temia estar acontecendo. Mas eles só viam a filha com bons olhos. Assim que eles atravessavam a porta, o sorriso de Rosa desaparecia do rosto dela. Não fosse pelos olhos, ela estaria completamente inexpressiva.

— Me senti bem por ela ter feito o que eu queria.

— E você tem vontade de repetir essa experiência? — perguntei, na esperança de que ela fosse mentir para mim.

— Sim.

— Você vai fazer isso de novo?

Ela colocou mais comida na boca. Estava gostando de prolongar essa conversa. Ela gostava de me dizer a verdade. Não tinha mais ninguém para quem contar o que fazia.

— Gostei de ver Apinya tentando engolir o choro. Gostei de ver as mãos dela tremerem enquanto ela colocava o travesseiro em cima do bicho. Ela fez cinco tentativas antes de conseguir. A princípio ela tentou apenas com uma das mãos. Uma burrice realmente. Os animais lutam com vontade para sobreviver. Você viu onde o bicho arranhou?

— Era assim que a Apinya chamava o porquinho-da-índia dela? O bicho?

— Não, ela chamava ele de Gatinho. Ela achava o nome engraçado.

— Do mesmo modo que você acha engraçado que o Gatinho a tenha arranhado?

— Não falei que era engraçado. Mas foi interessante ver o bicho lutar para sobreviver.

— Quero que você me prometa que não vai mais fazer com que ninguém mate nada.

A última garfada de espaguete entrou na boca dela.

E se ela não prometesse?

O que eu diria para Sally e David?

Será que eu contaria para eles sobre as pesquisas que fiz? Será que eu mostraria o meu diário para eles? Será que eu contaria que digitei *A minha irmã é psicopata?* na internet, torcendo desesperadamente para que ela não fosse uma?

E se eu dissesse *psicopata* em voz alta, e se os especialistas concordassem comigo que a Rosa realmente é uma, o que aconteceria?

Li que alguns especialistas dizem que rotular uma criança como *psicopata* é o mesmo que dizer que a criança é incorrigível.

— Prometo — disse ela. — Não vou matar, e não vou fazer ninguém matar.

Eu não conseguia enxergar brechas nessa promessa.

Desde o porquinho-da-índia de Apinya, nada mais aconteceu. Não que eu saiba.

PARTE 2
Quero fazer *sparring*

CAPÍTULO 9

Na manhã de segunda-feira, nosso novo professor particular chega vinte minutos adiantado. Ele é um cara branco, quase pálido, chamado Geoffrey Honeyman. Não consigo acreditar que não pudemos ter mais algum tempo de folga antes da nossa primeira aula. Só chegamos em Nova York há praticamente dez minutos.

Matemática e a maioria das ciências não são muito a minha praia. Já biologia, sim. Mas física? Deus me livre! Química, a mesma coisa. E matemática? A pior matéria de todas. Mas se eu não aprender essas coisas, não vou poder entrar na faculdade de medicina.

Eu preferia estar frequentando uma escola, mas os parentais decidiram que abril já é quase o final do ano letivo nos Estados Unidos. As escolas de verdade voltam a funcionar em setembro. Faz mais de seis meses que estávamos na Australian Independent International School, em Jacarta. Eu adorava aquela escola. Rosa também, mas pelos motivos errados. É mais seguro quando ela tem aulas em casa.

Enquanto isso, ficamos com o Sr. Honeyman, que vai nos ensinar matemática e ciências, e uma pilha de livros para aprender as outras matérias.

Sally e David costumam nos fazer perguntas sobre o conteúdo dos livros uma vez por semana. Essa é sempre a intenção deles, mas raramente dá certo. Desde que saímos de Sydney nossa educação tem sido um pouco atrapalhada, para dizer o mínimo.

Rosa e eu nos agachamos no topo da escada, espionando.

— Ele é careca — diz Rosa. — Gosto quando os professores são velhos.

É claro que sim. Os velhos adoram Rosa.

A cabeça dele é impressionantemente brilhante. Fico imaginando se ele costuma lustrar a careca.

Os parentais apertam a mão do instrutor e indicam um dos sofás, onde eles se sentam e explicam um pouco mais sobre Rosa e eu. Não que eles já não tenham contado a ele tudo o que precisa saber sobre nós um milhão de vezes.

— Eles estão dizendo para o professor que eu sou um gênio — sussurra Rosa.

— Sim, e que eu sou muito inteligente, apesar da minha dificuldade com matemática.

— E com ciências — acrescenta Rosa. — Você não é tão inteligente assim, Che.

— Obrigado.

— Quero ir para a mesma escola que a Seimone. Eles encenam peças de teatro lá.

Fico imaginando se as gêmeas frequentam a mesma escola, ou se Rosa simplesmente ignorou a existência de sua gêmea não favorita.

— Vocês dois já estão prontos aí em cima? — grita David. — Desçam aqui.

Esperamos cerca de trinta segundos e depois descemos. Geoffrey não parece velho. Não um velho enrugado. Ele com certeza é mais novo do que os parentais.

Ele aperta as nossas mãos e pede que o chamemos de Geoff. Suas mãos estão suadas. Não entendo como ele consegue estar suado se passou os últimos vinte minutos sentado com os parentais numa sala tão fresca.

— Temos que sair — diz Sally. Ela está ajeitando as mangas do casaco para que não fiquem sobre os punhos da camisa. Depois, desabotoa os dois primeiros botões da parte de cima do casaco. Depois, volta a abotoá-los. Eles estão indo para a primeira reunião formal com os McBrunight. Vão se encontrar pela primeira vez com a equipe. E querem passar uma boa impressão.

— Estou bem? — pergunta ela a David.

— De tirar o fôlego. — Ele beija a testa da Sally. — E eu?

Sally concorda com a cabeça e tira um fio solto da manga da roupa dele.

Geoff parece constrangido.

— Vocês dois estão ótimos — falo. — Considerando o nervosismo e o fuso horário.

— Hoje é muito importante — diz Sally.

— Não estamos nervosos, estamos eufóricos — explica David. Será que ele mesmo acredita nas próprias palavras?

— Eles amam vocês — comenta Rosa. — Eles sempre dizem isso nos cartões que mandam.

— Você tem razão, querida — diz David. — Vai dar tudo certo.

Eles se despedem de mim e de Rosa com um beijo, e apertam a mão suada de Geoff.

— Não se esqueçam de ver o vídeo sobre o injetor de adrenalina de novo.

— Outra vez? — reclama Rosa. — Já vimos isso quatro vezes.

— Sim, outra vez. Estaremos de volta antes de você sair para o boxe, Che.

E então eles saem.

Geoff está de pé ao lado do sofá, todo desajeitado, olhando para alguma coisa à minha esquerda.

— Você vai começar passando um teste — fala Rosa. — Para saber o que precisa nos ensinar. Os professores de matemática sempre fazem isso. Tomara que seja um teste difícil. O último foi entediante de tão fácil.

— Esnobe.

— Hum, sim — diz Geoff ao mesmo tempo do que eu. — Um teste.

Será que ele já trabalhou como professor antes?

— Os professores nunca acreditam que eu sou um gênio. Muitos pais acham que seus filhos são gênios se eles conseguem contar até dez aos 2 anos. Apesar disso, sou uma garota-prodígio. Já estou trabalhando nas demonstrações matemáticas. Podemos estudar na cozinha? Gosto de sentar nas banquetas.

— Hum, claro. Podemos sentar onde vocês preferirem.

— Você é inglês? — pergunta Rosa. Ela sabe que ele é. Os parentais nos contaram.

— Hum, sim, eu sou.

Sentamos nas banquetas. Geoff nos entrega nossos testes. Rosa começa a responder às perguntas. Leio o teste todo, e meus olhos já começam a ficar vidrados.

— Isso é irritante — comenta Rosa. — Para com isso, Che.

— É um pouco irritante, sim, na verdade — comenta Geoff.

Não sei do que eles estão falando.

— Você está chutando — explica Geoff.

Olho para as minhas pernas. Meus dedos estão quicando na bancada em ilha, e meus pés estão saindo da banqueta. Paro.

— Desculpa. — Nunca tive menos vontade de lidar com números. Minha cabeça dói. Estou com sono... Bem, não exatamente com sono, mas não tenho certeza de que estou totalmente desperto.

A primeira parte do teste é de cálculo. Tento não soltar um gemido. Aposto que se eu frequentasse uma escola normal não teria de saber cálculo ainda. Se eu frequentasse uma escola normal, não estaria sentado ao lado da minha irmãzinha de 10 anos, que já está fazendo suas exibições matemáticas.

— Você está chutando de novo — comenta Rosa. — Para.

Eu me detenho outra vez. Meu telefone vibra no bolso. Deve ser Nazeem, ou Georgie, ou Jason. Ou os três.

— Posso pedir licença por um instante antes de começar? — pergunto.

Geoff concorda, mas noto que ele está desconcertado.

Vou para o banheiro, fecho a porta, e começo a andar de um lado para o outro. Quatro passos até a parede, e quatro passos de volta. Queria poder ir para a academia agora.

Olho para o meu telefone.

Tá acordado?

É a Georgie. Sento na bancada perto da pia e começo a balançar as pernas.

Estou digitando, o que já responde sua pergunta. Não é tarde pra caramba aí?

Sim. Não consigo dormir. E também não tive cabeça pra fazer mais nada. E nem posso costurar... muito barulho.

Georgie tem insônia com frequência. Diferente de mim, exceto quando estou com jetlag.

Naz disse que você tá de boa com a nossa situação.

Claro.

E como vão as coisas com a Rosa?

Georgie sempre faz essa pergunta. E eu sempre conto para ela. Apago a mensagem que estava escrevendo sobre ela e o Nazeem, e conto para ela sobre Rosa e o passaporte.

O bebê psicopata vingador. Talvez ela use os poderes dela em prol do bem a partir de agora.

Eu rio, imaginando a expressão no rosto de Georgie.

Quem me dera. Ela quer se mudar para a mansão daqueles amigos ricos dos parentais. Você tinha que ver o apartamento onde estamos. Já é superluxuoso. Mas agora Rosa acha que o deles é melhor ainda...

Ela vai dominar o mundo algum dia. E não vai ser bonito.

— Está tudo bem aí dentro, Che? — grita Rosa, que não consegue me permitir cinco minutos de descanso.

— Sim, já vou sair.

Tenho que ir.

Coloco o telefone no bolso e dou alguns pulos antes de sair do banheiro. Rosa está debruçada sobre o teste. Geoff está olhando para o tablet dele.

— Desculpa — digo enquanto me sento de volta na banqueta.

Geoff olha para cima, mas não diz nada. Não consigo ver o que ele está lendo.

— Já terminei a primeira parte — anuncia Rosa.

— Você me assusta.

Eu me volto para o meu teste. Por que começar com a parte de cálculo? Por que não álgebra ou geometria, ou algo mais apropriado para um cérebro com jetlag, como livros de colorir?

— Se estivéssemos numa escola de verdade, estaríamos no fim do ano letivo, né? — pergunto.

Geoff concorda com a cabeça.

— Então não estaríamos fazendo testes como esse, né?

— Você provavelmente estaria, sim. Fim de maio e começo de abril é época de provas.

Suspiro. Na Tailândia, estaríamos no início do ano letivo. Na Austrália, o ano letivo dura apenas alguns meses. Tento fazer a gelatina que é o meu cérebro funcionar e resolver equações usando a calculadora do meu telefone.

A banqueta tem a altura errada. Fico me retorcendo para um lado para estalar a coluna, e depois para o outro. O que eu preciso mesmo é de uma boa corrida. Será que a Sojourner corre?

Continuo lutando contra o teste, imaginando o porquê do *xis* no problema. Por que não *erres* ou *exclamações*? Quando na vida vou precisar traçar modelos de programação linear? Escorrego para fora da banqueta e começo a flexionar a panturrilha, o quadríceps e os glúteos.

— Pronto, acabei — diz Rosa colocando a caneta sobre a mesa e entregando as folhas de papel para Geoff. — Não foi fácil.

Rosa faz uma pergunta a Geoff sobre poli-alguma-coisa. Eu me perco no que ele está falando em questão de segundos. Minha irmã está fascinada. Esses são praticamente os únicos momentos em que não fico preocupado se ela vai fazer alguma maldade. Ela está concentrada demais.

Não demoro muito a terminar o teste, porque só consigo me arriscar a responder cerca de um terço das questões da última parte.

Enquanto Geoff corrige os testes, faço uns mistos-quentes para mim. Quando chegar na academia, vou dar meu número para Sojourner. Nós nos demos bem, não é verdade? Não seria um ato estranho da minha parte lhe dizer meu telefone.

Rosa bebe suco de laranja enquanto o professor faz a correção.

Geoff nos devolve os testes. O meu está todo rabiscado de vermelho. Passei raspando. Rosa cometeu somente dois erros. Fico aliviado, e ela, irritada. Ela se concentra atentamente enquanto ele explica onde e por que ela errou, e dá mais exemplos. Já eu não presto tanta atenção.

Às vezes acho que as únicas relações que Rosa consegue ter são com pessoas que entendem mais de matemática e de xadrez do que ela.

Meu telefone vibra algumas vezes. Desejo que sejam mensagens da Sojourner, mas ela não tem o meu número, e não consigo imaginar outra maneira de ela consegui-lo que não seja por mim.

Geoff dá mais explicações e exemplos à Rosa. É como se eu não estivesse na cozinha com eles. E eu realmente não queria estar aqui.

Fazemos outra pausa. As mensagens são de Jason e Nazeem. Como a proteína de que preciso, mas volto a me sentir como se uma parede invisível estivesse na minha frente. A voz de Geoff está a quilômetros de distância.

Logo antes das duas da tarde, quando Geoff está terminando a aula, Sally manda uma mensagem.

A reunião vai demorar. Voltamos às cinco. Você se importa de faltar a academia? Só dessa vez?

Sim, eu me importo.

Você sabe que não pediríamos se não fosse importante.

Fico encarando o telefone.

— Quem é? — indaga Rosa.

— Sally. Eles só vão voltar às cinco.

— Mas você tem academia — comenta Rosa.

— Eu *tinha* academia.

Responda para sabermos que você recebeu.

— Às vezes — falo para o meu telefone — você ferra a minha vida.

Geoff continua a arrumar as coisas dele para ir embora.

— Você pode ficar mais um pouco? — pede Rosa para Geoff.

Ele olha para ela e começa a piscar. Eu provavelmente estou piscando também.

— Eles vão te pagar. Eu adoraria ter aulas extras.

— Bem... — diz Geoff.

Será que ele vai conseguir manter a Rosa na linha? Queria ir para a academia. *Preciso* ir. Preciso ficar cansado. Só assim vou conseguir dormir direito e me livrar de vez desse jetlag idiota. Preciso ver Sojourner outra vez.

— Por favor, por favor, por favor me ensine mais um pouco. — Rosa mostra as covinhas. Chega mais uma mensagem da Sally.

Por favor, responda, Che.

Não vou implorar para Geoff. Eu quero implorar para Geoff. Será que tem problema se eu deixar os dois sozinhos aqui? Rosa é obcecada por matemática. Ela respeita o conhecimento dele.

— Por favorzinho — pede Rosa. — Podemos fazer outro teste!

— Está bem, Rosa — concorda Geoff. A testa dele brilha de suor. Aparentemente, os problemas matemáticos são irresistíveis. Não tenho exata certeza do que seja isso.

— Obrigado — digo, me segurando para não gritar de gratidão. — Fico muito agradecido.

Geoff vai ficar aqui pra ensinar mais matemática pra Rosa. Vou pra academia. Vocês vão ter de pagar a mais pra ele.

Faço mais sanduíches e arrumo minha mochila.

— Você vai se comportar, Rosa?

— Vou me comportar. — Ela mostra as covinhas de novo.

— Não mostre as covinhas. Não confio nas suas covinhas.

— Prometo que vou me comportar. — Ela mantém uma expressão neutra. Sally manda outra mensagem.

Você tem certeza de que isso é uma boa ideia?

Tarde demais.

— Você vai fazer ela se comportar, Geoff? Não deixe que ela te convença a fazer nada que não tenha a ver com a matemática.

— Sou o professor dela — diz ele piscando rápido.

Beijo a testa de Rosa, pego minha mochila e saio correndo. Enquanto saio, escuto:

— Manda um oi pra Sid por mim.

CAPÍTULO 10

Sojourner está na minha aula das três horas, na sala onde ficam os sacos de pancada. Aquele cara imbecil também está.

— Fala, Outback Steakhouse — diz ele enquanto me dá um soquinho forte demais no braço. — E aí?

Resmungo alguma coisa que dá para interpretar como *tudo bem*, me sento perto do saco de pancada mais próximo da Sojourner, e amarro as bandagens enquanto me inclino para a frente, alongando a musculatura posterior da coxa.

Olho para cima e vejo Sojourner. Sorrio para ela, que devolve o sorriso mas permanece concentrada no aquecimento. A amiga dela está do outro lado comentando alguma coisa sobre uma manifestação. Sojourner concorda, franzindo a testa. Quero ir até ela e desfazer cada uma das rugas.

Nossa treinadora aparece. Ela é baixa e magra, e tem o cabelo louro bem cortado.

— Meu nome é Dido — diz ela. — Para quem não me conhece, sou exigente, mas justa.

Ela já não causa uma boa impressão para mim porque todo treinador diz alguma versão dessa frase. Espero o dia em que algum deles diga: *Sou um fracote, e sou completamente injusto*.

— Quero ver firmeza e dedicação. Se você está se sentindo mais ou menos, procure outra aula. Se vocês não saírem daqui suando por todos os poros do corpo, é porque eu fracassei. Então, estamos aquecidos?

Concordamos que sim.

— Botem as luvas. Quero ver do que vocês são capazes. Dois *rounds* de dois minutos. Intervalos de dez segundos entre eles. Valendo!

E eu começo. Aplico todos os golpes no saco de pancada: *jabs*, cruzados, ganchos, *uppercuts* e combinações disso tudo. Balanço de um lado para o outro, me esquivo, ziguezagueio, faço fintas e bloqueios, dançando em volta do saco de pancada, que eu imagino ser um monstro de 2 metros, do tamanho de uma parede de tijolos. Mas ele é mais lento do que eu, e costuma dar o golpe do nocaute no começo da luta; ele não tem muita capacidade de resistência. Invisto contra ele como um borrachudo, acertando-o dezenas de vezes nos rins.

Soa o gongo que marca o fim do primeiro *round*. Estou encharcado de suor.

— Descanso de dez segundos.

Sorrio.

Soa o gongo do segundo *round*.

Tudo flui bem. Estou dançando. O monstro de 2 metros sucumbe.

Em seguida, treinamos defesa. Dido passa pelos alunos, corrigindo as posições de todos. Ela é muito rigorosa e exige de nós movimentos precisos e bem-feitos. Gosto dela.

No final do treino, estou exausto, mas extasiado. Toda a turma está curvada e arfando, mas a maioria também sorri.

— O *sparring* é às sete da noite, todos os dias. Nada de principiantes, mas todos nesta turma estão mais do que prontos para participar. Novos alunos são bem-vindos. Alguém interessado? — diz ela se voltando para mim. Meu coração afunda.

— Não faço *sparring*. — resmungo. Promessa idiota. Fico imaginando se é assim que Rosa se sente ao não quebrar as promessas que me faz.

— Bem, se mudar de ideia, você é mais do que bem-vindo.

Concordo com a cabeça, limpo o suor do rosto e das mãos com a toalha, e retiro as bandagens.

— Austrália, né? — pergunta Sojourner.

Olho para ela e faço que sim. Ela deve ter ouvido quando aquele imbecil falou comigo.

— Você não parece australiano.

Fico encarando ela.

Ninguém jamais me disse isso. Sou louro de olhos azuis. Geralmente, quando me perguntam de onde venho e digo Austrália, a próxima pergunta das pessoas é: *Você surfa?* Exatamente por causa dos cabelos louros e dos olhos azuis. As pessoas presumem que todos os australianos têm essa mesma aparência física, o que não é verdade, e que todos surfamos, o que também não é verdade. Nunca surfei na vida.

— Todos os australianos que eu conheço têm o nariz quebrado e orelha estourada.

— Isso aí. Somos um povo bonito.

Ela ri. Coloco as bandagens no bolso, agarro a toalha, minha garrafa d'água e as luvas, e fico de pé diante dela. Temos a mesma altura, e estamos rodeados por uma floresta de sacos de pancada. Sinto o meu corpo se inclinar na direção dela, como se eu tentasse absorver um pouco daquela risada. Os cílios de Sojourner são incrivelmente longos, e se curvam tanto que quase tocam as sobrancelhas. Tomo um gole d'água para me distrair.

— Sua irmãzinha é muito bonitinha.

— Bonitinha até demais — digo. Não quero pensar na Rosa. — Foi legal esbarrar com você ontem. Não conheço muitas pessoas aqui.

Ela sorri.

— Como assim você não faz *sparring*?

— Prometi para os meus pais que eu só faria quando meu corpo parasse de crescer — confesso. Minhas bochechas ardem. Por que eu disse isso? *Meus pais não me deixam.* Quantos anos eu tenho? Cinco?

Tenho certeza de que ela está tentando não rir de mim, essa criaturinha patética que faz exatamente o que os pais mandam. Devo dizer a ela que eu não faço tudo o que eles mandam? Isso vai me fazer parecer ainda mais patético. Por que eu tenho que ser tão sincero?

— E se você já tiver parado de crescer?

Eu rio. Alto demais.

— Foi *isso* o que eu disse a eles. Concordamos que se eu passar três anos seguidos sem crescer, eles vão aceitar que já cresci tudo o que podia. Eles queriam esperar cinco anos, na verdade, mas eu argumentei que era tempo demais. Acho que um ano só sem crescer teria sido mais justo.

— Ah...

Falei demais. Muita tagarelice. Jason ia se mijar de rir se ouvisse essa conversa. Georgie também. Até mesmo Nazeem. Ainda bem que eles jamais ficarão sabendo disso.

— Já cresci um centímetro com relação ao ano passado. — *Cala a boca, Che.*

— Gosto de fazer *sparring* — comenta Sojourner. Ela está sorrindo. Espero que esteja sorrindo para mim, e não *de* mim. Será que isso faz sentido, ou será que esse negócio de *para/de* só funciona quando alguém está rindo? — Eu amo. Fazer *sparring* é muito melhor do que qualquer uma dessas aulas e eu *adoro* essas aulas. A Dido é ótima.

— Ela até que é legal, né? — Decidi que a má impressão inicial por ela ter dito que era *exigente mas justa* foi um exagero meu. Natalie também era conhecida por dizer a mesma coisa. E é isso que se espera de um boa treinadora: que ela seja rigorosa, mas justa.

— Eu me chamo Che Taylor, por acaso — digo, estendendo a mão. — Nunca nos apresentamos. Quer dizer, já ouvi falarem o seu nome.

Ela estende uma das mãos em punho para mim. Nós nos cumprimentamos com os punhos fechados, e eu me sinto um idiota. Lutadores sempre se cumprimentam com os punhos fechados.

— Che foi um revolucionário do século XX — digo automaticamente. — Meus pais querem que eu salve o mundo. Eles veem os revolucionários com bons olhos.

— Te perguntam direto quem foi Che, não? — Ela ri de novo.

— Às vezes. Geralmente as pessoas me abordam pensando que eu não sei quem é a pessoa que inspirou o meu nome. Eu digo isso antes que elas tenham a chance de me perguntar se — falo num sotaque afetado — *eu sequer sei quem ele foi.* — Volto a falar na minha voz normal. — É o *meu nome.* É claro que sei quem foi Ernesto "Che" Guevara. Traidor das classes dominantes, o revolucionário mais fodão do mundo, executado na Bolívia, onde puseram a cabeça dele numa estaca, blá-blá-blá.

— Comigo acontece a mesma coisa o tempo todo! A partir de agora, vou dizer às pessoas logo de cara. — Sojourner ainda está rindo.

Por um segundo eu quase digo *mas o seu nome não é Che*, e depois me dou conta. Merda. Não faço ideia de quem inspirou o nome da Sojourner. Só pensei que era um nome maneiro. Não me ocorreu a ideia de pesquisar sobre ele.

— Que coincidência que nós dois temos nomes de revolucionários — diz ela. — Meu nome é em homenagem a revolucionários americanos. Me chamo Sojourner Ida Davis. Mas meus amigos me chamam de Sid. Por causa das letras iniciais do meu nome. Vamos esperar para ver como você vai preferir me chamar.

Tenho vontade de dizer o quão lindo o nome dela é. *Sojourner*. Quero chamá-la assim, e não de Sid. Sid parece nome de um velho nojento. Mas quero me tornar amigo dela; se chamá-la de Sid nos torna amigos, então chamo-a do que ela quiser. Penso em perguntar se ela tem algum compromisso agora. Será que ela toparia dar um passeio comigo? Para me falar mais sobre ela? E me beijar?

— Você tem... — começo.

— E aí, Sid?

A amiga dela caminha em nossa direção com os cabelos molhados e a mochila pendurada em um dos ombros.

— Oi, Jaime — cumprimenta Sojourner.

— Quem é esse? — indaga Jaime. — Você estava na aula da Dido, né?

Faço que sim com a cabeça.

— Esse é o Che — diz Sojourner.

— Che? — Jaime ri. — Sério?

Concordo de novo, me sentindo um bobo.

— Não se preocupe, Jaime. Ele sabe quem foi o Che — comenta Sojourner. — Temos que ir. Foi um prazer te conhecer, Ernesto.

Ela bota a mochila nas costas e caminha na direção da saída enquanto diz alguma coisa para a Jaime que faz as duas gargalharem. Minhas orelhas estão quentes. Espero que elas não estejam rindo de mim.

Penso em tentar ir com elas para onde quer que elas forem. Será que elas vão ter pena do estrangeiro? Mas o *temos que ir* que ela disse foi enfático. Não quero fazer papel de bobo. Mais do que já fiz. Em vez disso, fico observando enquanto ela vai embora.

Pego o meu telefone para pesquisar *revolucionária americana*, *Ida* e *Sojourner*.

Recebi várias mensagens. São da Sally, e todas são uma variação de:

Ainda na reunião. Provavelmente vamos jantar por aqui. Por favor, você pode ir para casa, para o Geoff poder ir embora?

Quatro chamadas dela não atendidas. Estou prestes a ligar para ela quando recebo uma nova mensagem. Dessa vez é do David.

Deixa pra lá. Estamos indo buscar a Rosa. Ela vai jantar com a gente. Pode ficar treinando à vontade.

Dou um soco no ar.

A pesquisa me leva a páginas sobre Sojourner Truth e Ida B. Wells. Na verdade, Sojourner foi uma escrava que lutou pela abolição e pelos direitos das mulheres. Wells foi jornalista e editora, e também ativista na campanha contra os linchamentos e a favor dos direitos das mulheres.

Ler sobre essas pessoas me dá vontade de falar para Sojourner que o nome da minha irmã é em homenagem a Rosa Luxemburgo e Rosa Parks. Ela vai ficar impressionada.

Quero ficar me lembrando dessa nova conversa com Sojourner, do fato de que fiquei perto dela o bastante para sentir o cheiro do seu suor. Pode ser o jetlag, mas neste exato momento me sinto invencível. Quero ficar a sós curtindo essa sensação, não quero ter de ficar dando satisfações aos parentais e me preocupando com minha irmã. Ela está absorta no seu paraíso matemático. Pelo menos dessa vez eu não tenho de me preocupar com ela.

Abasteço o estômago com sanduíches, coloco os fones e guardo o telefone no bolso, me isolando do resto do mundo. Vou para a esteira e corro o mais rápido que posso por meia hora, antes de passar para o remo seco e para a musculação.

Levantar peso é uma das coisas mais entediantes do mundo. Movimentos repetitivos que só servem para desenvolver a musculatura. Isso não te torna mais ágil; não é uma atividade que exija talento artístico, como as artes marciais; além de não fazer tão bem assim ao coração. E não há o que você possa fazer para se tornar melhor nisso. Uma vez que você aprende a técnica correta, tudo o que resta é ficar mais forte e levantar cada vez mais pesos.

Malho intensamente e por muito tempo pensando na Sojourner.

Continuo me exercitando até ficar exausto. Somente perto das oito horas, quando estou prestes a desabar, é que tiro o telefone do bolso.

Vejo que recebi milhões de mensagens da Sally, e deixei de atender a inúmeras chamadas.

A Rosa desapareceu.

CAPÍTULO 11

Não tomo banho. Enfio meu equipamento de boxe no armário do vestiário, desço para a rua e chamo um dos milhões de táxis amarelos.

Cadê o David? Por que ele me disse que não tinha problema se eu ficasse na academia?

David perdeu o telefone dele.

Puta merda. A mensagem que eu recebi foi escrita pela Rosa, e não pelo David.

A mensagem que recebi do meu pai, ou da minha irmã, na verdade, chegou às cinco e quinze. Três horas atrás. Será que faz todo esse tempo que ela está sumida? Sally me manda uma mensagem:

Você faz ideia de onde ela está?

Se estivéssemos em Sydney, haveria uma dezena de lugares para onde ela poderia ter ido, e teríamos também uma dezena de pessoas a quem recorrer.

Você tentou a casa dos McBrunight?

Sim.

E isso é tudo o que eu consigo pensar: não conhecemos mais ninguém aqui.

O táxi quase não anda. Jogo os trocados que tenho no bolso — cinco dólares — na direção do motorista e saio do carro. Corro o trecho que falta até chegar em casa, agradecendo pela organização das ruas em números e letras, que faz de Nova York uma cidade muito fácil de se orientar. Na entrada do nosso prédio, pergunto ao porteiro se ele viu Rosa.

— Já falei para os seus pais. Não vi a menina. Sinto muito, garoto, eu interfono se ela aparecer.

O elevador está no nosso andar. Não aguento esperar por ele. Subo correndo pelas escadas. David escancara a porta enquanto coloco a chave na fechadura. Tropeço, me esforçando para conseguir tirar a chave da fechadura.

— Ah — diz ele, me encarando. Estava esperando que fosse Rosa.

— Desculpa. Não deveria ter deixado ela com o Geoff. Achei que a matemática ia...

— Estava na fruteira — comenta a Sally, enquanto me entrega o telefone do David.

Começo a ler as mensagens que Rosa mandou para Geoff.

Estamos a caminho. Muito obrigado. Amanhã de manhã bem cedo transferimos o dinheiro extra para sua conta.

Estamos quase chegando. Pode ir embora agora. Agradecemos pelas horas extras.

Tem certeza de que não tem problema se ela ficar sozinha?, foi a mensagem que o professor mandou em resposta.

Sim. Provavelmente vamos nos esbarrar na portaria.

— Que demoníaca — digo.

— Se você estivesse aqui, Che — responde David —, isso não teria acontecido.

— Então a culpa é minha? Se *vocês* estivessem aqui, isso também não teria acontecido. Vocês sabiam que eu tinha aula. Vocês sabem o quanto os treinos significam pra mim.

Consigo sentir a raiva crescendo dentro de mim. Tenho vontade de gritar para eles que eu só tenho 17 anos, que sou filho deles, e não pai da Rosa. Mas acabo mesmo fazendo esse papel, mesmo que eles nunca admitam isso.

Esta não é a primeira vez que eles me deixam tomando conta da Rosa e tenho de faltar a alguma aula ou desmarcar uma saída com meus amigos. Mas esta *é* a primeira vez que eu não dou ouvido a eles. Eu deveria ter dito: *De jeito nenhum. Não me interessa o quão importante é a reunião de vocês, vou sair agora, e é melhor que vocês voltem pra cá e tomem conta da Rosa.*

— Agora não é hora para discussão — diz Sally, como se não tivessem sido eles que começaram. — Quanto tempo faz que ligamos para a polícia? — Ela olha para o telefone. — Meia hora. Será que ligo de novo?

— Vocês deram por falta de alguma coisa dela? — pergunto.

— A mochila dela, a capa de chuva e as galochas. Mas não o telefone.

Sem o telefone dela, jamais a localizaremos. Já são oito e meia. É noite lá fora.

— Acho que ela saiu sem dinheiro. Mas pode ser que eu não tenha perdido os vinte dólares que achei que tinha perdido.

É a primeira vez que escuto Sally admitir que Rosa rouba.

— A que horas o zoológico fecha? — Da última vez que Rosa desapareceu, ela foi para o Dusit Zoo, em Bangkok. Queria ver o tigre-de-bengala branco, e os parentais não haviam deixado. Só que ela cometeu o erro de levar o telefone consigo.

— Já fechou faz horas.

— Vou sair pra procurar — digo. Corro para a porta antes que Sally ou David possam dizer alguma coisa, e pego um casaco pendurado perto da porta para vestir sobre o meu moletom com capuz.

— Vou com você — diz David.

— Não! — contesta Sally. — Deixe o seu telefone ligado — grita ela, rendida, na minha direção.

MINHAS ROUPAS DE ginástica estão úmidas de suor. Sinto frio apesar do casaco. Deveria ter tomado banho e trocado de roupa, mas preciso encontrá-la. Sinto mais frio ainda na barriga só de pensar no que pode acontecer. Não tenho certeza se estou preocupado com Rosa ou com o que ela pode ter feito.

Com os dois, é claro, com os dois.

Rosa não tem medo de nada, exceto de ser levada para médicos ou de acabar presa. Ela não tem medo de cachorros bravos, de alturas, ou de estranhos.

O que ela realmente é não vale de nada se esbarrar com alguém que seja pior. Ela tem 10 anos, e é destemida. Será que ela acharia engraçado entrar no carro de um estranho? Será que *aceitaria* um convite para ir jantar na casa de um estranho?

Caminho avenida acima e cruzo com pessoas passeando com seus cachorros, seus namorados, seus amigos, ou andando apressadas do trabalho para casa nos seus ternos e uniformes entediantes, mas com as roupas afrouxadas, e os saltos trocados por calçados confortáveis. Será que devo parar as pessoas na rua para mostrar a elas fotos da Rosa? *Por acaso você viu essa menina?*

Algum parque seria o lugar para onde Rosa iria espontaneamente. De preferência os que têm pracinhas. Rosa adora perturbar outras crianças. O maior parque por aqui é o Tompkins Square, mas há ainda uns dois parques de bairro menores no caminho até lá. O primeiro na verdade é mais um jardim do que um parque. O segundo é todo de concreto em forma de grandes pistas curvas e rampas. Nenhum dos dois tem pracinha.

A polícia está a caminho.

Estou procurando nos parques. Muita gente na rua. Alguém tem que ter visto ela.

Começa a chuviscar, o ar vira uma neblina, e sinto ainda mais frio. Coloco o capuz sobre a cabeça e fecho o zíper do casaco.

Há muitas pessoas na rua, mas poucas crianças. Provavelmente já está tarde. Enquanto atravesso a Avenue A para chegar no Tompkins Square, a chuva aumenta, e guarda-chuvas se abrem. Tem uma pracinha no parque perto da entrada da Ninth Street, mas nela não tem nada além de esquilos. Depois, vou para a área dos cachorros, que está cheia. Caminho pelo percurso, mas Rosa não está espreitando pela cerca tramando para roubar um cachorro.

Atravesso até uma pracinha menor no lado leste do parque. Vejo um garotinho rindo no balanço, empurrado por uma mulher que parece jovem demais para ser sua mãe. Ambos vestem capas de chuva e galochas.

— E agora, está chovendo o bastante? — pergunta ela ao garoto.

O garoto ri mais alto ainda.

— Com licença — grito. A mulher se vira. — Você viu essa garotinha loura? Ela tem 10 anos.

— Não para de empurrar — diz o garoto.

— Não seja rude — fala a mulher para o garoto, enquanto balança a cabeça na minha direção. — Sinto muito. Estamos sozinhos aqui faz dez minutos.

Rosa provavelmente encontrou alguma sorveteria, ou talvez um brechó, e no momento deve estar tentando coagir os funcionários a darem para ela uma casquinha ou alguma boneca de porcelana velha e horrenda. Ela vai aparecer, digo para mim mesmo. A maioria dos desaparecidos reaparece. Li isso em algum lugar. Ou será que em geral eles reaparecem ainda no mesmo dia em que sumiram? Mas se eles não...

Meu telefone toca. David.

Deixo que ele toque mais algumas vezes. Tenho medo de receber notícias ruins. A chuva está diminuindo, mas já encharcou o meu capuz. Viro na direção oeste para uma trilha nos fundos do parque que leva de volta para a Avenue A.

— E aí? — digo, finalmente atendendo o telefone.

— Os policiais querem que você...

Então, eu vejo Rosa.

Óbvio. Os parentais não deixaram ela ir lá.

— Estou vendo ela! — digo para David. — No parque jogando xadrez!

Corro até onde ela está jogando. Seus dedos estão tocando o bispo preto. Ela está concentrada demais no tabuleiro para notar minha presença. O homem contra quem ela está jogando está soltando gemidos. Ele parece um sem-teto. Sua barba longa não está aparada e suas roupas estão sujas.

Rosa, seu adversário, e todos os homens olhando em volta parecem ignorar a chuva.

— Graças a Deus! — grita David. O som do telefone fica abafado enquanto ele repassa a notícia.

— Xeque-mate — diz Rosa. O homem balança a cabeça.

— Você é uma impostora.

Rosa está com a mão estendida. Antes que o homem possa botar o dinheiro na palma dela, pouso minha mão sobre o ombro de Rosa. Ela leva um susto. As notas caem sobre a mesa.

— Já te ligo. Vou levar ela de volta pra casa — digo para David, e encerro a chamada.

— Esse dinheiro é meu, Che!

— Acho que ele precisa do dinheiro mais do que você.

— Ela ganhou o dinheiro — comenta o homem. — Sem trapacear. — Ele se levanta.

Rosa agarra o dinheiro e o deposita no bolso da capa de chuva.

— É meu — diz ela, me fulminando com o olhar. — O Morris disse que é meu. Você ouviu o que ele disse.

Um dos homens que estava olhando toma o assento vazio.

— E aí, vai ganhar de mim, tampinha?

— Ela não vai, não. — Agarro Rosa pela mão e puxo ela para fora do banco. Ela me olha com mais fúria ainda.

— Volte logo, garotinha — comenta o homem. — Mal posso esperar para te dar umas aulas de humildade.

Rosa olha para ele, e ele solta uma risada.

— Não quero ir embora — diz ela para mim. — Quero provar que sou a melhor jogadora daqui. Só perdi uma partida, e isso foi porque eu ainda não tinha me aquecido. Quero ganhar mais dinheiro. Você me fez perder o meu lugar.

Meu telefone toca. É o David de novo.

— Estou levando ela de volta pra casa — digo. — Ela está bem.

— Venha depressa. A polícia quer falar com ela.
— Não quero ir — reclama Rosa.
— Estamos a caminho. Chegamos em cinco minutos.
David não pede para falar com Rosa. Coloco o telefone no bolso.
— Vamos voltar e ponto final. Os parentais estão surtando. Eles acharam que você tinha sido sequestrada ou assassinada.
— Até parece — diz Rosa, com a certeza tranquila de que nada desse tipo jamais lhe aconteceria.
— Você não pode levar o dinheiro de pessoas estranhas.
— Eles não são estranhos. Eu sei o nome deles. A gente nem apostou.
Rosa aponta para uma placa atrás das mesas com os tabuleiros em que se lê: ESTAS MESAS SÃO PARA JOGOS DE DAMAS E XADREZ APENAS. HÁ UM LIMITE DE TEMPO DE DUAS HORAS POR MESA. AS MESAS SÃO DE USO PÚBLICO E GRATUITO. APOSTAS OU TAXAS DE INSCRIÇÃO NÃO SÃO PERMITIDAS.
— Ótimo. Você infringiu a lei.
— Eu não estava apostando.
— Ele te deu dinheiro porque você ganhou. Isso é apostar.
— O Morris não acreditou que eu seria capaz de ganhar dele. Ele me deu o dinheiro porque eu provei que ele estava errado.
— Isso é jogar por dinheiro, Rosa. E jogar por dinheiro é apostar.
— Mas eu não ia dar nada a ele se *ele* vencesse.
— Uma aposta injusta ainda é uma aposta.
Olho para os dois lados antes de atravessar a rua, não confiando que eu já tenha aprendido qual o sentido do tráfego.
— Todas as outras pessoas estavam apostando. E há câmeras. O Morris falou que há câmeras por todos os lados. E algumas delas transmitem as imagens em tempo real. Eles jamais apostariam com as câmeras vigiando. Eu estava prestes a jogar contra o Isaiah. Ele é o melhor jogador de lá. E eu vou ganhar dele.
— E ninguém te perguntou onde estavam os seus pais?
— Perguntaram. Especialmente sobre os meus pais.
— E o que você disse a eles?
— Disse que tinha devorado os meus pais.
— Meu Deus, Rosa.
— Eles riram. O Isaiah então falou que as garotas brancas eram cruéis, e eles riram ainda mais.

CAPÍTULO 12

Há dois policiais, ambos com expressões severas e assustadoras.

Rosa não está desconcertada. Eles fazem perguntas detalhadas sobre onde ela esteve e o que fez.

Ela caminhou até o parque. Fez carinho em alguns cachorros. Tentou fazer carinho num gato, mas ele fugiu. No parque, ficou vendo os cachorros correrem — *Posso ganhar um cachorro, por favor?*, ela pede — e foi para a pracinha, mas lá não havia crianças da sua idade, e então ela se lembrou do xadrez. Ela gosta de xadrez.

— Sou uma garota-prodígio no xadrez — comenta. Ela não ri, nem mostra as covinhas.

A expressão no rosto da policial mais alta revela que ela pensa que Rosa é uma menina mimada. O cabelo da policial está amarrado num coque tão apertado que parece que vai explodir a qualquer momento. A arma na sua cintura me deixa nervoso.

— Você deve respeitar os mais velhos quando eles dizem que você deve ficar em casa — diz a policial. — Você deve prestar atenção e obedecer. Aqui não é a Austrália. Nova York é uma cidade muito grande e muito perigosa.

— A gente morava em Bangkok antes — responde Rosa. — Lá é muito mais perigoso.

— Duvido disso, garota — comenta a policial.

— Bangkok tem uma taxa de homicídios muito mais alta do que Nova York. — Rosa começa a citar estatísticas para provar seu argumento.

— Rosa! — diz Sally. — A polícia está aqui para te ajudar, e não para ouvir comparações de taxas de homicídio.

— Não fiz nada de errado — afirma Rosa, me lançando um olhar. — Eu me comportei. Não entrei no carro de nenhum estranho. E xadrez é um jogo educativo.

— Você pode jogar xadrez — responde David. — Não estamos impedindo que você jogue xadrez. Tenho certeza de que existem clubes de xadrez para crianças da sua idade aqui.

Rosa começa a reclamar.

David levanta uma das mãos e Rosa se cala, cruzando os braços contra o peito. O olhar que ela lança para ele é peçonhento.

— Obrigado, policiais — agradece David. — Vamos nos certificar de que isso não volte a acontecer.

— Ela parece que dá trabalho, senhor — comenta o policial mais baixo. Ele não parece nada encantado.

— Dá mesmo — concorda Sally. — Muito obrigada. Vamos ter uma longa conversa com ela sobre o que aconteceu. E ela não vai gostar do castigo que vai receber.

— É isso mesmo, senhora. Você tem de controlá-la com mão firme — diz a policial mais alta.

— Obrigada — repete Sally. — Nós somos muito gratos. Desculpem por termos incomodado vocês sem necessidade.

— Não foi sem necessidade, senhora.

David leva os policiais até a porta. Enquanto ele a fecha, tenho a impressão de que os policiais riem. Riem dos estrangeiros imbecis e da sua filhinha mimada.

— Você mentiu para nós, Rosa — começa Sally. Ela tem em mãos o telefone de David. — Você mentiu para os seus pais, e mentiu para o seu irmão.

— Não fiz nada disso!

David levanta a mão silenciadora outra vez. Rosa parece desejar poder arrancar a mão dele do pulso.

— Você não pode mentir pra gente, Rosa. Já falamos sobre isso. E você prometeu que não ia mais mentir.

— Sou só uma criança — contesta Rosa. — Crianças gostam de faz de conta. Eu estava brincando, *fazendo de conta*. Crianças costumam fazer isso!

— Você estava *fazendo de conta* que era o David para que pudesse burlar as nossas regras! Isso é diferente. O que passou pela sua cabeça? — pergunta Sally. — O que deu em você?

Nada, tenho vontade de dizer a eles. *A Rosa é assim.*

Sally e David veem como ela age todos os dias. Eles veem quando ela às vezes se esquece de fingir que se importa quando alguém sofre um acidente ou fica doente. Inclusive quando se trata de um de nós. Eles viram a completa falta de medo dela diante daqueles policiais.

Por que eles não percebem que ela não é como as outras crianças?

— O que te deu para que você saísse sozinha assim?

— Várias coisas poderiam ter acontecido com você!

— Eu ganhei — comentou a Rosa. — Ganhei daqueles caras que jogam xadrez há mais tempo do que eu estou viva. Você deveria se orgu...

— Me orgulhar de você?! Pensamos que você tinha sido sequestrada! Que poderia estar morta!

Rosa fica encarando ele. David raramente grita.

— Uma redação — decreta Sally. — Uma redação de mil palavras explicando qual foi a lição que você aprendeu hoje. E que esteja pronta na hora do jantar de amanhã.

— Mil palavras? — Rosa odeia escrever redações.

— Sim, Rosa. Você não pode fazer de conta que sou eu. Existem diferentes tipos de faz de conta. E o que você fez não foi brincadeira de criança. Não foi legal. Foi desonesto e errado. Você roubou o meu telefone. Você sabe que isso é errado.

— Eu peguei emprestado. Estava só brincando. — Rosa começa, mas logo sua expressão muda, quando ela finalmente se dá conta de que está lidando com a situação da maneira errada, que ela deveria agora se mostrar arrependida, e que deveria ter usado todo o seu charme para encantar os policiais. Os parentais não veem esperteza no fato de ela ter ganhado de adultos no xadrez, ou de ter mostrado aos policiais que ela sabe mais do que eles sobre cidades perigosas.

Da próxima vez, ela vai avaliar melhor qual é o momento em que ela tem de ser o prodígio, e quando deve ser a garotinha.

Rosa começa a chorar.

Entre as lágrimas, ela solta algumas frases entrecortadas, pedindo desculpas, dizendo que não tinha se dado conta, e o que quer que seja que ela pense que os parentais gostariam de ouvir.

— Ah, meu amor, não tem problema — diz David puxando a Rosa para abraçá-la.

— Você deixou a gente assustado — comenta Sally enquanto abraça os dois. — Você não pode sair a esmo assim. Especialmente num lugar em que você não conhece ninguém. Faz muito pouco tempo que estamos aqui. Você poderia ter se perdido.

Rosa vira a cabeça, e seu olhar encontra o meu. Ela ri.

Tenho que admitir. Ela conseguiu dar a volta por cima.

Mas ela não vai conseguir me dobrar, apesar de tudo. Vamos conversar seriamente sobre o que ela quer dizer quando alega que se *comportou*.

Ela prometeu ficar comportada. E não ficou.

QUANDO SUBO AS escadas, um facho de luz sai por debaixo da porta do quarto de Rosa. Bato na porta.

— Estou dormindo!

— É, eu também — falo alto o bastante para que ela possa me ouvir. Ligo o gravador do meu telefone e abro a porta.

Rosa está sentada na cama, o rosto iluminado pelo seu tablet. Seus cachinhos louros quase parecem de ouro.

Fecho a porta e sento na cadeira da escrivaninha dela.

— Você quebrou a promessa — afirmo.

— Você sabe que eles se amam mais do que amam a gente — diz Rosa ao mesmo tempo do que eu.

Eu realmente sei disso. Mas tento não pensar no assunto, e muito menos penso em dizer isso em voz alta. Não quero que seja verdade. Eles são nossos pais; Sally e David deveriam nos amar acima de tudo. Mas essa não é a realidade, e foi assim que acabei me tornando a pessoa responsável pela Rosa. Eles não nos amam a ponto de perceber o que há de errado com ela.

— Você não cumpriu sua promessa — repito. — Você disse que ia se comportar.

— E me comportei. A Seimone joga xadrez. Queria praticar antes de jogar contra ela. Ela já ganhou campeonatos.

— Se comportar não significa sair sozinha por aí para fazer apostas com desconhecidos.

— Significa, sim. Os parentais querem que a gente explore e seja corajoso. Eu estava explorando e sendo corajosa. Estava me comportando.

— Mentira, Rosa.
— Nunca prometi que não ia fingir. Nunca prometi que não ia mentir.
— Você seria capaz de prometer que não vai mentir?
Rosa balança a cabeça.
— Mentir é útil demais.
— Você mente quando faz promessas?
— Não. Eu não quebrei a promessa. *Eu me comportei.*
— De um modo em que você expressamente desobedeceu o que os parentais haviam dito para você.
— Eles nunca me disseram que eu não podia sair para explorar.
— Eles disseram que você não podia jogar xadrez no parque, e deram um jeito pra você não ficar sozinha. Estava claro que eles não queriam que você saísse à noite para explorar.
— Mas eles não disseram claramente que não.
— Isso não é se comportar. Isso é manipular e procurar brechas.
— Eu não fiz mal nenhum e não machuquei ninguém... Nem a uma mosca. Não roubei. Peguei *emprestado* o telefone do David — diz ela, rápido, antes que eu possa contestar. — Não obriguei ninguém a fazer nada que a pessoa não quisesse. *Eu me comportei.*
Rosa se inclina para a frente e pousa o queixo sobre os joelhos. Ela parece acreditar em cada palavra que diz.
— Os parentais ficarem com raiva de mim é que não faz sentido.
— Quantos anjos cabem na cabeça de um alfinete, Rosa?
— Hein? Eu estava sendo legal com você, Che. Você queria ir pra academia. E ficou horas lá!
— Sério? E você foi para o Tompkins Square Park jogar xadrez por minha causa? Que bondoso da sua parte.
Rosa assente.
— Não seja sarcástica.
— Sarcasmo é imbecil. Você encontrou com a Sid?
— Quem é Sid? — pergunto, esquecendo por um momento que esse é o apelido da Sojourner. Depois, fico com as bochechas coradas. Rosa solta um risinho.
— Posso me esforçar para me comportar, se você quiser. Só não sei exatamente o que significa *comportada*.

— Significa fazer o que te dizem, não apostar, não pegar as coisas dos outros sem pedir antes, não usar o telefone de alguém para fingir que é aquela pessoa...

— Nem de brincadeira?

— O que você fez não foi de brincadeira. —

Rosa dá um suspiro.

— Mas às vezes, quando você faz o que te mandam fazer, você não pode estar cometendo uma maldade? Como quando a Apinya fez o que eu disse para ela e matou o bichinho?

— Conversar com você é como conversar com... — Eu ia dizer *o demônio*. — É como cair numa armadilha.

— Estou tentando entender. É complicado ser comportada. Mas vou tentar. Não gosto quando você se irrita comigo.

— E você se importa com o que eu penso de você? — digo sem querer.

— Eu gosto que você goste mais de mim. E eu gosto que gostem de mim.

CAPÍTULO 13

No dia seguinte à tarde, tenho de sair de repente da academia para levar Rosa para sua primeira aula de dança. Os parentais estão em mais um encontro com os McBrunight. Eles passam quase todo o tempo deles lá. A babá dos McBrunight vai buscar Rosa e Seimone e depois levá-las de volta à mansão. Sally e David então vão levar Rosa para casa. Depois que eu voltar para a academia, vou poder treinar por quanto tempo eu quiser.

Fico imaginando se os parentais avisaram aos McBrunight ou à babá deles que Rosa pode ser *difícil*. Não que eu me preocupe. Foi ontem que Rosa testou os limites do *bom comportamento*, e há sempre um período de calmaria entre um incidente e o próximo.

Rosa pega uma das minhas mãos. Caso se tratasse de outra criança, eu acharia que ela estava nervosa.

— Não tem nenhum carro vindo — diz ela depois de olhar para os dois lados da rua de mão única.

— Que fofa — digo, querendo dizer o contrário. — Vamos esperar até que o sinal fique verde.

Chegando ao outro lado da rua, ela solta a minha mão para fazer carinho num cachorro que é maior do que ela. A mulher segurando a coleira dele sorri para Rosa.

— Esse é o Harry. Ele é um lébrel irlandês.

— Ele é lindo — comenta Rosa.

A mulher agradece e dá um puxão na coleira do cachorro. O cão trota na direção da sua dona.

— Quero um cachorro como esse.

— Aquilo não é um cachorro, Rosa, é um cavalo. — Pelo menos acho que ela teria dificuldade de matar um cachorro tão enorme.

— Não seja bobo, Che. É um cachorro sim.

Enquanto esperamos o próximo sinal abrir, ela segura minha mão de novo.

— Quando você vai escrever sua redação, Rosa?

Ela franze as sobrancelhas e solta minha mão.

— Eles disseram que você tem que entregar hoje à noite.

— Talvez eles se esqueçam.

— Eles não vão.

— A Suzette está a fim do David.

— Quem?

— A babá dos McBrunight.

— Todo mundo fica a fim do David. Não mude de assunto.

O sinal abre e atravessamos.

— O que você aprendeu ontem à noite?

— A ter paciência para dar o xeque-mate. Aquela partida que eu perdi? Teria ganho se esperasse algumas jogadas a mais.

— Você é hilária.

— Eu não estava brincando.

Eu sei disso. O único tipo de humor que Rosa entende é o pastelão.

— O que você aprendeu sobre se comportar como uma pessoa normal?

— Que preciso mentir melhor. Eu deveria ter fingido arrependimento logo de cara. Da próxima vez, vou abrir o berreiro assim que eu vir a polícia.

— Que tal da próxima vez você não enganar o professor pra que ele te deixe sozinha antes que um adulto volte para casa?

— Você não é adulto.

— Que tal da próxima vez você não sair andando pela rua sozinha?

— Não aconteceu nada. Eu não estava longe de casa. E não entendo por que eu não estava me comportando.

Lá vamos nós de novo. A nova brecha que ela encontrou: *Eu não entendo o que significa a palavra* comportamento.

— Se você achou que estava se comportando, por que deixou o seu telefone em casa?

— Eu me esqueci dele.

— Mentira. — Rosa nunca se esquece de nada.

— Mentir não é ruim.

— O quê? — Encaro ela.

— Todo mundo mente — diz Rosa. — Todo mundo finge que mentir é ruim, mas todo mundo mente. Ser sincero é mais falta de educação do que mentir. Se eu dissesse para as pessoas o que penso, estaria encrencada o tempo todo. Meu erro ontem à noite foi ter dito a verdade: que eu sentia orgulho de ter ganhado daquele velho no xadrez. Eu deveria ter mentido.

— Eu não minto.

— Mente, sim. Você mente quando não responde às perguntas que você não pode responder sem entrar em alguma confusão.

— Isso não é mentir, Rosa.

— É, sim. Você fala que está bem quando está triste. Quando as pessoas te perguntam sobre mim ou sobre os parentais, você não diz a elas que acha que eu sou má, e que eles são péssimos pais.

— Eu não acho que... — Não consigo terminar a frase.

— Chegamos — diz Rosa com animação. — Aposto que vou ser a melhor dançarina da minha turma.

Eu estava tão absorto na nossa conversa que nem percebi que estávamos rodeados por garotas de todos os tamanhos usando collants, algumas pequenas, e outras quase da minha altura. Levo minha irmã até a recepção e me certifico de que ela foi matriculada. A escola de dança tem o mesmo cheiro da minha academia: suor e desinfetantes industriais. Sigo o caminho indicado com Rosa até a sala de aula dela.

Este é o tipo de coisa que os parentais deveriam fazer.

Não acho que eles são péssimos pais. Eles nos amam. Acho que eles são pais *negligentes*. São duas coisas diferentes.

DE VOLTA À academia, treino intensamente, tentando esquecer as opiniões de Rosa sobre mentir. Temo que ela tenha razão. Fico preocupado pensando se a solução seria não ensinar Rosa a se comportar bem — ela nunca vai entender o que é se comportar bem —, mas ensiná-la a fingir que está se comportando bem.

Troco apenas algumas palavras com Sojourner. Ela está com sua amiga Jaime. Não peço o telefone dela, nem dou o meu a ela. Quando termina o treino de *sparring* das sete horas, vou para o vestiário. Fico pensando em escrever uma mensagem para Georgie e Nazeem para pedir a opinião deles sobre mentir. Tenho certeza de que a opinião do Jason vai ser bem parecida com a da Rosa.

Mas, em vez disso, mando uma mensagem para minha treinadora de boxe em Sydney:

Estou pensando em fazer *sparring*. Você acha que já estou pronto?

Estou prestes a guardar o telefone no bolso quando ela responde.

Você está pronto. Há anos.

Fico olhando fixamente para o telefone. Não estava esperando uma resposta dela. Natalie só olha o telefone entre uma aula e outra.

Você está bem?

Tirando um dia de folga.

Sério?

Natalie nunca tira folgas.

Estou seguindo o meu próprio conselho e aprendendo a relaxar. Você está pronto para fazer *sparring*. Vai aprender muito com isso.

Você nunca me disse isso.

E não estou dizendo isso agora. Estou digitando.

Engraçadinha. Tem certeza?

Sim. Seus pais mudaram de ideia?

Não.

Ah.

Pois é.

Mas você mudou de ideia com relação a obedecê-los?

Não sei o que dizer para ela. Eu não minto para eles. Mas e quanto a desobedecê-los? Tento não fazer isso. Mas eles estão sendo injustos, e estão errados.

Não tenho certeza.

Se você quiser, eu converso com eles. Minha oferta ainda está de pé.

— Essa conversa parece séria — comenta Sojourner. Ela está sentada no banco do lado de fora do vestiário feminino, com uma bolsa de gelo em uma das mãos.

— Você está bem?

— Machuquei o pulso. Então, nada de *sparring*.

— Foi grave?

Ela balança a cabeça dizendo que não.

— Tenho uma luta nos próximos dias. Não quero arriscar.

Eu concordo com a cabeça.

— Aconteceu alguma coisa? — Sojourner olha para o meu telefone. Eu o estou segurando enquanto penso no que Natalie me disse. Pensando em como seria fazer *sparring* com Sojourner. Ela é incrível. Será que eu pelo menos conseguiria acertar um soco nela?

— Estou mandando uma mensagem para minha treinadora lá na Austrália. Perguntei se ela acha que já estou pronto pra fazer *sparring*.

— E?

— Ela acha que sim.

Sojourner me dá um soquinho no ombro.

— Porque você está pronto mesmo. Hoje você treinou muito bem. Já conseguiu se livrar do jetlag?

— Acho que sim. — Quem me dera.

— Então você vai fazer *sparring*?

— Eu quero.

— Então faz!

— Quer comer alguma coisa? — pergunto antes que eu possa me convencer do contrário. — Quer dizer, já que não vamos fazer *sparring*. Estou morrendo de fome.

Sojourner olha para mim, bem no fundo dos meus olhos, como se eles fossem capazes de indicar para ela se valia a pena dividir uma refeição com alguém como eu. Mantenho a boca fechada para não falar nenhuma besteira.

— Claro — diz ela. — Você gosta de comida mexicana?

Eu concordo. Sou capaz de comer qualquer coisa que ela queira que eu coma. Concordar é tudo o que consigo fazer para me conter e não gritar: *Yaaay!*

Tomo um banho e visto minha roupa na velocidade de um raio; depois, espero por ela sentado no banco, me esforçando para não parecer animado demais com isso, ou com o fato de que socamos os mesmos sacos de pancada, pisamos o mesmo chão, respiramos o mesmo ar, porque isso é ridículo *Eu* sou ridículo.

* * *

CAMINHAMOS PELA HOUSTON — Rausten — Street juntos, e me esforço para pensar em algum assunto para conversar. Eu queria perguntar a Sojourner sobre as lutas dela. Sojourner já participou de duas lutas de verdade. Será que ela conseguiu melhorar o desempenho dela por causa disso? Mas ela está me perguntando por que estou na dúvida sobre o *sparring*. Ela parece achar que tudo o que tenho de fazer é explicar aos parentais que eu jamais vou me tornar um lutador melhor se não fizer *sparring*, e pronto! Eles vão mudar de ideia. Em vez disso, o meu dilema é entre desobedecê-los ou mentir para eles. Não quero fazer nenhuma das duas coisas, e não quero falar sobre isso.

Penso em perguntar para a Sojourner qual a escola que ela frequenta. Mas e se ela já estiver na faculdade? Ela não vai querer sair com um cara de 17 anos.

— Você acha que eu deveria treinar com a Dido? — pergunto. — Mano a mano?

Sojourner faz que sim.

— Ela não fica gritando o tempo todo. Meu primeiro treinador costumava bater na minha cabeça com a luva toda a vez que eu cometia um erro. E nunca parava de gritar. Não consigo aprender muito quando estão gritando comigo.

— Eu também. Minha treinadora em Sydney gosta de ficar comparando o boxe com meditação.

— Porque você fica viajando?

Faço que sim com a cabeça.

— Adoro quando isso acontece. Aquele momento em que dá um clique, e você consegue se projetar para fora da mente — ela continua.

— Somos meros átomos, parte de algo muito maior do que nós — digo, citando Natalie.

— Como na igreja.

— Hum, deve ser.

— Você não frequenta a igreja, né?

— Por que você acha isso? — Minha pergunta foi bem idiota, visto que eu acabei de gaguejar depois da mera menção da palavra "igreja".

— Porque o seu nome é em homenagem a um guerrilheiro comunista e você é branco. Estou errada?

— Você não está errada.

— Eu não achei que Jesus fizesse parte da sua vida. Você sabia que Sojourner Truth foi uma pregadora? Minha mãe também é. Não posso sair com você.

A sensação é a de que ela me deu um soco. Se eu fosse o Jason, diria: *Eu não estou a fim de você*, insinuando que ela era presunçosa por ter sugerido isso. Mas eu não sou o Jason.

— Ah. — É o que digo, e isso não transmite o quão arrasado eu me sinto.

— Isso foi um pouco ríspido da minha parte, não? Não quero que você fique chateado. Você parece ser um cara legal. Acho que podemos ser amigos. Mas eu não posso namorar alguém que não caminhe com Jesus.

— Então não tem nada a ver com a superfície lunar que cobre o meu rosto?

Sojourner me olha fixamente.

— Hã?

— Foi uma tentativa de piada. Desculpe. — Fico com o rosto corado. *É óbvio* que fico com o rosto corado. Todas as espinhas no meu rosto ardem.

Ela ergue as sobrancelhas.

— Uma piada realmente ruim — acrescento.

— Sim, muito ruim. Não tem a ver com nada disso. Gosto das coisas que eu sei sobre você. Eu só acho que é justo que eu fale isso para as pessoas logo de cara. Especialmente em se tratando de garotos brancos chamados Che.

— Agora quem fez a piada foi você. Dá pra perceber porque foi engraçada.

— Eu sei que é uma coisa um tanto intensa, mas é a coisa mais importante que há sobre mim.

— Eu entendo. Mas você bem que podia tentar me converter, né? Eu poderia ser convertido.

Estou brincando. Mas, por um segundo, andando ao lado dela, olhando o seu perfil, aquele lábios grandes e macios, aqueles cílios que se curvam para o alto, fico pensando: *Será que Deus existe?* Eu facilmente louvaria a um Deus que se parecesse com Sojourner. Me dou conta de que ela se assustaria se eu dissesse isso a ela. Ou talvez ela já esperasse que um cara branco chamado Che fosse pensar essas blasfêmias.

— Que nada. Converter as pessoas é o jeito mais rápido de fazer com que as suas crenças se transformem em algo que não é bonito. Acredite no que você quiser acreditar, Che. Ou não. Cuide de você mesmo, faça o bem aos outros. Você não precisa de religião para fazer isso. Já conheci muitas pessoas que não têm Deus no coração e que são boas. Não julgo ninguém.

Eu concordo com a cabeça. Ela acabou de resumir a minha filosofia de vida. Que inclui também evitar que os outros pratiquem maldades, especialmente irmãs mais novas...

— Se algum dia você começar a se questionar — diz Sojourner —, se você cogitar seguir um caminho diferente, aí então podemos conversar.

— Então você não vai mais falar comigo até então?

— É claro que sim. — Sojourner me dá um soquinho no ombro. — Estamos conversando agora. E vou comer com você também. Mas não vou conversar sobre Deus, religião ou espiritualidade.

— Nem sobre namoro? — Dou uma risada para mostrar a ela que estou brincando.

— Nem sobre namoro. — Ela ri.

Não demonstro, mas isso me machuca. Tento não pensar em quanto eu amo o som da risada dela. Ou admirar aqueles lábios. Sojourner não está interessada em mim. Tenho que aceitar isso. Essa não é a primeira vez em que a garota de quem estou a fim não quer nada comigo. Nem a segunda, nem a terceira.

Mas, espera um pouco, foi isso mesmo que Sojourner quis dizer?

— Você quer dizer então — pergunto — que se eu *fosse* religioso você talvez se interessasse por mim?

— Você não é religioso. — Ela me olha de esguelha.

— Mas e se eu fosse?

— Você está me pedindo para eu te dizer se eu te acho bonito?

É claro que estou. Tudo o que eu disse para ela até agora é basicamente um anúncio de que eu acho ela muito linda.

— Eu gosto de você — digo. — Acho que você é...

— E aí, gaaata!

Me viro e vejo um homem olhando maliciosamente para ela.

— O que você está fazendo com esse branquelo feio?

— Tomando conta da minha vida — responde ela sem virar o rosto.

— Vai tentando.

O homem solta um assovio, mas continua andando ao lado dela, se inclinando como se estivesse prestes a tocá-la, e depois se afastando.

Abro minha boca para mandar ele cair fora enquanto ele caminha mais rápido e nos ultrapassa.

Fecho a boca desmoralizado. Que diabos foi isso? O homem desaparece numa entrada de metrô. Penso em ir atrás dele. Como ele ousa falar com Sojourner desse jeito?

— Você está bem? — pergunto.

— É só o vento. — Sojourner solta o ar entre os dentes.

— Foi mal — deixo escapar.

— Por quê?

— Eu deveria ter dito alguma coisa. Dado um fora naquele cara. Ele passou dos limites.

— E o que você teria dito?

Meu Deus. Não tenho ideia do que eu teria dito.

— *Não faça isso?*

— Como se isso fosse funcionar — diz ela, rindo. — Ótima resposta. Só a sagacidade desse comentário já seria o bastante para acabar com aquele cara.

Fico mais corado ainda. Ela parece não se importar. Tenho vontade de matar aquele cara.

— Ele tem que entender que fazer isso não é legal.

— Ele sabe disso. E não está nem aí.

— Mas...

Sojourner pousa uma das mãos no meu braço.

— É um saco, mas se você desse um soco nele, isso não ia mudar nada. Esse tipo de coisa acontece o tempo todo. Não é nada demais.

Sei que isso não é verdade.

Não me lembro quantos anos eu tinha quando Sally conversou comigo sobre assédio. Ela havia decidido que nenhum filho dela jamais assediaria ninguém. Tanto Sally quanto Georgie dizem que são assediadas na rua todos os dias. E elas odeiam isso.

Coloco as minhas mãos nos bolsos porque elas estão tremendo. Eu deveria ter feito alguma coisa.

— Presta atenção, Che. Isso é muito ruim, sim. Mas se eu me deixar abalar por causa disso, eu enlouqueceria ou mataria todos eles, entende?

Eu concordo. Eu quero matar cada cara que já assediou a Sojourner. Ou a Sally, ou a Georgie, ou qualquer outra mulher.

— Quer ir à igreja comigo?

— Oi?

— Aparece na igreja no domingo, no culto da noite. Você diz que está a fim de mim, então que tal conhecer essa parte tão importante da minha vida?

— Achei que você não estava tentando me converter.

Ela ri.

— E não estou. Mas achei que você poderia se interessar em ver como é. Você já assistiu a um culto?

Não, nunca.

— Claro, eu adoraria — digo. Por que não?

NAQUELA NOITE EU durmo bem. Um sono profundo, não interrompido pela cacofonia de buzinas, sirenes e gritos típicos de Nova York.

E sonho com a Sojourner.

Ela está usando aquele vestido com as tulipas, e de repente ela *não* está mais com o vestido. Estamos nos beijando, nossos peitos apertados um contra o outro. Sinto cheiro de borboletas. Elas estão por todos os lados, e são pequenas e douradas. O cabelo da Sojourner flutua em volta dela. Ela pousa as mãos contra o meu peito, e depois na minha barriga. Nunca me senti tão feliz. Vejo uma luz tão brilhante quanto o sol. Ela vai ficando mais e mais e mais brilhante.

Até que explode.

Acordo sorrindo. Estou molhado.

Escorrego para fora da cama para me limpar, andando no escuro em direção ao banheiro.

— Eu me comportei hoje — diz Rosa.

Dou um salto e um grito, sentindo minhas bochechas arderem, embora ela não tenha como saber por que estou fora da cama.

Rosa está ao pé da minha cama. No escuro, não consegui vê-la.

Ela ri. Uma risada sincera. Mesmo que ela esteja fingindo cada vez melhor, eu ainda consigo distinguir a diferença.

— Que porra você está fazendo, Rosa?

Quanto tempo será que ela ficou parada ali, me observando, enquanto eu sonhava com Sojourner?

— Você não devia falar palavrões na minha frente. Eu sou uma criança.

A regra dos parentais quanto aos palavrões é que não têm problema xingar se nós temos certeza de que isso não vai magoar ninguém.

— Você me assustou.

— Eu sei. Você gritou. Estou estudando o sono. Tenho observado você.

— Isso é assustador, Rosa. Não faça isso.

Acabei de sonhar que transava com a Sojourner. Estou coberto pela minha própria porra, e minha irmã mais nova está me encarando.

— *Nunca* entre no meu quarto de novo sem bater na porta antes. Isso é mais do que assustador.

Rosa dá de ombros.

— Você quer se passar por uma pessoa normal? Então não entre de fininho no quarto das pessoas à noite! Nunca.

— Eu posso ser assustadora na sua frente.

— Não pode, não. E cai fora.

— Vou observar os parentais.

— Não, Rosa. Você não pode ficar observando *ninguém* dormir. Entendeu?

— Se eles acordarem, vão pensar que eu estava sonâmbula. As pessoas fazem isso. E eu sei exatamente o que dizer a eles, sempre.

— Vai dormir, Rosa.

Ela balança a cabeça e acende a luz.

— Por que suas calças estão molhadas?

— Foi um acidente — digo, o que é verdade.

Se Rosa não existisse, será que eu acharia normal mentir? Será que eu mentia antes de ela nascer? Eu me dou conta então de que não me lembro de muitas coisas daquela época. Só de pensar me sinto deprimido.

— Você molhou as calças? Que nem um bebê?

— Sim, eu molhei as calças. Vou tomar um banho e trocar de roupa, e você vai voltar para o seu quarto.

Rosa nem se mexe, então faço para ela uma pergunta pensada exatamente para irritá-la:

— Já escreveu sua redação?

Rosa concorda com a cabeça.

— Escrevi sobre como aprendi que não posso sair de casa sem você ou eles me acompanhando, apesar de eu saber muito bem ler mapas. E que não posso entrar em carros de estranhos. Aprendi a não ser mal-educada com a polícia porque eles podem te prender e matar se quiserem, e vão ficar impunes. Concluí dizendo que a nossa sociedade não permite que as crianças de 10 anos sejam independentes e corajosas, mesmo que os pais esperem isso delas. E que é por isso que a maioria das crianças de 10 anos se comporta como um bebê. Escrevi que na Amazônia há crianças de 3 anos que já sabem esfolar e retirar as tripas dos animais, e afiar as próprias facas, e elas não agem como bebês. Ou seja, aprendi que a nossa sociedade é toda errada.

— Parece uma redação ótima. O que os parentais acharam dela?

— Eles ainda não tinham lido quando fui dormir, o que significa que aprendi também que escrever essa redação foi uma perda de tempo. Você sabia que quando está dormindo as suas pernas se mexem como se você estivesse tentando correr? Você sonhou que estava correndo?

— Não.

— Você se lembra do seu sonho?

Eu não respondo.

— Eu nunca me lembro dos meus sonhos. Essa é mais uma coisa que eu tenho de diferente com relação aos outros. A maioria das pessoas sonha.

— Como você pode saber isso? Tenho certeza de que há outras pessoas que não sonham, ou que não se lembram dos sonhos.

Rosa não diz nada. Ela continua me encarando. Sinto frio e fico tão incomodado que estou prestes a simplesmente carregá-la até o quarto dela.

— Eu acho que você estava sonhando com uma garota — diz Rosa, correndo os olhos da mancha na minha calça até o meu rosto. — E eu sei bem que garota era. — Ela sai do quarto e fecha a porta.

Percebo que estou suando.

CAPÍTULO 14

Não volto a dormir. No escuro, ou no máximo de escuridão que se tem em Nova York, desço e vou tomar café da manhã. Sally já está lá, segurando uma xícara de café.

— Você também, hein?

Faço que sim com a cabeça, pego uma tigela e uma colher, e preparo o meu café da manhã. Sally já fatiou algumas frutas. Eu me sento num banco em frente a ela.

Na rua, as pessoas estão gritando, e sirenes de polícia soam ao longe. Estranhamente, esse som de fundo começa a me indicar que está tudo calmo. Agora é a hora de voltar a falar com ela sobre Rosa.

— David está dormindo como um bebê. Fiquei tentada a acordá-lo perguntando se ele estava dormindo. Ele odeia isso. Uma pena você não ter herdado esses genes que fazem a pessoa dormir tão bem.

Dou uma risada em vez de dizer a Sally que não é assim que os genes funcionam. Penso nos genes partilhados por mim e pela Rosa, mas não é apenas a herança genética que determina quem somos. Graças a Deus. Prefiro dormir mal a ser um psicopata.

— Tem coisas piores — falo para Sally. — Como essas bananas, por exemplo.

— Vamos encontrar bananas boas. Prometo.

— Rosa — digo —, estou preocupado com ela. Sei que você acha que a fuga dela no outro dia não foi nada demais.

— Eu não disse isso. Disse que não acho que ela se deu conta do perigo que correu. Ela é nova e inconsequente.

— Sim, mas não acho que ela entende por que não deveria fazer tudo o que quer fazer. Eu tenho lido bastante. Acho que...

— E que criança de 10 anos entende isso?

— Eu — respondo. — Quando eu tinha 10 anos, eu entendia isso. A Rosa não entende por que ela deve seguir regras. Ela não se incomoda de ser pega fazendo algo errado. Quantas crianças de 10 anos como a Rosa você conhece?

— Mais do que você imagina — responde Sally, mas sem citar o nome de uma. Nenhum dos nossos primos, ou dos filhos de amigos dela são como a Rosa. — Ela não é uma criança comum, obviamente. Quantas crianças de 10 anos entendem de cálculo diferencial? Sim, ela às vezes tem problemas quanto ao trato social. Mas a Dra. Chu disse que ela está se saindo bem, que ela está no espectro normal para a idade dela.

A Dra. Chu não examina a Rosa desde que ela era muito pequena.

— Ela não tem mais 2 anos. Ou 3. Ou 4. Ela já tem 10 anos.

— Eu sei, Che. A Rosa vê o mundo de forma diferente. Nós sempre incentivamos vocês a explorar...

— Não é *disso* que estou falando. Estou falando do fato de que ela não se importa com o que você ou qualquer outra pessoa pense. A Rosa não acha que nada seja culpa dela. Ela não se importa. É mais do que isso até. A Rosa *não é capaz* de se importar. Ela não sente uma gota de empatia. Ela é como o tio Saul. Acho que ela sofre de transtorno de personalidade antissocial.

— Não seja ridículo.

— Eu *não* estou sendo ridículo.

— Não precisa gritar, Che.

Eu não estou gritando, mas estou com os punhos cerrados. Relaxo as mãos.

— Eu sei que ela não é uma criança de 10 anos normal. Poucas crianças de 10 anos jogam xadrez como ela. Você também não era uma criança de 10 anos muito normal, Che. Você era obcecado por violência. Você queria aprender sobre armas de fogo. Armas! Depois, o Vovô ensinou você a como dar socos, e você então quis aprender *kickboxing*. Você sempre gostou de ver as pessoas brigarem...

Já escutei tudo isso antes.

— São coisas diferentes. Eu *nunca* machuquei ninguém.

— Mas o seu pai, sim. Quando era jovem. Mas ele aprendeu a não ceder aos impulsos violentos. Me assusta o quanto você gosta de boxe.

— Eu não sou o David. E eu não sou violento. Nunca me envolvi numa briga.

— Sim, mas você *quer* participar de lutas.

— Dentro do ringue de boxe. Numa situação controlada. Usando equipamento de proteção. Por que estamos falando de mim? Eu não sou o problema. Rosa é o problema.

O rosto de Sally fica tenso. Ela respira fundo.

— Eu sei que você se preocupa com ela. Vocês são muito próximos. Mas você tem que aceitar que ela não é como você. Você sempre foi sensível.

— Um brigão obcecado por violência e sensível?

— Nunca disse que você era um brigão, Che. Você não é. Mas tem algo em você que...

— Eu sou sensível, ou sou brigão?

— Você *não* é brigão. Você sempre se preocupou com todo mundo. Você tinha 10 anos, mas parecia ter 30, juro. Você era responsável e jamais foi egoísta. Rosa não é assim. A *maioria* das crianças de 10 anos não é assim. A maioria é egoísta. Você acha que eu não queria que ela fosse menos egoísta e mais sensível? É claro que sim! Às vezes também desejo que você fosse menos sensível. Você se magoa muito facilmente, Che.

Não tenho certeza se reconheço esse Che de quem ela está falando.

DOU UMA CORRIDA pelo rio East. Eu não esperava encontrar tantos outros corredores. O sol ainda não nasceu, mas lá estão eles: ouvidos tapados por fones, sem olhar para ninguém, e muito menos cumprimentar os outros corredores, trotando ao passar por eles. Meio que fico imaginando se Leilani pode estar entre eles, mas ela não me parece o tipo de pessoa que se levanta da cama antes que seja necessário.

Na escuridão antes da aurora, o rio parece uma mancha de óleo. Fico imaginando uma megafauna aquática espreitando embaixo d'água, com dentes pontudos, garras e tentáculos venenosos. Criaturas com as quais Rosa se identificaria.

Não sou violento.

O ritmo dos meus passos combina com as sílabas. *Não sou vi-o-len-to. Não sou vi-o-len-to. Não sou vi-o-len-to.*

Como Sally pode me comparar com a Rosa? Nós não somos nada parecidos!

Não sou vi-o-len-to. Não sou vi-o-len-to. Não sou vi-o-len-to.
Não sou como Rosa. Não sou como o tio Saul.

Ele não sente empatia, tem pouco autocontrole, é viciado em emoções fortes, namora e se casa com várias mulheres, adora carros espalhafatosos e dirige em alta velocidade. Ele sabe pilotar helicópteros e salta de paraquedas. Suspeito que haja coisas ainda piores. Ele preenche muitos requisitos da lista de características de um psicopata.

Acho que o Vovô é como a Rosa também.

O Vovô é realmente violento. Ou, pelo menos, costumava ser. Ele ainda dá seus berros, e de vez em quando dava surras no David e no Saul, até que eles cresceram e ficaram fortes o bastante para impedi-lo. Quando era mais jovem, o Vovô teve casos amorosos com outras mulheres. Ele fazia o que dava na telha. Sally diz que é um milagre que o David não seja como o pai dele. Acho que essa tarefa fica por conta do Saul: ser exatamente como o Vovô.

A psicopatia pode ser um traço de família. Essa é a parte do DNA, mas o ambiente também conta. As duas coisas são difíceis de separar.

Quando pergunto ao Vovô sobre os pais dele, os meus bisavós, ele diz que eles eram espertos e ambiciosos. *Eles me transformaram no que eu sou.* Se isso é verdade literalmente, talvez então eles tenham sido como a Rosa também.

David diz que os avós dele eram pessoas amarguradas. Que o seu avô nunca ria, sempre criticava tudo. Que a avó era de poucas palavras. O avô dele batia no Vovô do mesmo modo que o Vovô batia no David e no Saul. *Levar uma surra e sobreviver,* o Vovô falou para o David, *é o que faz de você um homem.*

Talvez isso não queira dizer nada. Naquela época, bater em crianças era normal.

Vovô adora o fato de que eu gosto de boxe.

David fala que os nazistas arruinaram os avós dele. Eles perderam os pais, os irmãos, as irmãs, os primos, os tios, as tias, os avós, os primos, os sobrinhos, as sobrinhas, os amigos, os conhecidos e os inimigos. Os rabinos, os fabricantes de fósforos, os açougueiros, os funileiros, os alfaiates. Mortos durante o Levante de Varsóvia. Mortos enquanto tentavam escapar. Mortos em Treblinka, Sobibór, Auschwitz-Birkenau. Mortos de fome depois da guerra.

E então sobraram apenas três: meu bisavô, minha bisavó, e o filho pequeno deles, o Vovô.

Um trauma também pode acabar com a capacidade de empatia, mas somente se você tiver uma predisposição genética para isso.

Meu avô não conta muitas histórias da família dele. Mas tem um tataravô de quem ele fala. Ele era rápido no gatilho, um excelente cavaleiro, com fama de valentão e mulherengo.

Vovô tem uma foto desbotada dele com um bigode absurdamente curvado e um canecão de cerveja. Ele não está sorrindo, e os olhos dele não parecem nada amigáveis. Mas naquela época, todas as pessoas de olhos claros pareciam distantes e antipáticas nas imagens; e ninguém sorria por que era necessário ficar parado por muito tempo para sair na foto.

Talvez ele tenha sido como a Rosa. Ou talvez tenha sido uma pessoa repleta de empatia. O fato de ele gostar de atirar e de cavalgar não quer dizer que ele era um psicopata.

Se algum dia eu tiver um filho, será que ele vai ser igual a mim ou igual a Rosa?

Não tem como saber. As pessoas são formadas por características inatas *e* adquiridas. Somos a soma dos nossos genes, da morfologia do nosso cérebro, e do meio ambiente. Nossos genes não se tratam apenas do DNA com o qual nascemos. Os genes também podem ser moldados pelo meio ambiente. A morfologia do cérebro não é fixa; os cérebros fazem novas ligações nervosas à medida que crescemos, e como reação a um trauma. Nosso meio ambiente é mais do que os espaços nos quais crescemos, ele também é composto por todas as pessoas com as quais interagimos, a começar por nossos pais, nossas babás, nossos irmãos e nossos amigos.

Podemos ser afetados por experiências fora do comum: um sequestro, ou até uma coisa corriqueira como conhecer uma pessoa diferente; até um livro ou um filme são capazes de provocar mudanças em nós.

A descoberta do boxe fez o meu cérebro criar novas ligações nervosas, me deixando mais ágil e mais em forma. Em todas as viagens que já fizemos, morando em Auckland e em Wellington, na Nova Zelândia, em Jacarta, na Indonésia, ou em Bangkok, na Tailândia — apesar de eu não ter aprendido muito dos idiomas na Tailândia ou na Indonésia —, esses lugares provocaram mudanças em mim.

Está escuro. Preciso dormir. Mas estou agitado e com raiva e fome, e não tenho dinheiro, só o cartão de crédito do Vovô. O que ele acharia de me pagar o café da manhã? Eu poderia dizer para ele que os parentais se esqueceram de me dar uns trocados, o que é verdade. David me deu 20 dólares na primeira manhã em que chegamos, e nada mais desde então. Tenho apenas um punhado de moedas.

Vovô vai ficar feliz, tenho certeza. Ele vai adorar o fato de eu estar me desentendendo com os parentais, principalmente com Sally. Por ora, Rosa e eu fazemos parte do testamento dele, mas David foi deserdado. Sally nunca fez parte dessa herança. O Vovô está convencido de que, sem a influência dela, David seria um grande empresário de sucesso.

Mando uma mensagem para os parentais dizendo que vou passar o dia explorando a cidade. Não espero pela resposta deles.

Continuo a minha corrida.

Não sou vi-o-len-to. Não sou vi-o-len-to. Não sou vi-o-len-to. Não sou vi-o--len-to. Não sou vi-o-len-to.

SOJOURNER ESTÁ NO treino das cinco da tarde. Eu quase caí no sono durante o aquecimento antes da aula, mas ao vê-la o cansaço desapareceu. Jaime está com ela.

— Oi — digo.

— Nossa ida à igreja ainda está de pé?

Concordo com a cabeça. Jaime dá um sorriso discreto. Sojourner me passa o endereço e o horário.

Nós dois estamos segurando nossos telefones. O dela é velho e vagabundo como o meu. Eu deveria pedir o telefone dela. Mas Jaime está bem do lado dela.

A igreja fica na Second Avenue, a alguns quarteirões do nosso apartamento. Será que isso quer dizer que ela mora perto de mim também? A aula começa antes que eu consiga passar o meu número para ela.

Mando uma mensagem para os parentais dizendo que vou chegar mais tarde. Não estou preparado para encará-los. Ou encarar a Rosa.

Fico pela academia para ver a sessão de *sparring* das sete horas. Minhas pernas parecem feitas de chumbo, mas estou animado, pronto para qualquer coisa. Talvez eu nunca mais volte a dormir. Já não me importo com isso. Será que é assim que Rosa se sente o tempo todo? Não se importando com nada?

Além de Sojourner, estão no treino de *sparring* a Jaime, o Imbecil e quatro outras pessoas que eu conheço de vista mas não sei o nome, além de seis outros estranhos. A Dido é quem comanda a sessão. Acho que vou perguntar se ela toparia me dar umas aulas particulares.

Então, quando percebo, de algum modo já estou fazendo *sparring*.

Não decido isso conscientemente. É algo que simplesmente... acontece. Dido presume que é por isso que estou ali. Então ela pergunta para Sojourner se ela topa ser a minha adversária. Sojourner abre um sorriso largo.

Logo estou no ringue usando um protetor de cabeça ensebado que tem o cheiro do suor de uma centena de outras pessoas e um protetor bucal de plástico duro que não cabe na minha boca, e que a Dido guarda como protetor sobressalente. Ela me garante que ele foi desinfetado. E eu acredito nela, porque o protetor tem gosto de água sanitária.

A treinadora faz um sinal com a cabeça para começarmos. Tocamos nossas luvas.

O primeiro soco da Sojourner me atinge antes que eu esteja pronto. Pisco os olhos e o meu nariz arde.

Não sei se ela me acertou com a esquerda ou com a direita. Nem se o golpe foi um *jab*, cruzado, gancho ou *uppercut*.

Depois ela me acerta na bochecha esquerda. E então, nas costelas.

Em seguida, um *jab*; depois, um *uppercut*. Eu acho. Depois, outro. E depois, meu nariz de novo.

Tenho que *parar* de pensar e começar a prestar atenção no que está acontecendo.

Tenho que olhá-la nos olhos.

Faço um movimento. O cruzado dela por pouco desvia do meu queixo.

Olho diretamente para ela. Vejo mais um cruzado chegando.

Consigo me esquivar para a esquerda, dou um giro, bloqueio o próximo *jab*, e faço uma finta para trás.

Eu me lembro de como me defender.

Ela está realmente batendo em mim.

Com luvas. Na minha cara. No meu corpo.

Meu nariz.

Ai! Eu não digo. Solto um grunhido.

Estou pensando, e não vendo. Quando olho nos olhos dela, vejo os socos vindo. Aquele cruzado de novo. Desvio dele me abaixando.

Alguém está gritando, mas o protetor de cabeça abafa o som.

O punho dela vem em minha direção de novo. Serpenteio para a direita. Ela erra. Eu vou conseguir.

Com um movimento preciso, desvio da trajetória dela. Escorrego para trás, batendo nas cordas do ringue, e depois escorrego de lado. *O boxeador jamais deve andar em linha reta.* O boxeador também não fica parado com a coluna reta. Dou um giro e desvio dela.

Ziguezagueio e me abaixo. Tento bloquear um golpe, mas erro por uma fração de segundos. Um cruzado de direita acerta o meu nariz. De novo. Meu nariz lateja.

Um líquido escorre da minha cara. Será sangue? Catarro? Ou simplesmente suor? Provavelmente é suor. Meus olhos ardem. Sinto um gosto de sal. Mas o sangue também tem sabor salgado. Dido vai parar a luta se eu estiver sangrando.

Tenho suor demais na minha boca, que já está cheia de saliva por causa do protetor bucal. Quero tirar isso da boca.

Eu me esquivo de novo. Estou quase caindo. Giro até um dos cantos do ringue, me viro rápido, mas ela vem em minha direção com uma série frenética de socos que eu tento bloquear, desviar, evitar. Mais do que qualquer coisa, eu recuo, com as costas nas cordas e as luvas em frente ao rosto.

Me obrigo a sair das cordas, para longe dos socos dela. Sigo os olhos de Sojourner e evito os golpes dela.

Soa um gongo. Soa *o* gongo.

Sojourner abaixa as luvas e dá um tapinha com elas nas minhas. Eu devolvo o gesto. Desabo no chão, com as costas contra as cordas, tendo dificuldades em tirar as luvas.

Dido entra no ringue, abre o velcro da minha luva direita e tira o meu protetor de cabeça.

— Boa primeira tentativa — diz ela. — Talvez da próxima vez você possa considerar a possibilidade de dar um soco também. A parte ofensiva também existe, sabe?

Olho para ela, o suor escorrendo para os meus olhos, e depois para Sojourner.

— Eu não te dei um soco?

— Cara — diz Sojourner, enquanto seca o rosto com uma toalha —, você nem sequer tentou.

Sério?

Um boxeador que não dá socos. *Bela estreia, Che*. Queria que Sally tivesse me visto. Assim talvez ela acredite que não sou violento.

Dido me dá um tapinha nas costas.

— Fica para a próxima. Você usou bem os pés. E se lembrou da sua série de manobras defensivas. Sid quase não te acertou. Tudo o que vi foram quatro golpes em cheio. Nada mal.

Achei que eu tinha acertado alguns socos. Achei que eu tinha *tentado* alguns socos.

— Então, o que você achou? — pergunta Dido. — Foi sua primeira vez. Costuma ser uma experiência intensa.

— Foi bom pra caralho — digo. Eu ainda não havia me dado conta até aquele momento, mas agora minha euforia me dominava. — Não é nada parecido com os treinos. Porra, foi muito bom.

— Bom garoto. — Ela me deu um tapinha na cabeça. — Da próxima vez dê um soco! Pegue um pouco de gelo para o seu nariz. Senão, ele vai ficar roxo e inchado. — Ela examina meu nariz mais de perto. — Acho que não está quebrado.

QUANDO CHEGO EM casa, a sala está vazia. Faço um sanduíche e como rapidamente sobre a pia; depois, subo as escadas de fininho, fecho a porta do meu quarto atrás de mim, travo a maçaneta usando uma cadeira. Não quero ter outro encontro noturno com Rosa. A mochila e o par de tênis que deixei do lado da porta lá embaixo vão indicar para eles que eu cheguei em casa.

Vou para a cama me arrastando. Acho que ainda não são nem nove horas. Consegui evitar falar qualquer coisa sobre *sparring* com os parentes. Não importa o que Rosa diga, isso não é mentir. Eu quebrei uma promessa, mas não menti. Vou contar para eles de manhã.

Foi mais intenso do que eu imaginava. Uma parte de mim pensou que Sojourner estava tentando matar. Tenho certeza de que o meu coração ainda está batendo rápido demais. Eu *tenho* que fazer isso de novo.

Apago.

Acordo no dia seguinte à tarde. Parece que me sinto vivo de novo pela primeira vez em dias.

— Ele acordou! — grita Rosa enquanto desço as escadas.

Sally e David saem do escritório.

— Bem-vindo ao mundo dos vivos — diz Sally. — Se livrou do *jetlag*, hein?

— Acho que sim. Espero que sim.

— Por que seu nariz está vermelho? — pergunta Rosa.

— Por que alguém deu um soco nele.

— O que você disse? — David me encara. Sally também.

— Você prometeu que não ia fazer *sparring*!

Estou prestes a dizer a eles que quebrei a minha promessa, mas Rosa está bem ali. Se eu descumpro minha promessa, por que ela deveria manter a dela?

— Às vezes os aparadores de soco escorregam — digo, o que é verdade, mas é uma resposta evasiva. E o que é uma resposta evasiva se não um tipo de mentira? Estou mentindo por causa da Rosa. Levanto as mãos para fazer uma demonstração.

— Às vezes nós usamos aparadores de soco. Em duplas.

— Isso parece perigoso — comenta Sally. — Talvez seja melhor você não fazer isso.

— Faço isso há anos. Quantas vezes eu cheguei em casa com o nariz roxo?

Sally morde os lábios.

Eu deveria contar a eles sobre o *sparring* agora.

Mas e a Rosa?

Como posso fazer com que ela entenda que o fato de eu quebrar essa promessa é diferente de ela descumprir a dela de não matar?

Sally se inclina para tocar o meu nariz.

— Parece inchado.

— Já botei gelo nele — digo. — Vai ficar tudo bem. Só dói quando eu encosto.

— Bota mais gelo — diz Sally.

Faço como ela mandou. Meu nariz dói.

CAPÍTULO 15

No domingo, chego à igreja um pouco cedo demais, e tenho de ficar esperando na rua, me sentindo um idiota.

A igreja tem uma bandeira do arco-íris gigante hasteada sobre os portões. Estou usando o único terno que tenho, que quase já não cabe em mim, com uma gravata que peguei emprestada do David. Ele achou hilário o fato de eu estar indo à igreja.

Eu não sabia que roupa vestir. Nas poucas vezes em que fui à igreja, usei terno. Mas essa não se parece nada com uma igreja comum. Tem essa bandeira do arco-íris, que balança com a brisa, e todos os outros caras da minha idade estão usando calças jeans e camisetas. Um deles está equilibrando um skate entre as pernas. Putz.

Todas as pessoas são brancas. Percebo que estava esperando que fosse uma igreja de negros.

Nada da Sojourner. Fico olhando de uma ponta a outra da avenida, desejando que ela apareça. Minhas mãos estão nos bolsos porque não sei o que fazer com elas. Pego meu telefone outra vez. Nenhuma mensagem.

Alguém me dá um tapinha no ombro. Eu me viro e vejo Sojourner com um vestido azul e sapatos pretos. Seu cabelo está preso. Não consigo conter o sorriso.

— De onde você veio?

— Estava ajudando minha mãe. Ela é a pastora. — Sojourner aponta para os degraus do altar.

Eu concordo com a cabeça. Ela já me havia contado isso. E esse é um dos motivos de eu estar usando terno.

— Olha só pra você — diz ela. — Estou impressionada.

— Não sabia o que vestir e... Você está linda.

Dois homens cumprimentam ela, ambos negros de terno.

Mais pessoas aparecem. Negras, morenas, asiáticas, brancas. Senhoras idosas de vestido, algumas usando chapéus gigantes. Uma das mulheres está usando penas. A maioria dos homens mais velho está de terno; a maior parte das pessoas da nossa idade está vestida mais casualmente. Apesar disso, eu não chamo atenção. Não sou o único adolescente de terno.

— Que tipo de igreja é essa?

— Uma igreja inclusiva. Uma igreja ecumênica. Uma igreja que acolhe a diversidade. Um lugar de culto e de ação social.

— Parece até que você está lendo isso de um folheto.

— Fui eu que ajudei minha mãe a escrever. — Sojourner ri.

— Ah... — Eu olho com nervosismo para a entrada da igreja mais uma vez.

— Você vai ficar bem, Che. Vamos procurar um assento.

Sigo na direção dela, me sentindo como se eu fosse um impostor que a qualquer momento pode ser acertado por um raio. Uma mulher branca vestindo um hábito está na porta.

— Oi, Sid — diz ela, abraçando Sojourner. — Quem é esse?

— Esse é o Che. A gente faz boxe juntos. — Sojourner se vira para mim. — Essa é a Alice.

Apertamos as mãos, mas, em vez de soltar a minha, Alice pousa sua outra mão sobre ela e segura firme, como se tivesse medo de que eu fosse fugir.

— Bem-vindo à nossa igreja e a Nova York. De onde você é?

— Sydney, Austrália.

— Que maravilha.

— Obrigado.

— Espero que você se sinta bem aqui.

Todos acenam para Sojourner ou a cumprimentam. Ela me apresenta às pessoas como um amigo da academia que está interessado em aprender mais sobre a igreja deles. Com isso, muitas mãos dão tapinhas no meu ombro. Recebo muitos apertos de mão cordiais e desejos sinceros de que eu encontre aquilo que busco. Quase todos eles me abençoam.

— Você conhece todo mundo aqui.

— Minha mãe é a pastora, lembra? Eu frequento esta igreja desde que eu estava na barriga dela.

Por causa de todos os cumprimentos, acabamos tendo de nos espremer no último banco da igreja. Estamos apertados um contra o outro, coxa com coxa.

— Desculpe pela multidão. Eu deveria ter te avisado. O culto da noite é concorrido. Nós temos o melhor coro.

Eu não me importo.

Os integrantes do coro usam hábitos e se reúnem no palco. O som das conversas toma conta da igreja. Parece que todos ali se conhecem.

Então, o coro começa a cantar. Sojourner não estava mentindo. Eles são incríveis. Sem perceber o que estou fazendo, me levanto e começo a balançar como todos à minha volta, sorrindo.

A música me dá vontade de cantar, mas uma vez que aprendo o refrão me dou conta de que não posso cantar sem parecer hipócrita. Afinal, eu não amo a Jesus. Eu cantarolo e balanço de leve de um lado para o outro.

Quando a música termina, voltamos a nos sentar com sorrisos de contentamento, e a mulher que se levanta para nos dar as boas-vindas é recebida com carinho e alegria, pois foi isso o que a música nos transmitiu, e agora é isso que transmitimos de volta para ela, não importa o quão tediosos sejam os avisos de praxe que ela está dando agora.

Há mais músicas, mais canto.

Todos se levantam e balançam os braços no alto, louvando a Jesus. Paro de me sentir como um hipócrita ateu dançando música gospel e simplesmente danço. Não tenho certeza se é a música que está fazendo com que eu me sinta assim, ou se é Sojourner ao meu lado sentindo a canção.

— Também gosto de você.

Pelo menos é isso o que eu acho que Sojourner disse. A voz dela está baixa, e o coro está cantando alto.

Ela esbarra o corpo contra o meu, nossas mãos se roçam. Nós dois estampamos largos sorrisos no rosto, e depois ela sussurra de novo:

— Também gosto de você.

Sinto o hálito dela na minha orelha. Engulo em seco.

Eu me sinto leve e extasiado e assoberbado e me viro, e depois tropeço.

— Branquelo — diz ela, rindo. Eu sorrio, entro no ritmo de novo, volto a balançar junto com ela, sentindo a música passar por nossos corpos.

As costas da mão dela esbarram na minha. Dou a mão para ela. Ela não a afasta. Nossos dedos se entrelaçam, quentes, fortes, calejados. Ela aperta a minha mão. Perco todo o fôlego.

— Sim — digo.

Sojourner concorda com a cabeça.

— Você também está sentindo isso.

Estou. Eu mais do que gosto dela. Eu mais do que desejo ela. O que eu sinto por Sojourner é grande demais para ser expressado em palavras. O que eu sinto por ela faz com que todo o meu corpo, meu coração, minha mente, até o meu pâncreas, ardam de desejo.

Nós nos viramos ao mesmo tempo, e nossas bocas estão tão próximas que por um segundo eu sei que vamos nos beijar, mas depois o momento passa. Estamos numa igreja, rodeado pela família e pelos amigos dela: impossível nos beijarmos aqui.

A música para. Fico de pé, piscando, enquanto os outros se sentam. Sojourner me puxa para baixo. *Che*, ela suspira. Estou atordoado.

Olho à minha volta. Não sou o único. Ondas de felicidade percorrem a congregação. Sojourner e eu damos as mãos. Alice, que me deu as boas-vindas, está atrás do púlpito, falando sobre alguma coisa, provavelmente de Jesus. Tudo o que consigo ouvir é a batida do coração da Sojourner nos dedos dela, na palma da sua mão.

Tenho certeza de que estou apaixonado.

Sinto amor por todos. Olho ao redor da igreja prestando atenção nos rostos sorridentes, numa garotinha de cachinhos dourados que balançam.

— Deus do céu.

Rosa está do outro lado do corredor, dois bancos à frente. Sally e David não estão com ela.

— O que foi? — Sojourner suspira.

Eu aponto.

— É a sua irmã?

— Que diabos ela está fazendo aqui?

Um homem na nossa frente se vira e pousa o indicador sobre os lábios. Eu me inclino mais para perto para sussurrar no ouvido dela.

— Ela costuma fazer essas coisas. Fugir de casa. Eu devia levá-la de volta. Os parentais vão ficar preocupados.

— Não dá pra esperar o culto terminar? — A boca de Sojourner quase tocando a minha orelha desvia os meus pensamentos de Rosa. Balanço a cabeça. Minha irmã não pode estar aqui.

— Eu vou e já volto.

Ela aperta a minha mão e eu me levanto do banco odiando o fato de ter de soltar a mão de Sojourner. Atravesso o corredor e me agacho ao lado do banco onde Rosa está.

— Hora de ir — digo com a voz baixa.

A mulher que está do outro lado de Rosa me lança um olhar questionador. Ela está usando um chapéu vermelho com penas. Dou um aceno com a cabeça, esperando que isso tranquilize a senhora. Rosa balança a cabeça.

— Não quero ir. — Ela nem se dá o trabalho de abaixar o tom de voz.

— Mas você tem que ir. — Eu me viro para olhar para Sojourner, que me dá um sorriso encorajador. — Eu te carrego para fora daqui se for preciso.

— Eu gosto daqui.

— Anda, agora.

— Mas eu quero ficar! — Rosa diz isso alto o bastante para que várias fileiras de pessoas se virem para olhar. — Eles me batem em casa!

— Ela está mentindo. — Dou um sorriso amarelo.

— Está tudo bem, querida? — pergunta a mulher ao lado de Rosa.

Rosa balança a cabeça dolorosamente.

— Ela é minha irmã. E não deveria estar aqui. Ela saiu de casa sem avisar. Tenho que levar ela de volta.

— Isso é verdade, meu bem?

Rosa balança a cabeça de novo.

Agora Sojourner está do meu lado.

— Rosa, o que você está fazendo aqui?

— Quero aprender sobre Jesus.

— Eu tenho certeza de que você vai poder voltar se pedir permissão para os seus pais, Rosa. — Sojourner suspira.

— Ela diz que a família bate nela — explica a mulher de chapéu vermelho.

— Isso é verdade, Rosa?

Rosa olha para baixo e fica corada: é o novo truque dela. Ela nunca ficou corada antes. Como alguém consegue *forçar* isso?

— Não, não é verdade. Eu só queria aprender sobre Jesus.

— Jesus não gosta de crianças mentirosas — diz a mulher de chapéu vermelho.

Toda a igreja está olhando para nós agora. Alice parou de falar. Tenho certeza de que Rosa está adorando o fato de que ela é o centro das atenções. Sojourner pega a mão dela, e Rosa obedientemente segue ela pelo corredor. Tenho vontade de estrangular minha irmã.

Já na rua, lanço a ela um olhar de fúria. Ela está segurando a mão da Sojourner e fazendo uma cara triste.

— Quero aprender sobre Jesus. Minha mãe e meu pai não deixam.

— Mentira, Rosa. Os parentais deixam você aprender qualquer coisa que você queira.

— Quero ir para a igreja com a Sid. Quero aprender sobre Jesus.

— Rosa, se os seus pais deixarem, você pode vir à igreja comigo sempre que quiser. Você pode vir na aula da escola bíblica para crianças. Você não precisa mentir. — Sojourner abre a própria bolsa e tira dela um livro surrado. — Essa foi a minha primeira Bíblia. Você pode pegar ela emprestada se quiser.

Rosa pega a Bíblia das mãos dela e a abraça contra o peito.

— Obrigada. — Ela suspira, e deixa algumas lágrimas escorrerem pelo rosto. — Vou ler cada palavra. Você me ajuda a entender?

Por favor. Sojourner se inclina para dar um abraço na Rosa.

— Tenho que voltar para a igreja. Te vejo mais tarde?

— Obrigado. Volto já. Nós moramos a apenas alguns quarteirões daqui. Me desculpe por isso.

— E você se comporte, Rosa. — Sojourner sorri. — Obedeça ao seu irmão. Te vejo em breve — diz ela para mim. Sinto uma vontade súbita de beijá-la na bochecha, mas ela já está subindo as escadas de volta.

— Lágrimas? Sério? — Eu arrasto Rosa pela rua. — Como diabos você descobriu onde eu estava? O que você está fazendo? Onde estão Sally e David?

— Eu te segui — diz ela, de modo arrogante. — Você nem percebeu. Eu daria uma ótima espiã.

— Meu Deus do céu, Rosa, caralho.

— Eu queria ver o que você estava fazendo. — Ela ri. — Não precisa me puxar com tanta força. Eu vou com você.

Na outra mão, ela está segurando uma longa pena vermelha. É do mesmo tamanho e cor das penas no chapéu da mulher que estava sentada ao lado dela.

— Onde você arrumou essa pena? — pergunto, apesar de ambos sabermos a resposta.

— Eu não roubei. Peguei do chão. Não é linda? Eu quero um chapéu grande e cheio de penas. A gente pode ir na igreja? Eu gosto de lá por causa da música e dos chapéus, e aquela mulher estava dizendo algumas coisas lindas sobre a cultura da pureza. Eu sou mais sincera do que você. Eu estava lá porque estava achando aquilo interessante; e você só estava lá porque está a fim da Sid.

Checo o meu telefone. Nenhuma mensagem dos parentais.

— Eles ainda não perceberam que eu saí de casa. A Sojourner gosta de mim. E se por acaso ela gostar de mim mais do que gosta de você? — Rosa olha para cima para avaliar minha reação. Tenho certeza de que não estou demonstrando nada. — Ela vai me ensinar sobre a Bíblia. Vou passar bastante tempo com ela. Mais tempo do que você.

Eu não demonstro qualquer reação.

— Eu sabia que você não ia gostar nada disso. E se eu estiver saindo com a Sid e ela de repente cair de um lance de escadas?

— Meu Deus, Rosa. Você está ameaçando a Soj... Sid? Ela é uma lutadora habilidosa... e você é uma menina de 10 anos. O que você acha que pode fazer contra ela?

— Ela vai virar minha melhor amiga. — Rosa solta alguns risinhos.

— Não vai, não. — Mando uma mensagem para os parentais dizendo que estou levando Rosa de volta para casa. Também mando uma mensagem para Georgie.

Ela está aprontando comigo de novo.

BATO NA PORTA do escritório e David a abre. Ele tem nas mãos uma caneta para quadro branco. Sally está no sofá debruçada sobre o laptop. Os parentais não tinham percebido que Rosa tinha sumido. Eles sequer checaram os próprios telefones.

— O que... — começa Sally.

— Rosa me seguiu até a igreja. Ela falou para as pessoas lá que vocês batem nela.

— Outra vez? — pergunta David. — Essa mentira já era repetitiva quando você ainda era muito pequena.

— E ela roubou a pena do chapéu de uma pessoa.

— Não roubei, não — protesta a Rosa. — Eu encontrei isso. — Ela ainda está segurando a pena. — Che disse que eu podia ir à igreja com ele. Mas depois resolveu que queria ficar sozinho com a namorada.

— Para de mentir, Rosa — digo enquanto caminho até a porta.

— Espera aí! — grita Sally enquanto corre atrás de mim. — Você está bem?

Como não respondo nada, ela me puxa e me abraça forte.

— Eu sei que a Rosa é... teimosa. Vamos conversar com ela. Mas não saia daqui com essa fúria toda. Você pode tropeçar.

A piada não é boa, mas eu sorrio e sinto a raiva se esvair.

— A Rosa te admira, você sabe. Ela quer crescer e ser como você.

Imagino Rosa com 17 anos. Sinto um calafrio.

— Eu estou bem. Mas eu quero voltar para lá. Essa igreja não é nada do que eu esperava. É muito diferente das outras que eu já fui.

Sally assente.

— Você vai se converter?

— Acho difícil. Mas a música é incrível. — Os chapéus também.

— Então você não foi para lá só por causa dessa garota?

— Bem... — Não sei o que dizer exatamente. Tudo tem a ver com Sojourner.

— Ahã. Eu te amo, Che.

— Eu também te amo.

QUANDO ENTRO NA igreja, uma mulher negra está diante do púlpito falando da força que ela extraiu de sua doença. Fico imaginando se aquela é a mãe da Sojourner e qual seria a doença dela.

Sento e me recosto no banco ao lado de Sojourner.

— Rosa está levando uma bronca? — sussurra ela.

Eu concordo com a cabeça.

O banco já não está tão lotado. Agora há um espaço entre as nossas coxas. Sojourner não pega na minha mão. Rosa conseguiu o que queria. Toda aquela energia deliciosa que havia entre nós dois, aquele momento de quase beijo, se foi.

— Aposto que ela só não queria ficar de fora — sussurra.

Quando termina o culto, Sojourner me agradece por ter vindo, diz que espera que eu agora tenha uma ideia melhor sobre a religião dela, sobre Jesus Cristo. Ela sorri e pega a minha mão por alguns segundos. Fico tonto. Tudo o que consigo fazer é encará-la. Não consigo falar.

— Eu tenho que ir ajudar a minha mãe — diz ela enquanto solta minha mão. — Você pode ficar por aqui? Que tal tomarmos um café? Quero saber o que você achou.

Eu concordo com a cabeça. Alice caminha até mim.

— O que você achou?

— Hum — digo, ainda pensando na sensação da mão de Sojourner na minha. — Desculpe a interrupção da minha irmã. Ela estava aqui sem permissão, então tive que levá-la de volta para casa.

— Essas coisas acontecem. — Alice diz isso como se Rosa fosse uma pancada de chuva, e depois sorri. — Por que você não traz ela da próxima vez? Ela é mais do que bem-vinda.

Não tenho certeza se haverá outra vez.

— Obrigado. Fiquei feliz por ter vindo. A música estava maravilhosa. Todos parecem tão carinhosos, tão felizes. Me senti bem porque todos pareciam muito... felizes — repito.

— Também fico feliz que você tenha vindo.

Uma mulher mais velha se dirige a mim, pega com as duas mãos uma das minhas, me agradece por ter vindo e me abençoa. Isso se repete várias vezes, até que tenho a sensação de ter pegado nas mãos de todos ali. Apesar disso, a única que consigo sentir é a de Sojourner.

— Obrigado por ter vindo hoje — comenta outra mulher. É a mulher negra que falou no púlpito sobre a doença. Ela caminha com a ajuda de um andador. E estica os braços para pegar as minhas mãos. — Eu me chamo Diandra Davis, sou a mãe da Sojourner.

— Ah — digo. — É um prazer conhecê-la. Meu nome é Che. Sojourner e eu treinamos juntos. Gostei do seu... — Faço uma pausa, sem saber como chamar o que vi. Discurso? Palestra? — Gostei do que você falou sobre a doença.

A mulher concorda com a cabeça. Ela olha nos meus olhos tão intensamente que sinto que deveria confessar os meus pecados. Mas isso é com os católicos, não? Não é algo que faça parte do que quer que seja esta igreja.

— Seja gentil consigo mesmo, meu filho — fala ela. — E seja gentil com a minha Sojourner. Deus te abençoe. — Ela aperta as minhas mãos com força, e depois segue para falar com outra pessoa.

COMEÇAMOS A CAMINHAR. Peço desculpas pela Rosa de novo, e afrouxo a gravata.

— Talvez as pregações surtam um efeito positivo nela — comenta Sojourner. — Você deveria trazê-la de novo. Vou pedir para minha mãe pregar sobre respeito e obediência. Ela vai morrer de rir.

— Ótimo. Mais tempo tomando conta da *stalker* da minha irmã. — Queria que não estivéssemos falando da Rosa. — Sua igreja faz exorcismos?

— Engraçadinho. A maioria das crianças tem o diabo no corpo.

Não como a Rosa.

Estamos agora no Tompkins Square Park. Todos os caminhos levam ao interior dele.

Penso em contar a Sojourner sobre Rosa. Mas é informação demais. Nós mal nos conhecemos.

Vamos para um café a duas quadras do parque e nos sentamos numa mesa em frente à janela. Bebemos café, e Sojourner insiste para que eu prove um delicioso bolo veludo vermelho. Ela não me pergunta o que eu achei do culto. E eu não pergunto a ela o que significa *ecumênico*. Fico pensando em como eu quero beijá-la.

— Seus pais devem ser meio hippies, né?

— Hã? Quem me dera.

— Eles te deram o nome de Che, então devem gostar de justiça social e de mudar o mundo, não?

— Não é bem assim. Eles gostam de disciplina e de provocar mudanças estando dentro do sistema. Eles acham que destruir o capitalismo é impossível, então o melhor seria criar negócios que gerem dinheiro, mas que façam isso promovendo coisas que vão ajudar as pessoas e tornar o mundo melhor, e o dinheiro ganho deve ser investido em mais negócios que façam o mesmo, e blá-blá-blá. Eles são rigorosos até com relação às folgas: uma vez por semana eles não trabalham. Estou citando eles.

— Eles parecem puritanos.

— Com a exceção de que eles bebem e dançam e não acreditam em Deus.

— Você chama eles pelo nome.

— Como você sabe?

— Porque o seu nome é Che, e por causa de tudo o que você disse. — Ela ri. — Então você chama eles pelo nome mesmo?

— Sim. Sempre fizemos isso. Eles dizem que "não desempenhamos papéis determinados por gênero, não somos uma mãe e um pai, somos pessoas". Eles também acreditam que as crianças são pessoas, e que devemos permitir que elas se desenvolvam no seu próprio ritmo, e não forçá-las a agir como *crianças*.

— Então você pode fazer o que bem quiser? Eu também quero!

Eu rio mais alto ainda.

— Quem me dera. Em vez de eles dizerem "porque nós mandamos", eles dizem "porque somos legalmente obrigados a cuidar de você e instruí-lo, e, se você fizer isso que não queremos que você faça, pode haver repercussões aprovadas por lei. Mesmo que não haja essas repercussões, até completar 18 anos você não tem respaldo legal para nos desobedecer".

— Nossa.

— Pois é. Discutir com eles é como discutir com o vento. Um vento carinhoso, amável, que gostaria de te ajudar. Mas vento. Puro vento.

— Você às vezes tem vontade de bater neles?

Não sou vi-o-len-to. Eu poderia ter dito: *Não, nunca tive vontade de fazer isso*, mas eu não minto. O fato de eles não me deixarem fazer *sparring*. De terem arrastado a gente para cá. De... Tem momentos em que quero bater neles.

— Talvez.

— Eu quero bater nos meus pais várias vezes. — Ela ri. — É por isso que treino boxe, para não acabar socando alguém fora do ringue. Eu canalizo minha raiva para o treinamento, para que ela desapareça. Ou não desapareça exatamente, mas se transforme em algo mais útil do que a raiva. Eu amo lutar boxe.

— É, eu também.

— Não posso decepcionar minhas mães, sabe? A Mamãe tem esclerose múltipla, e a Mama faz tudo o que pode para garantir que a vida da Mamãe seja o mais próxima possível de quando ela não estava doente. Eu não quero criar mais problemas do que os que elas já têm.

Concordo com a cabeça. Ela está descrevendo a minha vida. Não crio problemas porque Rosa não faz nada além de criá-los. Penso em contar para Sojourner. Mas não quero destruir nenhum vestígio daquilo que sentimos na igreja quando demos as mãos, quando quase nos beijamos.

Sojourner fala de sua próxima luta, de quanto peso ela vai ter que perder. Depois ela tem de ir embora. Ela e Jaime vão estudar juntas. Elas têm provas.

Nós nos despedimos tocando os punhos, e não os lábios.

CAPÍTULO 16

Na segunda de manhã, estou sentado na bancada em ilha tomando meu café da manhã enquanto David bebe uma xícara de café. Rosa desce as escadas saltitante e feliz porque hoje vai ter aula de matemática.

— Bom dia — diz ela com sua voz mais alegre. — Como estão vocês dois nesta manhã? — Dava quase para pensar que ela realmente se importa se estamos bem. Ela está usando um colar com um pingente de coração que eu nunca vi.

— Onde você arranjou isso? — pergunto enquanto toco o coração vermelho e brilhante. Não acho que seja de vidro.

— A Seimone me deu — responde ela enquanto se senta num banco.

— Nada de matemática hoje — diz David. — Hoje você vai escrever uma redação e ler sobre história dos Estados Unidos.

— Não — protesta a Rosa. — Não foi isso o que você quis dizer.

— Foi, sim — responde David. — Você vai fazer isso no escritório comigo e com a Sally. Pode tratar de se animar, porque amanhã você vai para a New York Historical Society com a Seimone, a Maya e a babá delas.

— A Suzette — diz Rosa.

— Hã? — fala David. — Amanhã é dia de conselho de classe na escola delas, e elas não vão ter aula. Você vai aprender história, e depois vai escrever uma redação sobre o seu passeio.

— Você nem lê as redações que me obriga a escrever.

— Nós vamos ler a sua redação.

— E eu? — pergunto. — Você quer que eu vá também? — Tomara que não.

— Você pode fazer o que bem quiser, Che.

— Isso não é justo — reclama Rosa.

— Quando você sai de casa sem avisar e mente, tem de sofrer as consequências.

Rosa lança um olhar furioso para David.

— Você nunca sofre nenhuma consequência.

— A minha vida é uma enorme consequência. Você vai estudar no nosso escritório. Em silêncio, porque Sally está no telefone.

Rosa sai pisoteando o chão.

Infelizmente, minha aula de matemática não foi cancelada. Nem mesmo o olhar de tristeza no rosto do Geoff quando ele fica sabendo que só vai voltar a ensinar matemática para Rosa na semana que vem me serve de consolo para as horas de cálculo que tenho pela frente. Começo a contar os minutos que faltam até que eu possa ir para a academia, encontrar Sojourner, e treinar *sparring*. Com certeza vou fazer *sparring* de novo.

Passada uma hora, recebo uma mensagem, e vou para o banheiro ler.

Vou te levar para fazer umas compras.

Quem é?

Por um breve momento, penso que é a Sojourner. Mas por que ela me levaria para fazer compras? Além do mais, ela não tem o meu telefone.

Leilani McBrunight. A salvadora do seu armário.

Meu coração não murcha exatamente, mas tampouco se enche de alegria.

Acho que é engano. Este é o telefone de Che Taylor. (Além do mais, é guarda-roupa, não armário.)

Não aqui neste país, seu peão de fazenda.

Neste país de ignorantes, é isso o que você quer dizer? Por que você me levaria para fazer compras? Você não gosta de mim.

Mas eu gosto de fazer compras. Meus pais vão me obrigar a sair com você de vez em quando. E eu me recuso a olhar outra vez para essas suas roupas entediantes. Temos de resolver isso.

Fico tentado a escrever *foda-se*. Mas algo me diz que é exatamente isso o que ela quer que eu faça.

Uau. Como você é convincente. Você deveria ser diplomata quando crescer.

É uma das profissões na minha lista. Você está livre hoje à tarde?

Não.

Eu não vou faltar ao boxe e deixar de ver a Sojourner para ir fazer compras com Leilani McBrunight.

E amanhã? É a sua última chance.
Adoro o fato de ela achar que está me fazendo um favor.
Não curto fazer compras.
Isso é óbvio. Vou provar para você que fazer compras não precisa ser uma tarefa horrível e entediante.
Vamos nos esbarrar bastante. Os parentais vão dar uma festa em breve. Ela vai comparecer. É melhor mesmo nos tornarmos amigos.

Além disso, Leilani McBrunight conhece o bairro onde mora melhor do que qualquer pessoa que eu vá conhecer. Ela pode me ensinar algumas coisas sobre a Nova York dela, que é cheia de gente rica. Com o novo empreendimento comercial dos parentais, vamos ter de conviver bastante com essas pessoas. Preciso aprender os modos deles. Rosa disse a mesma coisa. Mas o que ela e eu queremos dizer com essa frase são coisas diferentes.

Tudo bem. Que tal amanhã de manhã?
Ela me manda um endereço, e combinamos de nos encontrar lá às onze.
Fica na esquina a noroeste.
Pode deixar que eu levo uma bússola. Devo levar um astrolábio também?
Engraçadinho. Estou falando do noroeste de Manhattan.
Seja lá o que isso quer dizer.
O número das ruas vai aumentando = norte de Manhattan. O número das avenidas vai aumentando = oeste. De nada.

NO CAMINHO PARA a academia, paro na loja de material esportivo que a Dido me recomendou, menciono o nome dela, como ela me havia dito para fazer, e ganho um desconto de 20%. Vou continuar a fazer *sparring*. O Vovô vai adorar ver essas compras no extrato do cartão.

Sojourner já está fazendo seu alongamento. Não a vejo desde domingo. Ou seja, desde ontem, mas parece que faz mais tempo. Ela está linda. Estampo um sorriso no rosto sem perceber.

— Oi. — Eu começo a alongar os tendões das pernas. — Obrigado por ter me convidado para a igreja ontem.

— Oi — responde ela. — Foi um prazer.

Tento pensar em algo mais para dizer.

— Oi — cumprimenta Jaime. Não tinha notado a presença dela porque não consigo parar de olhar para Sojourner. Pelo sorrisinho dela, vejo que Jaime também percebeu.

— Oi — respondo.

— Rosa levou bronca? — pergunta Sojourner.

Concordo com a cabeça.

— Eu posso conversar com ela, se você achar que isso pode ajudar.

Preciso mudar de assunto. Jaime não para de desviar o olhar de mim para Sojourner e de sorrir.

— O que foi? — pergunto, na esperança de que Sojourner tenha dito a ela que gosta de mim.

— Nada — diz Jaime, enquanto Sojourner lança um olhar de fúria à amiga.

— Aconteceu alguma coisa — digo, apesar de que teria sido melhor deixar isso para lá. Esse assunto diz respeito a mim e a Sojourner. Mas eu preciso saber. Meu rosto arde.

— Bem... — começa Jaime.

Sojourner balança a cabeça.

— Não tem problema — me obrigo a dizer, mas agora o meu pescoço arde também.

— Você não precisa me contar. Obrigado por me convidar para a igreja, Sid. Você tinha razão. O coral é incrível.

— Então você gostou da música? — pergunta Jaime.

Concordo com a cabeça.

— E você gostou de mais alguma coisa? *Sentiu* mais alguma coisa?

— Vou te matar — diz Sojourner. — Te contei isso em segredo. Você disse que não ia contar para ninguém.

— Eu sei, mas não resisti. — Jaime solta uma risadinha. — Há quanto tempo você me conhece, Sid? Você não teria me contado se não quisesse que eu espalhasse a notícia.

— Continuo tendo esperanças de que um dia você vai amadurecer. Há de chegar o dia, Jaime Maria Abreu de Leon, em que você vai merecer a confiança que eu estupidamente depositei em você.

— Você está parecendo a sua mãe falando. Só pra te avisar.

Sojourner faz uma careta.

— Ele está a fim de você — diz Jaime. — Você está a fim dela, não é, Che?

Fico sem saber o que dizer. Devo concordar com ela? Sojourner *sabe* que estou a fim dela.

— A música estava ótima — repito. As palavras parecem peixes mortos escorregando da minha língua.

Será que as minhas espinhas estão brilhando ainda mais vermelhas do que o próprio vermelho em meio à vermelhidão da vergonha que se espalha pelo meu pescoço abaixo?

— Ela acha que você encontrou Deus — comenta Jaime.

— Ela o quê?

— Não foi isso o que eu disse!

— Foi, sim. Você disse que parecia que o Espírito Santo havia tocado ele. — Jaime olha para mim e ergue uma sobrancelha com a mesma intensidade de Leilani, para deixar claro que ela sabe *exatamente* qual parte da minha anatomia ficou emocionada, e que estava longe de ser a alma. — Você não encontrou Deus, não é, Che?

Eu balanço a cabeça.

Posso até (mais ou menos) estar mentindo para os meus pais sobre fazer *sparring*, mas não vou mentir para Sojourner.

— Não. Não senti nada de espiritual ou religioso. Gostei da música, da energia. Gostei de como as pessoas eram carinhosas e amigáveis. Eles parecem ser boas pessoas. Mas eu ainda não acredito na existência de Deus.

Sojourner se retrai.

Mas eu fiquei tocado apesar de tudo, é o que quero dizer para ela. *Me dei conta de que talvez esteja apaixonado por você*. Achei que ela estava começando a sentir alguma coisa por mim também. Mas não tinha nada a ver comigo; tinha a ver com Jesus. *Merda*.

— Eu já sabia disso — comenta Sojourner, mas com uma voz triste. — Fico feliz que você tenha ido de qualquer modo.

FICO NA ACADEMIA para fazer *sparring*. Estou usando um protetor bucal que cabe dentro da minha boca, e um protetor de cabeça que não fede com o suor de milhares de outros lutadores. Dessa vez, meu adversário é o Imbecil. Eu venço esse cara fácil. Enquanto penso isso, ele acerta um cruzado de direita no meu já machucado nariz. Solto um grunhido.

— Te acertei, Outback!

Ele acha que não consigo ganhar dele. E dá outro cruzado, mas eu desvio.

Cada vez que consigo me desviar, ele tenta socar com mais força, e eu consigo prever os movimentos dele. Ele ergue o queixo, me indicando onde vai mirar o soco. Cada vez que ele não me acerta, o desempenho dele piora. Ele tenta me agarrar. Eu me esquivo, e faço uma finta para trás. Ele erra feio. Eu desfiro uma série frenética de *jabs* e cruzados.

O Imbecil emite um som que é metade um rugido e metade um gemido, e tenta me derrubar.

— Filho da puta!

Dido intervém e afasta ele.

— Você está fazendo *sparring*, não está lutando. Relaxa. Respira. Não perca o controle. Olha pra mim. Você está calmo?

O Imbecil concorda com a cabeça. Ele não está olhando para Dido. Ele não está calmo.

— Você não me parece calmo.

— Eu estou calmo!

Dido levanta uma das mãos.

— Não está, não. Acabou o combate.

Ele tira as luvas, e um jorro de suor voa em arco. O Imbecil joga as luvas por sobre as cordas, arranca o protetor de cabeça, me olha com fúria, com cara de quem vai jogar o protetor na minha cabeça.

— Você não está calmo. — Dido agarra o queixo dele e o obriga a encará-la. — Você não está nada calmo. Se você perder o controle, jamais vai vencer uma luta. Você quer vencer? Você quer ser um lutador?

Por um momento, acho que o Imbecil vai acertar um soco nela, mas ele se acalma.

— Eu quero ser lutador — resmunga ele. — Foi mal.

— Que bom. Você sabe o que tem de fazer. — Ela solta o corpo dele.

O Imbecil caminha até mim e ergue um dos punhos fechados. Ele encosta o seu punho coberto por bandagens no meu punho enluvado.

— Desculpa — resmunga, de maneira ainda mais incompreensível. — Eu tenho acessos de raiva.

— Bota um gelo nesse olho — ordena Dido. — E você, no nariz, Che. Nenhum dos dois deveria golpear com essa força toda. Quero vocês mais controlados. Mas pelo menos você está dando golpes agora, Che. Que bom.

Saímos do ringue. Sojourner e Jaime entram nele. Sojourner encosta a luva dela na minha e me dá um meio sorriso.

Eu me sento com gelo no meu nariz e observo Sojourner dar uma lição na Jaime por causa do segredo que a amiga contou. Ela é muito rápida, muito focada. Aprendo mais ao observá-la fazendo *sparring* do que eu aprenderia em mil aulas normais.

Se pelo menos ela não fosse religiosa.

Se pelo menos ela não se importasse de eu não ser.

Se pelo menos Rosa não estivesse tentando criar problemas entre nós dois.

QUANDO CHEGO EM casa, Rosa e Seimone estão montando um quebra-cabeça na mesa de centro. Elas tiram as luvas que estavam usando para fazer isso e olham para cima enquanto eu tiro o tênis e a mochila. Fico imaginando o que Seimone está fazendo aqui a uma hora dessas.

— Vai ficar para dormir? — pergunto, imaginando se isso é uma boa ideia. Rosa confirma.

— Leilani estava implicando com ela, então Seimone vai ficar aqui até que a irmã volte a tratá-la bem.

— A Lei-Lei é terrível. — Seimone dá um risinho. — Ela sempre fica do lado da Maya. Oi, Che.

— Seu nariz está vermelho de novo — observa Rosa.

— Só um pouco — comenta Seimone. — Você está gripado?

— Oi, Seimone. Está tudo bem com o meu nariz. Cadê Sally e David?

— No escritório. Trabalhando.

— Você escreveu a redação?

Rosa emite um som como se estivesse vomitando.

— Que redação? — pergunta Seimone.

— Ela tem de escrever uma redação sobre por que mentir é errado.

Seimone solta um *ooooh*.

— Você foi pega mentindo?

— Todo mundo mente. — Rosa dá de ombros. — Os *adultos* podem mentir à vontade que nada acontece.

— Podem, sim — digo. — Isso se chama perjúrio.

— Mentir é divertido.

Pego alguns cubos de gelo, envolvo-os num pano de prato e pressiono contra o meu nariz.

— Achei que estivesse tudo bem com o seu nariz. Mentiroso.

— Ele já vai ficar bom.

— Deram um soco nele — diz Rosa para Seimone. — Ele gosta de dar socos nos outros.

Seimone treme de medo.

— Isso se chama boxe, Rosa. — Eu solto um suspiro. — É um esporte.

— Ele não faz *sparring* — comenta Sally ao entrar na cozinha e servir-se de uma xícara de chá. — Ele aprende boxe sem realmente lutar boxe. É muito bom para manter a forma. O nariz está te incomodando?

— Só estou sendo cauteloso.

Sally concorda com a cabeça e me dá um tapinha de aprovação no ombro. Sinto o meu rosto arder, e agradeço pelo gelo que derrete rápido. Rosa tem razão. Estou mentindo.

Ela dá um risinho afetado, como se soubesse de tudo.

— Já fez a redação, Rosa? — pergunta Sally. — Você tem que terminar antes de ir dormir.

Rosa vai impacientemente até o seu tablet no sofá e começa a digitar.

— Como se soletra *hipocrisia*? — pergunta ela.

CAPÍTULO 17

No endereço que Leilani me deu não parece haver uma loja. Tem uma porta preta com uma foto de um carretel de linha nela. Estou prestes a tocar a campainha quando a porta se abre e um segurança corpulento me olha com desdém. Como Leilani havia me instruído, digo a ele que estou com ela, e ele me deixa entrar com certa má vontade.

Trata-se mesmo de uma loja de roupas, ou butique, acho. A não ser que haja uma palavra mais chique ainda para descrever isso. Até eu consigo perceber pelas roupas elegantemente expostas e pelas obras de arte nas paredes que este lugar deve ser ridiculamente caro.

Leilani está de papo com uma das vendedoras, que é magra, alta e tem cabelos dourados que se destacam em contraste com sua pele marrom. Não faço ideia de como é possível tornar um cabelo dourado.

— Oi, Che — diz Maya enquanto acena para mim. Quase não consigo vê-la sentada numa enorme poltrona de veludo preto balançando os pés para frente e para trás.

— Não sabia que você viria também.

Eu me sento numa escada de metal ao lado dela. Do outro lado de Maya há uma bolsa de ginástica grande.

— Seu material para jogar tênis?

Ela concorda com a cabeça.

— É que estou meio enjoada.

Ela não parece estar enjoada.

— Enjoada da Seimone. Ela anda me tratando muito mal. Então Leilani disse que eu não precisava ir ao museu.

— Por que Leilani não está na escola?

— Acho que ela disse que ia estudar por conta própria, não? Quem sabe? Leilani é quem dita as próprias regras da vida dela.

Maya está usando o mesmo colar com pingente de coração vermelho que Seimone.

— Onde você comprou isso?

— Rosa está com o da Seimone agora, né?

Eu concordo com a cabeça.

— Nossa avó deu esses colares pra gente. — Ela segura o pingente de coração e me mostra. — É um rubi.

— Eu vou pegar de volta o colar da sua irmã. Prometo.

— Seimone diz que deu o colar dela para Rosa. Mas acho que ela nunca faria isso.

A vendedora de cabelos dourados mostra para Leilani um vestido vermelho-escuro, abrindo as pregas da saia como um leque para mostrar o contraste do plissado laranja por baixo. Mas ela não chama isso de vestido, chama de *peça*.

— Oi, Che — diz Leilani, como se tivesse acabado de perceber minha presença. — Os coroas estão superempolgados com o fato de estarmos saindo juntos hoje.

Eu concordo com a cabeça.

— Enquanto as outras estão no museu. Eles devem estar se sentindo no paraíso.

— Che, esta é a Deanna.

Deanna estende o braço. Seus dedos são longos e elegantes, cada um adornado com um anel. Apertamos as mãos rapidamente.

— Entendi o que você quis dizer — comenta ela enquanto me olha de cima a baixo, assim como o segurança.

— Não ligo muito para roupas. — Estou vestindo calça de moletom e uma camiseta.

— Isso é óbvio. Mas nós podemos te ensinar a alegria de se ter roupas, não é, Leilani?

— Tudo é possível — diz Leilani, num tom que sugere que na verdade ela quer dizer *tudo é possível, menos ensinar o Che sobre roupas*.

— Que tal esta peça? — Deanna segura uma calça verde e prateada. A pergunta é para Leilani, não para mim.

— Legal — comenta Maya.

— Não queremos assustá-lo. Quando o Che sai na rua, tudo o que ele usa são roupas que são um ou dois números maiores do que o dele. E ele só usa jeans e camisetas, ou blusas de manga curta com colarinho.

A descrição foi assustadoramente precisa.

— Como você sabe que tipo de roupas eu uso?

— Já vi várias fotos suas, Che. E em todas elas você está vestido. Nada de camisas polo, Deanna.

Não sei ao certo o que é uma camisa polo.

Deanna exibe então uma camisa preta. Leilani confirma com a cabeça, e Deanna me passa a camisa.

— Como uma camisa pode custar mil dólares? — pergunto enquanto olho para a etiqueta com o preço. A pergunta sai num tom de voz mais alto do que eu gostaria. É uma blusa preta comum. Os botões não são de ouro ou diamantes. O tecido é macio, tenho de admitir, mas eu tenho camisetas baratas que são tão confortáveis quanto.

Maya solta uma risada.

Uma das vendedoras olha para mim como se ela tivesse acabado de perceber que entrou uma barata enorme na loja dela. E depois lança um olhar de empatia para Leilani. Surpreendentemente, Leilani não revira os olhos.

— Você sabe como as roupas são feitas?

Ela segue falando, sem me dar a chance de responder.

— Esta camisa não foi feita numa fábrica, ou por costureiras que trabalham em casa e cujo salário está bem abaixo do mínimo, e que não têm plano de saúde nem recebem indenizações por acidentes de trabalho. As pessoas que cortaram e costuraram esta camisa ganham salários mais altos do que o teto estabelecido pelo sindicato, trabalham em período integral, e têm todos os benefícios. A fazenda foi tecida num local onde os trabalhadores têm tudo isso também. Esta camisa foi feita com algodão plantado sem pesticidas por pequenos produtores rurais. E ela foi desenhada por um dos estilistas mais brilhantes do Japão, e que por acaso também é um dos estilistas mais éticos do mercado. Ninguém foi explorado durante a produção desta camisa. Diferentemente de uma camiseta de cinco dólares, ela está sendo vendida pelo preço de custo real. Mil dólares é quanto custa para fazer uma blusa linda como esta sem explorar ninguém.

A mão com que eu seguro o cabide começa a suar. Se uma gota do meu suor cair na camisa, será que vou ter de comprá-la?

— Mesmo que você não se importe com práticas éticas — e o tom de voz de Leilani indica que ela espera tamanha perversidade da minha parte —, essa camisa é um investimento. Só há cinco delas no mundo. Daqui a um ou dois anos, você vai poder vendê-la por um valor mais alto do que pagou. *Por isso* que ela custa mil dólares.

— Exatamente — diz Deanna. — Muito bem dito, Lei-lei.

Meu rosto fica corado. Antes de chegar a Nova York, eu poderia facilmente dizer que não era do meu feitio ficar com o rosto corado. E teria sido verdade.

Então, só os ricos têm poder aquisitivo o bastante para apoiar práticas éticas? A camiseta que estou usando é fruto de comércio justo. Ela é de um dos empreendimentos anteriores dos parentais. Fico tentado a perguntar para a Leilani por que ela não tece as próprias roupas.

Devolvo a camisa para Deanna, e tento achar alguma coisa para comprar que não vá enlouquecer os meus pais. A única coisa, quero dizer, *peça*, que encontro por menos de duzentos dólares é uma gravata.

— Experimente isso aqui — diz Leilani, enquanto me força a pegar duas camisas e três calças jeans. Não tem jeito de eu comprar nenhuma das roupas. Tenho dois cartões de crédito: um é dos parentais, e o outro, do Vovô. E todos eles surtariam se eu sequer chegasse a gastar cinquenta dólares numa camisa.

Abro a porta pesada de madeira e metal do provador. Vou dizer para elas que não gostei de nada. A luz faz até a minha pele parecer boa. Será que eles conseguem esse efeito com as luzes? Ou será o espelho distorcido? O resultado é incrivelmente lisonjeiro.

Encosto na primeira camisa. Ela é áspera, mas a segunda veste bem, e é mais macia do que a de mil dólares. Talvez custe um milhão.

No espelho do provador, ela parece ter o mesmo tom de azul dos meus olhos. Sei que isso também é um efeito da luz, mas não consigo deixar de gostar da roupa por isso. A primeira calça jeans é tão confortável que parece que estou usando uma segunda pele. Ela é mais justa do que as que eu costumo usar, e mais estreita também. Gosto dela.

Fico imaginando se Sojourner ia gostar de me ver vestindo essa calça. Imagino nós dois caminhando juntos: ela com o seu vestido de tulipas, e eu com as minhas roupas chiques.

Quando saio do provador, Leilani solta uma risada. Então percebo que era só a luz mesmo.

— Muito melhor.

Eu estava esperando que ela fosse zombar de mim.

— É quase como se você fosse um ser humano de verdade, e não um rato de academia ligeiramente sensível.

— Vai se foder, Leilani.

Maya desvia os olhos do jogo que ela está jogando no celular para dar uma risada.

— Ele realmente está com uma aparência bem melhor — comenta uma das vendedoras com um tom de surpresa. — Temos esta mesma camisa em outras cores. Caso você esteja interessado.

— Perfeito — diz Deanna.

Eu realmente gostei da camisa. Jamais imaginei que sentiria uma sensação tão intensa, mas pareço diferente vestindo ela, mais legal. Sinto aquela sensação de não querer jamais tirar essa roupa, uma coisa que não acontece desde que eu tinha 6 anos, quando o malvado do tio Saul me deu uma fantasia do Super-Homem como presente de Chanuca porque ele achou que isso ia irritar os parentais. Eu usei a roupa até gastar.

Vou atrás da Deanna, como se eu estivesse enfeitiçado, e de repente me vejo em frente a um espelho com ela e Leilani discutindo que cores ficam melhor em mim.

Ela traz camisas de diferentes tons de verde e azul. Gosto delas. Olho de esguelha para o preço. Elas custam mais do que mil dólares. A calça jeans também.

Volto para o provador, visto minhas próprias roupas, e devolvo as *peças* para Deanna.

— Quais você vai levar?

Balanço a cabeça.

Leilani está usando o vestido vermelho e laranja. Quando ela se vira, ele brilha na luz.

— Legal — comento.

Maya concorda com a cabeça.

— Vou levar esse. Espera um minuto. Agora os sapatos.

Quanto pode custar um sapato? Sei quanto custam alguns pares de tênis. Eles podem até ser caros, mas não chegam a custar mil dólares. Vou comprar alguns. Se eles forem tão confortáveis e incríveis quanto essas camisas, vai valer a pena.

Maya sai da loja comigo carregando seu enorme equipamento para jogar tênis nos ombros.

— Quer que eu carregue isso?

— Não precisa. Meu treinador diz que carregar vai me deixar mais forte.

— Ou isso ou você vai quebrar o ombro. Essa bolsa parece pesada.

— Sou muito forte. — Maya dá de ombros.

— Aqui estão — diz Leilani alguns minutos depois, ao sair da loja. Ela me entrega duas sacolas de compras. — Comprei para você as camisetas, a calça jeans e uma jaqueta.

— Mas você não pode...

— Pode parar! — Leilani levanta uma das mãos, e eu paro. — O que você na verdade quer dizer é *obrigado*. Mas sem exagero. Eu faço muitas compras aqui. Eles sempre me dão um desconto. Se nós vamos ter de conviver, você deve se vestir bem. Tenho uma reputação a zelar.

Não quero ser mal-educado, mas digo:

— Não posso aceitar.

— Você deveria aceitar, sim — diz Maya. — As roupas te caem bem.

— Você não gostou delas?

— Eu nem experimentei a jaqueta, como vou saber?

Leilani ignora esse argumento.

— Você experimentou as camisas. E gostou delas. Deu para perceber.

— Gostei. Mas não tenho dinheiro para comprá-las.

— Mas eu tenho.

— Mas agora eu estou te devendo e não tenho como pagar. Eu não posso simplesmente jogar dinheiro nas coisas para conseguir o que quero.

— Não seja cruel — diz Maya com as mãos no quadril.

— Não estou sendo cruel. Eu só... não posso aceitar. Eu jamais poderia pagar por essas roupas. Nem em um milhão de anos. E também não tenho dinheiro para comprar para Leilani nada que se pareça com isso.

— Você não precisa fazer isso, seu bobo — comenta Maya. — Leilani tem todas as roupas de que precisa.

— E eu, não — digo. — Não tenho dinheiro. Não como vocês. Como posso retribuir?

— Você aceitaria as roupas como um favor a mim?

— O quê?

— Você fica ótimo nelas, Che.

Maya concorda com a cabeça.

— Fico feliz de te dar isso de presente. Qual o sentido de se ter dinheiro se você não pode usá-lo para deixar os amigos felizes?

— E nós somos amigos?

— Praticamente — diz Leilani.

— O aniversário dele foi há pouco tempo — diz Maya. — Rosa falou para Seimone que ela deu um cérebro de presente para ele.

Leilani fica me olhando com uma cara de susto.

— Um modelo de plástico do cérebro.

— Podemos dizer que as roupas foram um presente de aniversário? — pergunta Leilani.

— Feliz aniversário, Che — diz Maya.

Leilani sorri para mim como se ela estivesse sinceramente encantada por ter me dado um presente de aniversário.

— Obrigado — digo. Uma parte de mim está feliz. Vou descobrir o que Sojourner acha de mim nessas roupas.

Mas eu também me sinto... manipulado.

É a mesma sensação de quando Rosa apronta alguma das suas tramoias e consegue se safar. Sei que não se trata da mesma coisa, mas não consigo não desconfiar da situação.

LEILANI ME ARRASTA até algumas outras lojas, mas eu me recuso a deixar que ela compre qualquer outra coisa para mim.

— Tem certeza de que não quer que eu carregue essa bolsa? — pergunto para Maya.

— Os jogadores de tênis têm que carregar o próprio equipamento — diz ela, balançando a cabeça. — A Serena Williams carrega as bolsas dela.

— A Serena Williams é maior do que você. — A bolsa é quase do tamanho de Maya.

— Ela nem sempre foi assim.

— Não perca seu tempo discutindo — comenta Leilani. — Ela não vai ceder. Mesmo que ela acabe tendo um problema nas costas por carregar essa bolsa.

Compro um par de sapatos de couro preto que Leilani me diz que servem tanto para ocasiões formais quanto informais. Eles estão em liquidação, então custam *apenas* duzentos dólares. Quase desmaio na hora de pagar. Não vou gostar de ter que explicar essa compra aos parentais. Maya compra um par de tênis azul metálico com lantejoulas bordadas e decide sair da loja calçando-os. Eles brilham quando ela anda.

Em todos os lugares para onde vamos, as pessoas conhecem Leilani.

— Quem é você? A rainha das compras de Nova York? Como é que todo o mundo te conhece?

— Hora da minha aula de tênis — diz Maya para Leilani, depois de soltar uma risada. — Podemos ir pelo High Line Park?

— Claro. — Leilani nos guia por uma rua de aparência antiga com tijolos lisos e um amplo lance de escadas. — Você já esteve aqui?

— Não. — Não faço ideia do que elas estão falando.

— É um parque suspenso — comenta Maya.

— Um parque suspenso e estreito cheio de turistas irritantes que param a toda hora e pesquisam sobre tudo na internet. Mas pelo menos andamos por quatro quarteirões sem ver carros.

No topo da escada tem uma passarela ampla ladeada por árvores e entupida de gente.

— Isso aqui era uma ferrovia abandonada — explica Leilani enquanto passa na minha frente e abre caminho pela multidão.

As árvores parecem novas. Fico imaginando há quanto tempo este parque existe. Tudo parece muito novo. Estamos passando ao lado do quarto ou quinto andar de prédios de apartamentos, escritórios e hotéis. Chego para o lado para que um casal abraçado que se recusa a se separar possa passar.

A passarela então se alarga, e agora há fileiras de assentos cheios de pessoas sentadas, aproveitando o sol, sem prestar muita atenção às hordas de turistas vagando e olhando para tudo estupefatos. Já ouvi umas seis línguas diferentes.

Então a passarela se estreita de novo enquanto atravessamos um arco formado por árvores que cresce acima das nossas cabeças. Ele é lindo, apesar de as pessoas passarem por ele muito devagar e pararem para tirar fotos demais para o gosto de Leilani.

— Você deveria ter visto o parque antes que os turistas descobrissem ele — comenta Leilani.

— Não tinha quase nada — diz Maya. — Só árvores pequenas, e as plantinhas que nascem no chão ainda não haviam se espalhado. Está bem melhor agora.

— Exceto pelas pessoas.

— Eu *gosto* das pessoas. Minha escola de tênis é ali embaixo. — Maya aponta para o oeste, para o lugar onde se vê um pedacinho do rio Hudson.

DEPOIS DE DEIXARMOS Maya na aula de tênis, voltamos para o East Village.

— Você deveria deixar a barba crescer — sugere Leilani.

— Tenho 17 anos. Não *tenho* barba para deixar crescer.

— Metade dos garotos da minha escola têm barba.

Olho para Leilani com incredulidade.

— Têm, sim. Não são barbas cheias do tipo de quem mora em Williamsburg e faz os seus próprios embutidos e sua cerveja artesanal. Exceto o Mikal, mas ele é uma aberração de 1,83 metro de altura. Mas pelos no rosto? Isso tem de sobra por aqui. Está vendo?

Ela aponta para um homem que está prestes a passar por nós com uma barba preta e longa, digna de um lenhador. Ele sorri para ela, mas Leilani já está apontando para outro homem de barba.

— Eu sei o que é uma barba, Leilani. Você está me dizendo que eu devo me render à última tendência da moda masculina?

— Se render? Se for uma *tendência* boa, claro que sim. Você se pareceria menos com um peão de fazenda se tivesse barba.

Sinceramente, duvido disso.

— Mas eu sou loiro.

— E daí?

— Com que frequência você acha que eu me barbeio?

— Não faço ideia. — As sobrancelhas altivas da Leilani se erguem. — Não costumo prestar muita atenção aos hábitos de se barbear dos garotos. Todos os dias?

Eu bufo.

Leilani toca a minha bochecha evitando as covinhas cuidadosamente.

— Mas o seu rosto está liso. Quando foi a última vez que você se barbeou?

— Uma semana atrás? Não faço a barba desde que aterrissamos. Uns dez dias, então? Duas semanas?

— Meu Deus. Então você praticamente não tem pelos. — Ela agarra o meu braço, examina-o, e depois aponta para o braço dela. — Você não tem pelos no braço! *Eu* tenho mais pelos no braço do que você, e eu não sou uma pessoa cabeluda. Ok, esquece a história da barba. Você levaria mil anos para ter uma.

— E mesmo assim, seria só uma penugem macia em alguns pontos do rosto.

— Penugem! — Um som parecido com o cacarejo de uma galinha perseguida por um machado explode da boca dela. Levo um tempo para perceber que ela está gargalhando, e não morrendo. Com esse som de doer os ouvidos e as bochechas ficando coradas, Leilani pela primeira vez não parece nem um pouco descolada. — Penugem! O que significa isso? Os australianos colocam bolas de algodão na cara, ou algo do gênero?

Ela ri com mais intensidade ainda, agora com bufadas. As pessoas começam a olhar para a gente.

Não consigo entender qual é a graça, mas a risada dela? A risada de Leilani é a coisa mais estranha que já ouvi. Começo a rir também.

— A sua risada — digo, soltando um arquejo. — A sua risada!

— Eu sei — diz ela entre o riso. Ela está com o corpo inclinado de tanto rir. — Tenho que parar de rir. — Ela seca as lágrimas dos olhos.

— É espetacular.

Ela bufa de novo.

— Você tem a pior risada do mundo.

Ela concorda com a cabeça enquanto continua bufando.

— E eu que achava que você era descolada. — Minha gargalhada vai virando um risinho.

— Mas eu sou. — Ela consegue dizer enquanto respira mais devagar.
— Não tem ninguém mais descolado do que eu. Só compartilho a minha... hum, risada única com alguns poucos privilegiados.

Ela usa a manga da camisa que sem dúvida foi estupidamente cara para secar o resto das lágrimas.

— Chega. Vou levar você para conhecer a Ronnie. Você já ouviu a minha risada. Não tenho mais segredos a revelar.

— Ronnie?

— Sim, Ronnie. Veronica, minha namorada. Vamos lá. O turno dela acaba em quarenta minutos. Vamos a um restaurante novo que só serve *lámen* com a melhor amiga dela. Temos tempo de sobra para eu deixar essas sacolas na minha casa e você trocar de roupa lá. Você está com fome?

Eu estou sempre com fome, mas a ideia de perder um treino que seja me deixa inquieto. Mesmo sabendo que Sojourner não vai estar na academia. Mas eu posso fazer o treino em outro horário, e o *sparring* é só às sete da noite. Não é nenhum pecado, falo para mim mesmo, que eu me permita um dia mais folgado.

— Claro — respondo. — Vamos encontrar a sua garota.

CAPÍTULO 18

— O nome dela é Veronica Diaz. A gente era *crush* uma da outra no colégio. — Leilani enfatiza a palavra "crush" por deboche, mas também para ver se eu vou achar graça.

— *Vocês eram?*

— Ela já se formou, e agora está trabalhando no Sunshine, na Houston — diz ela.

Fico imaginando quanto tempo vou levar para aprender a pronúncia Raus-ten. Também fico me perguntando o que será o Sunshine.

— Ela também é atriz. Já fez alguns filmes de estudantes de cinema, alguns comerciais e um episódio de *Law and Order* quando ela era pequena. Ela já fez quase um milhão de testes. E conseguiu um papel numa peça da *off-Broadway*, mas o financiamento acabou sendo cancelado.

Tento parecer impressionado, mas não sei se é isso o que ela espera de mim ou não.

— Mas com esses trabalhos ela não consegue pagar o aluguel. Então ela trabalha no Sunshine e num outro café de merda na St. Mark's. Coffee Noir. Que nome idiota.

O tom de voz de Leilani parece quase irritado. Fico imaginando se ela tentou dar dinheiro para Veronica. Leilani é cheia da grana, mas a namorada dela batalha para conseguir pagar o aluguel. Nenhum dos meus amigos é muito mais rico ou mais pobre do que eu. Bem, exceto a própria Leilani.

Sei como me senti quando ela comprou aquelas roupas para mim sem me consultar. Se elas já brigaram sobre isso, eu estou do lado da Veronica. De repente, me lembro de que neste momento, quem paga o meu aluguel são os McBrunight. Isso não me incomodava antes. Como será que Sally e David se sentem com relação a isso?

— Vocês estão juntas por amor? — pergunto enquanto atravessamos a rua.

— É por atração, com certeza — responde Leilani. — Muita, muita atração. Você vai ver.

O Sunshine é um cinema. Há cartazes anunciando um festival de cinema iraniano.

Mesmo através da janela de acrílico arranhado, Veronica é bonita: cabelos loiros cacheados e olhos verdes. Ela tem uma beleza clássica, com olhos grandes, nariz pequeno e lábios carnudos. Mas ela deixa de parecer uma pessoa comum por conta do cabelo picotado assimetricamente e dos vários piercings. Ela não me inspira nenhum interesse, mas Leilani escancara um sorriso assim que bota os olhos nela, e se apressa para se inclinar sobre o balcão e dar um beijo nela.

— Estava com saudades — escuto ela sussurrar enquanto se afasta. — Este é o Che.

— Oi, Che. Ouvi falar muito de você.

Ela não ouviu nada de bom, tenho certeza.

Veronica estende a mão e nós nos cumprimentamos.

Não temos que esperar muito até que chegue alguém para rendê-la, e, depois, sigo as duas por um beco escuro até um restaurante que parece se expandir do nada. A entrada é pequena e estreita, e ainda assim o restaurante é enorme. Atrás de uma bancada comprida, chefs labutam sobre panelas gigantes com água fervente e porções de macarrão voam pelos ares. Os funcionários cantam uma saudação em japonês. Veronica e Leilani fazem uma mesura e devolvem a saudação. Vamos nos sentar na última mesa vazia.

— Elon sempre se atrasa. Vamos fazer o pedido.

— Eu ouvi isso — diz um cara negro, que é um pouco mais baixo do que eu, e tem um cavanhaque e um cabelo na altura dos ombros que brilha demais. Ele parece o Príncipe Valente.

— Credo, Elon, tira essas coisas da sua cara. Você está ridículo.

Elon tira a peruca da cabeça e o cavanhaque da cara e os guarda nos bolsos, onde eles ficam parecendo criaturas ferozes prestes a saltar para nos atacar. Sem o cabelo falso, ele parece uma garota.

— Está bem melhor assim — diz Veronica enquanto se estica para acariciar o queixo dele, que é liso mas está vermelho por conta do cavanhaque falso. Será que o Elon na verdade é *a* Elon?

— Eu estou com uma aparência divina — comenta Elon, com uma voz grave demais para uma garota, enquanto se senta. Será que *é* um garoto?

As minhas bochechas não são muito mais ásperas do que as dele. Ou será dela?

O cabelo de Elon é alisado. Ele ou ela me encara, ajeitando o cabelo.

— Vou fazer o pedido e depois vou arrumar essa bagunça. Estou com muita fome. Mas devo estar com uma cara horrível sem os meus acessórios de família real.

— Este é o Che — diz Veronica.

— Ah, esse é o filho CDF dos melhores amigos dos seus pais. Falei certo, Lei-Lei? Não foi essa a expressão que você usou depois de pesquisar no Gíriantiga.com?

— Elon! — reclama Veronica. Leilani nem sequer revira os olhos em reação.

— Sim, esse sou eu — digo e estendo a mão.

— Ah — diz Elon. — Ele é do tipo que aperta a mão. Isso *é* meio coisa de CDF. — Ele ou ela então sopra um beijo para mim. — Você não exala riqueza. Os australianos ricos por acaso não gostam de ostentar?

— Eu não sou rico.

— Ele não é rico — diz Leilani ao mesmo tempo que eu. — Nem todos os amigos dos meus pais são ricos, sabe?

— Então foi assim que você começou a gostar de conviver com os pobres? — Elon se vira para mim e diminui o tom de voz. — Veronica e eu éramos bolsistas na escola, e a gente sublocava um apartamento. Não conta pra ninguém. — Elon se levanta. — Vou querer um *tonkatsu*. Com um ovo.

Observo enquanto Elon se dirige ao banheiro. Tem o quadril magro, mas a cintura fina. Caminha com um certo rebolado. Isso não me ajuda a descobrir se é menino ou menina, e tenho certeza de que é melhor não perguntar.

— Você não faz o tipo de Elon — diz Leilani.

— Eu não estava olhando... — Fico corado.

Elas riem de mim.

— Elon também não faz o meu tipo — digo, tentando ser engraçado, mas acabo soando mal-humorado.

— Ui — diz Veronica. — Então, qual é o seu tipo?

Meu telefone apita. Olho para baixo.

E aí, já comeu ela?

Uma mensagem do Jason. Solto um gemido.

Leilani olha por sobre o meu ombro. Desligo o telefone.

— Comeu quem? — indaga ela calmamente enquanto o garçom chega para anotar os pedidos. Ele ergue as sobrancelhas, mas não diz nada. — E então? — Leilani me provoca quando o garçom se afasta. — Quem você quer comer?

— Ninguém. Ele está brincando. Brincadeira idiota. Quer dizer, ele não é idiota. — Isso não é verdade. Jason às vezes é um babaca completo, e provavelmente ele não estava brincando. Queria não ter contado a ele que eu estou a fim da Sojourner. Pelo menos tive o cuidado de não dizer para ele o nome dela.

Veronica cutuca Leilani.

— O que dizia a mensagem? Me conta.

— Que mensagem? — pergunta Elon, enquanto se senta de volta.

— Nada — digo ao mesmo tempo em que Leilani diz: "*E aí, já comeu ela?*".

— Era isso o que dizia a mensagem. — Ela esclarece. — Eu não estava fazendo uma pergunta.

— Ele estava brincando — rebato. — A mensagem não era sobre ninguém.

— Não era sobre Leilani? — pergunta Elon. — Acho que você tem uma chance com ela. — Elon se inclina para a frente e sussurra dramaticamente. — Cá entre nós, acho que ela está pronta para uma mudança. Ela e Veronica estão juntas desde que o mundo é mundo.

Veronica dá um soco nele.

— Ai!

Nossos macarrões chegam.

— Cure suas mágoas com *tonkatsu*.

A comida está deliciosa.

— Não é bom? — pergunta Elon, com o caldo do macarrão escorrendo pelo queixo dele/dela. — Ah, Lei, eu te contei que não consegui o papel?

Veronica revira os olhos.

— Você não sabe se esse é o motivo, Elon.

Elon bufa.

— Ah, mas eu sei sim. Aparentemente eu não tenho o *visual* certo para interpretar Peter Pan.

— E agora eles dizem que ser negro é um visual? Que progressista da parte deles. — Leilani bota a língua para fora e sopra. — Você daria um Peter Pan perfeito.

— Precisamos realmente falar desse assunto? — pergunta Veronica.

Meu telefone apita. Me arrisco a olhar. É Rosa.

Estou com saudade! Nos divertimos muito no museu.

CAMINHAMOS SEM RUMO por um lugar que o meu telefone diz que é o Lower East Side, enquanto Leilani, Veronica e Elon fofocam sobre pessoas que eles conhecem e falam sobre roupas, lojas e restaurantes, e sobre um hotel novo, como se eles fossem da idade dos parentais. Elon pergunta a toda hora sobre o site da Leilani.

— Você tem um site? — pergunto. Me parece uma coisa meio antiquada. Os três riem.

— Sim, Leilani McBrunight tem um site — confirma Elon. — Chamado Neophyte, não? — Elon me encara como se eu devesse saber o que isso significa.

— Deixa pra lá — comenta Leilani. — O Che não curte moda.

— Sério? — diz Veronica. — Essa camisa é linda.

— *Eu* obriguei ele a comprar.

Meu telefone apita. É Sally me dizendo que Rosa vai dormir com Seimone e Maya na casa dos McBrunight, e que ela e David vão jantar por lá. Duvido que Maya esteja empolgada com isso.

— Tenho de ir — digo.

— Você tem algum compromisso?

— Academia — digo.

— Ainda nem escureceu — reclama Elon. — Eu ainda não desvendei os seus segredos.

— O que te faz pensar que eu tenho segredos?

— Sim — diz Leilani. — Fica mais um pouco. Você com certeza pode faltar a academia, né? Você é novo aqui em Nova York. Nós podemos te ensinar os esconderijos secretos.

— Onde ficam os lugares perigosos — diz Veronica.

— E como desbravar a cidade — acrescenta Elon.

Fico curioso com relação a Leilani e os amigos dela. Eles não têm nada a ver com a minha galera na Austrália. Nazeem, Jason e Georgie não falam sobre roupas como esses caras daqui. E nem sobre nenhum outro assunto que eles estão discutindo.

Fico com vontade de saber o que Leilani e companhia fazem para se divertir, e os parentais vão ficar encantados por eu estar saindo com ela. Talvez isso sirva para apaziguar os ânimos deles quando eu contar sobre o *sparring*.

— Tudo bem — digo. — Me mostrem como vocês vivem.

Elon finge me dar um abraço e solta gritinhos de alegria:

— Que comecem as aulas!

Escrevo para Sally para dizer que estou com Leilani e os amigos dela. **Divirta-se**. Responde ela.

— O primeiro passo — diz Leilani — é fazermos uma visita à casa que Ronnie e Elon dividem.

— O primeiro passo não foi comer *lámen*? — pergunto.

— Não, o primeiro passo foi vocês terem me resgatado daquele trabalho entediante — diz Veronica.

— Abre logo a porta, Ronnie.

Veronica abre uma porta coberta de grafites e nos conduz por quatro lances de escada.

— Amo prédios sem elevador — comenta Leilani.

— É humilde, mas é a nossa casa — diz Elon forçando um sorriso. — Estamos para instalar um elevador no nosso apartamento a qualquer momento.

As escadas são nojentas. Sinto o cheiro de poeira e de anos de sujeira encrostada no carpete puído. Meus sapatos grudam um pouco no chão a cada passo. As paredes estão completamente arranhadas. Em cada andar, pelo menos um dos apartamentos tem uma pilha de lixo ao lado da porta. No primeiro piso, há apenas um saco de lixo, e o cheiro nem é tão ruim. No segundo, a coisa é bem pior.

— Eles acham que duendes vão vir levar o lixo lá para baixo para eles — diz Elon enquanto chegamos ao quarto andar e ao apartamento deles. Do lado de fora da porta há dois sacos de lixo. — Veronica! Era a sua vez de jogar o lixo fora.

Veronica graciosamente resmunga um pedido de desculpas, mas depois vai atrás de Elon apartamento adentro.

— Veronica! — grita Elon. — Desce com o lixo.

— Ah. Está bem.

— Agora!

Veronica obedece e sai arrastando o lixo atrás dela.

— A Ronnie é difícil — comenta Elon enquanto se joga num dos sofás. — É como se a sujeira fosse invisível para ela. Se a Veronica não cozinhasse tão bem, eu teria procurado outra pessoa para dividir o apartamento assim. — Elon estala os dedos.

— E se ela não fosse a sua melhor amiga desde que vocês dois tinham 5 anos — comenta Leilani.

— Seis. É, tem isso também. Mas ela é tão porca... Não me incomodo com bagunça, mas sujeira? Ela nem limpa o banheiro depois de...

— Não queremos saber! — Leilani ergue uma das mãos.

— Senta logo de uma vez — ordena Elon.

Eu me sento ao lado de Elon e Leilani se senta em frente a nós dois. O sofá é daqueles que afundam; minha bunda quase encosta no chão, e meus joelhos estão quase na altura dos olhos.

— Bem-vindo ao nosso palácio.

— É bem suntuoso. — Eu solto uma risada.

O apartamento é o extremo oposto da casa de Leilani. O cômodo está abarrotado com dois sofás, mesas, cadeiras, estantes rangendo com livros e DVDs, além de caixas de som, telas, computadores, roteadores e fios. A cozinha fica contra a parede. Uma janela alta e estreita ao lado dela dá para a escada de incêndio.

— Era para a casa estar mais arrumada, mas tivemos de demitir o mordomo. — Elon diminuiu o tom de voz para sussurrar dramaticamente. — Ele estava bebendo do bar escondido.

Leilani fica entretida tocando a tela do telefone. Não tenho certeza, mas pressinto que os McBrunight tenham um mordomo. Talvez mais de um.

Quando Veronica volta, Elon pega um baseado, acende, dá um trago e passa para Veronica, que faz o mesmo e repassa para Leilani, que dá uma tragada tão longa que eu acho que o baseado vai acabar.

Leilani me passa ele antes que eu possa abrir a boca para dizer que eu não uso drogas. Depois fico pensando no que eles vão achar disso. Que saco vai ser aturar a zoação.

Leilani já acha que eu sou — qual foi mesmo a expressão que ela usou? — um *CDF*, é isso. Já estou acostumado. A maioria dos meus colegas me acha estranho: às vezes tenho aulas em casa com professores particulares, uso muitas palavras difíceis, blá-blá-blá. Não me importo com o que eles pensam, mas se eu recusar o baseado, vai logo começar aquele papo de "Ai, como ele é esquisito...". Não quero ter de ficar ouvindo essa discussão sobre a minha caretice durante as próximas horas. Ou dias. Ou, Deus do céu, durante todo o tempo em que eu estiver morando aqui.

Finjo dar um trago, e depois passo o baseado para Elon. Ninguém percebe.

Como deve ser se sentir chapado? Eu nem sei qual é a sensação de estar altinho ou bêbado. Sempre me comporto muito bem. Tento não criar dificuldades, porque estou bastante consciente dos problemas que Rosa pode, e provavelmente vai, nos causar algum dia.

Por que não posso fazer algo que não devia só desta vez?

Porque eu tenho muito medo de estar chapado no exato momento em que Rosa decidir — não sei se é isso o que ela vai fazer — empurrar Sojourner de um lance de escadas.

Só vou encontrar Rosa amanhã. Ela está com Seimone e Maya, e elas estão sob os cuidados de adultos. Se vou tentar aprontar alguma coisa, a hora é essa.

Quando Leilani volta a me passar o baseado, dou um trago e prendo a respiração.

Eu não tusso, mas a fumaça irrita a minha garganta. Passo o baseado para Elon. Meu olhos ardem.

Fazemos mais duas vezes, até que sobra uma ponta pequena demais para segurar. A fumaça tem um gosto doce, quase como manjericão. Respiro o mínimo possível. Não quero exagerar. Fico imaginando quando vou sentir alguma coisa. Logo, com certeza. Mas os outros parecem normais. No espelho do banheiro, vejo que meus olhos estão vermelhos.

— Eu daria o melhor Peter Pan de todos os tempos — decreta Elon.

— Elon! — repreende Veronica. — Esquece essa história!

— Não se preocupe, Ronnie. A gente sabe que você não é racista.

— Não foi isso o que eu quis dizer — resmunga Veronica.

— Sua irmã — diz Leilani, quando me ajeito no sofá — não gosta de mim.

— É claro que não. Você não acha ela encantadora. Ela está acostumada a deixar as pessoas encantadas.

— Ela não é encantadora. Ela me dá nervoso.

Meu coração bate mais forte. *Leilani percebeu*. Também me sinto enjoado. Não posso fugir de Rosa. Ela não está presente, mas, ao mesmo tempo, está. Será que é um mau agouro o fato de a Leilani ter mencionado o nome dela? Quase sinto uma vontade de ligar para a casa dos McBrunight para saber se as gêmeas passam bem.

— Os olhos dela são um pouco grandes *demais*. Ela é quase perfeita *demais*. Aqueles cachinhos loiros. É quase como se ela morasse naquele vale arrepiante.

Ela só quer dizer que Rosa se parece com uma boneca. Espero que a minha decepção não transpareça.

— O quê? Beco arrepiante? *Andar pelo beco*. — Elon começa a cantar. — *É pura diversãããããão*.

— Shhhh! V-a-l-e arrepiante — repete mais devagar Leilani. — Estou falando de robótica. Quando uma coisa parece quase humana, mas não totalmente, a gente fica arrepiado. Mas até chegarmos a esse ponto, achamos a coisa bonitinha. Como desenhar olhos numa panela de arroz. Ou os ursinhos de pelúcia, ou basicamente qualquer coisa que achamos fofa. Até que essas coisas chegam muito perto de se tornarem humanas; e a partir daí...

— *O Expresso Polar*! — grita Elon.

— Meu Deus! — grita Veronica. — Meus pais obrigaram a mim e a Saskia a ver esse filme quando éramos crianças. Tive pesadelos. Por meses. Anos! *Ainda* estou traumatizada. O que eles tinham em mente? O que tinham em mente as pessoas que estavam envolvidas nesse pesadelo monstruoso?

— O que é *Expresso Polar*?

— Ele tem aulas em casa com um professor — diz Leilani fingindo que está sussurrando.

— Só *às vezes* tenho aulas em casa com um professor. Eu não saí da Idade Média.

— Quem tem aulas em casa não é quase sempre dessas seitas religiosas? — quer saber Veronica.

— E eu lá *pareço* seguir alguma seita religiosa? — Tenho vaga noção do que ela está querendo dizer.

— Não sem uma barba — diz Leilani, e depois cobre a boca com a mão para abafar a sua risada louca.

— Além disso, eles usam roupas muito piores do que as suas — comenta Veronica, enquanto repara na Leilani, claramente imaginando o que ela está achando tão engraçado.

— Eu já te disse. Eu obriguei ele a comprar essa camisa. — Com a mão tapando a boca, a voz de Leilani soa menos arrogante. — A calça e os sapatos também. Ele era um rato de academia deprimente antes de eu dar um jeito nele.

— Não tenho aulas em casa com professores, nem sou de seita nenhuma. Tenho computadores. Um celular. Um tablet. — Gostaria de gritar também que eu já fiz sexo e usei drogas, mas eu nunca fiz nada disso, quer dizer, pelo menos até alguns segundos atrás, ou minutos, ou qualquer que seja a quantidade de tempo que passou, e só fiz a parte das drogas. — Sou um ateu que acredita na justiça social e na igualdade para todos, não importa a cor, o gênero, a sexualidade, ou qualquer outra coisa. Eu só nunca ouvi falar do *Expresso Polar*! O que é isso?

Eles ficam rindo. Por um momento, tenho vontade de gritar com eles, mas, de repente, sinto as risadas deles invadirem os meus poros, e me fazerem cócegas por dentro, até que eu começo a rir também. Rimos com tanta força que engasgamos.

— Um filme — diz Veronica, por fim, enquanto seca as lágrimas. — Um filme de animação realmente horrível.

— E daí? — pergunto quando o riso começa a se dissipar. — O que o vale arrepiante tem a ver com Rosa?

Na mesma hora me arrependo por ter falado isso. Eu estava me divertindo.

— Ah — diz Leilani. — Bem, ela mora no vale arrepiante. É como se ela estivesse aprendendo a ser humana, mas ainda não chegou lá. A pele dela parece não ter poros, e ela tem aqueles olhos assustadores. E também tem o modo como ela ri e sorri, sempre uma fração de segundo depois das outras pessoas. Tenho que ser sincera, Che, ela me dá nervoso.

— Uau — comenta Veronica. — Preciso conhecer essa garota.

— É, eu também.

— Se eu apertasse um botão nas costas dela — diz Leilani —, ela começaria a dançar.

— É verdade. Ela dança! — Solto uma risada. — Ela começou a aprender sapateado depois que viu um filme com a Shirley Temple. As pessoas vivem dizendo para Rosa que ela se parece com a Shirley Temple. — Então, me lembro de que a Leilani já sabe disso. A Seimone e Rosa frequentam a mesma escola de dança.

— A Shirley Temple com certeza é a criancinha branca mais assustadora de todos os tempos. — Leilani treme com um calafrio.

— Quem é Shirley Temple? — sussurra Veronica.

— Ai, esses atores de teatro... Eles não sabem nada. Como — pergunta Elon — você conseguiu arrumar emprego num cinema, Ronnie? Você por acaso já viu algum filme?

— Nós do teatro estamos acima dessas artes plebeias. — Veronica revira os olhos.

— Disse a garota que fez uma ponta em *Law and Order*.

— Eu era criança! Além disso, todos os atores da história do universo já participaram desse programa!

— Não mais — diz Elon. — Por favor, um minuto de silêncio pelo falecimento do maior empregador de atores rejeitados de Nova York.

— Ah, vai à merda, Elon, esse programa foi cancelado há anos.

— A Maya também não gosta de Rosa — comento. — Mas Seimone, sim. As gêmeas sempre tiveram amigos diferentes?

— Não. Rosa é a primeira pessoa que não fica amiga das duas. A Maya não gosta nem de estar no mesmo cômodo que Rosa. Ela falou para Seimone que tem alguma coisa de errado com Rosa, e que ela deveria ficar longe da sua irmã. Seimone retrucou dizendo que queria que a Maya morresse. Quando fui dar uma bronca nela por falar isso, ela disse que queria que eu morresse também.

Elon começa a fazer sons assustadores e depois a dar risinhos.

— Não tem graça.

— Que sinistro — comenta Veronica. — Qual a idade da Rosa?

— Dez — digo. Fico encarando Leilani. E ela fica me encarando de volta. Por um momento muito, muito, muito longo, e podem ter se passado horas, ficamos nos encarando, e estou prestes a contar tudo a ela, tudo o que tenho medo que Rosa faça.

Leilani parece compreender a situação da mesma maneira que Georgie compreende. Seria um alívio contar tudo para ela.

— Preciso comer um sanduíche de lagosta — declara Leilani. — Quem mais topa?

E o momento se esvai.

CAPÍTULO 19

Só chego em casa às quatro da manhã. Em vez de me jogar na cama, escrevo no meu diário. As palavras jorram da minha mente. Fico imaginando se ainda estou chapado. Ou será que só estou bêbado? Quando foi que começamos a beber? O fato de eu estar me fazendo essas perguntas prova que estou bêbado ou que não estou?

Eu me levanto da cadeira e vou para a minha cama, tiro o sapato, a jaqueta, vou para debaixo dos lençóis, e fecho os olhos.

Já é de manhã.

Meus olhos estão pregados de sono. Minha língua gruda no céu da boca. Por um breve momento, penso que estou dentro de um avião de novo.

Bebo água com vontade. Minha língua desgruda, mas agora eu sinto um gosto tardio horrível de tudo o que bebi e fumei e comi na noite anterior. Vou me arrastando até o banheiro. Passo fio dental e escovo os dentes. Uso quase meia garrafa do antisséptico bucal, enxaguando a boca e cuspindo. Lavo o rosto, seco-o com a toalha, passo meu creme para espinhas e bebo mais água.

Pego o meu telefone. Tenho muitas mensagens.

Vou para o andar de baixo e encolho o corpo a cada ranger da escada. Nunca havia notado que ela rangia.

— Você chegou tarde ontem à noite — comenta David.

Ele está sentado na bancada em ilha da cozinha tomando café.

— Onde estão Sally e Rosa? — pergunto enquanto me sento num banco em frente ao David.

— Tomando café da manhã com as gêmeas, Lisimaya, Gene e a *au pair* deles. Não lembro o nome dela.

— Você sabia que a palavra *au pair* significa *igual a*? — falo antes que o meu cérebro consiga registrar o pensamento. Mas ela não é tão igual assim se David não consegue se lembrar do nome dela.

— Ah — diz o David. — Elas vão voltar depois do café da manhã. Você parece acabado.

— Leilani é uma péssima influência. — O café tem um gosto horrível. Espero que seja porque minha boca está revestida por uma camada de antisséptico.

— Dá para notar.

— Isso por acaso é uma bronca?

— Depois da primeira noite em que você se comportou como um típico adolescente? — David ri.

— Eu queria ver como o álcool e as drogas me afetariam. Sabe, como os adolescentes fazem desde que o mundo é mundo.

— A adolescência é uma invenção recente — diz David sorrindo porque essa é uma frase que Sally adora dizer. — Qual a sua opinião sobre as drogas e o álcool?

— Ontem à noite ou agora?

— Ontem à noite.

— Ontem à noite foi divertido e estranho; eu tive conversas esquisitas e acho que comi mais do que jamais comi na vida.

— *Isso* eu acho difícil de acreditar.

— Comida que me cai mal. Agora me sinto horrível. Inalar fumaça para dentro dos pulmões é péssimo. Não consigo pensar direito, e quero voltar para a cama.

— Você dormiu pouco.

— Foi como se eu mal tivesse adormecido. Vou pra academia ver se os meus reflexos estão muito ferrados.

— Bastante, provavelmente. O seu corpo é uma máquina tão bem calibrada que tenho certeza de que você ficou com algumas peças enferrujadas.

— E isso parece que te deixa feliz. — Eu tenho que me concentrar muito para acompanhar o que o David está falando e responder de acordo.

David estampa no rosto o seu sorriso mais largo.

— Estou gostando de ver você se comportar como o adolescente que eu e Sally fomos um dia. Sua falta de experimentação estava nos deixando nervosos.

Os olhos do David parecem maiores. Além disso, eles meio que se mexem de forma independente do rosto dele, e isso não está certo.

— Desculpe por eu não querer fumar e beber veneno. A culpa é de vocês, que nunca me deixaram frequentar uma escola por tempo suficiente para que eu tivesse que apelar para as drogas.

— De nada. Temos orgulho de ter feito duas crianças cujas mentes estão livres da merda que seria injetada nelas se vocês ficassem enfurnados numa escola comum.

Ele parece estar recitando um discurso pronto. Por um momento, fico imaginando se David realmente acredita nisso, ou se está apenas repetindo as palavras de Sally. Devo estar chapado ainda. A sala parece estar ligeiramente torta. Ainda *estou* chapado. Que ódio.

— Não quero que você comece a beber e usar drogas. Essas coisas levam muitas pessoas para o mau caminho. Mas também não confio no radicalismo. Os abstêmios me dão tanto nos nervos quanto os alcoólatras.

— Isso é bobagem. Não beber *não é* radicalismo. Significa apenas não fazer uma coisa que todos fazem. Desde ontem à noite, ou melhor, desde hoje de manhã, eu entendo bem porque evitei o álcool e as drogas durante minha vida toda, e vou continuar a evitá-los. — Bebo um gole de café. Isso faz com que eu me sinta pior. — É a mesma coisa que dizer que o ateísmo é radical.

David está muito próximo de mim. Mas na verdade ele provavelmente não está. Não tenho certeza.

— Ateísmo — continuo a falar. O que estou dizendo? — O ateísmo é, bem, não é, na verdade. Quero dizer, ele não tem nada demais, só a descrença em Deus.

— A única coisa que se aprende sobre alguém, quando se descobre que ele é ateu, é que ele não acredita em Deus. — Tateio no escuro tentando encontrar meu argumento. — O ateísmo só seria radical se os ateus tentassem impedir as outras pessoas de acreditarem no que quer que elas queiram acreditar. E se eles fizerem isso, vão provar que não entenderam nada sobre não acreditar em Deus. — Não beber álcool, era *disso* que estávamos falando. — Eu não conheço ninguém que não beba ou não use drogas e que esteja tentando impedir que os outros façam essas coisas.

— Me lembre de algum dia te ensinar sobre a época da Lei Seca. — David ergue as mãos para o alto fingindo que está se rendendo antes que eu possa falar qualquer coisa. — Você até que é bem articulado para um adolescente de ressaca. Boto a culpa disso na excelente criação que os seus pais te deram.

— O autoelogio não é elogio algum.

— Então, o que você vai fazer hoje?

— Já te falei: academia. Acho que também vou tirar o atraso nos estudos. Vou ler aqueles livros de história, mesmo que você nunca me pergunte sobre eles. Temos ovos em casa?

David concorda com a cabeça.

— E bacon também. Quer que eu faça uma fritada pra gente?

— Claro. Mas você sabe que me recompensar depois de uma noitada regada a álcool e drogas é uma maneira estranha de educar um filho, né?

— Nós sempre fomos pais estranhos.

O cheiro dos ovos fritando me faz correr para o banheiro.

VOLTO PARA O meu quarto. Eu devia fazer os problemas de matemática que o Geoff me passou, mas, bem, estou com dor de cabeça. Abro um dos livros do historiador Studs Terkel, mas não consigo me concentrar. Em vez disso, abro o meu diário. Em meio ao enjoo, não consigo parar de pensar em Rosa.

Leilani reparou como ela é estranha.

Leio minhas anotações sobre Rosa, tentando pensar o que um estranho acharia se as lesse. O que Leilani pensaria?

Eu deveria ter tentado conversar com o David. Ele estava tão tranquilo e de bom humor, fazendo café da manhã para mim, orgulhoso porque fumei um baseado. Mas não estou pronto para uma reprise da conversa que tive com Sally.

Leio o que escrevi sobre Rosa obrigar Apinya a matar o porquinho-da-índia.

No meio das anotações, vejo escrito: *Ponha fogo, veja queimar.*

Não me lembro de ter escrito isso.

Será que escrevi isso ontem à noite? Não me lembro como cheguei em casa. Sei que abri meu diário e escrevi alguma coisa. Não lembro o quê.

As anotações mais recentes são palavras desconjuntadas sobre minha noite com a Leilani e os amigos dela. Não tem nada de estranho nelas, exceto pelo fato de que estou mais obcecado do que pensava em descobrir se Elon é menino ou menina. Elon pode não ser nem um, nem outro. Há pessoas assim.

Estou tão obcecado pela Sojourner quanto eu pensava. Apago esses trechos. Escrevi um monte de bobagens sobre como eu amo fazer *sparring*, apesar de eu ser péssimo nele. Em meus escritos, fico imaginando como seria acertar um soco de verdade. Aparentemente eu acho que deve ser como gozar. Eca. Não acho isso de verdade. Com certeza não vou beber nem ficar chapado de novo. Essas coisas me transformaram num idiota.

Volto para o trecho sobre a Apinya.

Ponha fogo, veja queimar.

Esse não é o tipo de coisa que eu escreveria. Será que foi Rosa?

Rosa dá uma risadinha.

Eu me viro. Ela está na porta.

— Sally e David disseram que eu posso ter um cachorro se eu cuidar desse cachorro falso aqui por dois meses sem matá-lo. — Ela me mostra o aplicativo do cachorro no tablet.

— Parabéns.

Ela não seria capaz de acessar o meu diário, seria? Sou muito atento quanto às mudanças de senha. Todos os arquivos estão bem escondidos. Saio do diário, deixo o computador em modo de espera e ligo o gravador do meu celular.

— Quero que você devolva o colar da Seimone. Foi um presente da avó dela.

— Já devolvi. Foi só um empréstimo. Está vendo? — Rosa abre o colarinho para me mostrar que não está usando nenhum colar.

Pego o meu telefone.

— O que você está fazendo, Che?

— Mandando uma mensagem para Leilani para ter certeza de que Seimone está com o colar dela de volta.

— Ela está com ele, sim. — Rosa faz bico. — Seimone e eu dançamos ontem à noite. Mas ela dança balé, e não sapateado. Ensinamos alguns passos uma à outra. — Ela dá uma pirueta para demonstrar.

— E o que a Maya ficou fazendo?

— E eu lá vou saber? — Rosa dá de ombros. — Fiz várias perguntas para Seimone. Ela respondeu a todas elas. Eu me mostrei interessada e agora sei várias coisas sobre ela.

— Que bom — digo, embora não tenha certeza se isso é bom mesmo.
— Mas vocês duas não brincaram com a Maya?

— Claro que não. Ela não gosta de mim, ela é malvada.

Acredito na primeira parte, mas não na segunda.

Meu telefone apita. É a Leilani.

— Ela estava usando o colar hoje de manhã. Por quê?

Apesar de não poder ver o telefone, Rosa dá um sorriso travesso.

— Vou ganhar um cachorro, Che. E quando ganhar, não vou machucar ele. Você vai ver. Eu cumpro as minhas promessas.

— Fico feliz.

Rosa me abraça com o tablet ainda na mão. Penso em perguntar para ela se ela me abraçaria enquanto estivesse segurando um filhotinho. Mas ela tem o corpo quentinho, e está se agarrando a mim como fazia quando era menor. Aquele cheirinho gostoso e fresco de bebê já se foi há muito tempo, e ela já fez e disse muitas coisas horríveis, mas quero acreditar que esse abraço é sincero.

Eu amo a Rosa. Acho que nunca vou conseguir deixar de amá-la.

— Abraçar é bom — diz Rosa, e fico tentado a dizer que ela está exagerando na demonstração de afeto.

Ponha fogo, veja queimar.

Será que isso é o que ela está tentando fazer comigo?

PARTE 3
Quero uma namorada

CAPÍTULO 20

Quatro semanas depois de aterrissar em Nova York, digito, e depois deleto, a minha lista de novo.

1. Manter Rosa sob controle.

Rosa, Rosa, Rosa, Rosa.
A boa notícia é que ela não fez nada de ruim além de sair de casa sem avisar, ser mal-educada com policiais e roubar: aquela pena da mulher na igreja, a boneca coreana e o colar que ela diz que Seimone deu para ela. Ah, e mentir, uma lista de mentiras sem fim. Tudo isso é normal, em se tratando de Rosa. Mas pelo menos não teve mais porquinhos-da-índia mortos. Nenhuma coisa morta. Nenhuma anotação estranha no meu diário.
A notícia ruim é que Rosa ameaçou Sojourner. Ela já foi duas vezes à escola bíblica para crianças onde Sojourner dá aulas, e se recusa a me contar como foi. Ela diz que Sojourner é amiga dela agora também. Segundo Georgie, ela está tentando me deixar confuso. Mas eu não deveria deixá-la fazer isso.
Não estou nem perto de ter uma conversa séria com David e Sally a respeito disso.
O que vai ter de acontecer para que eu tenha essa conversa?

2. Quero fazer sparring.

Eu fiz *sparring*! Eu faço *sparring*! Eu estou fazendo *sparring*!
Estou viciado.
Muito mais do que com os treinos, fico absorto fazendo *sparring*. Não penso em nada além de defender, atacar e contra-atacar. Tudo o que vejo é o meu oponente, seus olhos, seus punhos enluvados.
Rosa não me vem à mente nem por um milésimo de segundo.

Nada do que aconteceu antes se compara a estar no ringue. A trocar golpes. A se defender. Tudo isso. Agora eu sei o que é lutar. Como eu tenho pouco, mas também muito controle sobre o meu corpo. Não tenho que pensar conscientemente antes de dar um soco. É automático. Consegui aprender. Sou um lutador.

Dido está impressionada com o meu progresso. Eu estou impressionado com o meu progresso. Jason mal pode esperar para treinar comigo.

Ainda não contei para os parentais, o que meio que me torna um mentiroso também. Tenho que contar para eles.

3. Quero uma namorada.

Sojourner é minha amiga. Ela é incrível. Ótima lutadora, inteligente, engraçada. Não engraçada como Leilani, mas menos chamativa. Eu me sinto relaxado perto dela. Bem, exceto quando fico pensando em como seria abraçá-la, tocar nossas peles e... Sim.

Tento não pensar em como transformar nossa amizade em namoro. Isso não vai acontecer. Eu não acredito em Deus; e não vou fingir que acredito.

4. Quero voltar para casa.

Nem tanto quanto antes. Esta cidade até que é legal, mas não é a minha casa, e faz tempo que não volto para lá.

HOJE À NOITE é a minha segunda luta contra o Imbecil. Ele tem evitado fazer *sparring* comigo. Por vergonha, eu acho.

Um *round* de três minutos.

Desta vez ele tem mais controle sobre o próprio corpo, mas ainda é lento. Vejo os olhos dele piscarem e os ombros se mexerem antes que ele dê os seus socos. É fácil se desviar. Ele tenta se mover mais rápido, o que faz o desempenho dele piorar.

— Presta atenção nos olhos, e não nas luvas. — Dido chama a atenção.

Tudo o que vejo são os olhos do Imbecil, injetados e piscando rápido demais para afastar o suor.

Depois, com o soar do gongo, paramos, tocamos as luvas, damos alguns passos para trás, tiramos as luvas e os equipamentos de proteção.

— Bom trabalho — diz Dido para nós, puxando o Imbecil para um canto para fazer uma crítica mais detalhada.

Estou eufórico. Isso foi moleza. O Imbecil não se descontrolou. Não me descuidei quando ele começou a se descuidar. Nós dois tivemos um desempenho melhor em comparação com a primeira vez. Respiro com intensidade. Não parece que se passaram três minutos. Quero lutar de novo. De preferência, contra Sojourner. Ela não é lenta. Ela não indica os socos que vai dar.

— Che — diz alguém enquanto saio do ringue.

Parece muito com a voz de Sally. Eu me viro.

É ela, Sally.

Meu Deus. Minha família toda está na academia me encarando. Sally e David e Rosa, e, com eles, os McBrunight. Seimone está usando luvas verdes. Maya me dá um aceno discreto. Tudo está fora de lugar. Meu rosto já está quente por causa do esforço, e agora está mais ainda. Minhas espinhas estão correndo o risco de explodir como minivulcões.

Rosa estampa um sorriso largo.

— Pensamos que você talvez quisesse jantar conosco — diz Sally, no tom menos carinhoso com que ela já se dirigiu a mim. — Reservamos uma mesa para daqui a quinze minutos, num restaurante aqui na esquina.

David não fala nada. Os lábios dele estão pressionados um contra o outro.

— É um dos nossos restaurantes favoritos — comenta Gene, como se eu não tivesse acabado de ser pego fazendo uma coisa que prometi que não faria. Talvez ele não saiba. Talvez o fato de eu estar saindo do ringue seja algo que ele espera ver numa academia de boxe.

— Parece ótimo — digo.

— Muito bem — comenta Dido, enquanto me dá alguns tapinhas no ombro. — Especialmente o seu cruzado. Você está deixando a mão esquerda cair e levantando o queixo na hora de dar um gancho. Mas você está muito, muito melhor.

— Estes são os meus pais — digo, porque seria muito estranho não apresentá-la. — A Dido é a minha treinadora aqui. Ela é ótima.

— Você tem muitos pais. — Ela sorri para os quatro adultos e estende a mão para David, que estampa o seu sorriso mais largo. — Eu me chamo Dido — diz ela, e fica corada quando eles apertam as mãos.

— Sou o David, o pai do Che. É um prazer te conhecer.

— Sou a Sally. — Sally estende a mão e Dido pisca, lembrando-se de soltar a mão de David e de parar de olhar para ele. Sally apresenta os outros, recobrando o tom de voz carinhoso.

— Sou a Rosa — anuncia Rosa antes que Sally possa fazer isso. Ela faz sua pequena mesura. — O Che estava fazendo *sparring*? Ele venceu? Parece que ele venceu.

— Sim, ele estava fazendo *sparring*. Ele não venceu porque não se trata de uma competição, é só uma forma de testar as habilidades — diz Dido. — Ele se saiu bem. O Che é um lutador nato, bastante estrategista. Essa é uma ótima combinação. Vocês deveriam se orgulhar. Agora, se me derem licença, por favor.

— Você é muito dedicado, Che — comenta Gene. — Está fazendo exercícios sexta-feira à noite.

Eu sorrio, sem saber ao certo como reagir a esse comentário na frente dos parentais.

— Que academia legal — diz Lisimaya. — Não era o que eu estava esperando. É tão limpa, e tem tantas mulheres.

— Pois é — respondo. — Não é como as academias de antigamente. Não gosto dessas antigas. Elas têm testosterona demais.

Sally e David ficam em silêncio.

— Ah, bem, eu tenho que ir trocar de roupa.

— Vamos te esperar do lado de fora — diz Sally enquanto vai embora com David.

Fico ali parado, pingando de suor.

Rosa e as gêmeas estão assistindo a um treino no outro ringue. Judô.

Os judocas estão lutando no chão. Seimone solta alguns risinhos.

— Oi — cumprimenta Sojourner, ao se aproximar de Rosa. — Agora você acredita que eu não sou a única menina aqui?

Ela tira as bandagens e sorri.

Percebo que ainda estou com as bandagens nas mãos. Elas estão encharcadas de suor.

Rosa concorda com a cabeça:

— Agora eu quero aprender a lutar também.

— Posso te dar umas dicas de defesa pessoal quando você quiser. — Sojourner sorri.

— Sim, por favor!

— E para mim também? — pergunta Seimone. — Meu nome é Seimone.

— Ela é a minha melhor amiga — comenta Rosa.

— Prazer em te conhecer — diz Sojourner. — Claro que eu te dou umas dicas, vai ser um prazer.

— Esta é a Maya — digo.

— Oi — cumprimenta a Maya.

— É um prazer te conhecer também — diz Sojourner. — Você...

— Tenho algumas perguntas para fazer — fala Rosa, enquanto se inclina para perto de Sojourner. — É sobre Hebreus 4:13. Na verdade é sobre quase todo o Livro de Hebreus.

Perguntas sobre a Bíblia? Faça-me o favor.

— Você pode jantar com a gente? — pergunta Rosa, subindo o tom de voz e olhando para Gene e Lisimaya, que dizem:

— Claro, quanto mais melhor. Vai ser ótimo.

Diga que não, diga que não, diga que não, é o que fico desejando que Sojourner responde.

— Eu adoraria — diz Sojourner. — Só preciso trocar de roupa antes.

— Eu também — falo. Merda. Ela com certeza tem coisas melhores para fazer. — Não vou demorar.

— Vamos mandar o endereço por mensagem — comenta Lisimaya. — Fica na Clinton Street. Leilani vai nos encontrar lá.

Que ótimo, penso.

Vamos para os vestiários.

— Você não precisa ir — digo. — A Rosa às vezes é meio abusada.

— Mas eu quero ir. É isso que fazem os amigos: conhecem melhor a família uns dos outros para depois poder usar isso para fazê-los passar vergonha no futuro.

— Ótimo. Olha só, o jantar de hoje não vai ser exatamente um jantar comum. Você se lembra de que eu tinha prometido a eles que eu não ia fazer *sparring*?

Sojourner concorda com a cabeça.

— Bem, eu não contei a eles que...

— Você mentiu?

— Não exatamente. Eu omiti... Mas é a mesma coisa no fim das contas. Eu sei disso. Vai ser um jantar bem constrangedor.

Sojourner sorri.

— Agora é que eu quero ir mesmo. Para ver o olhar de reprovação dos seus pais.

— Perfeito — resmungo, me virando em direção ao vestuário masculino.

— Che — grita Sojourner. — Se você não quiser que eu vá, eu não vou.

— Sério?

— Claro.

Penso em dizer para ela não ir, mas não consigo. Se ela for, vou passar mais tempo perto dela.

— Não, não tem problema. Mas você vai ter que me convidar para jantar com a sua família depois. E espero que também seja uma experiência terrível para você.

Sojourner dá uma risada.

QUANDO CHEGAMOS AO restaurante, ele está lotado. O piso e as paredes são cobertos por azulejos, o que amplifica o barulho dos pratos, das conversas, e dos saltos dos sapatos contra o chão. Temos de nos espremer entre mesas cheias de clientes e garçons que carregam bandejas enormes. Quando chegamos à mesa, só há dois lugares vagos: um no lado dos adultos, e outro no lado das crianças.

— Esta é a Sojourner — anuncio. — Nós treinamos juntos. Rosa convidou ela.

Todos dirigem cumprimentos a ela. Sojourner trata os adultos por *senhor* e *senhora*, mas eles dizem para ela chamá-los pelos seus nomes.

Sally faz um sinal para mim com a cabeça, me indicando o assento entre ela e David. *Que ótimo.* Leilani ergue as sobrancelhas como quem diz *que droga.*

Sojourner se senta entre Rosa e Leilani. Meu telefone vibra no meu bolso.

Gene faz o pedido em coreano, e Leilani e Maya dão sugestões. Todos os funcionários parecem conhecer eles.

— Essa foi a garota que te levou à igreja? — pergunta Sally baixinho. Apesar de ela estar do meu lado, tenho de me inclinar para poder escutar. — A que está ensinando a Bíblia para Rosa?

— Sim. — Do lado oposto ao meu, Leilani comenta alguma coisa com a Sojourner, olha para mim, e volta a erguer de leve a sobrancelha. Sojourner dá uma risada. Minhas bochechas ficam quentes.

— Ela é de cair o queixo.

— Os boxeadores têm de ser assim — digo. — Bons em fazer o queixo dos outros cair, quero dizer.

Sally não acha graça.

Seimone está sentada do outro lado de Rosa, e Maya está ao lado dela. Seimone está virada para Rosa, bloqueando a irmã gêmea. Maya está se escorando em Lisimaya, que tem um dos braços em volta do corpo dela.

Rosa e Seimone riem quando Gene faz uma pergunta para elas, e depois trocam um olhar.

Leilani e Sojourner estão conversando. Tenho a impressão de que elas estão falando sobre correr, mas faz tanto barulho que não tenho certeza. Sojourner se mexe em sua cadeira. Jantares assim são como uma sessão de tortura.

— Há quanto tempo você treina boxe, Che? — pergunta Gene. A voz dele é naturalmente alta.

— Desde os 5 anos. Era para ser defesa pessoal — comenta David. — Mas rapidamente virou *kickboxing*, e depois boxe. E você, Sojourner?

A pergunta tem de ser repetida para Sojourner poder ouvir.

— Minha tia Susan — responde ela. — Ela é treinadora em Nova Jersey. Aprendi boxe com os meus primos. Eu era a única que gostava de verdade.

— Eu aprendi com o meu pai — comenta Gene. — Sorte a nossa, né?

Sojourner concorda com a cabeça.

— A coisa mais importante que eu aprendi com o boxe é que a defesa é sempre crucial. — Gene ri. — Também aprendi a jamais pular uma refeição. Cara, como eu tinha fome quando treinava boxe.

— É verdade — digo, concordando com ele. Começo a devorar as conservas e as panquecas que foram trazidas para a mesa.

Todos estão comendo. Leilani continua conversando com Sojourner. Rosa e Seimone estão dando risinhos. Não importa o quanto eu me esforce, só consigo ouvir uma palavra ou outra do que eles dizem.

Maya olha para cima e eu sorrio, lançando meu olhar na direção de Rosa. Maya retribui o sorriso.

Os adultos conversam sobre negócios. Por baixo da mesa, mando uma mensagem para Jason.

A merda foi pro ventilador. Os parentais descobriram do *sparring*. Não estão nada contentes.

Assim que terminamos de comer um prato, nos trazem outro. Estou agradecido por poder simplesmente ficar de cabeça baixa e comer. Sally e David não comentam nada comigo.

Olho do outro lado da mesa para Rosa. Tenho certeza de que isso é culpa dela. Foi ela quem sugeriu que eles fossem me buscar na academia. Desde quando minha família não manda uma mensagem antes de aparecer?

Fico olhando Sojourner rindo com as garotas. Ela inclui Maya na conversa. Leilani está debruçada sobre o seu celular. Eu continuo a comer, feliz por ter sido deixado de fora das conversas.

— Leilani — repreende Gene. — Nada de telefones na mesa.

Leilani não tira os olhos do telefone. É improvável que ela não tenha ouvido.

— Nada de telefones na mesa, Lei — repete Gene, ainda mais alto. Dessa vez ela não pode fingir que não ouviu.

— Eu tenho um prazo, papai. Tenho de publicar isso antes da meia--noite.

— Meia-noite de sexta? No pior horário possível para se publicar alguma coisa?

— Está bem. — Leilani bota o telefone no colo.

— A gente vai voltar para casa bem antes da meia-noite — diz Gene. — Se a divulgação tem mesmo esse prazo.

O barulho do restaurante diminui. O enorme grupo de pessoas ao nosso lado terminou a refeição, e agora a mesa em que eles estavam é dividida em mesas menores. Rosa pergunta bem alto para a Sojourner:

— Você está namorando o Che?

— Não, somos amigos da academia. — Sojourner dá uma risada.

Leilani arqueia uma sobrancelha. Queria dizer alguma coisa engraçada para acabar com esse momento tenso, mas nada me ocorre.

— Ah — diz Rosa, dando à sua voz o maior tom de decepção que ela consegue. — O Che nunca namorou. Acho que vocês dariam um casal perfeito.

— Hum, obrigada — comenta Sojourner. Ela me lança um olhar que eu espero ser mais de empatia do que de pena. As expressões no rosto dela não são tão fáceis de interpretar quanto as de Leilani.

Leilani mantém as sobrancelhas arqueadas. Consigo vê-la reproduzindo toda a conversa para a Veronica e Elon. Ela provavelmente vai esperar que eu esteja presente também para fazer isso.

— Sério? — pergunta Gene. — Um garoto bonito como você?

Lisimaya dá uma cotovelada de leve nele.

Sally pergunta para Gene sobre um investidor em potencial que foi convidado para a festa. Paro de prestar atenção neles e ataco o prato de porco que acabou de chegar à mesa.

— O que você acha, Che? — pergunta Sally.

— Do quê? — pergunto olhando para cima.

— Nós convidamos sua amiga que está aqui, a Sid, e a melhor amiga dela... Qual é mesmo o nome dela, Sid?

— Jaime.

— Convidamos elas para a festa de boas-vindas à nossa casa nova. E os amigos da Leilani com quem você saiu na outra noite também. Qual o nome deles mesmo?

— Veronica e Elon — responde Leilani, abrindo um sorriso largo.

— Me parece fantástico — respondo.

SALLY, DAVID E ROSA andam à minha frente na Clinton Street. Rosa conversa com eles sobre Seimone: *Ela também pode ir para a nossa colônia de férias de dança?* Ela diz muitas vezes *Posso?* e *Me dá*. Nenhum deles sequer tenta falar comigo, e nem me passam o sermão que estou esperando receber por causa do *sparring*. Acho que eles vão esperar até chegarmos em casa.

. Aqui é muito mais silencioso do que na Second Avenue. As lojas com as portas de rolar fechadas e trancadas com cadeados parecem abandonadas. A maioria das portas está cheia de pichações e grafites aleatórios. Não fosse pelos bares e restaurantes, a rua pareceria abandonada.

Pego o meu telefone. Recebi mensagens de Leilani perguntando por que os meus pais estavam de cara feia e, também, obviamente:

Nenhuma namorada? Nunca? Quer dizer agora que o nosso grupo está completo. Faz tempo que não temos um virgem entre nós.

Rapidamente eu respondo:

Vai se foder. E não ter namorada não quer dizer que sou virgem. Você é virgem?

Espera aí. Você me incluiu no seu grupo. Que emoção! Estou muito honrado. Vou ganhar uma tiara de presente? Devo fazer um discurso?

Nunca fiquei pelado na frente de uma garota. Já beijei, e apalpei peitos e bundas por sobre roupas. Se eu só apalpei peitos por sobre a roupa, será que isso conta? Vou ter de pesquisar. Ninguém nunca encostou no meu pau. Só eu mesmo. Que patético.

O telefone vibra de novo. Tiro ele do bolso.

Rosa diminui o passo para andar do meu lado.

— Você vai acabar caindo. Você sabia que aqui é contra a lei caminhar e mandar mensagens ao mesmo tempo?

— Não é não — digo enquanto lanço um olhar para ela.

— É, sim.

— Isso é ridículo.

— Não é ridículo, não. Olha, você quase tropeçou. E se tivesse um buraco na calçada?

— Não tem buraco nenhum, e mandar mensagens não tira a minha visão periférica.

— Há câmeras por todos os lados, para que eles vejam quando as pessoas estão burlando as leis e possam prendê-las.

— Por mandar mensagem enquanto anda?

— Mas algumas das câmeras estão quebradas, e não tem câmeras em todas as esquinas.

— Como você sabe disso?

— Eu gosto de saber das coisas. — Rosa dá de ombros. — Talvez eles não tenham gravado você. Desta vez.

— Por que você é tão irritante assim?

— Porque é divertido.

— Por que você fez os parentais descobrirem que eu estava fazendo *sparring*?

— Você não sabe se fui eu — diz ela, o que só confirma que foi ela mesmo. Ela é arrogante e ardilosa ao mesmo tempo. — É divertido ver que agora é você que está em maus lençóis. Acho que você deveria continuar assim. E eu é que vou passar ser a bem-comportada.

Ela ergue o olhar para mim. Sinto como se ela estivesse esperando que eu pergunte por que ela me dedurou. Não vou perguntar.

Eu sei qual foi o motivo. Simplesmente porque ela podia fazer isso.

— Se eu quisesse te arranjar algum problema — diz ela calmamente, enquanto atravessamos a rua para chegar no nosso quarteirão —, eu poderia arrumar um bem pior do que esse para você.

Quando chegamos em casa, boto as roupas do treino para lavar junto com outras peças. Os parentais ainda não disseram nada.

Escuto Rosa perguntar se ela pode tomar sorvete, e ouço a porta do escritório dos parentais se fechar.

Quando termino de botar as roupas na máquina, Rosa está sentada na bancada em ilha da cozinha tomando sorvete e debruçada sobre o seu tablet. Jogando xadrez, provavelmente, ou tramando a destruição do mundo. Ou apenas convenientemente perto do escritório para que ela possa ouvir através da porta quando os parentais me chamarem. *Se* eles me chamarem. Talvez eles decidam me deixar ansioso a noite toda.

Percebo que não faço ideia de o que eles vão fazer, porque nunca me meto em encrencas.

Sirvo um copo de leite para mim mesmo.

Rosa não olha para cima.

Ando até as janelas. Nos apartamentos do prédio em frente ao nosso, as luzes estão apagadas, ou as persianas estão fechadas. Não posso bisbilhotar a vida das pessoas do prédio da frente como fazem Leilani e as irmãs dela. Sento em um dos sofás, e pego o meu telefone. Mando uma mensagem para a Natalie primeiro:

Tô adorando fazer *sparring*. Obrigado pelo conselho.

Mando outra mensagem para Jason:

Os parentais descobriram que comecei a fazer *sparring*. Fui pego em flagrante. Como você está?

E para Nazeem:

Como anda o romance por aí?

Por último, mando uma mensagem para Georgie:

Uma das minhas amigas aqui curte muito moda. Você ia gostar de conhecer ela. Ela me levou numa loja super cara, cheia de roupas maneiras. Você ia ficar babando.

Queria poder mandar uma mensagem para Sojourner, mas não tenho o telefone dela. Fui covarde demais para pedir. Poderia ter perguntado esta noite, mas não na frente de todo mundo. E na academia, Jaime está sempre por perto.

Recebo uma resposta de Georgie.

Legal. Qual o nome da loja?

Não sei. Tinha um carretel de linha na porta. Era estranho. Eles deixam a porta da loja fechada. Acho que aqui as pessoas precisam fazer isso. Mas era de se imaginar que uma loja fosse deixar a porta aberta para as pessoas entrarem direto.

É a Spool. Meu Deus! Você está falando da Spool?! Fala sério! Não acredito que você foi na Spool.

Hã?

A Spool é a butique mais exclusiva do planeta. O curador da loja tem de ver quem você é pela internet antes de eles te deixarem ir lá, e você precisa marcar hora. Você não imagina as pessoas que eles já barraram. Tipo gente famosa, rica, enfim.

Que crueldade.

Caralho, como você conseguiu entrar lá?! Que roupa você estava usando? Você não estava usando calça de moletom, né? Pelo amor de Deus, Che!

Não conto para ela que eu estava usando moletom.

É que a Leilani parecia conhecer todo mundo. Ela vai lá direto.

O nome da sua amiga é Leilani? Leilani McBrunight?! Você não pode estar falando sério?! Caralho, Che! Como você conhece a Leilani McBrunight?!

Sally sai do escritório.

— Che?

Coloco o telefone no mudo, guardo ele no bolso, vou atrás dela, e fecho a porta atrás de mim.

Não entro no escritório deles desde que eles entupiram o cômodo com um monte de tralha e o transformaram no mesmo lugar bagunçado, mas de algum modo organizado, que eles criam em qualquer lugar que estejamos morando. O quadro de cortiça deles está cheio de anotações, e tem uma linha do tempo. Provavelmente tem a ver com o empreendimento novo com os McBrunight. Sempre tem um quadro de cortiça ou um quadro branco no escritório. E tem sempre também pelo menos uma linha do tempo e, às vezes, muitas delas.

O ataque é a melhor defesa. É clichê, mas às vezes é verdade.

— Quebrei minha promessa — digo. — Fiz *sparring* e adorei, e quero continuar fazendo.

Tanto Sally quanto David tentam me interromper, mas não paro de falar.

— Tudo o que eu venho treinando, as simulações, tudo faz sentido agora. Quando você deixa a mão caída, você dá uma abertura para o adversário. Quando deixa o queixo erguido, também. Quando você anda de costas em linha reta, acaba ficando preso nas cordas.

Eu continuo:

— Para mim, não fazer *sparring* é como aprender uma língua estudando o alfabeto, as regras da gramática, como soletrar as palavras, mas não poder dizer uma palavra sequer. Não posso parar de fazer *sparring*. A promessa que eu fiz não foi justa.

Meu tom é ainda mais alto, para abafar a voz de David.

— Sempre faço tudo o que vocês mandam. Mantive essa promessa por anos! Só que não consegui mais. Quem sabe quando eu vou parar de crescer? Não foi justo da parte de vocês me fazer prometer isso.

Enfim, me sento. Sally se senta ao meu lado e pega a minha mão:

— Terminou?

Concordo com a cabeça enquanto me recosto e fecho os olhos. A Sally solta a minha mão.

— Você mentiu, Che.

Começo a responder, mas David levanta a mão como se ela tivesse o poder de calar os outros.

— Nós deixamos você dizer o que queria dizer.

Não me lembro de ele jamais usar esse tom de voz apaziguador comigo. Com Rosa, sim. E, às vezes, com Sally. E com todos os outros membros da família dele, principalmente o tio Saul, mas nunca comigo.

— Você mentiu pra gente. — A Sally prossegue. — Você prometeu que não ia fazer *sparring*. E você fez *sparring* sem contar nada. Não importa se você não disse exatamente palavras que não eram verdadeiras. Você quebrou sua promessa, e escondeu isso da gente. Omitir uma verdade também é mentir.

Não consigo deixar de pensar em como Rosa concorda com ela.

— Che, se algum dia eu tive alguma certeza sobre esta família, além do fato de que nos amamos muito, é a de que nós não mentimos. Mas você mentiu.

Fico sem saber o que dizer. Não vou apontar o fato de que Rosa não é capaz de amar ninguém. Nenhuma das certezas da Sally está certa.

— Eu ia contar para vocês. Tinha pensado em fazer isso esta noite, mas aí vocês apareceram na academia. Por que vocês não mandaram uma mensagem antes?

Nenhum dos dois responde à minha pergunta.

— Agora perdi a confiança em você — diz Sally.

Espero até que eles me digam qual vai ser o meu castigo. Eles não dizem. David vai para o computador, e Sally pega o telefone.

— É só isso? Estou liberado?

— Não estamos no exército, Che. Isto aqui é uma família.

— Estamos pensando em como castigar você — diz David. — Estamos chocados. Você nunca mentiu pra gente. Você nunca quebrou uma promessa.

Fico de pé e vou até a porta. Enquanto a fecho, tenho a impressão de ouvir Sally chorar. Odeio o fato de ter feito ela chorar. Subo as escadas e deito na cama. Rosa diz qualquer coisa enquanto subo as escadas, mas graças a Deus não consigo ouvir.

Por causa da única coisa errada que eu já fiz? E agora eles não confiam mais em mim?

Olho para o meu telefone. Recebi milhares de mensagens. Georgie está fazendo um escândalo por causa da Leilani, Jason está se solidarizando pelos meus problemas com os parentais, Nazeem está mandando eu ir me foder, e Natalie está me parabenizando.

Não sei o que responder a nenhum deles.

Para me distrair pesquiso no Google o nome da Leilani para entender o escândalo que Georgie está fazendo.

Uau.

Leilani é meio famosa.

Tem milhares de fotos dela em desfiles. Ela criou o próprio site de moda para adolescentes quando tinha apenas 12 anos, e nele ela falava basicamente sobre roupas, música, a indústria da moda e política. Hoje, o site é uma revista on-line com vários outros colaboradores e uma quantidade incrível de leitores. Chama-se Neophyte, como disse Elon, e os fãs dela são chamados de Neos. Ela já entrevistou algumas das mulheres mais famosas do mundo.

É obvio que todos a conhecem naquela loja de roupa.

Por que a Leilani não me contou que era famosa?

Pensando bem, o que ela ia dizer? *Ah, aliás, eu sou importante?* Não consigo nem imaginar. Pelo que estou lendo, ela mesma já fez a própria fortuna. Aos 17 anos. Meu Deus do céu.

Eu me sinto bem melhor pelo fato de ela ter comprado aquelas roupas para mim. Mas não faço ideia do motivo. Mesmo assim, ela foi autoritária, né?

Mando uma mensagem para Georgie:

— **Acabei de pesquisar sobre Leilani. Eu não fazia ideia. Uau.**

Saio da cama. Pratico alguns golpes, me concentrando em manter a fluidez dos movimentos, privilegiando a forma no lugar da velocidade.

Quando acordo, o sol está nascendo, e Rosa está deitada em posição fetal no chão do meu quarto.

Seu rosto parece relaxado, e a boca está um pouco aberta. Ela parece o bebê que foi um dia, o bebê cujos dedinhos agarravam os meus, que sorria para mim. É difícil acreditar que hoje ela é uma criança sem coração.

Ela abre os olhos e sorri como se estivesse feliz por me ver. Por um segundo, acredito nela.

— Ainda está estudando o sono, Rosa?

— Queria ter certeza de que ainda somos amigos.

— Eu sou o único que te entende — digo, sabendo bem que ela praticamente não entende o sarcasmo. — Como posso ficar de mal com você?

CAPÍTULO 21

Nosso brunch dominical com os McBrunight é na mansão deles desta vez.

A enorme mesa da sala de jantar tem comida o bastante para alimentar o dobro das pessoas presentes.

Encho o meu prato de salmão, linguiça e miniquiches.

Queria que Leilani estivesse aqui, mas ela está ocupada com o Neophyte. Os parentais, Gene e Lisimaya estão falando de negócios. Rosa e Seimone estão cochichando. Sobramos eu e Maya.

— Eu não sabia que a Leilani era famosa.

Maya torce o nariz e faz cara de vesga.

— Ela não é *famosa* de verdade. Ela é meio conhecida por causa das roupas.

— As pessoas param ela na rua pra pedir autógrafos?

— Até que não. — A Maya balança a cabeça. — Uma vez uma garota pediu pra tirar uma selfie com ela. Estávamos na adega da esquina. A Lei-Lei fez duckface. — Maya abaixa o queixo e projeta os lábios para frente, o que faz os olhos dela parecerem maiores.

Pego o meu telefone e tiro uma foto dela; depois, fazemos uma selfie de nós dois com biquinho.

— Deixa eu ver como ficou — pede Maya, e vemos a foto. Nossos olhos têm o dobro do tamanho, e nossos lábios também. Nós dois rimos.

— Vou mandar pra Leilani.

— Manda pra mim também — diz Maya enquanto pega o meu telefone e anota o número dela. Ela me devolve o celular e eu adiciono a foto com cara de pato ao contato dela.

— E aí, você está encrencado com os seus pais? — pergunta Maya baixinho. A Leilani deve ter contado para ela.

Eu faço que sim com a cabeça.

— Eles estão decepcionados e perderam a confiança em mim.

— E eles confiam nela? — Maya olha para a Rosa.

— Ela tem 10 anos. Aparentemente, isso é desculpa para qualquer coisa que ela faça.

— Eu tenho 11. — Maya ri. — Eles vão te obrigar a sair do boxe? Rosa diz que quando ela faz alguma coisa de errado eles obrigam ela a escrever redações que depois eles não leem. Ela disse que escreveu a mesma frase várias vezes no meio da última redação pra ver se eles notariam, mas eles nem perceberam.

— Parece típico dela. Eles não me proibiram de ir à academia.

— Se eles te proibissem, você pararia?

Balanço a cabeça de um lado para o outro.

— Não entendo qual é o problema. É só um exercício! Eu quero aprender boxe — diz Maya. — Parece divertido.

— E é. E o tênis? Você não joga quase todos os dias?

Maya concorda com a cabeça.

— E vou para a colônia de férias do tênis. Por duas semanas!

— Podemos nos levantar da mesa? — pergunta Seimone. — Rosa quer me ensinar uma jogada no xadrez.

— E vocês vão me ensinar também depois? — pergunta Gene.

As duas concordam.

— Detesto xadrez — diz Maya quando elas saem.

— Eu também. David tentou me ensinar, mas Deus me livre. Rosa joga desde os 4 anos.

— Seimone não costumava gostar de jogar.

— Sinto muito. Pela Rosa e pela Seimone.

— Eu também — concorda Maya.

ESTAMOS ATRAVESSANDO O Tompkins Square Park, e Sally está comentando como o parque está mais verde agora do que quando nós chegamos, e como os esquilos estão mais gordos. Algumas árvores ainda estão florescendo, mas na maioria delas as flores já deram lugar às folhas verdes. Maio em Nova York é bem menos horrível do que abril.

— Aquela não é a Sid? — pergunta Rosa enquanto acena para ela.

É ela. Sojourner caminha em nossa direção usando o vestido com as tulipas vermelhas. Ela está acompanhada da mãe, Diandra, que está numa cadeira de rodas empurrada por outra mulher. Presumo que se trata da outra mãe da Sojourner.

Sojourner acena de volta e sorri.

Ela está linda. Esse é o vestido que, no meu sonho, primeiro ela estava usando, e depois já não estava *mais*. Fico com o rosto corado, com medo de que ela de algum modo só de me olhar perceba que eu sonhei com ela.

— Seu rosto está vermelho — comenta Rosa bem alto. — Não é só o seu nariz.

— Sim — digo com calma. — Isso se chama acne.

— Não, está mais vermelho do que de hábito. Como se você estivesse envergonhado.

— Bem, eu não estava, mas fiquei agora que você chamou a atenção de todos para as minhas espinhas.

— Como se ninguém mais fosse notar. Principalmente quando você fica corado — diz Rosa. — Oi, Sid! — Ela dá um abraço forte na Sojourner.

— Oi — digo. — Oi, Diandra. — Me curvo para apertar a mão dela. — Que coincidência esbarrar com vocês por aqui.

— Nem é, na verdade. Aqui é onde todo mundo se esbarra. É o centro do bairro. Sid, querida — diz Diandra enquanto sorri para mim e para Rosa —, você não vai nos apresentar?

Fico mais corado ainda. Eu é que deveria ter começado as apresentações.

— Estas são as minhas mães — diz Sojourner. — Diandra e Elisabeta Davis. Este é o Che…

— Ah — comenta Elisabeta. — Você treina junto com a Sid. É o garoto australiano. Ela nos falou de você.

Meu rosto arde.

— Muito prazer — digo enquanto aperto a mão de Elisabeta. — Estes são os meus pais, Sally Taylor e David Klein, e a minha irmã Rosa.

— Ela não parece um pequeno querubim? — Não fica claro pelo tom de voz da Diandra se isso é uma coisa boa ou não. — Esses cachinhos são de verdade?

Rosa concorda com a cabeça. Ela está fingindo que é tímida. Não faço ideia de por que ela está fazendo isso depois de chamar a atenção dos outros para as minhas espinhas aos berros.

Todos se cumprimentam com apertos de mão. Rosa vai de fininho para o lado de Sojourner e começa a cochichar.

— Estamos voltando da igreja para casa — diz Diandra. Na Second Avenue. O Che outro dia esteve lá conosco no culto da noite. Vocês já encontraram uma igreja que agrade a vocês? Sei que acabaram de se mudar para cá. Vocês poderiam se juntar a nós. Aceitamos pessoas de todos os credos.

Elisabeta diz baixinho algo que soa como: "Agora, Di."

— Não frequentamos igrejas — responde David. — Não somos cristãos.

— Ah — diz Diandra. — Qual é a religião de vocês? Outras pessoas que não são cristãs também frequentam o nosso culto: judeus, muçulmanos, budistas.

— Somos humanistas seculares — diz Sally.

— Humm — responde Diandra. — Bem, pelo menos é uma expressão mais bonita do que *ateu*.

— Mãe — diz Sojourner.

Não consigo imaginar como esta situação pode ficar mais embaraçosa. Olho para Rosa, esperando que ela anuncie algo do tipo *Deus está morto*, ou *Só os idiotas acreditam em Deus*, frases que Sally e David jamais disseram. Em vez disso, ela volta a cochichar no ouvido de Sojourner.

— Cada um deve descobrir o próprio caminho no meio da escuridão — diz Diandra. — Há tantos ateus quanto crentes no mundo. Eles só não sabem disso.

Sally não responde nada.

— Como vocês se sentem sabendo que o seu filho está fazendo luta? — pergunta Diandra.

— Mãe! Eu *te* contei como os pais do Che se sentem com relação a isso!

— E é por isso que estou perguntando. Eles não são os únicos que estão num impasse. O boxe não é um esporte comum. Não é como o atletismo ou o basquete.

— Até parece que ninguém se machuca no basquete, que nem é um esporte violento.

— Você por acaso está me respondendo, Sid?

— Estou discordando de você.

Diandra balança a cabeça.

— Está, sim, e agora você vai me deixar terminar. — Ela estende o braço para pegar a mão de Sally e colocá-la entre as mãos dela. — Ficamos na dúvida se deveríamos deixar a Sid treinar boxe. A violência é uma coisa errada. Estar num ringue com um juiz ou com um treinador não torna isso uma coisa menos errada.

Sally concorda com a cabeça.

— Mas a minha filha adora boxe, e o esporte faz com que ela fique saudável e forte. Nenhuma de nós tem coragem de impedi-la. E dizem para a gente que ela é muito boa lutadora.

— A Sojourner é boa, sim — deixo escapar. — A Sid, quero dizer. — Me viro para ela. — Você é incrível. — *Deus do céu*. E minhas bochechas coram de novo. Meu pescoço também.

— A treinadora dela também acha, Che. Mas tem as lutas. Bem, tenho orgulho dela e quero que ela seja feliz, mas não posso deixar de desejar que ela gostasse de outra coisa.

— Sim — comenta David. — O boxe tem um lado muito brutal. Vimos o Che no ringue ontem à noite. A coisa foi feia.

Ele está falando igualzinho a Sally. Lanço um olhar de fúria para ele, na tentativa de revelar sua hipocrisia. Quando ele tinha a minha idade, foi expulso da escola por quebrar o maxilar de outro aluno. Como alguém consegue dar um soco com uma força capaz de quebrar a *mandíbula* de alguém? Nunca quebrei nenhum osso de ninguém.

— Sim — diz Sally. — Che prometeu para nós que ele não ia fazer *sparring* até que parasse de crescer. Ontem à noite descobrimos que ele estava mentindo para nós.

Diandra assente e faz uma expressão de solidariedade. Penso que vou morrer um milhão de vezes enquanto imploro a Deus — o Deus em que não acredito — para que Sojourner não esteja prestando atenção à minha humilhação, uma vez que ela está entretida pelos cochichos ardilosos de Rosa.

Só que não. Ela vira o rosto.

— Não tem nada de errado em fazer *sparring* — comenta ela.

— Sojourner — repreende Diandra. — Isso não é da sua conta. Isso é um assunto que diz respeito ao Che e aos pais dele.

— É da minha conta, sim, mãe. Os pais dele não entendem o que foi que eles fizeram o Che prometer. — Ela se vira para Sally e David, e comenta quase se desculpando: — O Che não estava mais evoluindo no treinamento, entendem? Ele tem talento, e esse talento estava sendo desperdiçado. Fazer *sparring* não é perigoso. Usamos protetores de cabeça acolchoados. É mais seguro do que entrar num carro!

— Sojourner Ida Davis!

Sojourner balança a cabeça de um lado para o outro, mas não diz mais nada. Sally fica encarando ela.

— Entendo que você fale com todo esse entusiasmo — diz David. — Mas temos o dever de proteger o nosso filho.

— Peço desculpas pela minha filha — fala Diandra. — Ela tem convicções firmes.

— Não precisa se desculpar. Nossos filhos não são posses nossas — diz Sally, e eu tento reprimir a vontade de gargalhar. — É óbvio que eles vão acabar discordando da gente e nos desobedecer quando acharem que estamos sendo injustos. Não é fácil ser filho ou ser pai.

— Amém — responde Diandra.

— Como vocês se conformaram com o fato de Sojourner treinar boxe?

— Elas não se conformam — diz Sojourner. Ela aperta o ombro de Diandra e dá um beijo na bochecha de Elisabeta.

— Não, não nos conformamos. Mas o que podemos fazer? Eu rezo. E tenho fé que o bom Deus recompensa o amor, a paciência e a compreensão. Como você mesma disse, nossos filhos vão trilhar caminhos diferentes dos nossos na vida.

— Obrigada — responde Sally. Ela se inclina e pega a mão de Diandra. — Fico feliz em conversar com alguém que me entende.

— De nada. Você já vai descobrir qual é a coisa certa a fazer. Tenho certeza disso.

— Vocês duas têm algum compromisso amanhã à noite? Vamos dar uma festa. De inauguração no nosso apartamento novo. Adoraríamos se vocês pudessem comparecer. A Sojourner já disse que vai.

— Numa noite de segunda-feira?

— Sei que é um pouco estranho, mas essa era a única noite livre de alguns amigos muito queridos, e não queríamos ter de adiar a festa por mais tempo.

— Elisabeta?

A mãe quieta de Sojourner concorda com a cabeça.

— Adoraríamos ir — responde Diandra.

Elas trocam telefones e endereços, e conversam sobre a acessibilidade para cadeiras de roda. Que ótimo: os parentais conseguiram o número de telefone das mães da Sojourner antes que eu conseguisse o número da própria Sojourner.

— Não tenho o seu telefone — diz Sojourner, e eu abro um largo sorriso. — Jaime e eu corremos juntas. Quer se juntar a nós?

Concordo com a cabeça.

Sojourner e eu trocamos telefones enquanto Rosa nos observa.

— Está pronta para a escola bíblica? — pergunta Sojourner.

Rosa concorda com a cabeça.

Ela segue então com Sojourner e as mães dela, e se vira para me dar um sorriso, sinalizando para mim que está com Sojourner, e que eu estou preso com Sally e David. Espero que não haja escadas no lugar para onde elas estão indo. Não que eu tenha tanto medo assim de que Rosa vá fazer alguma coisa. Resisto à vontade de correr atrás delas.

— Que dia lindo — comenta Sally.

E é verdade: faz sol, calor, as pessoas estão vestidas como se o verão já tivesse começado, mas esse não é o tipo de coisa que Sally costuma dizer. É difícil apreciar a beleza do dia quando sei que ela está pensando no que vai dizer para mim em breve. Sally não é nem um pouco dissimulada.

Passamos pelo lugar onde as pessoas jogam xadrez. Todas as mesas estão ocupadas com jogadores. Uma pequena multidão está em volta de uma mesa. À medida que passamos, vejo que Isaiah está jogando contra mais de um desafiante. Quanto dinheiro será que ele ganha com o xadrez? A julgar pelas roupas que veste, pouco. Todos os jogadores são homens. O público que assiste também. Como Rosa conseguiu simplesmente se meter entre eles e começar a jogar? Eu não seria capaz de fazer isso quando tinha 10 anos. E nem agora. Como deve ser não sentir medo?

— Você não vai ficar de castigo — diz David.

— Posso continuar a fazer *sparring*, então?

Sally concorda com a cabeça.

— Não podemos te proibir, não é?

Mas eles me *proibiram* antes. Se soubesse que esse seria o castigo, tinha desobedecido logo.

— Fico assustada com o seu lado violento. Você poderia acabar matando alguém se perdesse a paciência. — Ela lança um olhar para David, mas ele não diz nada.

Fora dos treinos, nunca bati em alguém. Nem cheguei perto de fazer isso. Quem Sally pensa que eu sou?

— Quem teve a ideia de ir me chamar para jantar com vocês? Vocês sabem bem que eu passo as noites na academia. Por que não me mandaram uma mensagem?

— Rosa insistiu para que você fosse também, e estávamos a apenas duas quadras da academia.

— Era o que eu pensava. Ela queria que vocês me pegassem fazendo *sparring*.

— Ora, Che — retruca Sally. — Rosa não *sabia* que você estava fazendo *sparring*. Esse assunto não diz respeito a ela, diz respeito a você.

— Sempre que eu tento conversar sobre a Rosa você muda de assunto. *Você* não quer falar sobre ela. Você se recusa a reconhecer que há algo de muito errado com ela.

— Sério, Che? Algo de muito errado? Sabemos que ela teve problemas de desenvolvimento psicológico. Sim, ela pode ser meio desajeitada na companhia dos outros. Ela tem 10 anos. E ela está se comportando como uma menina de 10 anos. Para de tentar enxergar...

— Eu sei qual é a idade da minha irmã.

— A Rosa te venera — comenta Sally. Ela está quase chorando. — Você sabe quanto tempo ela ficou economizando dinheiro para comprar o seu presente de aniversário?

— Você sabe como o porquinho-da-índia da Apinya morreu? A Rosa...

David levanta a mão. Estou prestes a gritar com os dois. Mas não posso, ou será que posso? Isso sim seria violento da minha parte.

— Che — diz David, usando o seu tom de voz apaziguador. — Sei que você não queria morar aqui. Sabemos que você preferia estar em Sydney. Mas fazer pirraça assim não vai ajudar ninguém, muito menos você.

— Não estou fazendo pirraça! Estava contando para vocês o que a Rosa fez na...

Ele levanta a mão de novo. Sinto uma vontade forte de socar ela.

— Como podemos confiar em você se você não assume a responsabilidade pelos seus atos? Se você tenta botar a culpa de tudo na Rosa?

Eu encaro Sally. Nunca culpei a Rosa por nada que ela não tenha feito, e muito menos boto nela a culpa de *tudo*.

— Eu desisto — respondo. — Um dia vocês vão descobrir o que a Rosa realmente é, e vão desejar ter dado atenção ao que eu disse. Vou para a academia.

— Che! — grita Sally.

— Não, deixa ele ir — escuto o David dizer enquanto caminho a passos largos sentindo a maior raiva que já senti na vida. Eles nunca vão me dar ouvidos.

TREINO COM O máximo de intensidade que posso, sem me importar que hoje é o meu dia de folga, que eu deveria deixar os meus músculos descansarem. Demoro três horas para descarregar toda a raiva, e só então consigo pensar nos parentais, especialmente na Sally, sem querer destruir cada saco de pancada da academia.

Não posso voltar para casa. Vou ficar com raiva outra vez. Não quero vê-los nem pintados de ouro. Nem Rosa. Maldita Rosa, que está agora com Sojourner. Será que ela acharia estranho se eu mandasse uma mensagem perguntando se Rosa está se comportando? Provavelmente.

Pego o meu telefone. Recebi milhares de mensagens. Nenhuma da Sojourner. Mas várias da Rosa.

Eu fiz as perguntas mais inteligentes. Mais uma vez. Sou a favorita da Sid agora.

Mando uma mensagem para os parentais.

Volto para casa quando estiver menos

Hesito: não posso escrever *furioso*, porque Sally acha que eu sou um monstro raivoso

chateado.

Sento no banco do lado de fora do vestiário e fico olhando para o número de telefone da Sojourner. Eu bem que podia chamar ela para um encontro. Como amigos. Podíamos passar algum tempo juntos. E se eu sugerir que Jaime vá também?

Começo a digitar: **Quer ir ao cinema?**

Paro. Eu não quero ir ao cinema. Posso perguntar se ela não quer ir correr. Ela mesma já sugeriu isso. Faz tempo que estou querendo percorrer o perímetro da ilha o mais longe que eu conseguir.

O que você está fazendo?

Meu Deus. Que bosta.

Estou pensando em dar uma corrida. Quer vir também? E a Jaime?

Aff. Boto meu telefone no bolso e decido não tomar banho. Vou para os espelhos e começo a treinar, me concentrando nas defesas, esquivas, pêndulos, desvios, e em sair do caminho do meu oponente imaginário, que é dez centímetros mais alto do que eu.

Meu telefone não vibra.

Vou para a esteira e corro por vinte minutos. Seco o suor do corpo com uma toalha. Olho o meu telefone de novo. Nada. Faz quase meia hora que mandei a mensagem para Sojourner. Não quero ir para casa. Não quero fazer mais exercícios. Quero encontrar alguém que não seja meu parente.

Mando uma mensagem para a Leilani:

O que você está fazendo?

Depois, tomo banho, troco de roupa e olho o telefone de novo.

Você tinha que ter perguntado "O que você está vestindo?". E aliás, que nojo, não me mande mensagens com conteúdo sexual.

Engraçadinha. Quero praticar um ato de rebeldia contra os meus pais ao não voltar para casa hoje. Você pode me ajudar?

Estou indo agora para um desfile privado de um estilista novo, de quem você nunca ouviu falar porque você nunca ouviu falar de nenhum dos estilistas famosos. Duvido que você esteja bem-vestido o bastante para ir lá.

Fique sabendo que minha calça de moletom e minha camiseta estão limpos.

Você não ganha pontos pelo fato de seus farrapos horrendos não estarem manchados.

Não disse que não estavam manchados. Disse que estavam limpos.

Por que mesmo eu ainda me dou ao trabalho de falar com você?

Por causa do meu charme. Desfile de quê?

Dã. De roupas. De que mais seria?

Penso em mandar para ela uma lista de possíveis desfiles. De nabos? De cangurus? De caspa?

Qual é o problema com os velhos, Che? Por que eles estão chateados? A sua virgindade por acaso envergonha eles?

Hilário. Eu prometi que não ia fazer *sparring*. E eles me pegaram fazendo *sparring*.

Ah.

Pois é.

Pelo menos você não matou um cara em Reno.

Eles têm certeza de que esse vai ser o meu próximo passo.

Eles não te conhecem?

Pelo jeito, não.

E o seu castigo?

Eles perderam a confiança em mim.

Esse é o castigo terrível que eles te deram? Estou decepcionada. Achei que eles iam te dar umas chicotadas, ou algo do gênero.

Violência não é legal, Leilani.

Uma mensagem da Rosa:

Eles estão irritados com você. Falei pra eles que você quase sempre se comporta muito bem, e que eles não deviam ficar tão chateados. Você sabia que a Sid tem medo de altura?

CAPÍTULO 22

Decido ir correr sem Sojourner, e vou para a East River Parkway. É o momento do dia que Georgie chama de hora dourada, em que as sombras são compridas e suaves. Georgie está me enchendo o saco para eu mandar fotos. Paro para fotografar a lateral de um prédio antigo. É o tipo de foto de que ela gostaria. O prédio ao lado desse foi demolido, mas, de alguma maneira, no prédio restante sobrou uma escada de incêndio de ferro presa à lateral, que leva a lugar nenhum. Mando a foto para a Georgie. Ela sonha em morar aqui algum dia.

Tiro mais fotos para ela, inclusive uma de um rato inflável gigante do lado de fora de uma loja de roupas. Eu deveria perguntar para Leilani o que isso significa. Eu meio que gosto da aleatoriedade disso.

Meu telefone apita. Aumentei o volume dele na esperança de receber uma mensagem da Sojourner. Em vez disso, recebo outra mensagem de Rosa.

É melhor você voltar para casa. Eles estão ficando mais irritados ainda.

Fico tentado a responder à mensagem. Mas isso só vai fazer com que eu receba mais milhares de mensagens irritantes.

Depois, os parentais me escrevem:

Quando você vai voltar?

Não tenho certeza. Estou indo correr.

Dê notícias.

Ok.

E Rosa manda outra mensagem:

Você sabia que tem uma palavra rebuscada para descrever o medo de alturas? Vertigem.

Meu telefone apita de novo. Rosa está conseguindo me irritar. Fico tentado a não olhar.

Quer ir correr? Preciso sair de casa. Estou me sentindo inquieta demais para estudar.

É Sojourner.

Claro.

NÓS NOS ENCONTRAMOS na parte da passarela da Sixth Street sobre a Franklin Roosevelt Drive, que fica perto do parque. Sojourner começa a correr antes que eu tenha a chance de cumprimentá-la.

— Quem está te atazanando? — pergunto enquanto consigo alcançá-la. Ela me olha de esguelha.

— Quem está te atazanando?

— Você está irritada com quem agora?

— Todos os australianos falam tão estranho quanto você?

— Sim, todos.

Ela estampa um sorriso largo.

— A Mamãe. E a Mama também. Elas ficaram chamando minha atenção por eu ter desrespeitado os seus pais.

— Foi mal.

— Não foi culpa sua.

— Você estava me defendendo.

— Que nada. Quer dizer, estava. Só um pouquinho. Mas a maioria das coisas que eu disse era para as minhas mães ouvirem. Não que eu achasse que elas fossem me dar ouvidos. Os adultos não fazem isso. Eles *sempre* estão com a razão.

— Porra, é verdade. — Eu rio. — E você vai fazer o quê?

— Se eu falasse isso para as minhas mães, elas iam lavar a minha boca com sabão.

— Metaforicamente, né?

— *Literalmente*. Não falo um palavrão na frente delas desde os 5 anos.

— Elas parecem severas.

— A Mamãe é mais severa do que a Mama. Mas isso não quer dizer que eu vá desrespeitar a Mama. A Mama costuma mais ficar decepcionada e em silêncio. E às vezes essa reação é pior.

Isso eu entendo.

— Você não discute com elas?

— O tempo todo. — Sojourner dá uma risada. — Mas de maneira *respeitosa*.

— Meu Deus do céu. Como você consegue fazer isso?

Sojourner de repente para de correr. Eu demoro a perceber, e tenho de voltar andando até ela.

— Che, jamais, *jamais* diga blasfêmias na frente das minhas mães. Estou falando sério. E elas não vão gostar nem um pouco de você se você disser *qualquer* palavrão. Mas se você tomar o nome de Deus em vão, aí está tudo acabado. Acabado.

— Só por que eu disse *Meu Deus do céu*?

— Minha mãe foi ordenada. — Sojourner faz que sim com a cabeça. — Você ouviu o sermão dela. Ela leva blasfêmias muito a sério.

Não sei o que dizer. *Jesus* e *Deus* são as palavras que eu uso quando estou tentando *não* dizer um palavrão na frente de alguém que possa se sentir ofendido por eles. Sempre pensei nessas palavras como os xingamentos menos ofensivos que há. Junto com *caramba* e *droga* e *que saco* e *bosta*.

— Você não fala palavrão, né? — De repente me dou conta de que nunca ouvi-la dizer nem um *caramba* desde que nos conhecemos.

Ela balança a cabeça e volta a correr. Eu alcanço ela.

— Nunca nem conheci ninguém que não falasse palavrão.

— Sério?

Tento me lembrar de alguém. Até as minhas avós falam palavrão.

— Sério. Acho que os australianos devem falar muito palavrão então. Nunca tinha me dado conta disso.

— Parece que sim. Mas nada de palavrão na frente das minhas mães, Ok?

— Vou tentar — respondo.

— E também não diga blasfêmias na frente delas. Sério.

— Não vou.

— E a sua irmãzinha? Nunca ouvi ela falar um palavrão.

— Ela fala, sim. — Fico morrendo de vontade de perguntar para ela como a Rosa se comporta na escola bíblica, mas, ao mesmo tempo, estou desesperado para não perguntar. Rosa ocupa um espaço grande demais na minha vida.

— Uau. Vocês australianos são um bando de monstros de boca suja.

Ela ri e começa a correr um pouco mais rápido. Eu acompanho o passo dela.

Corremos sem dizer mais nada, em direção ao norte. O caminho fica mais estreito. O parque e o rio desaparecem de vista, e começamos a correr entre prédios e rodovias, com espaço apenas para duas pessoas correrem lado a lado. Temos de passar um para trás ou para a frente do outro ocasionalmente para deixar que as demais pessoas transitem.

Consigo ouvir cada respiração dela. Sinto o cheiro do seu suor.

Quero beijá-la.

Já tive vontade de beijar outras garotas. Eu *já* beijei outras garotas.

Mas nunca quis tanto beijar alguém quanto eu quero beijar a Sojourner.

A boca dela. Faço esforço para não ficar encarando. Os lábios superior e inferior têm quase a mesma grossura, sendo que o inferior é ligeiramente mais carnudo. Tenho vontade de pousar um dedo sobre a covinha do lábio superior dela, como se ela estivesse ali para isso. O suor se acumula na covinha. Tenho vontade de lamber esse suor, passando minha língua em volta dos lábios dela, colocando minha língua dentro da sua boca.

Perco o equilíbrio do nada.

— Merda!

Quase caio antes de conseguir voltar ao meu ritmo aos trancos e barrancos.

— Você está bem? — Sojourner se vira.

Eu concordo com a cabeça, e volto ao meu ritmo de corrida.

— Daqui a pouco a pista de corrida termina.

— Sério? — Estou com o rosto corado porque estava pensando na boca dela. Não dá para ela perceber, tenho certeza. Estou suando. Está escuro. As luzes de Manhattan têm um tom estranho de laranja.

— Podemos dar meia-volta. Seguir todo o caminho na direção sul e depois contornar o rio Hudson.

— Claro — digo.

Damos meia-volta.

— Não estou preparada para encontrar as minhas mães.

— E eu não estou preparado para encontrar os parentais.

— É *assim* que você chama eles? Isso é uma gíria australiana?

— Não, é uma coisa que só eu e Rosa dizemos.

— Vocês dois são próximos?

— Acho que sim. — Não quero falar sobre Rosa. — Você não tem irmãos ou irmãs?

— Não. Só milhões de primos.

— Eu também. Bem, não milhões, mas muitos.

Continuamos a correr. Nossos pés tocam o chão ao mesmo tempo. Logo estamos de volta à beira do rio.

— Correr acompanhado é bem mais divertido. Eu não gosto muito de correr.

— Eu também não. — Sojourner ri. — Mas a Dido insiste para que eu corra. Diz que é um bom exercício cardiovascular. Para eu conseguir aguentar mais de três *rounds* no ringue.

— Deve ser, mas, meu Deus do céu, é chato demais.

— Por que você não treina para parar de blasfemar na frente das minhas mães, começando a parar de blasfemar na minha frente?

— Merda. Foi mal.

Ela ri.

— Vamos ver quanto tempo você consegue ficar sem dizer um palavrão. — E olha para o relógio.

— Você vai me cronometrar?

— Claro.

— Vamos fazer uma aposta, então?

— Uau. Então os australianos falam palavrões demais, e gostam de fazer apostas. Não me admira que você não seja cristão!

— A Bíblia não fala nada sobre apostas.

— Como você sabe?

— Eu já li a Bíblia. Só porque eu não acredito nela, não quer dizer que nunca tenha lido. Já li o Corão também.

— Você é uma caixinha de surpresas.

— Gosto de saber das coisas.

— A Bíblia condena *sim* a paixão pelo dinheiro. E apostar tem a ver com paixão pelo dinheiro. Portanto, a Bíblia condena indiretamente as apostas.

— Mas as apostas não são uma coisa nova. Elas podiam ter sido incluídas numa lista de coisas proibidas. De repente, elas não eram consideradas tão graves assim.

— Talvez não. Mas apostas e jogos de azar destroem a vida das pessoas.
— Eu não ia sugerir uma aposta por dinheiro.

Ela corre mais rápido. Acompanho o passo, mas meu corpo começa a sentir o excesso de esforço.

— Você está tentando fugir de mim?

Ela aperta o passo mais ainda. Eu corro mais rápido, ultrapassando-a.

Continuamos correndo e ultrapassando um ao outro até que chegamos ao outro lado da ilha, correndo pelas margens do Rio Hudson. O espelho d'água é extenso e escuro, e reflete mais luzes do que o rio East. Minhas pernas ardem, meus pulmões também, mas de jeito nenhum vou ser o primeiro a parar.

Neste lado da ilha tem mais pessoas de quem temos que nos desviar. Há menos corredores, e mais pessoas de bobeira. Há píeres enormes onde as pessoas podem ficar conversando. Eu prefiro o lado leste, que é mais escuro e silencioso.

Estou ofegante. Tenho certeza de que ela também. Não consigo ouvir nada além dos meus arquejos. Não sei quão ao norte essa pista vai nos levar neste lado da ilha.

Deixo Sojourner marcar o ritmo da corrida. Já faz uns dois píeres que ela não arranca na minha frente. Acho que ela está diminuindo o passo. Faz séculos que não corro assim.

— Sid! Sid!

Sojourner não diminui o passo.

Um cara negro boa-pinta começa a correr do nosso lado.

— Sid! — grita ele de novo, e toca o ombro dela.

Sojourner para. Eu também, e me inclino para a frente, apoiando as mãos nas coxas e arfando.

— Você tem alguma luta em vista ou algo do gênero? Já está tarde para dar uma corrida. Quem é o branquelo?

Sojourner também está com o corpo inclinado. Ela ergue a mão para que ele espere um pouco.

Tiro a minha água da mochila, dou um gole, e passo a garrafa para Sojourner.

Fico de pé e ofereço a ele o meu punho fechado para nos cumprimentarmos.

— Meu nome é Che.

Ele bate com o punho fechado no meu por um momento e franze o cenho. Isso não o torna menos bonito. Ou menos alto. O rosto dele não tem nenhuma imperfeição.

— Ele é... — começa Sojourner, me devolvendo a garrafa de água.

— Nós...

Nós dois paramos e olhamos um para o outro. Sinto vontade de rir, mas não faço ideia de quem é esse cara.

— O Che é um amigo meu — explica Sojourner. — Este é o meu ex-namorado, o Daniel.

Ah.

— Prazer, Daniel.

— Digo o mesmo — responde ele, soando tão feliz quanto eu. Ele estende o polegar atrás de si. — Meus amigos estão ali atrás. Só queria saber se você estava bem.

— Estou sim.

— Você está linda — comenta ele. — Toda suada, mas linda.

— Suar é bom. Você também parece bem.

— Foi ótimo te ver, Sid. Eu, hum... — Ele não termina a frase, e me lança um olhar como se quisesse que eu me afastasse, mas Sojourner não parece muito cômoda com essa situação.

Marco o meu território, bebo mais água. Se Sojourner me pedir para dar licença para ele, vou dar.

— Mande lembranças para as suas mães. Para Jaime também.

— Pode deixar.

Ele dá alguns passos de costas, com os olhos grudados em Sojourner, faz um meio aceno, e não esbarra em ninguém nem tropeça. Antes de finalmente se virar e ir embora, ele me lança outro olhar de fúria.

Passo a água para Sojourner. Minhas pernas e meus pés doem. Preciso de uma massagem, uma sauna, e depois um banho de banheira.

Sojourner bebe um gole enorme.

— Topa continuar correndo?

Olho assustado para ela. Tenho certeza de que estou com os olhos esbugalhados.

— É brincadeira! — Ela me dá um soquinho no ombro. — Estou exausta. E com um pouco de fome também.

— Eu estou faminto.

Caminhamos pingando de suor e esvaziamos a garrafa d'água. Fico pensando em quanto tempo ela e o David namoraram, e por que eles terminaram. Pelo jeito, parece que foi ela que terminou com ele, mas posso ter feito uma interpretação errada. Sem dúvida ele ainda gosta dela. Por que ele tem que ser tão bonito *e* mais alto do que eu? Ele ficaria bonito andando ao lado da Sojourner de um jeito que eu jamais ficarei. Eles combinam. Ambos são lindos. Mas quem está aqui sou eu, e não ele. Consigo sentir o cheiro do suor dela, e ele, não. O cheiro de Sojourner está fazendo o meu cérebro derreter, e não o dele.

O cheiro dela faz tudo derreter.

— Tem um lugar legal a uns quarteirões daqui.

Concordo com a cabeça.

— Quem paga a conta é você, riquinho.

— Riquinho? Quem me dera.

Ela me olha de esguelha, mas não diz nada.

Vou ter de usar o cartão de crédito do Vovô. Os parentais não me deram mais dinheiro. Esse gasto eu vou ter que explicar para o Vovô. Se ele decidir cancelar o cartão por achar que estou gastando indevidamente, não vou poder dizer nada.

Atravessamos a estrada.

Tento não pensar nas sensações que Sojourner desperta em mim. Fico agradecido quando chegamos no local onde vamos comer. Peço meu primeiro hambúrguer americano: um x-burguer com bacon e uma quantidade absurda de molhos, uma porção enorme de batatas fritas para acompanhar e um milk-shake maltado. Quero carboidratos e proteína, em grande quantidade.

Talvez a comida desvie os meus pensamentos dos lábios de Sojourner, de sua pele, do quão maravilhoso é o cheiro dela.

Sojourner pede tanta comida quanto eu.

— Tenho que aproveitar enquanto posso. A dieta para a luta começa na semana que vem. Essa é a pior parte.

— E pode ser arriscado também. — Sally me manda todo e qualquer artigo que encontra sobre os muitos riscos relacionados ao boxe. Muitos deles falam de como a perda rápida de peso é perigosa. Não adianta o quanto eu diga para ela que não quero me tornar um lutador, porque ela não acredita. Se eu não me tornar um lutador, nunca vou ter de emagrecer para me encaixar numa categoria de peso.

— Pode deixar, papai. Eu treino com a Dido. Não perco peso de maneira irresponsável.

— Aham. Não tenho certeza de como é possível perder peso sem ser irresponsável. A maioria do nosso peso vem da água no nosso corpo. A coisa principal que os lutadores fazem é deixar de beber água, o que é uma atitude irresponsável.

Primeiro chegam os milk-shakes. O meu tem gosto de chocolate. Achei que maltado era um sabor mais exótico.

— Você realmente não vai fazer nenhuma pergunta sobre o Daniel, né?

— Não queria me intrometer. — Fico corado.

— É claro que você quer.

— Bem, é verdade, mas eu não te conheço muito bem, e não é da minha conta. Se você quiser me contar, vai acabar contando.

— Ele terminou comigo. Porque estava entrando na faculdade e eu ainda estava no colégio. A nossa relação ia acabar virando uma relação à distância. — Ela dá de ombros. — Depois ele tentou reatar comigo no último Natal, mas eu descobri que ele tem uma namorada na faculdade. Não gostei nada disso. E nunca mais tinha encontrado com ele até esta noite. Ele é um babaca.

— *Babaca* não é um palavrão? Caso seja mesmo, você acabou de dizer um palavrão.

Ela me dá um tapinha. O estômago dela ronca alto. O meu faz coro com o dela.

— Isso não quer dizer que você perdeu a aposta, Soj... Sid?

— *Babaca* não é palavrão. Não perdi a aposta. E nós não fizemos aposta nenhuma.

— Anotado. Posso falar *babaca* então. Nós fizemos uma aposta, sim. A gente só não disse o que estava apostando.

Nossos hambúrgueres são postos na nossa frente na mesa.

Atacamos os sanduíches. O meu está uma delícia. Quando chego na metade, diminuo o ritmo um pouco, passando a comer as batatas em duas mordidas em vez de uma.

— Por que você me chama sempre de Sojourner, e não de Sid?
— Gosto do seu nome — falo de boca cheia.
— O quê?
— Gosto do seu nome. Sojourner. Gosto do som dele. É como penso em você. — Mordo o meu x-burguer.
— Eu gosto da maneira como você diz ele.
— Obrigado.
— É o seu sotaque que faz tudo soar mais bonitinho.
— Você me acha bonitinho?
— Acho o seu *sotaque* bonitinho.
— Então eu não preciso te chamar de Sid?
— Você pode me chamar de Sojourner. — Ela concorda com a cabeça. — Mas não na frente da Jaime. Senão, ela não vai parar de me azucrinar.

Caminhamos de volta para casa.

— Qual será o tamanho da encrenca em que nos metemos? — pergunto enquanto atravessamos a Lafayette Street e eu reconheço a vizinhança.

— Nada demais. Eu avisei a elas que ia ficar fora até tarde. Disse que ia correr com você. Elas confiam em mim. Até mesmo quando estão chateadas comigo. Elas já teriam me avisado se quisessem que eu voltasse para casa.

Eu me encolho levemente de dor quando ela diz *elas confiam em mim*.

— O que foi?

— Os meus não confiam em mim. Por causa do *sparring*. Nunca descumpri uma promessa feita a eles antes.

— Bem que eu imaginei. Sei o quanto te custou desobedecer. Sinto muito que eles não consigam enxergar isso.

— Eu também. Eles querem que eu seja como eles. Ou melhor, que eu *não* seja como eles. Meu pai era bem doido quando era mais jovem. Uma vez ele quebrou a mandíbula de um cara.

Ao meu lado, percebo que Sojourner fica tensa. Talvez eu tenha tocado em algum assunto que magoou ela. Ela nunca falou do próprio pai. Imaginei que ela não tenha tido pai.

— O que foi? — digo enquanto olho para cima.

— Nada — diz ela, suavemente. — Não olha pra frente.

Eu olho, é óbvio. Dois caras com jaquetas de couro e cheios de tatuagens estão vindo na nossa direção.

Se eles falarem qualquer coisa com Sojourner, eu não vou ficar quieto. Três policiais abordam os sujeitos. Um deles olha para mim. Faço um sinal com a cabeça. Ele inclina a cabeça em resposta.

Sojourner suspira de alívio.

Fico imaginando se esses caras não teriam dito alguma coisa se eu não estivesse ali. Eu não deveria estar aliviado por não ser mulher, mas estou.

Quando chegamos ao Tompkins Square Park, Sojourner começa a dar a volta ao redor dele, em vez de passar por dentro do parque.

— Está fechado? — O portão está aberto, e há várias pessoas passando por ele.

— Mais ou menos. A polícia tranca o portão por volta de meia-noite, então é melhor irmos por fora em vez de discutir com a polícia para poder sair, caso o portão esteja trancado.

Já passa da meia-noite. As luzes do parque ainda estão acesas, mas eu sigo Sojourner.

— É estranho não atravessar o parque.

— Por que a gente vive se esbarrando lá?

Eu sorrio. Penso nele como o nosso parque.

— Ele é o centro do nosso bairro. Todos atravessam ele, ficam conversando aqui. Você sabia que antigamente houve uma revolta nesse local?

Eu não sabia.

— Minha mãe diz que os novos moradores ricos começaram a colocar placas por conta própria dizendo que o parque fechava à meia-noite, quando isso não era verdade. Eles não queriam que ninguém dormisse lá. Os moradores antigos se revoltaram contra isso. Inclusive minha mãe. Ela ainda era pequena nessa época. Eles perderam a briga. Hoje, há muito mais ricos do que pobres morando aqui.

Perto do portão, passamos por um grupo de pessoas sentadas sobre um cobertor dentro do parque. Uma delas dedilha um violão. Tento imaginar uma revolta. Não consigo.

— Minha mãe vive falando de como as coisas eram diferentes antigamente. Ela não consegue se decidir se eram piores antes ou agora. A cada momento a opinião dela muda.

— Você morou aqui a vida toda?

— Eu nasci aqui. Minha mãe também. Nunca morei em outro lugar.

Tento imaginar isso. Não consigo.

— Eu gosto de como esta cidade é viva. — Alguns dos restaurantes e todos os bares pelos quais passamos estão lotados. Nisso, Nova York se parece muito com Bangkok. Passamos por outros casais. Melhor dizendo, passamos por alguns casais. Não é como se eu e Sojourner fôssemos um casal.

— A cidade que nunca dorme. — Depois desse clichê, Sojourner faz uma careta. — Mas isso é só em Manhattan. Staten Island e o Queens estão dormindo profundamente a esta hora.

— Nada consegue ficar acordado o tempo todo. — Um homem alto com um cachorro pequeno passa por nós. — Mas eu nunca vi tanta gente passeando com cachorros tão tarde.

— Ele não deve ter como pagar alguém para passear com o cachorro durante o dia. — Sojourner diminui o passo. — Chegamos na minha casa.

A fachada do prédio dela não é muito diferente das dos outros prédios desse quarteirão, ou do meu quarteirão também, para falar a verdade. O prédio é só mais estreito, feito de tijolos marrons. Os apartamentos são todos de frente, com uma loja de ferragens no térreo e um portão com quatro interfones.

— Boa noite, Che.

— Boa noite — resmungo. Manter meus olhos abertos dói, mas eu não quero ir embora. Sem pensar, estendo minha mão para tocar a dela, e estou prestes a soltar, mas Sojourner aceita o meu toque e dá um aperto de leve na minha mão. Sinto uma sensação no corpo todo. Ela não me soltou. Eu também não.

Ela se inclina para a frente, me dá um selinho, solta minha mão, pega as chaves, abre a porta e se vira para olhar para mim.

— Você não falou nenhum palavrão — comenta ela. Depois, sobe as escadas, e a porta se tranca com um clique atrás dela antes que eu possa reagir.

Fico em pé ali com os lábios dormentes, desejando ter passado a mão na cintura dela, puxado e devolvido o beijo. Em vez disso, quase esqueci como se respira.

* * *

QUANDO CHEGO EM casa, estou exausto. Não tomo banho nem troco de roupa. Caio na cama pensando em Sojourner, e toco os meus lábios onde os dela me tocaram. Aquele beijo não teve nada a ver com Deus ou Jesus. Se eu não estivesse tão exausto, me masturbaria.

Em vez disso apago na cama ansiando por ela.

Acordo com a sensação de que tem alguém no meu quarto. Abro os olhos só um pouquinho.

Rosa, claro. Ela está debruçada sobre o meu telefone.

Fecho os olhos. Estou cansado demais. Não quero ter de lidar com Rosa agora. Mas e se ela estiver mandando alguma mensagem para Sojourner?

Não quero confrontá-la. Não quero saber o que ela está pensando. Não quero que ela me diga que eu sou o único que entende ela. Não quero saber o que se passa no cérebro sem empatia dela.

— Rosa — digo enquanto sento. — O que você está fazendo?

— Nada. — Ela não tem cara de culpa.

— O que você está fazendo no meu quarto com o meu telefone?

Rosa solta o telefone e dá de ombros.

— Rosa?

— Eu estava entediada, e você estava dormindo.

— Então, você decidiu vasculhar o meu telefone?

— Não fiz nada demais com ele, está vendo?

Ela me devolve o telefone. São quase quatro da manhã. Daria qualquer coisa para estar dormindo.

— Como você conseguiu entrar no meu telefone?

— A senha é a mesma do seu cartão do banco.

— Como você sabe disso?

— Sou observadora. — Ela dá de ombros de novo.

— Não faça mais isso!

— Eu queria saber se você estava chateado comigo.

— Eu estou sempre chateado com você. Aceite isso sem questionar.

Rosa se senta na cama ao meu lado.

— Mas você é o meu melhor amigo.

— Achei que a Sid fosse sua melhor amiga. — Ela não percebe o sarcasmo do meu comentário.

— Você sempre vai ser o meu melhor amigo. Só quero ficar amiga da Sid porque você gosta dela. E eu quero que você goste mais de mim do que de qualquer outra pessoa.

Checo minhas mensagens e os e-mails enviados. Não consigo encontrar nenhum sinal de que ela tenha feito alguma coisa. Ela só estava bisbilhotando. Só bisbilhotando?

Meu Deus. Minha cabeça dói.

— Você não conversa mais comigo — diz Rosa sem uma gota de petulância.

— Nós conversamos o tempo todo.

— Mas você não me conta sobre o que está sentindo.

— Porque você não se importa com os sentimentos de ninguém.

— Me importo, sim. Vou começar a me importar. Estou aprendendo como se faz isso. Tenho perguntado algumas coisas para Seimone e prestado atenção nas respostas dela. Perguntei para Sojourner se ela gostava de você. Ela disse que sim. Mas já dava para perceber. Viu? Estou aprendendo sobre as pessoas. Eu disse para ela que você era o melhor irmão do mundo.

— Ótimo.

— Se a Sid desaparecesse, eu ia voltar a ser sua pessoa preferida?

— O que você quer dizer com *se a Sid desaparecesse*?

— Eu falei para a Sid que você talvez aprendesse a amar a Deus se ela explicasse Deus para você como explica para mim.

— Então você acredita em Deus agora?

— Não. Não seja bobo, Che. Deus é como o Papai Noel. Mas ela quer que eu acredite, então estou sendo quem ela quer que eu seja. É isso o que fazem as pessoas normais. Estou sendo normal. Do jeito que você quer que eu seja.

A lógica dela é tão torta que eu nem sei por onde começar.

— Vou mudar as minhas senhas. Você tem que ficar longe do meu telefone e do meu quarto. — E fora da minha mente.

— Você sabe que mais cedo ou mais tarde eu vou descobrir a senha nova. David me ensinou como fazer isso.

Solto um gemido. David adora computadores, e adora ensinar para Rosa o que ele sabe. Só porque David não usa os conhecimentos dele para praticar o mal, não lhe ocorre que ela possa fazer isso.

— David falou pra você que não havia problemas em vasculhar o telefone dos outros?

Ela concorda com a cabeça solenemente.

— Rosa! David jamais diria isso.

— Diria, sim. David diz todo o tipo de coisas. Você sabe que ele tem um kit de fuga?

— Um o quê?

— Um kit com todas as coisas de que ele precisaria se tivesse que fugir do país de repente.

— Por que ele sequer diria isso? Para de mentir. — Balanço a cabeça. Rosa balança a dela.

— Já te disse que não posso te prometer isso. Mentir é muito útil. Além do mais, você também mente. Você disse que o seu nariz estava bom quando não estava. Você disse que não estava fazendo *sparring*, mas estava.

— Você pode prometer não xeretar mais o meu telefone?

— Sim.

— Quero ouvir você dizer essa frase.

— Eu prometo não xeretar mais o seu telefone.

— Nem o de outra pessoa.

Agora é Rosa quem solta um gemido.

— Nem o de outra pessoa.

— Vai pra cama.

— Não estou com sono.

— Vai então ficar sem sono no seu quarto. Eu estou morrendo de sono. — Eu aponto para a porta.

Rosa faz bico, mas depois vai embora. Tento parar de pensar no que ela disse sobre Sojourner desaparecer.

Amanhã de manhã vou botar um cadeado na minha porta.

CAPÍTULO 23

No café da manhã, os parentais e eu mal trocamos algumas palavras. Lá se vai a família amorosa, aberta e comunicativa. Rosa dá um sorriso maroto.

É como se eles estivessem conspirando para varrer da minha mente a noite de ontem com Sojourner. Não vai dar certo. Meus lábios tremem de leve. Sojourner me beijou.

Não falo para eles que Rosa mexeu no meu telefone. Mesmo que eles me deem ouvidos e se prestem a me dar uma resposta, que sentido isso tudo faria? Rosa tem apenas 10 anos, é incapaz de praticar o mal e, olha só, que lindo que ela já sabe hackear telefones.

Eu escuto Sally falar no telefone algo que soa como "mau comportamento atrasado de adolescente". Acho que ela falou isso querendo que eu ouvisse. Sinto meus punhos se fecharem.

Vou até a loja de ferragens mais próxima e compro a broca elétrica e o ferrolho mais baratos que encontro. Isso vai manter Rosa longe do meu quarto. No balcão da loja, passo o cartão de crédito só para emergências dos parentais.

— Perdão — diz o atendente. — O seu cartão foi recusado. Você teria outro?

— Foi recusado? Não estou entendendo.

— Você não pode comprar nada com este cartão. Ele não funciona.

Ele deve pensar que sou um idiota. Eu sei o que significa *recusado*. Será que devo usar então o cartão do Vovô? Será que ele vai surtar? Vou ter de ligar para ele para dar satisfações. De novo. Deve ter sido alguma falha temporária no sistema. Tento passar o cartão do Vovô. Ele funciona.

Quando volto para casa, Sally e David já saíram, e Geoff e Rosa estão no andar de baixo dando uma de nerds e conversando sobre estruturas geométricas.

— Bom dia — falo.

Geoff acena com a cabeça e devolve o cumprimento.

Entrego para ele meu dever de casa, mais exercícios de cálculo, que eu não consigo entender. Ele revê os exercícios comigo enquanto Rosa brinca com fractais no seu tablet. Tento me concentrar. Quero subir logo e instalar o cadeado.

O professor particular está com o cenho franzido. Ele quer muito que eu entenda de cálculo.

Geoff emite um som entre um gemido e um suspiro.

— Che, o que é cálculo?

— Hã?

— Como você descreveria o cálculo se alguém te pedisse?

— Tortura? Uma série de fórmulas que eu não entendo? — Agora ele olha para mim como se algo lhe doesse.

— O que é a álgebra, então?

— Eu não sou a Rosa. Eu tenho que decorar essas coisas. Não tenho a mínima esperança de entender isso. Sabe do que mais, Geoff? Vou dar o fora daqui.

Geoff fica me encarando, boquiaberto, mas não fala uma palavra.

— Você não pode ir embora, Che — diz Rosa. — Você não tem permissão.

Vou para o andar de cima. Rosa vai atrás de mim. Ela me observa enquanto coloco bandagens novas e minha garrafa d'água na mochila.

— Você não pode matar a aula de matemática. Seu cérebro vai atrofiar. Você já está atrasado no currículo.

Ignoro o que ela está falando.

— Você não vai poder ser um neurologista se for reprovado em matemática.

— Como se você se importasse.

— Você não está se comportando bem — comenta Rosa. — Por que eu tenho de me comportar se você não se comporta?

— Porque... — Faço uma pausa, tiro a mochila e sento no chão.

— Talvez você não tenha mais de aprender matemática — fala Rosa. — Os parentais ainda não pagaram o Geoff. Eles estão falidos.

— Como você sabe disso?

Rosa dá um sorriso.

Ela provavelmente mexeu no telefone deles também.

— É por isso que eles foram para a Tailândia. Eles ficaram sem dinheiro. Depois, quando o negócio quebrou de novo, eles...

— Quebrou? Eles venderam o negócio. Como eles venderam se o negócio estava falido?

— Eles venderam e tomaram um prejuízo.

— Como você sabe disso?

— Como você *não* sabe disso? Os McBrunight estão bancando tudo aqui.

Disso eu sei, mas não tinha parado para pensar sobre o assunto. Isso não é normal.

— Tentei fazer uma compra com o cartão de crédito dos parentais.

— Eles estão lisos, zerados, sem grana — diz Rosa. — Procurei no dicionário todas as palavras que significam estar sem dinheiro: pobre, duro, falido, desvalido, desprovido, miserável, necessitado, desprevenido, pedinte, carente, quebrado, desfavorecido, desfalcado...

— Já entendi.

Será que Rosa estava brincando? Será que ela vê graça nisso?

— A minha preferida é *liso*.

— Os cartões de crédito deles pararam de funcionar quando chegamos pela primeira vez na Tailândia. Eles simplesmente esqueceram de avisar ao banco deles que nós iríamos para lá.

— Os McBrunight são a última esperança dos parentais. Se esse negócio não for bem-sucedido, David vai ter que voltar a trabalhar com TI, e você sabe como ele é péssimo em manter um emprego.

Eu não sei de nada disso. Do que ela está falando?

— Provavelmente vamos ter que ir morar com a Vovó e o Vovô. Eles vão nos mandar para uma escola de gente rica. Que nem fizeram com David.

— Ele foi expulso.

— Nós somos muito mais bem-comportados do que David quando ele tinha a nossa idade. Além disso, vou ganhar uma bolsa. Sou um gênio.

Não gosto nada dessa história fantasiosa que ela está contando. *Eu* não sou gênio nenhum. Será que o Vovô vai pagar pelo meu colégio e pela minha faculdade? Ele sempre gosta de receber alguma coisa em troca de seus investimentos. O fato de ele pagar pelas minhas aulas de boxe irrita os parentais. Será que ele vai pagar pela minha educação só para irritá-los também? *Vocês falharam como pais, e agora aqui estou eu para salvar o dia.*

Não quero morar com o Vovô e a Vovó. E eu com certeza não quero que Rosa more com eles. Eles jogam os filhos uns contra os outros, subornando e corrompendo todo mundo. Se passo mais de uma ou duas horas com os pais de David, sinto calafrios.

Alguma das minhas tias provavelmente me acolheria. Mas, caso isso acontecesse, acabaria a ajuda do Vovô e da Vovó, porque eles são os únicos que têm dinheiro. Eles e o tio Saul, que jamais deixaria a gente morar com ele. E, mesmo que deixasse, estaríamos numa situação pior do que se estivéssemos com o Vovô e a Vovó.

— Falidos — repito. — Por que eles não me disseram nada? Eles nem falaram para a gente ficar atento e economizar.

— Porque nós já agimos assim. Foi assim que eles nos criaram.

Não consigo encontrar sentido no que Rosa está dizendo.

— Como eles vão conseguir bancar essa festa então?

Rosa me olha como se eu fosse um idiota.

— Os McBrunight vão pagar por tudo?

Rosa assente. Como minha irmã de 10 anos sabe mais sobre o que está acontecendo do que eu? Porque ela gosta de bisbilhotar. Ela deve estar exagerando.

— A única coisa com que eles se importam é impressionar os McBrunight. Eu te disse que eles não ligam pra gente. — Ela pega a minha mão. — Vamos estudar mais um pouco de matemática antes que o Geoff se dê conta de que ele não vai receber.

Ela me puxa pela mão e eu me levanto. Vamos para o andar de baixo.

— Desculpe — digo para Geoff. — Ando meio estressado.

Geoff emite um som que pode ser de solidariedade. Ele olha de relance além da minha orelha esquerda. Rosa dá um sorriso satisfeito.

— Vamos ensinar fractais para o Che.

CAPÍTULO 24

Quando Leilani chega na festa de inauguração da casa nova com Maya, Veronica e Elon, Rosa e Seimone estão dando risadinhas na cozinha enquanto David arruma outra bandeja de petiscos para servir para os convidados. Ele não parece ser um homem à beira da falência. Mas David estampa sua cara de dissimulação quase o tempo todo.

Cumprimento a todos na porta. Veronica e Elon estão doidos para conhecer minha irmã sinistra.

— Oi, Seimone — cumprimenta Elon.

Seimone dá um aceno e caminha ao lado de Rosa. Maya fica de pé atrás de Leilani.

Rosa está usando o seu vestido favorito, branco com um laço de cetim azul na cintura e luvas azuis combinando. Ela está de maria-chiquinha, e seus cachinhos em espiral como um saca-rolhas balançando enquanto ela se mexe. Seus sapatos são pretos, de couro envernizado. Ela bem poderia ser uma garotinha de cem anos atrás. Todos os convidados ficam fazendo "ahhh" e "ohhh" para a fofura dela, o que deixa Rosa radiante.

Ela nunca parece tão humana como quando está sendo coberta de admiração.

— É um vestido e tanto — diz Leilani.

Rosa faz uma pausa por um segundo antes de sorrir.

— Você *realmente* se parece com a Shirley Temple. — Elon deixa o queixo cair. — Você é deslumbrante!

Rosa não espera para sorrir para Elon e logo faz a sua mesura.

— Você também — diz ela. — Gosto do seu cabelo.

O cabelo de Elon está pintado com quadrados roxos e pretos alternados.

— Gosto da sua camisa também. Ela brilha. — A blusa de Elon parece feita de prata. Rosa estende a mão para tocá-la.

— Estes são Veronica e Elon — falo.

Rosa faz a mesura de novo e sopra um beijo para eles.

— Você é menino ou menina?

Eu queria ter perguntado isso.

— Nenhum dos dois. — Elon ri. — Ambos. Algo do gênero.

Rosa lança um olhar indagador para Elon por um momento.

— Você não sabe?

— Ah, *eu* sei bem. O mundo é que tem problemas para saber.

— Posso ficar com a sua camisa?

— Ela é um pouco grande para você, garotinha. — Elon ri de novo. — Vou ter que encontrar uma igual do seu tamanho.

— Sim, por favor! — Rosa se vira para Veronica. — Você é linda.

— Nós, que somos beldades de cabelos cacheados, temos de nos unir — diz Veronica. — Você se parece com a Shirley Temple!

— Vamos ter que ensinar ela a sapatear, não é, Ronnie?

— Ela já sabe sapatear — comento, mas eles não ouvem, ou não lembram que eu já disse isso a eles. Leilani dá um sorriso forçado.

Rosa mostra as covinhas e faz uns passos de sapateado para Elon, que imita ela, e depois Veronica se junta a eles.

— Que clima festivo — comenta Leilani. Eu quase consigo ouvir os olhos dela se revirando.

Leilani e eu vamos em direção às escadas, porque os sofás foram arrastados para os cantos da sala para fazer uma pista de dança. As conversas morrem à medida que quase todos os convidados desviam a atenção para olhar, torcer, tirar fotos e fazer vídeos de Elon, Rosa e Veronica dançando de mãos dadas.

Rosa parece uma boneca loura encantadora.

— Chega mais — sussurra Leilani. Nós nos sentamos no topo da escada. Seimone está de pé ao lado de Gene, formando parte da multidão que observa Rosa se exibir. Maya foi para trás da bancada em ilha para ajudar David com a comida.

— Você está bonito — diz Leilani. Ela dá um tapinha na manga da minha camisa da Spool. — Que bom que eu comprei a verde pra você também.

— Obrigado — respondo, mas só de pensar que Sally e David devem tudo o que têm aos McBrunight me faz sentir estranho com relação a isso.

Se eu brigar com a Leilani, será que a situação dos parentais mudaria? Quão precária é essa situação?

Sally e David nem notaram as minhas roupas, o que não me surpreende. Rosa disse "camisa bonita". Ela não deixa passar nada.

— Sinto descarinho pela sua irmã.

Descarinho? Fico pensando se está no idioma dos americanos ou se só no de Leilani mesmo. Provavelmente a segunda opção.

— Você sabia que as gêmeas não estão se falando? Já faz alguns dias. — Ela observa Rosa. — Elas *nunca* ficaram sem se falar antes.

— Rosa... — Não sei como terminar a frase.

— A maioria das pessoas não percebe, né?

Balanço a cabeça.

— Ela encanta as pessoas sem piedade, e ainda faz essa linha "garotinha adorável".

— Bem, ela tem apenas 10 anos. — Por que sinto vontade de defendê-la?

— E ainda por cima tem o sapateado. Fico imaginando se Shirley Temple também era assim. Aterrorizando as pessoas à sua volta quando as câmeras eram desligadas. Se fosse assim, já teríamos ouvido falar, não? Nós sabemos como a Joan Crawford e o Bing Crosby eram terríveis. Meu Deus. Como suporto isso?

— Às vezes nem eu consigo. Mas ela é minha irmã.

— O que será que ela vai vestir quando for velha demais para bancar a Shirley Temple?

— Ela vai dar um jeito.

— E ela nem precisa se esforçar muito, né? A maioria das pessoas é doida para receber elogios. Elas nem percebem quando eles não são sinceros. Elon e Ronnie caíram na dela na hora.

— Você está estudando teatro. Todos os artistas não são assim?

— A maioria. Elon faz de tudo para receber elogios e atenção. Eu, não. Sempre tive noção do quanto eu valho. Elon, não.

Acho que é preciso mesmo ter essa noção para poder fazer um blog sobre a indústria da moda aos 12 anos. Eu sei o meu valor também. Nunca tive necessidade de receber elogios como as outras crianças.

Rosa também não. Ela simplesmente pensa que os merece.

— E a Veronica, pensa como você ou como Elon?

— Ela está no meio do caminho. Não, isso é mentira. Eu acho que ela anseia por elogios tanto quanto Elon, mas Elon demonstra com mais sinceridade isso. Elon não sente a mínima vergonha, mas Ronnie sabe que ela não deveria querer ser tão elogiada assim.

Os três agora estão fazendo uma mesura. Eu deveria ficar feliz pelo fato de a minha irmãzinha estar se divertindo tanto. Só que Veronica e Elon me parecem ser facilmente manipuláveis.

— Mas atuar não é ser o centro das atenções? Você não gosta de ser o centro das atenções?

— Gosto, mas não anseio por isso. Posso atuar sem plateia. Esses dois precisam da devoção da plateia. Se eu falasse isso para qualquer um deles, eles não iam acreditar. Nunca disse isso em voz alta. — Ela me olha de esguelha. — Você é diferente do que eu esperava.

— Obrigado, eu acho. Rosa também não precisa — digo. — De atenção. De plateia. Ela gosta dessas coisas, mas isso não tem nenhum efeito sobre a imagem que ela faz de si mesma.

— Só de pensar numa versão dela adulta já tenho arrepios.

— Pois é.

— Rosa tem a Seimone comendo na mão dela. Elas excluem a Maya de tudo. Não que ela queira se misturar com a Rosa, mas isso magoa de qualquer jeito.

Maya está carregando uma bandeja com legumes cortados e molhos variados. A bandeja é quase maior do que ela.

— Che — chama David. — Suas amigas Sid e Jaime chegaram.

Sojourner está na porta usando um vestido vermelho com um conto preto, e os cabelos amarrados numa trança em forma de auréola. Meu coração deixa de bater por um segundo.

— A Sid sabe se arrumar — diz Leilani enquanto me cutuca.

Já estou de pé, com os olhos fixos em Sojourner.

— É amor? — pergunta Leilani enquanto desço as escadas. Sojourner sorri, e lá se vai meu coração batendo de um jeito que não deveria.

— Oi, Soj... Sid — falo. — Que bom que você veio.

Que bom que você me beijou ontem à noite.

Fico na dúvida se estendo a mão ou beijo a bochecha dela. Então, fico de pé com um sorriso escancarado para ela pelo que me parecem horas.

Ela estende a mão primeiro, e toca a minha. Pele com pele.

— Cadê as suas mães? — pergunto, pronunciando as palavras do jeito que ela faz.

— A Mamãe não teve um dia bom. Então a Mama ficou em casa com ela. Elas me mandaram pedir desculpas.

— Sinto muito.

— Acontece. — Ela dá de ombros.

— Oi — cumprimenta Jaime. Eu tinha esquecido que ela estava ali. Ela dá um sorriso largo que me indica que percebeu isso, e que acha hilário.

— Oi. É Elon ali?

— Você conhece o Elon?

— Claro. Elon é figura conhecida nas boates. Mas não me conhece. Vou dar um jeito nisso. Te vejo depois, Sid. Ah, e eu com certeza vou dormir na casa do meu pai depois. Esqueci de avisar às suas mães.

Sojourner concorda com a cabeça.

— Eu aviso.

Fico pensando por que as mães da Sojourner precisam saber onde Jaime está. Minha confusão deve ter ficado aparente, porque Sojourner diz:

— Jaime está morando com a gente na maior parte do tempo. Os pais dela se separaram. Ela mora no Queens, depois da última estação da linha F do metrô. E o pai dela mora em Nova Jersey. Ela se mudou para a nossa casa para podermos continuar frequentando a mesma escola. Bonita camisa. — Ela toca o colarinho por um momento. — É macia. E faz com que os seus olhos quase pareçam verdes.

— Obrigado. Bonito vestido. Você está incrível.

— Obrigada. — Ela sorri, e meu coração se acelera de novo. Que situação ridícula.

— Quer beber alguma coisa?

— Claro — responde ela enquanto a acompanho até a bancada em ilha da cozinha. — Vocês têm uísque?

— Hum... — Olho para os meus pais, imaginando se eles vão se importar se eu der álcool para uma menor de idade.

— Estou brincando! — Ela me dá um soquinho. — Eu não bebo. Um suco seria ótimo.

— Temos suco de abacaxi, laranja, manga, pera e morango.

— Isso é um sabor só ou são cinco?

— Cinco — respondo. — Meu pai acha abominável misturar os sucos. Mas isso não impede que a gente misture.

— Quero de abacaxi com manga então — diz Sojourner. — Para celebrar a rebeldia.

Sally está conversando com duas mulheres que eu não reconheço. Ela está fazendo seu tradicional discurso sobre beleza. As mulheres estão concordando com a cabeça.

— A beleza adora nos fazer comprar coisas de que não precisamos — comenta ela com as mulheres. — A gente nunca se sente tão bonita quanto poderíamos estar. Você sabia que o negócio dos cremes branqueadores de pele movimenta um bilhão de dólares no mundo todo?

— É engraçado ouvir sua mãe falar de beleza desse jeito quando ela bem poderia estampar a capa de uma revista.

— Somente para senhoras maduras — digo. É uma frase que Sally diz. Como depois dos 30 é decretado o fim da beleza das mulheres. Ou depois dos 40, caso você tenha dinheiro. — Ela diz esse tipo de coisa mil vezes.

— As minhas mães também.

— Pois é. Os males do capitalismo.

— A cultura consumista. A Mamãe ama dar sermões sobre esse tema.

Sojourner dá um gole no suco e olha em volta. A casa está cheia de gente bonita usando roupas caras. Fico imaginando o que ela vê.

— Não tinha me dado conta de que os seus pais são ricos.

— Eles não são. — Num momento de clareza de consciência, me dou conta de que estou usando uma camisa de mil dólares.

— Sério? — Ela estica os lábios para um lado. — Esse é o maior apartamento que eu já vi.

Fico imaginando como ela reagiria se eu levasse ela para ver a casa dos McBrunight.

— É alugado. — Eu quase digo para ela que não somos nós que pagamos o aluguel, mas esse fato me envergonha.

— Bem, ok então, isso prova que vocês não são ricos. — Ela ri. — *É óbvio* que esse apartamento é alugado. Todo mundo em Nova York mora em casas alugadas. Mas aposto que os seus pais pagam mais por esse apartamento em um mês do que as minhas mães pagam pelo nosso em um ano.

Não faço ideia do valor do aluguel. Fico pensando se os parentais sabem. Será que eles se sentem infantis pelo fato de os McBrunight pagarem o aluguel?

— Nosso aluguel custa 480 dólares por mês. E com ajuda da prefeitura, óbvio. Ele tem cinco cômodos, incluindo a cozinha e o banheiro. Nosso apartamento inteiro caberia nesta sala.

— Foi mal — digo, apesar de não saber por que estou me desculpando. Quero contar para ela que nada disso nos pertence. Que estamos lisos. Rosa tem razão. Essa é a melhor palavra.

— Por quê? Moramos num bom apartamento. Quer dizer, ele não reluz como este, mas isso não é culpa sua. Tudo o que te falta é arrumar uma camiseta que diga "branquelo riquinho". Assim você não vai pegar seus amigos de surpresa.

— Você não tinha percebido que eu sou branco?

— Engraçadinho.

— Depois desse comentário da camiseta, vou embora. Foi mal se te ofendi.

— Você vai ter que se esforçar mais para me ofender. — Sojourner ri. — Quer dizer, você já me disse que acha bobagem acreditar em Deus, e eu não fiquei ofendida.

— Eu não falei isso.

Ela abre um sorriso.

— Este apartamento só tem sete cômodos — falo, enquanto penso em quantos cômodos tem a casa dos McBrunight.

— Está rolando um espetáculo de sapateado na sua sala! Na minha sala não dá nem para dançar forró. — Ela ri de novo. — Não me leve a mal, moramos num lugar legal, e no quinto andar. Os apartamentos de subsolo ou térreos sofreram com enchentes nos últimos dois anos. Em que zona nós estamos?

Não faço ideia de o que Sojourner está falando. Por que ela está falando tanto? Será que está pensando no beijo de ontem à noite?

— Quando está para cair uma tempestade, você tem de saber em que zona vive. A Zona 1 é a pior. Durante a última tempestade, as pessoas ficaram dias sem poder sair do nosso prédio. A nossa sorte é que a gente estava na casa da prima Isa em Jersey City. Esta parte da cidade provavelmente não entrou na divisão de zonas, o que quer dizer que aqui não rolam enchentes ou evacuação. Mas isso não protege vocês dos apagões.

— Apagões? — repito. Achei que tínhamos deixado isso para trás, em Bangkok.

— Você não sabe nada sobre esta cidade, né? — Sojourner ri.

— Não. É a cidade dos filmes. Onde sai fumaça das ruas.

— Não é fumaça, é vapor.

— Sério que isso não é um efeito especial?

— É o sistema de calefação da cidade. — Ela ri ainda mais. — Calor gerado pelo vapor que passa pelos canos. Deixa eu te mostrar.

Sojourner pega minha mão e me guia por entre os grupos de pessoas. A mão dela é quente e seca e calejada. Consigo sentir a leve pressão do seu toque percorrer todo o meu corpo até chegar à virilha.

O sapateado para. Todos aplaudem. Bato palma sem muita vontade, mas Sojourner aplaude com mais entusiasmo.

Paramos em frente a um aquecedor que fica sob uma das janelas. Ela solta a minha mão, e tenho que me segurar para não pegá-la de volta. Ela se inclina mais para perto de mim. Posso sentir o cheiro de manga e abacaxi no hálito dela.

— Então esse aquecedor é novo e chique — comenta ela.

Sua boca está perto da minha.

— Mas é do mesmo modelo que temos no nosso apartamento. O vapor entra por aquele cano e enche o aquecedor. Assim, tanto os canos quanto o aquecedor esquentam o apartamento.

— Ah — respondo. Estou olhando para a nuca dela.

— E, como esse é novo, dá pra desligar. Está vendo?

Ela está olhando para mim de novo. Eu vejo, sim. Os olhos dela têm todos os tons possíveis de marrom, do quase amarelo ao quase preto.

— A única maneira de controlar a temperatura do nosso é abrindo a janela. Às vezes fica tão quente que temos de abrir a janela mesmo com uma nevasca caindo lá fora.

— Que droga — digo porque preciso dizer qualquer coisa.

— O que é que os seus pais fazem exatamente? Como eles conseguem bancar esse apartamento e ainda por cima pagar milhões de aulas na academia pra você? Quer dizer, eu dou aulas lá, e ganho um pouco com isso, mas mal consigo cobrir os custos. Você praticamente mora lá.

Fico sem saber o que dizer.

— Então, o que eles fazem?

— Eles abrem negócios. O mais bem-sucedido se chamava SunPow. Que nome ridículo. — Já não tenho certeza se isso é verdade. Será que esse negócio foi mesmo um sucesso quando os parentais o venderam? Ou o sucesso veio depois da venda? E se era um negócio de sucesso, por que estamos quebrados agora? — É uma fonte de energia barata, que funciona captando a energia solar. As pessoas usam para acampar. A cada unidade vendida, uma outra unidade é doada para pessoas que vivem em regiões remotas e não têm dinheiro para comprar uma. Outro negócio deles era um aparelho de condensação para captar a água da chuva até nas regiões mais áridas. Eles já fizeram muitas coisas desse tipo.

— Eles parecem ser boas pessoas.

— E são. Mas não são ricos. A maioria do dinheiro é investido no negócio da vez, ou é usado para dar ajuda financeira a outras instituições, que lutam contra o analfabetismo, contra a malária... — Eu divago. Será que é por isso que eles estão falidos agora? — Alugar um apartamento assim e dar uma festa dessas é para eles arrecadarem dinheiro. Está vendo como David está circulando pela festa? Ele está tentando cativar o máximo de pessoas que puder.

Vemos David conversar com um casal mais velho. Ambos estão extasiados.

— Seu pai sabe ser charmoso e cativar as pessoas, né?

— Ele precisa fazer isso — digo, concordando com a cabeça. — Tem vários bambambãs aqui. Gente muito rica.

— Como aquele casal pra quem seu pai está jogando charme?

— Sim, porque... — começo a falar. — Você...

— Será que a Sid sabe dançar? — pergunta Rosa, e eu quase pulo de susto.

— Claro que sei.

— Dança comigo então? — diz Rosa, já pegando a mão de Sojourner.

Rosa se vira para sorrir para mim enquanto sai com Sojourner, e por um segundo fico imaginando como seria minha vida se ela não existisse. Nunca desejei isso com tanta força.

O que quer que ela esteja planejando, não vou deixar acontecer. Tento ainda outra vez pensar num modo de avisar às pessoas sobre Rosa sem dizer: *acho que minha irmã é psicopata.*

Sojourner se mexe belamente quando dança, da mesma forma quando treina boxe. Elon e Veronica estão dançando também, fazendo palhaçadas, mas dá para notar que eles também são ótimos dançarinos. Depois, Sally e Lisimaya se juntam a eles.

Vou abrindo caminho em direção às escadas, cumprimentando com a cabeça e sorrindo enquanto passo por pessoas que nunca vi na vida. Alguém põe a mão no meu cotovelo.

— Quer dançar comigo?

Sei que é Sojourner antes de me virar. Sorrio, porque não quero me arriscar a dizer uma só palavra. Abrimos caminho até a pista de dança. Eu sigo os movimentos dela como se isso fosse um treino.

Tudo o que consigo ver na minha frente é Sojourner, e isso faz com que eu me sinta tão leve que, se é assim que as pessoas se sentem acreditando em Deus, eu poderia ir à igreja com ela todos os domingos.

CAPÍTULO 25

Leilani, Veronica, Elon, Jaime e eu vamos para o Coffee Noir, onde Veronica e Elon trabalham. Todos os funcionários conhecem eles. O barman está oferecendo para a Jaime, Elon e Veronica várias doses de uma coisa verde. Leilani bebe água da casa, assim como eu.

Elon e Jaime discutem para ver qual deles é o nova-iorquino mais autêntico.

— Eu só consigo morar aqui porque subloco o apartamento do meu tio! — grita Elon. — Com subsídio da prefeitura!

— Revogaram o nosso subsídio! Agora minha mãe mora numa parte do Queens que quase não aparece na merda do mapa!

— Gente, falem mais baixo. — Leilani revira os olhos. — Vocês estão me dando uma dor de cabeça.

Elon e Jaime diminuem o tom de voz e se aproximam um do outro. Eles estão próximos o bastante para se beijarem.

— Eles vão ficar nessa a noite toda — diz Leilani num tom teatral. — Amor verdadeiro.

— Têm certeza de que não querem uma dose? — pergunta Veronica para nós. — Essa bebida e ótima.

Eu balanço a cabeça. Leilani diz que não.

— Leilani não bebe em público — comenta Veronica em voz alta. — Para não correr o risco de alguém tirar uma foto e ela se meter numa encrenca.

É estranho lembrar que Leilani é meio famosa.

— Você está muito a fim daquela garota chamada Sid, né? — pergunta Veronica enquanto chega perto demais de mim. O hálito dela tem um cheiro doce enjoativo.

— Aham.

— Eles treinam juntos — comenta Leilani. — Sid é lutadora. Ela já disputou duas lutas amadoras.

Fico pensando como Leilani pode saber dessas coisas, e depois lembro que elas sentaram uma ao lado da outra no restaurante coreano.

— Lutar boxe — diz Elon enquanto tem um calafrio.

— E ela venceu as lutas que disputou? — indaga Veronica.

— Sim, as duas — responde Jaime.

— Isso explica por que ela tem ombros tão lindos — comenta Veronica. — Eu deveria começar a fazer aulas de boxe pra ficar sarada como ela. — Ela dá alguns socos no ar. — É por isso que você gosta dela, Che? Porque ela é lutadora?

Não quero falar sobre Sojourner. Falar sobre ela pode acabar destruindo qualquer coisa frágil que exista entre nós. Nós nos beijamos uma vez, demos as mãos um pouco, dançamos. E a melhor amiga dela está bem aqui.

— Acho que você gosta dela porque ela tem a pele muito escura. Você acha ela exótica, né? — diz Leilani. Ela dá um sorriso como se estivesse brincando, mas sinto como se tivesse me dado um tapa.

— Claro que não — respondo.

Nunca chamei Sojourner de exótica. Só falei sobre ela com a Georgie. Mas será que não cheguei a pensar nisso? A pele de Sojourner é mais escura do que a de qualquer outra garota de que eu já fiquei a fim. A pele dela é mais escura do que a de qualquer outra pessoa que eu já *conheci*.

— Você fica excitado com o contraste entre a sua pele branquela e a cor de ébano da dela? — pergunta Elon.

— Não — respondo. Todos estão olhando para mim. Jaime também. Ela está me encarando como se quisesse ver por dentro da minha alma, para saber se eu vou magoar ou não a amiga dela.

Nós mal nos tocamos, mas, sim, eu me excitei. Como poderia não me excitar? Estamos falando de Sojourner.

— Você fica muito cruel quando bebe, Elon — comenta Veronica.

Tenho a sensação de que estamos mexendo em alguma ferida antiga entre eles, com Leilani e Elon de um lado, e Veronica de outro.

— Eu não bebi tanto assim!

—Ah! — Veronica ri. — Então você não está negando que é cruel. O Che gosta dela. As pessoas gostam umas das outras. — Ela desvia o olhar de Jaime para Elon, e depois, de volta para a Jaime. Ela vira o resto da dose de bebida e acena para o seu amigo para pedir mais uma.

As perguntas deles são mesmo cruéis. Mas temo que elas tenham um fundo de verdade. Será que acho Sojourner linda porque ela não se parece com nenhuma das outras garotas de quem já gostei? Mas ela *se parece* muito com essas outras garotas. Georgie foi quem percebeu. Eu sempre me sinto atraído por garotas altas, fortes e saradas.

— Às vezes as pessoas gostam umas das outras.

— Disse a menina branca — comenta Leilani. — Muita gente fica a fim de mim porque eles acham que, por ser coreana, sou toda inocente, recatada, e essas merdas. — Ela revira os olhos. — Uma garota uma vez me pediu para eu usar os meus trajes típicos. Sério.

— Quem são essas pessoas? — pergunta Elon. — Recatada? Você?

— Você nem parece coreana — diz Veronica. — Você *não* é coreana; você nasceu aqui. Sua mãe é branca.

— De novo com essa? Ronnie, você não podia ser mais branca.

— Peraí. Você está dizendo que *me* vê como uma pessoa branca, e não como um... — Veronica busca a palavra. — Indivíduo? — Ela tem um tom de voz triunfante, como se ela tivesse dito um argumento definitivo.

Elon parece triste. Veronica provavelmente acha que isso significa que Elon concorda com ela, mas eu tenho quase certeza de que ele não concorda. Jaime está revirando os olhos.

— Se você gostasse de mim de verdade — diz Veronica enquanto vira mais uma dose —, você não notaria a cor da minha pele!

Elon e Leilani trocam olhares. Jaime bufa.

— Eu só *posso* ter um fetiche por garotas brancas pra conseguir te aguentar. — Leilani se volta para Elon e Jaime. — Não quero discutir isso agora. Vamos embora.

Eles se levantam. Elon cambaleia, e Jaime segura ele. Começo a me levantar do meu assento.

— Nos vemos depois, Che — diz Jaime. — Você tem que dar um sermão nela.

Volto a me sentar enquanto eles vão embora, e me sinto mais branco do que nunca.

— O quê? — pergunta Veronica. Ela começa a se levantar, mas depois se senta de novo. — Meu Deus. Por que Leilani tem que transformar tudo numa discussão sobre racismo? Ela nem é coreana *de verdade*.

— Foi você quem disse isso. — Minhas bochechas ardem. Odeio o fato de Leilani pensar que eu sou igual a Veronica. Pelo menos Jaime não acha isso. Mas a última coisa que quero fazer na vida é dar um *sermão* em Veronica.

— Bem, ela não é mesmo.

— Leilani é uma mistura dos pais dela. Ela se parece muito com o pai. Ela fala coreano, e passou muito tempo lá. Ela tem muito carinho pela Coreia. — Veronica nem me dá atenção.

— A maioria das pessoas acha que ela é branca. Ela tem que dizer para os outros que não é. Se ela não ficasse o tempo todo falando que é coreana, ninguém perceberia.

— Se Leilani diz que ela é coreano-americana, é porque isso é importante para ela. Tente se colocar no lugar dela. — Tenha um pouco de empatia.

— Há quanto tempo você conhece a Leilani? — Veronica me encara. — Há três minutos? Deixa eu te contar uma coisa sobre Leilani McBrunight: ela é puro drama. E fica ainda mais dramática quando começa com essa ladainha sobre ser coreana. Como essa saída enfurecida dela agora. Nem o pai dela foi criado como coreano. Ele foi adotado! Por uma família americana comum. E ele só foi botar os pés na Coreia quando já tinha 12 anos. Sou a melhor amiga de Elon, não ela. Por que eles foram juntos? Por que sempre ficam um do lado do outro?

Queria que ela calasse a boca.

Ela vira outra dose, e percebo que sobrou para mim pagar a conta. Merda.

— Nem tudo tem a ver com raça. As pessoas podem ser simplesmente pessoas, sabe?

— E Elon? — pergunto.

— O que tem Elon?

— Você acha realmente que é um menino?

— O quê? Claro que não. Elon é Elon.

— E quanto às pessoas que insistem que Elon é menino ou menina?

— Elas são idiotas.

— Então Elon pode definir o que ele mesmo é?

— Aham.

— Nós mesmos somos os únicos que sabemos quem realmente somos, não? E não as outras pessoas, né?

Veronica concorda com a cabeça. Mas eu não tenho certeza. Sinto que estou pisando em ovos. Se eu decretasse que sou um caubói, isso não faria de mim um caubói. Mas o caso que estamos discutindo é diferente... e tento entender o porquê.

— Leilani diz que ela é coreano-americana, então isso significa que ela é coreano-americana.

Veronica vira mais uma dose.

— Se Leilani deixasse as pessoas pensarem que ela é branca, isso não seria *menos* incômodo para ela?

— Eu já te falei: ela gosta de fazer drama. Ela gosta de se sentir especial.

— É por isso também que Elon diz que não é nem menino nem menina?

— Isso é diferente.

— Será que é mesmo? Você não acha que o fato de as pessoas ficarem perguntando o que você é não te faria se sentir mais irritada do que especial?

Veronica murcha. Talvez ela esteja entendendo o que estou querendo dizer, ou talvez esteja prestes a desmaiar por causa da bebida.

— Mas a Leilani *é* especial mesmo — diz Veronica, como se isso fosse uma coisa ruim. — Ela é mais esperta, mais bem resolvida, mais *tudo*. Ela criou o Neophyte quando tinha, sei lá, 7 anos. Ela é a melhor em qualquer coisa que decide fazer. Nunca tinha me dado conta de como eu era *burra* até conhecer ela. Eu só quero vencer uma discussão. Só uma vez. A de hoje eu não venci, né?

Eu balanço a cabeça. Por que será que Leilani está com Veronica há tanto tempo?

— Eu só faço merda. Ela vai me dar um pé na bunda.

O rosto de Veronica fica vermelho. Ela começa a chorar. Passo um guardanapo para ela.

— Ela também é mais sexy do que eu — fala, entre soluços. — Eu penso nela o tempo todo!

O barman traz um copo d'água.

Eu estava começando a pensar que Veronica é como a Rosa, mas ela não é. Rosa jamais pensaria que alguém é melhor do que ela.

— Não tem nada de estranho com a sua irmã — comenta Veronica, do nada.

Não consigo evitar um calafrio. É como se só de pensar em Rosa, ela vira o assunto da conversa.

— Você e Leilani falaram aquelas coisas sobre ela porque vocês estavam chapados, né? Porque ela é uma menininha muito meiga. Vocês não deviam falar mal dela assim. Ela também é uma ótima dançarina. Nós vamos dançar juntas na rua por dinheiro.

— Você está bêbada.

— Meio alta só. — Veronica ri. — A gente só briga quando bebe.

— Leilani não estava bebendo.

— Quando *uma* de nós bebe. Meu Deus do céu. Você tem razão. Eu só tento dar uma de inteligente quando estou bebendo. Elon vai se chatear comigo quando eu voltar pra casa. Vai me dizer todas as coisas que eu fiz de errado, e porque elas estavam erradas. Que saco... Eu vou ficar pensando por que Elon não pode ser só sobre diversão o tempo todo. Sou uma pessoa terrível.

Ela seca o rosto com o guardanapo que já está encharcado.

— Ninguém é divertido o tempo todo. Você não está sendo agora.

— Grosso! — retruca Veronica, mas ela está sorrindo para mim. — Isso é verdade. Eles gostam de ir a fundo nessas merdas, em *todos os assuntos*, e eu... não. Só de pensar nessas coisas eu me contorço toda. Você curte garotas brancas também? Ou só negras? Você me acha bonita?

Ela se importa com a minha opinião. Rosa, não. Por que isso faz com que eu tenha uma opinião pior sobre ela? Veronica provavelmente seria menos irritante se fosse um pouco mais como Rosa. Deus me livre.

CAPÍTULO 26

Quando volto para casa, restam apenas um punhado de convidados, incluindo Gene e Lisimaya. Eles estão sentados no sofá com os parentais, segurando taças de vinho e balançando as mãos no ar.

Eles me cumprimentam rapidamente antes de voltarem às suas conversas importantes.

Abro a porta do meu quarto e dou de cara com Rosa sentada de pernas cruzadas na minha cama, usando seu vestido de festa.

Mesmo que eu já o tivesse instalado, o ferrolho não conseguiria mantê-la afastada do meu quarto. Preciso de um cadeado com chave.

Eu viro de costas para ela, finjo que estou vendo alguma coisa no computador e ligo o gravador do meu telefone. Depois, viro minha cadeira e fico de frente para ela.

— Cadê a Seimone?

— Suzette levou as gêmeas para casa.

— As gêmeas? Seimone não anda agindo como se elas fossem gêmeas.

— Que besteira, Che. Não dá pra deixar de ser gêmeo de alguém.

— Por que Seimone e Maya não estão se falando?

— Acho que elas estão brigadas. — Rosa dá de ombros. — Os irmãos brigam às vezes, você sabe. Gostei da festa. Gosto de Elon e da Veronica. Principalmente de Elon. Gosto do fato de Elon não ser nem menino, nem menina. Nunca conheci ninguém assim. Não é a mesma coisa que os transexuais de Bangkok. Eles gostam de ser chamados de *ela*. Elon disse: *Elon é Elon, e não ele nem ela. Muito menos uma coisa. Porque ninguém é uma coisa.* Elon diz que a maioria das pessoas o resume a uma coisa, e depois ficam irritadas quando descobrem que estavam erradas. Ninguém nunca acha possível não ser nem menina, nem menino. Isso não me deixou irritada. Isso te irrita?

— O fato de Elon não ser nem menino, nem menina? Não. Só me deixa confuso.

— Elon me disse que os pais não ligam. Quando tinha 5 anos, a sua mãe lhe deu um vidro de esmalte e uma tiara, porque era isso o que ele queria. E o seu pai pagou pelas aulas de dança. Eles disseram que Elon não precisava ser menino ou menina se não quisesse.

— Eles parecem pais incríveis.

— Você não acha isso perturbador? Elon ser diferente?

Sinto uma pontada. Quando ela faz perguntas desse tipo... Não posso cair na dela. Não posso dizer nada que ela vá poder usar como desculpa para quebrar alguma promessa: *Mas você disse*, ela vai dizer mais tarde, toda inocente, *Achei que isso queria dizer que...*

— Todo mundo é diferente de um jeito ou de outro — falo.

Rosa me olha como se houvesse alguma coisa no alinhamento dos músculos da minha face que ela pode usar contra mim.

— Eu sou diferente também — sussurra ela. — Quase tão diferente quanto Elon.

Não digo nada. Eles não são diferentes do mesmo modo. Elon não é um monstro.

— Eu definitivamente sou menina — declara ela, enquanto faz os cachos do seu cabelo balançarem, falando num tom de voz que ela costuma utilizar com os parentais e com o resto do mundo. Um tom de voz vivo, inofensivo, de menina. — Sou definitivamente "ela". Você acha que é menino?

Concordo com a cabeça.

— Mas eu não sou como as outras garotas. Ou como os outros garotos. Tenho uma coisa que as outras pessoas não têm.

Ela espera que eu pergunte o que é. Não vou fazer isso.

— Você está irritado comigo?

— Sim. Tudo o que você faz é me irritar. Depois que você matou o porquinho-da-índia da Apinya, você prometeu que ia parar.

— Eu não matei o porq...

— O que você quer, Rosa?

— Quero que a gente volte a ser amigo. Você não me conta nada. Você conhece os meus segredos. Quero saber alguns dos seus.

— Eu não sei de *todos* os seus segredos.

Rosa sorri, e os pelos do meu corpo se arrepiam.

— É verdade. Mas você não me conta nenhum dos seus segredos. Isso não é justo.

— Não confio em você, Rosa. Você engana os seus amigos, e acaba forçando eles a fazerem coisas que não querem fazer. Você está fazendo tudo o que pode para que Seimone fique brigada com a Maya.

— A Maya é cruel. As coisas seriam bem mais fáceis se ela morresse. Seimone queria que ela morresse.

— Meu Deus do céu, Rosa. Você não pode matar a Maya.

Rosa fica calada.

— Se você matar Maya, vai presa.

Nenhuma palavra ainda.

— Você é inteligente. Mas mesmo os assassinos mais inteligentes acabam sendo pegos. Pesquise sobre eles.

— Já pesquisei. Você está falando de pessoas que foram pegas. Mas há muitos casos de assassinatos não resolvidos.

Minha vez de ficar calado.

Rosa continua sem expressão. Sem covinhas. Sem sorriso. Sem franzir o cenho. Minha boca se enche de bile. Nunca pensei que ela fosse capaz de matar alguém. Ela tem 10 anos.

— Você gostaria de viver neste mundo com o mínimo possível de restrições à sua pessoa, não é?

Rosa concorda com a cabeça.

— Se você matar Maya, o que você acha que vai acontecer? Você é diferente. Você já tem de se esforçar muito para esconder isso dos outros, e, ainda assim, tem gente que não quer nem chegar perto de você.

— Como Maya. — Rosa franze o cenho. — Estou ficando cada vez melhor em me parecer igual às outras pessoas, apesar de tudo. Você me viu na festa. Conversei com todo mundo, e todos gostaram de mim. Eles falaram para Sally e David que eu era muito talentosa.

— Eles podiam apenas estar sendo educados. Aposto que alguns deles estavam pensando que você era uma exibida, e mal podiam esperar pra você parar de dançar. Tem gente que sente pelo cheiro que tem algo de errado com você. Você faz com que os pelinhos dos braços das pessoas se arrepiem.

— Eu faço isso em você?

Sim, é o que quero dizer para ela. *Principalmente agora quando você está falando com a maior calma do mundo sobre matar os outros, e a sua voz e o seu rosto demonstram tanta emoção quanto o de um robô. Você me mete medo pra caralho.*

Em vez disso, digo:

— Conheço você desde que você nasceu.

— Você acha que eu sou o demônio?

Dou uma risada, como se eu quisesse dizer: *Que absurdo*. Mas não é absurdo nenhum. Por várias vezes desconfio que algumas pessoas simplesmente nascem más, são ruins por natureza, e não há nada a fazer além de queimá-las.

— Você não sente muita empatia. Há milhões de teorias para explicar por que algumas pessoas sentem pouca empatia. Dado o ambiente em que você vive...

— Eu nasci assim — diz ela, declarando um fato. — Não porque tenha algo faltando em mim, mas porque sou mais inteligente que todo mundo. A empatia te impede de compreender o mundo. A empatia só atrapalha.

— Não — sussurro. — Não atrapalha nada. — Dizer que os olhos dela parecem frios me soa melodramático. Mas é o que eles são. Frios como gelo azul. Como o nosso tatatatata-sei-lá-o-que-avô naquela foto. — O seu córtex insular anterior está danificado, ou não se desenvolveu como devia. Você não é mais inteligente do que todo mundo. É mais fria.

— Sou diferente. Acho que sou melhor do que os outros. Você acha que eu não sou. Mas ambos concordamos que eu sou diferente.

— Sim.

— Talvez, se eu matar alguém, eu nem goste.

Não tenho ideia do que dizer depois dessa.

— Ou talvez eu goste, mas aí então eu já teria matado uma vez, e não precisaria fazer isso de novo. Eu fico entediada rápido, você sabe.

— Já vi você ficar sentada no chão matando formigas por horas.

— Aquilo era divertido. — Ela dá de ombros. — Diversão não é entediante.

— Você se diverte com as coisas erradas.

— E você acha divertido bater nos outros.

— Isso é diferente. Lutadores têm vontade de lutar. E lutam com o consentimento de ambas as partes.

— Você diz que tem algo de errado comigo porque eu gosto de violência, mas você gosta de violência também.

— Tem algo de errado com você porque você não se importa. Eu me importo. Eu cuidei de você a vida toda. Troquei suas fraldas quando você era bebê. Te peguei no colo e cuidei de você e te protegi e te eduquei. Eu te amo. Te amo mesmo sabendo tudo sobre você. Você me ama?

Quero saber se ela sente alguma coisa por mim, ou por Sally e David. Será que os anos que passamos amando Rosa surtiram algum efeito?

— Você é útil pra mim. Você é muito mais interessante do que Sally e David. Eles só garantem o dinheiro. Ou garantiam. Então, eu precisava deles. Quando os McBrunight pararem de bancar tudo e eles falirem de vez, vou passar a depender do dinheiro da Vovó e do Vovô. Até que eu consiga ganhar o meu próprio dinheiro. Não dá pra existir sem dinheiro.

Só consigo pensar em como o tio Saul ia concordar fervorosamente com essa afirmação.

— E você ama alguém?

— Não tenho certeza se entendo o que é o amor. É como ser *bem-comportada*. Ninguém me explicou claramente do que se trata. Eu amo sorvete. Amo xadrez e matemática. Amo conseguir o que eu quero. Amo sair impune quando faço algo errado. Mas não amo as pessoas. Ou elas são úteis ou não são. Você é útil, Che. Mas não acho que o que eu sinta por você é amor.

— Não é.

— Você ama a Sid?

Não vou responder a essa pergunta.

— Gosto que as pessoas gostem de mim. — Rosa dá um sorriso arrogante. — Gosto de ser amada. Assim é mais fácil fazer com que as pessoas façam o que eu quero.

Agora ela dá um sorriso tão carinhoso e charmoso quanto os de David. As duas covinhas aparecem. Os olhos dela já não parecem frios. Sinto que estou devolvendo o sorriso, e aperto um lábio contra o outro.

Ela estampa um sorriso mais largo. *Está vendo como eu facilmente conquisto qualquer um com o meu charme? É tão fácil quanto mostrar as covinhas.*

— O que você quer, Rosa?

— Eu quero poder fazer qualquer coisa que eu quiser. Tem muitas coisas que eu quero fazer, mas não me deixam. Gosto quando as pessoas estão com medo, ou com dor, ou bêbadas ou com raiva. Isso me diverte.

— Por quê?

Ela dá de ombros.

— Porque você é incapaz de se machucar? — pergunto.

— Eu me machuco! Eu sinto dor! Se me cortam, sangro e sinto dor.

— Sério que você está citando Shylock, de *O mercador de Veneza*? Sério? Achei que você detestasse Shakespeare.

— Tem gente que gosta dele. — Rosa dá de ombros. — E é útil saber das coisas. Mesmo que sejam coisas chatas e idiotas.

— Eu não estava falando desse tipo de dor, Rosa. Estava falando de mágoa. Se eu te dissesse que não te amo e que não queria ter mais nada a ver com você, você não ficaria magoada.

— Ficaria, sim. Para quem eu ia fazer perguntas importantes? Quem me ajudaria? Você é o único que me entende.

— Você acabou de me dizer que só se importa com a utilidade que eu tenho pra você. Por que eu deveria fazer qualquer coisa por você?

— Eu ficaria perdida sem você — fala Rosa. Os olhos dela lacrimejam. Apesar de eu saber que ela consegue chorar no momento que quiser, fico feliz.

— *Agora* você precisa de mim. Mas não vai precisar pra sempre. Por que eu não deveria simplesmente parar de te ajudar agora?

— Porque senão eu teria de encontrar outra pessoa para me ajudar. Aposto que Sid me ajudaria. Mas ela não tem *obrigação*. Ela não é minha irmã. Você tem que me ajudar e me ensinar as regras da vida. Porque elas não fazem sentido pra mim.

— Eu vou continuar a te ajudar Rosa, desde que você pare de me irritar.

— E como posso saber quando estou te irritando?

— Você pode começar não desejando mais que alguém morra.

— Isso não é justo. Queria que a Leilani morresse também. Posso desejar o que eu bem entender. Todo mundo deseja que alguma pessoa morra.

Eu queria que *você* morresse, Rosa.

— E pare de tentar ficar amiguinha da Sojourner...

— Ela está me ensinando sobre Jesus. É puro amor e empatia. Você deveria querer que eu aprendesse sobre essas coisas.

— Chega de ir às aulas sobre a Bíblia. — Não quero que ela fique sussurrando seus comentários venenosos nos ouvidos da Sojourner.

— Eu digo para ela que acho que vocês dois deveriam ficar juntos.

— Não me importa. E fique longe de Elon e Veronica.

— Mas nós íamos dançar! — Ela estende o lábio inferior. — Por dinheiro!

Eu balanço a cabeça.

— Você está proibida de se relacionar com meus amigos.

— E o que mais?

— Pare de voltar os parentais contra mim.

— Você é um chato.

— Tem razão, sou mesmo. Não estou aqui pra te *divertir*.

Rosa não reage, mas eu sei que isso é exatamente o que ela pensa que as pessoas estão aqui para fazer.

— Se eu prometer não irritar os seus amigos ou os parentais, você promete ficar comigo?

— Ficar com você? — Encaro ela.

— Preciso que você continue respondendo minhas perguntas, e que me ensine a ser normal. Eu ficaria perdida sem você.

— Você já disse isso.

— Fica comigo até você terminar a faculdade?

— Não, isso é tempo demais.

— Então até eu terminar o ensino médio? Não vou levar oito anos para me formar — diz Rosa com confiança. — Preciso que você me ajude com a escola. Tem duas garotas que ficam cochichando umas coisas sobre mim na escola de dança. Não sei como fazer isso parar.

— Prometo que vou continuar te ajudando. Sempre vou responder às suas perguntas.

Rosa estende o braço, e damos um aperto de mãos. Eu me sinto enjoado.

— Você promete não se meter com os meus amigos, e não fazer com que Sally e David fiquem contra mim?

— Prometo.

— E você não vai fazer mal a ninguém?

— Isso eu não posso prometer. Não sei o que pode magoar as pessoas. Elas têm sentimentos, e eu, não. Prometo que não vou machucar ninguém fisicamente. De propósito.

Eu concordo com a cabeça:

— E quanto a matar?

— Já prometi que não ia, e prometi que não ia incentivar ninguém mais a matar. Não quebrei nenhuma dessas promessas.

— Prometa de novo.

— Está bem. Não vou matar ninguém. A não ser que eu tenha certeza de que posso sair impune.

Ela escancara os dentes como se dissesse: *Está vendo? Eu também tenho senso de humor.*

— Isso não é promessa que se faça.

— Eu estava brincando. — Rosa dá de ombros. — Eu já prometi que não vou matar Maya. Não vou matar Sid, nem Leilani, nem os parentais, nem qualquer pessoa com quem você se importe.

— E também as pessoas com quem eu *não* me importo.

— Certo. Além disso, sou pequena demais. Como eu conseguiria matar alguém? — Rosa revira os olhos diante da minha imbecilidade, e escorrega para fora da cama. — Boa noite, Che.

Ela me dá um beijo na bochecha e sai porta afora. Tento encontrar alguma coerência na conversa que acabamos de ter. Não consigo. Parece que acabei de sobreviver por pouco depois de uma surra.

O que foi que ela prometeu para mim?

Não incomodar os meus amigos. Isso é muito vago. Ela vai alegar que não pensou que estava incomodando ninguém. Ou vai alegar que ela não sabia que quem quer que seja que ela estava incomodando *era* meu amigo.

Não fazer com que Sally e David fiquem contra mim. Muito vago também. *Como eu poderia saber*, ela vai dizer, *que eles reagiriam assim?*

Ela também prometeu não machucar ninguém fisicamente. De propósito. Ela vai alegar que foi sem querer. E quanto à promessa de não matar ninguém? *A não ser que eu tenha certeza de que posso sair impune.*

Não vou conseguir dormir.

Pego o meu telefone. Recebi muitas mensagens. De Leilani me convidando para outro desfile, como se ela não tivesse me acusado de só gostar de Sojourner porque ela é negra. De Jason me atualizando sobre as brigas dos pais dele. De Georgie querendo saber se consegui me livrar da garota bêbada, e de Nazeem me dizendo que sente a minha falta porque eu sou o único que saberia apreciar como ele conseguiu vencer uma discussão com Georgie, e ele tem de me contar tudo. Estou prestes a mandar uma mensagem para Georgie para ver se ela pode falar — preciso saber o que aconteceu entre eles — quando chega uma mensagem de Sojourner.

Dançar com você foi divertido.

Fico olhando para a mensagem. Toco a tela como se assim eu pudesse de algum modo tocar Sojourner.

É. Também achei. Gostei muito.

Prendo a respiração. Digito uma mensagem que tenho medo de mandar, mas, depois, antes que eu possa impedir a mim mesmo, aperto *enviar*.

Fiquei feliz por você ter me beijado.

Fico olhando para o meu telefone, desejando que ela responda, minhas mãos suando. E se ela não responder?

Chega outra mensagem de Naz, e mais uma de Georgie. Nem dou bola.

Por que Sojourner não está respondendo? Será que fui longe demais? Será que eu não deveria ter mencionado o beijo? Será que devemos fingir que nada aconteceu? Foi ela quem disse que dançar comigo tinha sido divertido. Com certeza isso quer dizer alguma coisa. Eu não disse a ela que queria que nos beijássemos de novo. Não falei que eu não consigo parar de pensar nela. Que eu vou passar a ir à igreja todos os domingos, só para estar com ela. Que tudo o que eu quero agora é que nos beijemos de novo. Sentir a boca dela contra a minha boca, nossos dedos tocando uns nos outros. Nossos...

Sim. Boa noite, Che.

Sim, ela também ficou feliz? Ou sim, ela ficou feliz que eu tenha ficado feliz por ela ter me beijado? Ou *sim, sei que você ficou feliz por eu ter te beijado*, o que pode significar qualquer coisa, inclusive que ela está rindo da minha cara.

Não acho que ela esteja rindo de mim.

Desligo o telefone, deixo ele carregando, me arrasto até a cama, fecho os olhos, durmo e sonho com Sojourner.

QUANDO ACORDO, SOJOURNER é o meu primeiro pensamento. Ligo o telefone para ver se as mensagens de ontem foram reais. Foram.

No andar de baixo, Rosa está tomando café da manhã. David está escorado na bancada bebendo café. O tablet de Rosa está entre os dois, e eles estão tendo uma discussão intensa. Algo sobre informática e matemática, coisas que eu não vou entender.

Rosa olha para cima, acena para mim, e suas covinhas aparecem, como se na noite anterior ela não tivesse me dito: *Eu não vou matar a não ser que tenha certeza de que posso sair impune.*

— Não vamos mais ter aulas com o professor de matemática — diz Rosa. — Eu te falei. — Ela escorrega do banco em que estava para me dar um abraço. — Lisos — sussurra.

David franze o cenho.

— Vocês dois estão de férias agora. Em setembro, vão começar a frequentar alguma escola daqui.

— Se é que ainda vamos estar aqui em setembro. — Rosa me lança um olhar que diz: *Eu te disse.*

David lança um olhar para Rosa.

— Para que escola você vai me mandar, David? — pergunta ela. — Seimone disse que é muito difícil conseguir se matricular em quase todas as escolas daqui. Você tem que se inscrever com séculos de antecedência.

David não diz nada.

— Hoje vou dar aula para Seimone. O xadrez dela já melhorou muito.

— Mas ela não tem que ir para o colégio? — pergunto.

— O colégio dela é particular. — Rosa balança a cabeça. — Eles já entraram de férias.

— É por isso que cancelamos as aulas com o professor particular — diz David para mim. — Já faz algum tempo que vocês dois não tiram férias, e pensamos que a Rosa e as gêmeas gostariam de passar férias juntas.

— E o Che adoraria passar as noites e os dias socando as pessoas — acrescenta Rosa enquanto mostra as covinhas.

CAPÍTULO 27

No caminho para a academia, escrevo para Georgie dizendo que tenho de falar com ela. É de madrugada lá, mas geralmente ela fica acordada até tarde.

Sojourner e Jaime estão no colégio. Não que eu fosse conversar sobre Rosa com qualquer uma delas. Não quero assustar e afugentar Sojourner, e eu não conheço Jaime direito.

Na esteira, só consigo pensar em Rosa. Meu cérebro dá voltas. Ela tem cumprido as promessas que fez. E se orgulha disso. Por que será que eu sinto que, quando ela diz que não vai machucar ninguém, eu devo prestar atenção para ver se ela não está dizendo o contrário?

Faço meu alongamento, e depois me obrigo a treinar uma série de golpes defensivos. Eles saem todos desconjuntados. Mando outra mensagem para Georgie. Vai levar horas até que ela acorde.

Ligo para Leilani. A mensagem da caixa postal dela é típica de Leilani: *Não deixe recado. Ou deixe. Mas não espere resposta. Mensagem de voz? Sério? Qual o seu problema?*

Desligo e mando uma mensagem:
Podemos conversar? É importante.

Levanto e sacudo os braços e as pernas. Vou conseguir me acalmar. Vou conseguir treinar bem.

Meu telefone toca. Leilani.

— O que há de tão importante?

— Rosa.

— As gêmeas ainda não estão se falando.

— Sinto muito.

— Me encontre no Tompkins Square. Perto das mesas de xadrez. Chego lá em quinze minutos.

— Até mais — digo, e a ouço desligar o telefone.

Fico imaginando por que Leilani escolheu as mesas de xadrez. Será que ela sabe da pequena aventura de Rosa por lá?

Quando chego, Leilani está sentada num banco mexendo num tablet.

— Oi — cumprimenta ela enquanto guarda o aparelho na bolsa. — Desculpa pela outra noite com a Ronnie. Ela às vezes é uma filha da puta. Não tive a intenção de te provocar também.

Eu me sento ao lado dela. Um pedido de desculpas? Vou aceitar.

— Não tem problema.

— Sua nova namorada te deu um pé na bunda? Você está com uma cara péssima.

— Ela não é minha namorada.

— Ah. — Leilani tira os cabelos da frente dos olhos. — Ela te deu um fora. Que pena, cara. Mas você não está no mesmo nível de beleza dela, né?

— Eles separam as pessoas em níveis aqui? Ninguém me contou.

— Claro. Todas as pessoas são matriculadas ao nascer e examinadas a cada seis meses para ver se ficaram mais gostosas. Quando começa a puberdade, rola uma flutuação grande de pessoas entre os diferentes níveis, e as coisas ficam assim até que as pessoas cheguem aos infelizes 40. A partir daí, é só ladeira abaixo, até atingirem o nível mais inferior, mais conhecido como morte.

Ela falou tudo isso sem olhar para mim.

— Bom saber. Que bom que na Austrália a gente não tem esse sistema.

— Mas a Austrália tem também — comenta a Leilani. — Só que eles usam o sistema mais antigo e grosseiro, em que não te contam que ele existe.

— É dureza.

— Bem, a Austrália é um show de horrores infestado de crocodilos, aranhas e cobras venenosas. Por que tornar as coisas mais fáceis?

Penso em começar a fazer o meu discurso sobre o fato de as cobras australianas não serem tão venenosas assim. Em vez disso, apenas digo:

— É verdade.

— E então? — pergunta ela enquanto pousa as mãos sobre a bolsa.

— Então.

— Você queria me dizer alguma coisa?

— Pensei em conversarmos num lugar mais reservado.

— Não posso voltar pra casa. Tem muito... — Ela não desenvolve a frase. — Vamos dar um passeio, então. Podemos caminhar pela beira do rio. Não estou a fim de ficar sentada.

Tem alguma coisa estranha com Leilani. A voz dela está mais aguda do que de costume. As mãos inquietas. E ela não para de mexer no cabelo.

Leilani começa a andar antes que eu possa dizer "claro". Só não tenho de começar a correr para alcançá-la por conta das minhas pernas longas.

— Diga — ordena ela enquanto pegamos a passarela da Sixth Street sobre a Franklin Roosevelt Highway para chegar ao terreno que margeia o rio. Duas pessoas correndo passam na nossa frente. Uma delas arrasta um cachorro consigo.

— Está tudo bem? — pergunto, em vez de começar a falar de Rosa.

Ela aperta o passo até que fica prestes a correr.

— O que faz você pensar... A merda da Ronnie. — Ela para. Faço uma finta enquanto me viro na direção dela. — Merda — diz ela. — Não quero falar sobre isso. — Ela dá um soco nas coxas com o punho. — Não quero fazer *parte* disso. *Merda*!

Ela volta a caminhar, e depois passa a correr. Acompanho o ritmo dela. Ela começa a correr mais rápido. Eu também. Não consigo deixar de lembrar da corrida com Sojourner, mas Leilani não está nem de longe correndo rápido como Sojourner. Paramos na ponta da ilha onde se pode pegar a barca para a Estátua da Liberdade. Não visitei nenhum dos pontos turísticos de Nova York. Não fui nem ao topo do Empire State.

Leilani desaba sobre um banco e eu me sento ao lado dela.

— Pelo menos pareça um pouco cansado. Babaca.

Começo a arfar como um cachorro. Ela me dá um soco de brincadeira no ombro.

— Eu deveria estar mais em forma. Eu costumava correr direto. A Veronica me traiu.

— Foi mal. Isso é péssimo. Como você descobriu?

— Ela me contou bêbada ontem à noite quando fui resgatar a pinguça no Coffee Noir. Eu devia ter deixado ela lá. Quer dizer, meu Deus, Che. Ela é uma idiota. Sabe com quem ela transou? Com o diretor de um espetáculo da off-Broadway. E ela nem conseguiu o papel! Ela ficou dizendo: *Não é nada importante*. Então agi como se aquilo *não fosse* nada importante.

Mas me sinto... — Ela bate no coração. — Foi algo importante, sim. Achei que *nossa* relação importava.

— Apesar de ela ser uma idiota?

— Todos temos defeitos. Ok, tudo bem, ser uma idiota é um grande defeito. Vou terminar com ela. A coisa é que achei que nossa relação pudesse durar para sempre. Como a dos meus pais. Namoradinhas de colégio. Que bobeira, né?

Balanço a cabeça. Já passei por momentos em que desejei a mesma coisa. Os parentais estão sempre apaixonados. Como deve ser ficar com a mesma pessoa por décadas, a amando mais a cada dia?

— Eles podem até ser pais de merda, mas são ótimos um para o outro. Ainda estão apaixonados. Eu gostaria de ter isso. Mas *eu* não vou ser um pai de merda.

Nunca vi os McBrunight sendo pais de merda.

— Eles são terríveis, Che. Eles mal lembram que têm filhos. Se temos algum problema, eles resolvem com dinheiro, mas mal passam um tempinho com a gente. Sempre foi assim. Fomos criadas pela nossa avó. Quando ela morreu, foi horrível. As gêmeas ficaram arrasadas. Eu que tive de consolar elas. Agora sou eu quem crio as duas. E quando elas não conseguem dormir? É pra minha cama que elas vão. Eu é que banco a mediadora quando estão brigando. Sou eu que dou amor para elas, porque os coroas nunca fazem isso, claro.

— Tenho certeza de que isso não...

— E se nós só pudermos sentir um tipo de amor? Se você está completamente apaixonado pelo seu companheiro, talvez você não consiga ser um bom pai. Mas e se você for um bom pai? Será que isso significa que não pode se apaixonar? Porque os seus filhos são mais importantes que o seu parceiro. Seus pais estão perdidamente apaixonados também, né? Será que eles realmente te amam? Porque eu sei que os meus pais não amam a mim e as minhas irmãs.

Ela está me perguntando sobre um dos meus maiores medos. Não quero responder porque não, eu não acho que eles me amam, pelo menos não do mesmo modo que se amam.

— Merda. Eu não sou assim. Não fico contando minhas lamúrias para desconhecidos. Nunca.

Fico surpreso por ficar magoado com esse comentário. Nós nos conhecemos há apenas algumas semanas, mas parece que faz mais tempo. Eu sentia que havia uma confiança entre nós.

— Não sou um desconhecido *completo*. Sou mais *parcialmente* desconhecido.

Leilani solta sua risada horrorosa e tapa a boca.

— Eu também não rio na frente de *parcialmente* desconhecidos. Por que confio em você, Che?

— Por causa da minha carinha de peão de fazenda inocente alimentado à base de trigo e cheia de espinhas?

— Cala a boca. Eu nunca disse nada sobre as suas espinhas! Você agora vai ficar jogando na minha cara tudo o que eu disse?

— Eu achei que estava fazendo uma piada. Nunca pisei numa fazenda.

— Meu Deus do céu. Eu já. É um lugar horrível.

— Também confio em você, Leilani. Te considero minha amiga.

— Você *é* um peão de fazenda. Todo relaxado e aberto a novas amizades. É óbvio que você acha que somos amigos. *Merda* — diz ela. — *Você ligou pra mim*. Rosa. Você queria conversar sobre sua irmãzinha sinistra.

— Irmãzinha psicopata — corrijo.

— Isso é um pouco de exagero. — Noto um sorriso no tom de voz de Leilani. — Ela não parece do tipo que vira assassina em série. Sabe, pelo fato de ela ser criança e tudo mais.

— Psicopata não é a mesma coisa que assassina em série. A maioria dos psicopatas não chega a matar.

Leilani fica me encarando.

— Você está falando sério? — Ela senta mais para a frente, e suas mãos agarram a bolsa no colo dela enquanto conto sobre Rosa.

— Seimone venera a Rosa.

— Ela gosta de ser venerada. — Nunca tive essa conversa antes com alguém que acreditasse que eu estivesse falando a verdade. Quando contei a Georgie pela primeira vez, ela riu. Achou que eu estava brincando. Até hoje ela acha que é brincadeira. Mas Leilani me entende.

— Seimone não consegue enxergar.

— Mas você, sim. — Concordo com a cabeça. — Maya também. A maioria das pessoas não percebe. Tudo o que elas veem é o charme dela.

— Que nem com o seu pai.

— Você tem razão. Mas ela não tem coração. Juro que ela copiou o sorriso do David. Charme faz parte da lista.

— Lista?

Conto a Leilani sobre a lista das características de um psicopata.

— Ela não tem medo de nada?

— Não. Exceto de ser presa. Ela não quer que as pessoas percebam o que ela é de verdade. Mas ela gosta de falar sobre o que ela faz, sobre a maneira como ela pensa. Ela é capaz de me contar qualquer coisa.

— Que divertido pra você — comenta Leilani enquanto me dá um tapinha no ombro. Acho que essa é a maneira como ela abraça as pessoas.

— Psicopata. Você não acha que ela é mais sociopata? Os sociopatas não matam, ou matam?

— São nomes diferentes para a mesma coisa. O MDETM chama o que Rosa tem de transtorno de personalidade antissocial.

— MDETM?

— *Manual diagnóstico e estatístico dos transtornos mentais.*

— Caramba. Olhando pelo lado positivo, ela só tem 10 anos.

—Você não imagina quantas vezes os parentais dizem isso. — Eu rio. — Jeffrey Dahmer já empalava cabeças de cachorros em estacas quando tinha 10 anos. As crianças fazem todo tipo de coisas horríveis.

— Não entre em detalhes! Obrigada! Você acha que ela vai matar alguém? — pergunta Leilani em voz baixa. — Seimone queria que nós morrêssemos, eu e Maya. Ela já disse isso mais de uma vez. E ela não costumava falar essas coisas antes.

— Rosa está sempre desejando que alguém morra. — Balanço a cabeça devagar. — Só nos filmes é que todos os psicopatas são assassinos. Na vida real, eles costumam manipular, mentir e tratar as pessoas como se elas fossem merda.

— Bom, então está tudo bem. — Leilani dobra os joelhos e apoia a cabeça neles. — Quando falei que ela era sinistra, queria dizer que achava que ela era uma menina mimada. Percebi logo que ela era uma típica narcisista. Só que o meu terapeuta diz que nós, que não temos qualificações para isso, não deveríamos ficar fazendo diagnósticos.

— Seu terapeuta tem razão. Mas Rosa não é normal.

— Eu queria poder conseguir fazer com que Seimone percebesse a verdade sobre Rosa. Posso contar para ela o que você me disse? E para Suzette também?

— Claro — respondo. — Eu devia ter te contado isso antes. Mas não tive muitas oportunidades.

— As pessoas não acreditam em você — diz ela. E não se trata de uma pergunta.

— Não. Exceto minha amiga Georgie. Mas ela não se dá conta da gravidade da situação.

— A Rosa é linda. E isso não ajuda. Você precisa contar isso para alguém que possa fazer alguma coisa, Che. Um psiquiatra, um terapeuta, um assistente social. Algum outro parente seu. Você tem tias, não tem?

— Georgie fala a mesma coisa. Eu já tentei. De verdade. Mas a gente vive se mudando. Ninguém mais além de mim vê o que Rosa faz. Você tem que ver para crer. Você tem observado como ela está plantando a discórdia entre as gêmeas.

— Maya não odeia Seimone. Ela só está triste.

— Sinto muito por isso.

— A culpa não é sua.

Eu não digo nada. Não tenho certeza de que isso seja verdade.

— Você precisa conversar sobre isso com alguém.

Meus olhos ardem. Não vou chorar na frente de Leilani. Quase não consigo acreditar que contei tudo a ela, mas estou feliz.

— Agora sim eu sei. — Leilani pega a minha mão. — Que somos amigos.

— Ufa — digo. — Porque eu não tenho certeza se amigos parciais podem trocar confidências sobre namoradas infiéis e irmãs psicopatas.

CAPÍTULO 28

Leilani promete que vai ficar mais de olho na Rosa e na Seimone. Ela tem certeza de que Suzette, a babá, também vai. Isso se Leilani conseguir convencê-la de que tem alguma coisa errada com Rosa.
Não vou contar com isso.
Volto para a academia. Os parentais me mandam uma mensagem para saber se eu vou jantar com eles. Seimone estará lá em casa. Ela vai dormir lá hoje. Digo para eles que não, porque vou fazer *sparring* às sete.
Sally diz "ok" por mensagem, mas não sei se ela acha que está ok mesmo.
Dessa vez, consigo esquecer Rosa, e fico absorto no treino, refazendo séries de golpes defensivos, *katas*, e batendo nos sacos de pancadas.
Sojourner não aparece em nenhuma das aulas. Eu sei que ela está em época de provas, mas eu tinha esperanças de vê-la. Estava contando com isso.
Georgie finalmente me manda uma mensagem. Entre uma aula e outra, conto para ela um pouco do que Rosa disse. Agora não parece tão urgente. Falar com Leilani fez com que eu sentisse que vai ficar tudo bem. Que nós podemos lidar com Rosa.
Georgie está lendo um livro sobre psicopatas no ambiente de trabalho.
Eles estão por todos os lados. É uma pena que você não possa denunciar a Rosa para um setor de RH.
Engraçadinha.
Ainda hei de ler um livro que me diga como lidar com um psicopata na sua família quando a sua família não acredita em você.
A Sojourner chega 15 minutos depois de o *sparring* começado. A Dido está me ensinando como não indicar para o meu oponente que vou dar um gancho, e mais uma outra coisa que não consigo ouvir porque estou observando a Sojourner entrar, sentar no tatame e colocar as bandagens.
Dido passa a mão espalmada na frente do meu rosto.

— Está bem — digo, e volto minha atenção para ela.

— Não está, não — comenta minha treinadora. — Você não está conseguindo prestar atenção em nada. Vou treinar alguém que consiga.

Ela se vira para a próxima dupla que vai fazer *sparring*.

Vou me sentar ao lado de Sojourner.

— Você estava treinando contra quem? — pergunta ela.

— Acho que o nome dela é Tina, talvez? — respondo e aponto.

— Tanya. E aí, como foi?

— Tudo bem. Tenho que parar de me mover em linha reta.

— Mantenha as mãos e os ombros retraídos, e o queixo, para baixo.

— Preciso parar de indicar para o oponente os golpes que vou dar. Especialmente meu gancho de esquerda. Fora isso, fui bem.

— Tudo isso vai para o espaço numa luta de verdade. A questão principal é: você conseguiu acertar algum golpe? Mais do que recebeu?

— Acho que terminamos empatados. Cadê a Jaime? — pergunto, mas fico feliz por ela não estar aqui, por estarmos só eu e Sojourner. — Estudando?

— Ha! Aquela lá? Estudando? Nada disso. Ela está com Elon, mas jura que não é um encontro. Eu acho que ela queria que fosse um encontro.

Tanto quanto eu queria que isso aqui fosse um encontro nosso.

Caminhamos para casa juntos, lado a lado. Um casal passa por nós, e nos aproximamos um do outro. As costas de uma das minhas mãos roça a dela. A temperatura aqui fora está fresca, mas a minha mão está quente.

— Estou morta de fome — comenta Sojourner. Ela me pega pela mão e me guia até uma pizzaria. Tem um guichê na lateral da pizzaria onde as pessoas pedem pizzas para viagem. Ela solta a minha mão. Queria que ela não tivesse feito isso.

— Você não tinha que estudar?

Sojourner estuda numa escola pública. Eles vão ter aulas e provas por cerca de mais uma semana.

— Tenho. Só vou comprar duas fatias. Podemos comer caminhando. Você é meu convidado.

Vamos até o guichê e ela compra dois pedaços — fatias — de pizza. Custam apenas dois dólares. Mesmo que eu quisesse pagar, não poderia. Eles só aceitam dinheiro.

As fatias são entregues em pratos de papel com um monte de guardanapos. Elas estão pelando, e a gordura está começando a encharcar os pratos.

— Pepperoni. Sempre compro qualquer sabor que tenha acabado de sair do forno.

— Boa escolha — digo, enquanto mordo um pedaço e quase queimo o céu da boca. Fico balançando a mão na frente da boca em vão. Sojourner ri baixinho.

Devoramos a pizza. É puro sal e óleo, mas eu não ligo. O sabor é incrível.

— Tem gordura no seu queixo. — Jogo fora o prato de papel e limpo o queixo dela com um guardanapo.

— Seus pais te perdoaram? Por você fazer *sparring*?

Estamos quase na casa dela. Não tenho certeza do que dizer. Não quero falar sobre os parentais. Quero falar sobre Sojourner. Quero beijá-la.

— Gosto de você. — Minhas bochechas esquentam.

— É — responde ela.

Meu Deus. Ela não respondeu *Também gosto de você*. Respondeu apenas *é*. Ela sequer está olhando para mim.

— Eu sei que você disse que não podia sair comigo.

— Eu disse. Chegamos — diz ela.

Estamos de frente para a porta do apartamento dela.

— Eu tenho que ir estudar.

— Certo — respondo. Pego a mão dela. — Boa noite.

— Boa noite. — Ela se despede, mas não solta a minha mão.

— Me desculpe por não acreditar...

A Sojourner estende o indicador à frente dos lábios e faz:

— Shh.

Engulo em seco.

Ficamos cara a cara, segurando as mãos e olhando um nos olhos do outro. Eu me aproximo. E me inclino. Meus lábios estão próximos dos dela. O ar entre nós parece pesado, carregado dos nossos hálitos.

Com apenas um movimento minha boca ficaria contra a dela.

— Posso...

Sojourner me beija. Seus lábios tocam os meus, depois nossas bocas se abrem, e nossas línguas tocam uma na outra. Nós nos abraçamos, e meus dedos deslizam para a nuca dela, e as mãos dela deslizam pelas minhas omoplatas.

Uma uivada mais alta do que uma sirene nos separa.

— Arrumem um quarto logo!

— Indecentes.

Dois homens, não muito mais velhos do que nós, passam próximo demais, quase esbarrando na gente.

— Se você quiser um homem de verdade, me avisa.

— Babacas. — Sojourner me agarra pelo braço.

— Eu não ia atrás deles — digo. — Você não precisa me segurar. Eu passo longe das brigas.

— Eu estava *me* segurando. — Ela ri. — Estava prestes a dar uma surra neles. E aí você teria de me dar cobertura.

— É verdade. Mas sei que você não gosta de lutar fora do ringue. Eu estava contando com isso.

Ela volta a pegar a minha mão, e meu coração acelera de novo, como antes de fazer *sparring*. Estamos caminhando em direção ao Tompkins Square Park.

— Você é engraçado — comenta ela. — E tem um gosto bom.

— Eu...

— Shh. Não quero pensar nos motivos pelos quais não deveríamos fazer isso. Vamos procurar o banco menos iluminado.

É o que fazemos, nos sentamos num banco sob um poste queimado, e nossas bocas se encontram.

Estamos ofegantes. Estou cheio de desejo. Sojourner é tudo o que eu consigo cheirar, e sentir, e saborear. Ela apalpa debaixo da minha camisa, e passa a mão pela minha barriga lisa. Gemo.

— Para — diz ela, resfolegando. A boca dela está contra a minha, e ela não tira a mão da minha barriga. — A gente devia parar.

— A gente devia — respondo enquanto volto a beijá-la, tentando diminuir o ritmo.

Ela me devolve o beijo. Aumentamos o ritmo de novo. Beijando com mais intensidade, minha mão desliza até a nuca dela. Ela volta a se afastar, me olhando e arfando. E então desliza a mão sob a minha camisa até o meu mamilo esquerdo. Solto um gemido. Ela me beija de novo.

— Temos — diz ela entre beijos — que — outro beijo — parar.

Não paramos.

Ela está com uma das mãos no meu peito, e com a outra logo acima do elástico da cintura da minha calça de moletom.

— Porra — sussurro.

— Você falou palavrão — comenta Sojourner rindo, e tira a mão que estava sob a minha camisa. — É a primeira vez que você fala desde que eu te pedi para não falar.

— Meu Deus, Sojourner.

— E agora, você blasfemou.

— Eu só tenho palavras que não posso dizer na minha mente.

Ela sorri, e isso me dá um calafrio tão grande quanto as mãos dela tocando minha pele. Quero pedir a ela para voltar para casa comigo, para passar a noite no meu quarto.

Os parentais não vão se importar e, caso se importem, vão agir como se não se importassem. Já conversamos sobre sexo. Eles já me deram livros sobre o assunto. Eles deixaram claro que, quando eu começar a transar, eles preferem que eu faça isso num lugar seguro, como o meu quarto, e que *eu pense no prazer da minha parceira, e não apenas no meu* — palavras da Sally —, e que eu use camisinha.

— Eu nunca... — começo.

— Beijou uma garota? — Sojourner termina a frase para mim.

— Meu Deus. Eu beijo tão mal assim?

— Blasfêmia de novo. — Ela sorri. — Eu estava brincando. — Ela se inclina para a frente e me beija de novo. — Não estaríamos neste banco se eu não gostasse de te beijar.

— Certo — respondo. — Na verdade, eu beijo bem pra caramba, é o que eu acho que você quer dizer. Tive bastante prática.

— Que modesto da sua parte.

— Muito. Já beijei, beijei, beijei, beijei e beijei, e nunca fiz nada além disso.

— Nada mais?

Balanço a cabeça.

— Você nunca beijou a nuca de uma garota?

— Engraçadinha — falo enquanto me inclino para beijar a nuca dela, o que leva a mais beijos, e arfadas e sangue correndo rápido nas veias. Me afasto.

— Você já... — Pouso a minha mão delicadamente na boca dela.

— Você está sendo malvada. Você já transou?

Ela concorda com a cabeça.

— Com aquele cara que encontramos no outro dia? O seu ex?

— Sim.

— Então você não é daquelas religiosas que só transa depois do casamento?

— Che, você prestou atenção nos sermões? — Sojourner se empertiga. — Lembra quando você estava comigo na igreja, e havia todas aquelas pessoas, inclusive a minha mãe, falando lá na frente pra todo mundo? Você prestou atenção em alguma coisa?

— Sinceramente? Não. Fiquei pensando como a sua coxa estava próxima da minha, como era maravilhosa a sensação de pegar na sua mão, como nossas bocas ficavam próximas toda vez que eu me virava para falar com você. Não ouvi uma palavra do que foi dito.

— Então você perdeu uma crítica excelente à cultura puritana. — Ela ri. — Sexo não é pecado. Sexo é amor. Pecado é não fazer sexo; pecado é fazer sexo *sem* amor, e isso pode acontecer caso as pessoas estejam casadas ou não. Acabei de citar a pregação em que você não prestou atenção.

Estou olhando fixamente para ela de novo. Ela falou as palavras *sexo* e *amor*. Minha boca ficou seca.

— Você realmente nunca transou?

— Não.

— Ha! Que doido. Aqui estou eu, uma simpática garota cristã, e eu não sou virgem. E eis aqui você, um ateu, e virgem.

Estou prestes a começar o meu discurso sobre como ser ateu não quer dizer nada sobre a pessoa além de que ela não acredita em Deus, mas me detenho.

— Os ateus têm que ser promíscuos? Que droga, fracassei então.

— Eu acho fofo. Você é fofo, Che.

— Fofo não é legal, né? Que tal *gostoso* em vez disso? Você não pode dizer que me acha gostoso em vez de fofo?

— Você quer que eu diga que você é gostoso?

Concordo com a cabeça.

— Eu acho que você é gostosa, e passamos os últimos... — Olho para o meu relógio. — Merda. Mais de uma hora nos agarrando.

— Você é gostoso, Che. Você fala palavrões demais, e vai para o inferno quando morrer, mas seus beijos são gostosos. — Ela bota a mão na cintura da minha calça de moletom, e começa a tamborilar os dedos para cima. — Sua barriga é gostosa. Seu peito é gostoso. A linha do seu pescoço é gostosa. — Ela aperta os lábios contra os meus de novo. — Beijar você é gostoso.

Nós nos beijamos intensa e apaixonadamente, e depois ela se afasta.

— Mas tenho de voltar para casa. Nós dois temos que voltar para casa.

Ela se levanta. Puxo a minha camiseta para baixo, para que ela cubra a minha virilha. Sojourner dá um sorriso maroto.

— Sojourner, vamos para minha casa.

— Adoro o modo como você fala o meu nome. Ninguém mais pronuncia ele como você. Gosto que você não me chame de Sid.

— Isso foi um sim?

— Isso foi um *eu não sei*. Você é ateu. Eu não sei quais seriam as repercussões de namorar você. Preciso voltar para casa e pensar, dormir e estudar... Tenho provas e uma luta em breve, e sim, eu não sei o que estamos fazendo, mas eu gosto disso. Você é diferente dos outros.

— Você também. — Balanço minha cabeça para clarear as ideias.

Ela estende a mão e faz um carinho na minha bochecha. O toque me provoca uma sensação que percorre o meu corpo até chegar ao meu pau.

— Boa noite, Che.

Volto a balançar a cabeça.

— Vou levar você até a porta de casa. De novo.

— Ok — responde Sojourner enquanto segura minha mão e se inclina na minha direção. — Posso suportar isso de novo.

CAPÍTULO 29

Não consigo dormir. Meu cérebro não consegue parar de pensar em Sojourner, e fica reprisando nosso beijos no parque. A sensação da mão dela na minha cintura. Bato uma punheta. Mesmo assim, não consigo dormir.

Eu me limpo e ligo para Georgie por vídeo.

O cabelo dela está mais curto ainda do que na última vez que a vi, com as laterais da cabeça raspadas. Ela parece feliz. Conto para ela sobre Sojourner e sobre Rosa. Mais sobre Sojourner. Georgie me fala dela e de Nazeem, e não consegue não sorrir o tempo todo. Ela ficou feliz por eu ter contado a Leilani sobre Rosa. E me diz para aproveitar o que quer que seja que exista entre mim e Sojourner, e para eu parar de me preocupar se vamos namorar ou não. Ela tem razão.

Finalmente fico com sono. Me despeço e me arrasto até a cama. Estou prestes a me cobrir quando escuto risadinhas vindo do quarto de Rosa.

Bato na porta dela. Ouço mais risadinhas, e o barulho de uma arrumação às pressas.

Rosa abre a porta e boceja. Seimone está debaixo das cobertas fingindo que dorme, mas a boca dela está tremendo. Esqueci que ela ia dormir aqui.

— Já passam das três da manhã. Parem de fazer tanto barulho.

— Desculpe — responde Rosa enquanto solta risinhos altos e forçados. — Seimone estava fazendo graça.

— Pare de gracinhas, Seimone.

Seimone se senta com um sorrio largo no rosto. Os olhos delas estão marejados por conta das risadas reprimidas.

— Vou tentar.

— Boa noite, meninas — falo enquanto Rosa volta para a cama.

— Boa noite, Che — respondem elas em coro. Elas parecem duas amigas inocentes dormindo no mesmo quarto.

Fecho a porta e vou para cama. Em poucos minutos, estou dormindo.

Acordo depois das nove da manhã. Fico deitado na cama por alguns instantes pensando na boca de Sojourner.

Ouço Rosa rir. Uma risada sincera, percebo. O tipo de risada que ela não quer que ninguém escute. Depois ela para de rir de repente. Visto minha calça de moletom e corro para o andar de baixo.

Seimone está desmaiada sobre a bancada em ilha da cozinha, com a cara virada para um lado, o nariz escorrendo, e os olhos fechados de tão inchados. Ela está ficando roxa, com pouco oxigênio no sangue. Rosa está de pé ao lado dela encarando a cena e segurando um injetor de adrenalina.

Agarro o injetor da mão dela. A tampa já foi removida. Espeto a coxa da Seimone por sobre a calça dela, e mantenho a aplicação e conto até dez, na esperança de estar agindo corretamente, na esperança de não ter acertado uma veia. Retiro o injetor, coloco-o sobre a bancada e esfrego o ponto da perna dela em que dei a injeção.

Ela começa a abrir os olhos. Eles estão inchados demais para que ela os abra por completo. Ela solta uma respiração pesada e depois começa a tossir, botando as mãos no peito.

Todos nós vimos o vídeo. Ensaiamos usando o injetor num manequim. Os McBrunight não deixam Seimone sair com pessoas que não sabem usá-lo.

Rosa já não está mais rindo; agora ela está gritando.

Seimone precisa de ajuda médica. Pego o telefone e começo a digitar o número errado. Depois me dou conta de que não estou mais na Austrália e disco 911.

— Qual é a natureza da sua emergência?

— Ela está tendo um choque anafilático. Já usei o injetor. Sim. Ela está respirando.

Sally e David saem do escritório.

— O que está...? — começa Sally, correndo até a Seimone.

David segura Rosa entre os braços.

Eu continuo a responder às perguntas da telefonista, e confirmo o nosso endereço.

Sally está segurando Seimone no colo e dizendo para ela que vai ficar tudo bem. Seimone concorda com a cabeça.

— Estou bem — diz ela. — É como se nada tivesse acontecido.

Ela não parece nada bem. Seu rosto está esquelético, vermelho, e os olhos, inchados. Ela está toda coberta de suor. Mas sorri para Rosa.

David solta Rosa, pega o telefone e liga para os McBrunight. Rosa abraça Seimone, que devolve o abraço com um braço só.

Minha irmã quase matou alguém.

Na bancada em ilha, há dois copos com uma gororoba nojenta, e o liquidificador está na pia. Rosa deve ter colocado manteiga de amendoim na bebida. Ela disse que só mataria alguém *se tivesse certeza de que poderia sair impune.*

Rosa permaneceu parada olhando enquanto Seimone ficava inconsciente por causa de sua reação alérgica. Ela ficou parada segurando injetor e rindo.

Quando a ambulância vai embora levando Seimone e Sally, Rosa começa a chorar e sobe correndo para o seu quarto. David vai atrás dela.

Mando uma mensagem para Leilani:

Seimone já está consciente e falando. E a pele dela já tá com a cor normal.

Meu coração está batendo rápido demais. Vou até as janelas e olho para a avenida abaixo. Dá para ouvir as sirenes. Alguma outra emergência. A ambulância que levou Seimone não ligou a sirene.

— Rosa quer falar com você, Che — diz David. — Ela está muito chateada. — Ele me abraça. — Obrigado pelo que você fez. Estamos orgulhosos de você. Graças a Deus existem esses injetores, né?

Concordo com a cabeça. Não consigo acreditar no que Rosa fez. Olho para o liquidificador na pia. A gororoba restante e o seu tom de marrom.

Não estou com vontade de conversar com Rosa. Mas David está esperando que eu suba até o quarto da minha irmã para consolá-la.

— Ela está precisando de você — diz ele.

Como ele pode não ter se tocado?

Subo as escadas. O que vou dizer?

— **ELA NÃO MORREU** — diz Rosa enquanto fecho a porta atrás de mim. Meu telefone está no meu bolso com o gravador ligado. — Eu estava prestes a usar o injetor.

Ela está sentada na cama de pernas cruzadas, e não há sinais de lágrimas nas suas bochechas. Sento na cadeira da escrivaninha dela e me viro para encará-la.

— Não foi culpa minha. — Ela soa como se estivesse falando do último biscoito do pacote comido por alguém. Não como se uma menina de 11 anos tivesse quase morrido.

A raiva que nasce em mim é tão intensa que tenho que fechar os olhos e botar as mãos nas minhas costas.

Queria que Rosa estivesse morta.

Desejo isso como nunca antes. Se ela estivesse morta, Seimone não teria quase morrido. Quem sabe do que mais o mundo estaria a salvo.

Minhas mãos tremem. Eu me concentro em desacelerar minha respiração, em não deixar a raiva me dominar.

Se eu abrir a boca, tudo o que já pensei sobre Rosa — que ela é toda errada, que ela é má, que ela é a merda do demônio — vai ser desabafado.

Agora eu posso falar abertamente com os parentais. Essa foi a gota d'água. Eles sabem o que aconteceu. Posso sentar com Sally e David e contar a eles tudo o que Rosa fez, e obrigá-los a me darem ouvidos.

— Não foi um acidente — diz Rosa.

— É claro que não! Por que você fez isso?

— É segredo. Não posso contar. Eu prometi.

— Segredo?

— Seimone está bem — assegura Rosa. — Foi ela mesma quem disse. Foi como se nada tivesse acontecido.

Meu coração está batendo rápido demais. Não ouso abrir os olhos.

— Seimone me disse que já quase morreu duas vezes. Mas quando ela era menor. Ela não lembra.

Se eu abrir a minha boca, vou soltar um grito. Quando me acalmar, vou começar do princípio, perguntando o que aconteceu. Depois, conto tudo para Sally e David.

— O que aconteceu?

— Tinha manteiga de amendoim na nossa bebida.

— E como ela foi parar lá?

Rosa dá de ombros.

— Eu estava prestes a usar aquele troço, o injetor.

Abro os olhos. Rosa não parece nada preocupada.

— Você estava simplesmente parada de pé ali.

— Você arrancou o injetor da minha mão quando eu ia aplicar nela.

— Não sorria. — Ela morde os lábios.

— Eu ia salvar ela.

— Mas não salvou.

— Porque você tirou o injetor da minha mão.

— Não minta, Rosa. Você estava parada sem fazer nada. Por que você não ajudou ela? Você poderia ter feito alguma coisa. Você assistiu ao vídeo. Todos assistimos. Você aprendeu a usar o injetor.

— Eu *ia* usar. Já te disse.

— Você riu!

Sinto que o tom da minha voz está subindo. Tenho que me acalmar.

— Foi engraçado.

Fecho os punhos. Por um segundo imagino o meu cruzado direito quebrando o nariz de Rosa. Pisco e me obrigo a abrir os olhos. Tento pensar em como ela era quando era bebê. Os dedinhos envolvendo o meu polegar.

— No começo, ela só estava tossindo. Mas depois o rosto dela começou a ficar vermelho, e ela estava agarrando a própria garganta, e a boca dela estava inchando. Foi tudo muito rápido. Como se fossem balões. Eu não sabia que o corpo podia inchar tão rápido. Fiquei curiosa para ver como era. Depois os olhos dela começaram a ficar saltados. Você reparou? Eles estavam saltando para fora do rosto dela. Quando você chegou lá embaixo, ela estava ficando roxa. Roxa! Isso além dos olhos saltados e dos lábios inchados. Foi engraçado, então eu ri. Posso rir e ajudar a ela ao mesmo tempo.

Volto a fechar os olhos. Foco na minha respiração.

— Você está ficando vermelho agora. E isso é meio engraçado também.

— Não tem graça nenhuma. — Abro os olhos. — Você sabia que não deveria estar rindo. Você colocou a mão na boca para que ninguém ouvisse.

— Eu sei que não devemos rir quando alguém está ficando todo inchado. Estava tentando parecer normal.

— Deixando que ela morresse.

— Eu não queria que Seimone morresse. Ela é minha amiga. Ela não morreu.

— Se dependesse de você...

— Eu estava prestes a usar o injetor. Você me impediu!

— Pare de mentir.

— Não estou mentindo — diz Rosa. — Você sabe que eu gosto de ver coisas novas.

Volto a fechar os punhos. O que posso dizer depois desse comentário? E se eu der uma boa sacudida nela? Será que assim ela vai entender o que fez de errado? Será que com isso eu conseguiria injetar empatia no cérebro dela?

— A morte é interessante.

— A morte *não* é interessante. Quando as pessoas estão em perigo, você deve ajudá-las. Você quer se passar por uma pessoa normal? Ajudar é o que as pessoas normais fazem!

— Eu estava *tentando*. Eu já te disse. Mas e se ajudar alguém significar que vou me machucar? Devo ajudar mesmo assim?

— Como você ia se machucar ajudando Seimone?

— A princípio, ela meio que estava se debatendo. Ela poderia ter me batido sem querer. Por isso eu esperei.

Calma, tenho que ter calma.

— Teria sido interessante se ela tivesse morrido. Nunca vi ninguém morrer. Será que as pessoas morrem da mesma maneira que os porquinhos-da-índia?

— Ela é sua amiga. E não o seu porquinho-da-índia — digo. — Você não ia sentir saudades dela?

— Sim. Seimone é muito útil. Ela está me ensinando a agir como uma garota normal. Eu ia sentir saudades dela. Eu poderia tentar fazer amizade com a Maya.

— Maya não gosta de você.

— Eu faria com que ela gostasse de mim. Sou boa nisso. Eu decidi que Seimone ia gostar de mim. Pesquisei sobre todas as coisas de que ela gostava. Pode me perguntar qualquer coisa sobre música pop coreana.

— Não é assim que as amizades funcionam.

— É assim que elas funcionam para mim. — O sorriso sinistro volta ao rosto dela. — Fico feliz em poder te falar essas coisas, Che. Gosto de poder falar pra você o que penso.

E eu odeio ter de ouvir.

— Essa foi a sua oportunidade de matar e sair impune? Era nisso que você estava pensando?

— Ah, não. Não quero que Seimone morra. Ela é minha amiga.

Você continua repetindo isso. Repetir não torna isso verdade.

— Você tem que prometer que vai fazer o possível para ajudar caso alguma coisa desse tipo volte a acontecer. Você não vai ficar parada olhando.

— Mas eu *tentei* ajudar. — Rosa balança a cabeça. — Mas *você* não acredita em mim. Acho que já fiz muitas promessas. Não quebrei nenhuma delas. Prometi que não mataria ninguém, e não matei. Chega de promessas.

Fico encarando Rosa.

— Eu com certeza quero dirigir uma ambulância quando crescer — comenta ela. — As emergências são muito empolgantes.

CAPÍTULO 30

Marcho em direção ao escritório dos parentais e bato na porta com força.

Minhas mãos estão suando. Meu coração está batendo tão forte que parece que estou fazendo *sparring*.

— Pode entrar — diz David.

Abro a porta e entro no escritório deles. David está no computador concentrado em digitar alguma coisa. Ele não levanta a cabeça.

— Sally deu alguma notícia? — Ele digita um pouco mais, e depois vira a cadeira na minha direção e faz que sim com a cabeça.

— Eles examinaram Seimone, e disseram que ela está bem. Graças a você, Che. Estamos muito orgulhosos.

Ele se levanta, me abraça meio sem graça com um braço só, e depois volta a se sentar.

— Ela tem de ficar de repouso no hospital por mais algumas horas. O médico dela irá até lá examiná-la também.

Meu telefone toca no meu bolso. Coloco ele no mudo sem ver quem era.

— Você queria falar sobre mais alguma coisa? — Enquanto olha para mim, David volta a girar a cadeira na direção do computador.

— Sim.

Eu me sento no sofá, perto da janela. Depois, me levanto de novo e paro ao lado da janela.

— O que há de errado? — pergunta David, mas ele está olhando para a tela do computador, lendo, sem prestar atenção em mim. Ele volta a digitar.

— Minha irmã é um monstro — digo. Isso faz com que eu me sinta pesado, como se minha alma tivesse abandonado o meu corpo.

— Aham — responde David enquanto digita.

— Minha irmã é um monstro — repito, dessa vez mais alto.

— O que você disse?

— Ela é... — começo a divagar. — Ela colocou manteiga de amendoim naquela bebida que elas prepararam. Acho que ela tentou matar Seimone.

Agora, David já não está olhando para o computador.

— A Rosa. Ela não é neurotípica. Sei que você não quer ouvir isso. Ela sofre de transtorno de personalidade antissocial.

Conto para ele sobre o porquinho-da-índia da Apinya, sobre o passaporte. Conto para ele mais coisas horríveis que Rosa disse.

Ele está na cadeira inclinado para a frente, me observando com a mesma atenção que Rosa. David nem pisca. Continuo a falar, e ele não me interrompe.

— Ela só se importa em conseguir o que quer. Não sei como impedi-la, e algum dia ela vai acabar matando alguém. Não sei o que fazer...

Minha garganta dói. Meu cérebro. Meu coração também. Meus olhos ardem. Não consigo dizer mais nenhuma palavra. Começo a chorar. Seco os olhos.

Estou furioso. Com Rosa, com os meus olhos que não funcionam direito, com David, com Sally.

Solto um grito. As lágrimas escorrem pelo meu rosto. Estou tremendo e gritando.

Então, David me segura e me abraça. Ele começa a me consolar. Funciona.

Nós nos sentamos no sofá, com David olhando para mim e franzindo o cenho. Eu me sinto vazio. Ele ainda não disse nada. Não faço ideia do que ele está pensando.

David enche um copo de água e me dá.

Uma partícula de poeira cai na água e flutua na superfície. É provavelmente pele morta, mas bebo mesmo assim. Dói quando eu engulo.

— Quando... — Finalmente David começa a falar, e depois fica olhando para as próprias unhas. As cutículas estão horríveis. Quando elas ficaram assim? David sempre cuida das mãos para que elas fiquem perfeitas. É uma das muitas qualidades dele de que Sally zomba.

— Quando o quê?

— Há quanto tempo você pensa — pergunta ele — isso sobre a Rosa?

Merda. Ele não acredita em mim.

Eu me afundo no sofá e seco os olhos. Minha garganta arde. Desabafei. Não sei se consigo dizer uma palavra mais.

— Você está cansado — observa David. — Podemos conversar sobre isso mais tarde.

Balanço a cabeça. Temos de falar sobre isso *agora*. Ou falamos disso agora ou... Eu não sei... Ou vou gritar de novo, e só vou parar quando enfrentarmos o problema que é Rosa.

— Você não acredita em mim. — Minha voz não sai tão áspera quanto eu esperava.

— É claro que eu acredito. — A voz dele soa segura. — Sempre acredito em você, Che.

— Mas você nem sempre presta atenção no que eu digo.

Ele espalma as mãos como quem diz *você tem razão*.

— Há quanto tempo você acha que tem algo de errado com ela?

— Há mais tempo do que eu estou tentando fazer com que vocês me deem ouvidos. Mas foi o caso do porquinho-da-índia que me deu certeza, e agora isso. Ela quase matou a Seimone! Você acredita em mim?

David mexe a cabeça de leve como se dissesse que sim. Eu acho. Mas talvez ele só tenha mexido a cabeça.

— Comecei a escrever num diário todas as coisas estranhas que ela fazia. Para ver se era só imaginação minha. Depois, ela começou a trocar confidências comigo. Ela sabia que eu sabia.

Este monólogo está me deixando cansado.

— Lembra quando ela ficava matando insetos? Quando vocês levaram ela ao médico? Naquela época eu fiz com que ela prometesse que não ia matar. Por isso ela parou. Até que ela encontrou uma brecha: a Apinya e o porquinho-da-índia dela, e agora a alergia de Seimone. Rosa estava rindo, David. Nas duas ocasiões. *Rindo*.

David está me olhando com uma cara de cientista entediado. Será que ele está em choque?

— Sei que isso é difícil de aceitar. Eu não queria acreditar nisso também.

Ele me abraça de novo, com um braço só. Fico feliz.

— Você acredita em mim?

Ele mexe a cabeça de novo. Um movimento ambíguo.

— Quando Sally vai voltar pra casa?

— Lisimaya ficou muito abalada. Sally vai ficar com ela o tempo que for preciso.

— Está bem — concordo com a cabeça. — Acho que podemos continuar a discutir esse assunto quando Sally voltar.

— Talvez amanhã — diz David, mas seu tom de voz parece dizer *talvez nunca*.

— Você não acredita em mim, não é?

Volto a chorar. Que perda de tempo.

— Eu acredito em você — assegura David. — Sei disso sobre Rosa. Sei há muito tempo.

— E Sally? — Perco completamente o fôlego. — Sally sabe? — Tenho tanta esperança que sim que sinto meu corpo arder.

Ele balança a cabeça. O movimento agora é bem claro.

— Não sabe de nada?

— Nós conversamos sobre Rosa. Mas Sally nunca falou nada que me fizesse crer que ela suspeita que haja algo de errado com Rosa além de ela ter dificuldades para socializar. — Ele balança a cabeça de novo. — Ela já disse muitas coisas que me indicaram que ela simplesmente não *quer* saber disso.

— Mas você acredita em mim.

— Acredito. Rosa não é normal.

A tontura que eu sinto é de alívio. *David sabe.*

— Já tentei falar sobre isso com Sally. Mas ela não me dá ouvidos. Ela só fala de como Rosa é criança ainda. Você já ouviu ela falar isso.

Eu com certeza já ouvi.

— Depois ela muda de assunto. E então eu fico de olho na Rosa. Converso com ela. Tenho feito a mesma coisa que você.

Quando? Tenho vontade de perguntar para ele. *Como eu nunca vi você fazendo isso?*

— Você tem conversado com Rosa sobre como ela é?

David concorda com a cabeça. *Como eu não sabia disso?*

— Temos que contar para Sally.

— Você pode tentar — responde David. — Você *já* tentou. Ela te deu ouvidos?

— Mas Rosa quase matou Seimone.

— Ela *quase* deixou Seimone morrer. Você mesmo disse: a Rosa cumpre as promessas que faz. Ela nunca matou algo maior do que...
— Um porquinho-da-índia.
— Certo.
— Acho que temos de contar para a Sally.
— Fique à vontade.
— Ela precisa saber.
— Eu acho que Sally *já* sabe. Ela só não quer admitir. Ela não quer acreditar que há algo de errado com Rosa. Ela...
— O quê?
— Queria muito uma filha. Ela esperava que você fosse menina. Ela te ama, Che, mas ela sempre quis ter uma filha. Depois veio Rosa, e Rosa não era como ela esperava. Sally ama você mais do que ama a Rosa. Você é mais parecido com ela do que a Rosa, mas ela não admite isso para si mesma. Ela não consegue admitir que Rosa seja como é. Em grande parte, acho que ela não consegue porque Rosa é menina. Para Sally, os homens são violentos... como eu era. E as mulheres, não.
— Ela detesta que eu lute boxe.

David assente.

— Porque isso faz ela se lembrar de como eu era. Eu já tentei conversar com Sally sobre Rosa, Che. Ela não quer nem *pensar* no assunto. E Sally gosta de conversar sobre *qualquer assunto*.

É verdade. Sally é uma comunicadora incansável, *exceto* quando o assunto é Rosa.

— Ela não está preparada. Ela não consegue acreditar nas provas diante dos olhos dela.

Eu também achei que não estava preparado, ou que algum dia estaria preparado para lidar com o que Rosa é; ainda assim, de algum modo eu consigo lidar.

— Por que temos de dar tempo para Sally se preparar? Eu enfrentei isso sozinho. E ela é décadas mais velha do que eu.

— Você já nasceu velho, Che.

Tenho um desejo fortíssimo de socá-lo.

— Você contou aos McBrunight sobre Rosa?

David balança a cabeça.

Eu não deveria me surpreender, mas me surpreendo.

— Seimone não está segura. Maya não está segura. Leilani não está segura. Rosa disse que queria que Maya e Leilani morressem. Elas precisam saber.

— Ela não vai matar ninguém.

— Como você pode ter tanta certeza assim?

— Porque ela sabe quais são as consequências. Ela não é burra.

— Não é mesmo. Mas é impulsiva.

— Não como ela costumava ser. Rosa está melhorando.

— Você acredita mesmo nisso?

— Sim. Além do mais, contar para qualquer outra pessoa pode ser desastroso, Che. Pode destruir a nossa família.

O telefone dele toca:

— É Sally.

Pego o meu telefone. Várias mensagens, mas a bateria está terminando. Percebo que o gravador ficou ligado esse tempo todo. Desligo o gravador e vou checar as mensagens.

Da Leilani:

Foi a Rosa quem fez isso, né? Seimone está dizendo que ela mesma queria ver o que ia acontecer. E que ela fez a Rosa prometer que ia usar o injetor. Minha mãe está furiosa. Sally e meu pai estão tentando acalmá-la. Seimone não para de chorar. Ela nunca teria feito uma coisa dessas antes de conhecer a Rosa.

— Bem — digo depois que David termina de falar com Sally —, Leilani está dizendo que Seimone falou que a ideia foi dela própria. — Leio a mensagem em voz alta.

— Sally disse a mesma coisa.

Eu me levanto e caminho até a janela. David sabia. Rosa sabia que David sabia. Nenhum dos dois me disse nada. Os dois estão mentindo para mim há anos.

Preciso não estar aqui.

— Vou dar uma corrida.

Abro a porta. Dou de cara com Rosa. Ela nem finge que não estava escutando tudo.

Ela olha de David para mim, e depois de volta para David.

— Eu te falei que não fiz nada de errado. A ideia foi da Seimone. Ela queria ver o que ia acontecer.

— Por que você não disse isso antes? — pergunto.

— Ela me fez prometer que eu não contaria. Mas agora você já sabe. Eu nem encostei na manteiga de amendoim, foi Seimone que fez. Sabe, é que ela nunca tinha provado. Não que ela lembre. Assistimos ao vídeo outras três vezes para que eu não me atrapalhasse na hora de usar o injetor. Eu acho que Seimone estava torcendo para que nada acontecesse. Ela não gosta de ser alérgica. Ainda bem que eu não sou.

— Mas você *não* usou o injetor! — Era o que eu queria dizer, e não gritar. David levanta a mão.

— Eu já te disse: eu *ia* usar, mas você tomou ele da minha mão. Não tive a oportunidade.

Olho para David. Ele está observando Rosa.

— Ainda somos amigas. Você viu, Che. Seimone me abraçou. E também me mandou uma mensagem. — Rosa mostra o telefone. — Seimone se deu conta de que foi uma idiotice da parte dela. Eu falei isso para ela *antes* de ela fazer o que fez. Posso te mostrar a mensagem. Agora ela entende como a alergia dela é grave. Ela aprendeu a lição.

E lá vem ele: o sorriso de Rosa.

— Seimone é a minha melhor amiga. Eu faria qualquer coisa por ela.

— Então você não vai deixar que mais nada desse tipo aconteça de novo, vai? — pergunta David.

Rosa balança a cabeça.

— Você promete?

— Prometo, David. Se uma pessoa estiver em perigo, vou ajudá-la. Assim como você faz.

Ela consegue estampar no rosto uma expressão de sinceridade.

— Nós dois já ouvimos você fazer essa promessa — comento, e é aí que lembro: *David sabe*. Não preciso mais ter essas conversas com Rosa sozinho. Nunca mais vou ter de lidar com ela sozinho.

O telefone de David toca. Enquanto ele atende a ligação, fico encarando Rosa, sem saber o que dizer. Há quanto tempo David sabe sobre ela?

— Ele não vai deixar você contar para os McBrunight. Não por causa de Sally, mas porque isso acabaria com o negócio deles. Aí é que eles vão ficar lisos de verdade.

David está no telefone. Ele não ouviu nada do que ela acabou de dizer.

— Há quanto tempo David sabe sobre você?

— Sabe o quê? — pergunta ela inocentemente.

— Que você não é como ele. Que você é...

— Eu sou exatamente igual ao David — diz ela. — Nenhum de nós é normal. Na nossa família toda. Você, eu, David, Sally. Como Sally diz, nós somos diferentes.

— Seimone está te chamando, Rosa — fala David.

Rosa estende a mão para pegar o telefone, mas David guarda-o no bolso.

— Ela já foi pra casa. Ela quer que você durma lá porque não quer ficar sozinha.

— Mas ela e a outra gêmea não dividem um quarto? — pergunto.

— Não mais — comenta Rosa. — Vou subir e arrumar a mala.

— Você não vê problema nisso? — pergunto para David. Não consigo acreditar que ele ache que está tudo bem.

— Eu e Sally estaremos lá. — David concorda com a cabeça. — Os McBrunight também. Vamos ficar de olho na Rosa e na Seimone. Não quer vir também? Tenho certeza de que Leilani vai gostar de te encontrar.

Balanço a cabeça.

— Ela não estava tentando matar a Seimone, Che.

— Desta vez.

— Eu não acho que Rosa represente um perigo para Seimone. Pelo menos não físico.

— Eu queria poder acreditar nisso.

— Você ouviu ela falar. Seimone é a melhor amiga dela. E ter uma melhor amiga é útil para Rosa. Ela já conversou com você sobre como ela nos acha úteis?

Faço que sim com a cabeça.

— Nós dois estamos de olho nela. Sabemos como ela é. Vai ficar tudo bem, Che.

David me abraça, e deixo o alívio tomar conta de mim. Ter ele do meu lado é uma grande coisa, mesmo que tudo o que eu queira seja deitar, fechar os olhos, e parar de pensar no que aconteceu, parar de ver o rosto de Seimone ficando roxo.

Levo eles até a porta. Rosa está carregando sua mochila. Ela está sorrindo como uma garotinha que vai dormir na casa da melhor amiga. Enquanto me escoro na porta, ela corre até o elevador para apertar o botão.

— Até mais — falo como se fôssemos uma família normal.

— Vai ficar tudo bem. — David se vira para mim. — Nós dois vamos nos certificar de que ela não quebre suas promessas.

CAPÍTULO 31

Verifico meu telefone. Mensagens de Leilani, Georgie e Sojourner.
Sojourner.
O telefone desliga antes que eu consiga ler a mensagem. Acabou a bateria. Conecto o aparelho na tomada da bancada em ilha e começo a pular de um lado para o outro, esperando que a droga do telefone ressuscite.
Quero encontrar Sojourner. A essa hora, ontem, estávamos no parque nos beijando.
O liquidificador ainda está na pia. Não suporto olhar para ele. Viro de costas e olho para o telefone. Está descarregado ainda.
Seimone podia ter morrido bem aqui.
Não acredito que a ideia tenha sido dela. Meu Deus. Rosa tem uma influência muito forte sobre Seimone para ela arriscar morrer apenas para agradá-la.
Tiro o liquidificador da pia, jogo o conteúdo no lixo e coloco ele na máquina de lavar louça. Lavo as mãos, apesar de elas não terem ficado sujas com a gororoba de amendoim. Depois, checo o telefone de novo.
Ele voltou à vida.
A mensagem da Sojourner é:
O que você está fazendo?
Pensando em você.
Quer dar uma corrida?
Quer vir aqui pra casa? Todos saíram.
Minhas mães também saíram.
Você está em casa agora?
Sim.
Venha caminhando pela Ninth Street. Eu te encontro no caminho.
Já estou indo.
Eu também. Estou indo te encontrar.

Tranco a porta do apartamento e desço de escada em vez de pegar o elevador.

Que romântico, Che. Vou desmaiar.

Porque eu sou gostoso.

Bobo.

Não caminho. Corro pela Ninth Street desviando dos outros pedestres, atravessando as avenidas fora do sinal, sem parar até que eu consiga ver Sojourner atravessando o parque. Paro e me sinto um idiota por ter corrido só porque queria muito encontrá-la. Ela para no sinal de trânsito e acena.

Acelero. Ela também. Depois, ficamos um de frente para o outro sorrindo feito idiotas.

E então nos beijamos. Não penso em nada além da sensação da boca dela contra a minha. Ela se afasta.

— Vamos para a minha casa? As minhas mães só vão voltar depois das onze. Você só teria de ir embora daqui a um tempão.

— Os meus só voltam pra casa amanhã.

— Ah — comenta Sojourner enquanto segura minha mão. Caminhamos por Manhattan no sentido oeste, em direção à minha casa. Nossas mãos se encaixam tão perfeitamente quanto os nossos dedos foram feitos para ficarem entrelaçados. Sojourner anda mais rápido. Ela solta minha mão e quase começa a correr.

Depois ela começa a correr e a rir. Meu coração se expande. Vou atrás dela, desviando de uma mulher que passeia com dois chihuahuas, pulando por cima da coleira. Quase esbarro num casal que está de mãos dadas, balançando os braços, como se fossem crianças. Sojourner está na minha frente, e ainda está rindo. Se não tivesse tanta gente na rua, andando devagar, ocupando quase toda a calçada, eu teria alcançado ela.

Ela para em frente ao meu prédio.

— Por que você demorou?

— Por causa dessa gente irritante — respondo enquanto puxo ela e dou outro beijo. Sinto gosto de sal. Sinto o gosto dela.

Eu me afasto para abrir a porta da portaria e cumprimento o porteiro, mas não olho para ele, olho para Sojourner. Estamos de mãos dadas de novo. Puxo ela para dentro do elevador e aperto o botão do meu andar.

Nós nos beijamos de novo, e nos abraçamos, os corpos apertados um contra o outro.

A porta do elevador se abre. Apostamos corrida até a porta do apartamento. Solto a mão dela para pegar as chaves, e me atrapalho para tirar o chaveiro do bolso e abrir a porta, porque estou olhando para Sojourner. Deixo as chaves caírem. Ela me beija. Ficamos encostados contra a porta. As mãos dela estão nos meus ombros, percorrendo as minhas costas por debaixo da camisa; minhas mãos estão na cintura dela, segurando ela firme contra o meu corpo. Posso sentir os seios dela contra o meu peito.

— Vamos entrar — diz ela entre beijos.

— Está bem — respondo enquanto me obrigo a soltá-la.

Sinto meu coração bater no meu ouvido, nas pontas dos dedos. Minha respiração é superficial, rápida demais.

— As chaves.

Inclino o corpo para pegá-las. Faço um esforço para olhar para elas, escolher a certa, enfiá-la na fechadura e destrancar a porta. Entramos tropeçando e fechamos a porta atrás de nós. Fecho a tranca. Devolvo as chaves para o meu bolso.

Sojourner começa a rir de novo.

Ela é linda demais. Fico sem palavras. Toco a maçã do rosto dela. Ela pega minha mão e beija as pontas dos meus dedos.

Gemo.

O sorriso no rosto dela é tudo.

— Vamos lá pra cima.

Ela concorda com a cabeça. Subimos as escadas, dois degraus de cada vez, esbarrando um no outro, tropeçando na porta enquanto entramos no meu quarto. Fecho a porta e não ligo a luz. As persianas estão abertas, e a luz da rua invade o meu quarto.

Ficamos ali de pé, olhando um para o outro e olhando para a minha cama. Minha cama de casal. Desde os 12 anos que durmo em camas de casal, mas nunca com outra pessoa nela além de mim.

Quero encostar em Sojourner de novo, mas não faço isso.

O que eu devo dizer? Vamos transar? Precisamos conversar antes. Eu não quero forçar nada. *Meu Deus do céu*. Não tenho camisinha. Então, está decidido. Estranhamente, a conclusão de que não vamos fazer sexo me deixa mais relaxado.

— Que quarto legal — comenta ela enquanto olha para o pôster do Muhammad Ali, para os nós dos dedos dele.

Ela fecha a mão esquerda em punho. E ergue a mão na altura da dele. Olho para o punho dela, e depois para o do Ali.

— Te faltam algumas cicatrizes.

— É só me dar tempo. — Ela imita uma finta do Ali.

— Quase tão rápida quanto ele — comento e solto um assobio.

— Quase? — rebate ela.

— Quase. — Eu me inclino para beijar cada nó dos dedos do punho fechado dela, e depois olho para cima, na direção do rosto dela. — Você tem um gosto bom.

— Gosto de suor.

— Gosto do *seu* suor.

— Você tem um gosto bom também. — Ela se aproxima e coloca o meu lábio inferior na boca.

Solto outro gemido. Não consigo evitar.

— Posso ficar para dormir. Vou escrever para as minhas mães avisando que vou passar a noite aqui.

Engulo em seco.

— Quero que você passe a noite aqui. — *Quero você*, na verdade. — Mas...

— Mas o quê?

— É que... Eu não tenho, hum, proteção. — Meu Deus, quantos anos eu tenho? Por que não consigo falar *camisinha* em voz alta?

— É claro que tem — responde Sojourner enquanto aponta para as minhas bandagens, que estão perfeitamente enroladas formando uma pilha na cadeira ao lado da minha escrivaninha.

— Engraçadinha.

— Não tem problema. Eu trouxe camisinhas.

— Ah. — Ela trouxe camisinhas. Podemos transar então, se quisermos. Meu coração acelera. Taquicardia. Só de pensar em fazer sexo vou acabar tendo um ataque do coração.

Ela sorri, me beija de leve na bochecha, e espalma as mãos contra o meu peito para me empurrar em direção à cama, até que estou sentado nela, e depois, deitado, com Sojourner em cima de mim.

Ela é tudo o que eu consigo cheirar, tudo o que consigo ver. Meu pau está mais duro do que nunca. Meu coração está batendo mais forte do que jamais bateu.

— Nós não — diz ela beijando meu nariz — precisamos — beijando meu queixo — fazer nada — beijando minha boca — que a gente não queira.

— Eu quero — digo enquanto solto o fôlego. — Você é linda. Você é tão, meu Deus, Sojourner. Eu seria capaz de te venerar. Eu seria capaz de...

— Ser a pessoa que diz mais blasfêmias na Terra — observa ela, mas não fica chateada.

Ela me beija; eu a beijo.

Estamos tirando as roupas um do outro. Os seios dela, estou pegando nos seios de Sojourner. Ela está tocando a minha barriga, com um dos dedos contornando a linha dos meus músculos oblíquos, quando a mão dela passa pelo meu pau.

— Ah.

Estamos caindo um sobre o outro, indo rápido demais, mas não indo rápido o bastante.

Depois estamos de joelhos, cara a cara. Ela é puro vigor e músculos. Os ombros dela parecem esculpidos. Posso ver a linha de cada músculo do manguito rotador dela.

Passo os dedos pelo lábio inferior dela, seu queixo, seu pescoço, seus seios, sua barriga. Com hesitação, toco entre as pernas dela.

Olho para cima. Sojourner faz que sim com a cabeça, depois guia os meus dedos para o ponto em que ela quer que eles estejam e sussurra para mim o que devo fazer. As palavras dela contra o meu ouvido me deixam tonto, espalham calor pelo meu corpo como se meu sangue estivesse em brasa.

Os quadris dela se movem de acordo com os movimentos dos meus dedos dentro dela. Meu pau lateja. Minha cabeça e meu coração também.

Apertamos nossos corpos um contra o outro com mais força, respirando mais rápido, nos beijando. Acelero o ritmo junto com Sojourner, indo mais rápido e mais rápido, pressionando com mais força nos pontos em que ela me indica, e depois, mais rápido, com mais força, mais rápido, mais rápido, e depois...

Ela aperta as coxas com força contra a minha mão e solta um gemido baixo.

— Para — sussurra ela. — Para.

Caímos na cama pingando de suor. Minha mão está um pouco dormente. Dou umas sacudidas nela.

— Hummm... — Sojourner me lança um sorriso largo.

Ficamos deitados ali, a mão dela na minha barriga, a cabeça dela no meu ombro. Estou ouvindo a respiração dela. Na rua, as sirenes gritam, o que me faz perceber que não soou nenhuma sirene desde que eu saí para encontrar Sojourner. Ou, melhor dizendo, eu simplesmente não as ouvi.

Ela se apoia num dos cotovelos para me beijar.

— Que gostinho salgado — comenta ela enquanto rola para fora da cama.

Por um momento, tenho medo de que ela esteja indo embora. Em vez disso, ela bota a mão nos bolsos da calça de moletom e me entrega uma pequena embalagem de papel metalizado.

— Sua vez.

— Não precisamos... — começo a falar, com medo de não conseguir colocar a camisinha direito, ou de ter uma ejaculação precoce.

Olho para a embalagem metalizada na minha mão. Já assisti a vídeos ensinando a fazer isso. Primeiro você deve olhar a validade. É o que faço. A camisinha vai vencer quando eu tiver 20 anos.

— Acabei de comprar — diz Sojourner.

— Claro. — Que idiota.

Aperto a ponta com os dedos de uma mão, desenrolo ela sobre o meu pau com a outra devagar, decidido a não fazer nada de errado. Li em algum lugar que a camisinha pode estourar se ela for desenrolada muito rápido ou do lado do avesso.

Sojourner dá uma risadinha.

Olho para ela.

— Você está superconcentrado. — Ela estreita os olhos e torce os músculos do nariz e da testa. — Que nem durante as aulas, quando Dido te corrige e você faz uma cara de *vou seguir as explicações dela ao pé da letra*. Você está fazendo a mesma cara agora, como se não existisse nada mais no mundo.

Ela se inclina para me beijar.

— É muito fofo.
— Fofo?
— Gostoso. Gostoso demais. — Ela se aproxima. — Muito, muito gostoso.

— E AÍ, estamos juntos então? — pergunto.
Ainda não amanheceu. Sojourner está deitada de lado, de costas para mim. Meus braços estão em volta dela.
— Sim, estamos juntos.
— Juntos como? Juntos do tipo que agora você é minha namorada?
— Uma namorada e tanto. — Ela ri.
— O que te fez mudar de ideia? Quer dizer, eu continuo não sendo cristão.
— Não posso mentir. Eu bem queria que você fosse. Mas...
— Mas o quê?
— Gosto de você. Gosto disso aqui. Não importa o quanto dure.
Para mim, importa. Eu quero que dure para sempre.
— Estou colocando a carroça na frente dos bois, né? Eu quero ser seu namorado. Gosto de você de verdade, Sojourner. Nunca me senti assim antes. — Não consigo dizer que o que sinto é *amor*, ainda não, mas é isso o que estou sentindo.
— Você nunca tinha transado antes.
— Shhhh. Você sabe que não é disso que estou falando. Apesar de ter sido ótimo. Não me leve a mal. — Aperto o meu corpo contra o dela, e sinto o meu pau ficar duro contra a bunda dela.
— Hummm.
— Como foi a minha primeira vez, preciso praticar mais. Com você.
— Comigo.
— Porque eu sou seu namorado, né?
— Porque você é meu namorado.
Beijo Sojourner. Ela me beija de volta. Voltamos a praticar.
Acordo com o sol batendo nos meus olhos. Esqueci de fechar a persiana. Sojourner está deitada ao meu lado. Faz horas que não penso em Rosa.

* * *

VOU PREPARAR UMA fritada de ovos, bacon, tomates e cebolas para Sojourner, e não vou deixar ela me ajudar. Ela se inclina por sobre a bancada em ilha da cozinha para me beijar enquanto eu corto os tomates.

— Bom dia — cumprimenta David enquanto sai do escritório.

Nós nos separamos rapidamente e eu derrubo um pouco de tomate no chão.

— Merda.

— Olha o palavrão — diz Sojourner.

— Bom dia, Sid — diz David, como se fosse perfeitamente normal que ela esteja aqui tomando café da manhã, o que torna a situação perfeitamente anormal.

Limpo os tomates do chão e jogo na lixeira.

— Querem café?

Nós dois concordamos. Começo a fritar as cebolas. Depois, o bacon.

— Cadê Sally e Rosa?

— Estão com Lisi e Gene. Eles vão levar as meninas para um terapeuta.

Fico imaginando de quem foi a ideia.

— Que bom — comento.

— Sim. Elas precisam entender a gravidade do que fizeram.

Sojourner olha para mim, mas não pergunta sobre o que ele está falando. Me pergunto por que David não vai acompanhar a sessão de terapia também. Será que ele quer ficar aqui para que nós conversemos mais um pouco? Quero saber por que ele manteve em segredo o que sabia sobre Rosa esse tempo todo.

Quebro os ovos numa outra frigideira. Uma das gemas estoura.

— Pode ser ovo mexido?

— Claro.

Viro o bacon de lado e mexo a mistura de ovos com tomate e cebola na outra frigideira. Estou morto de fome. Diminuo um pouco o fogo. Não quero que o bacon queime. David nos serve café. Sojourner toma o dela com muito leite e açúcar. David não gosta muito disso, mas não fala nada.

Sirvo a comida e encho bastante o prato de Sojourner. Sei que o apetite dela é como o meu.

— Garfos! — Pego dois e dou um para ela.

Atacamos a comida.

— Está uma delícia — comenta Sojourner entre as garfadas.

Queria que David se mandasse para o escritório.

— Os boxeadores costumam comer tão rápido quanto vocês? — pergunta ele.

— Eu dou aula hoje de manhã — diz Sojourner. — Então tenho que ir daqui a pouco.

— Normalmente ela come tão devagar quanto Rosa.

Queria não ter mencionado Rosa.

— Você dá aulas de quê? — indaga David.

— Agora de manhã? Defesa pessoal, e depois *kickboxing*.

Ela termina de comer, pega nossos pratos e tira o grosso da gordura na pia. Dou um pulo para pegar os pratos da mão dela e colocá-los na máquina de lavar.

— Eu te acompanho até a aula.

— Obrigada pelo café, David. — Sojourner sorri.

— O QUE sua irmã aprontou?

— Ela... — Não tenho certeza de como explicar para ela que Rosa quase matou sua suposta melhor amiga. Será que conto a versão que Rosa e Seimone juram que é a verdade? Ou conto para ela o que eu tenho quase certeza que realmente aconteceu? — Ela se meteu numa encrenca, e arrastou Seimone junto com ela.

— Nossa, que relato detalhado. — Sojourner ri.

— Explicar a Rosa é difícil. Ela não é como as outras crianças.

— Ela é fofa. Um pouco vaidosa, e gosta de atenção, mas ela é só uma criança.

Avalio se devo falar a verdade para Sojourner. Eu contei tudo para Leilani. Sojourner é minha namorada agora. Estamos descendo a Lafayette Street de mãos dadas. Já transamos. Já falamos sobre religião, e sobre o que queremos fazer das nossas vidas. Já conheci as mães dela. Ela já conheceu a minha família. Devo contar tudo para ela.

Mas não agora. Quero conservar essa sensação que estou tendo agora, e não falar sobre Rosa.

— Me conta mais sobre as suas crenças. Você diz que é cristã, mas não vê problemas com o sexo antes do casamento, com casais gays, com...

— Eu acredito que Jesus era o filho de Deus, e Ele veio para nos ajudar. Para ajudar a todos, mas especialmente os mais desamparados, os mais pobres, os mais discriminados. O meu Jesus dava de comer aos pobres, e expulsava os vendilhões do templo. O meu Jesus acreditava fervorosamente na justiça social, na justiça econômica, em todos os tipos de justiça. Ele queria fazer do mundo um lugar melhor.

— E você acredita no mal?

Sojourner concorda com a cabeça.

— Você acredita que algumas pessoas são simplesmente más? Que elas já não têm salvação?

— Todos temos salvação, mas algumas pessoas... Estão perto de não ter mais.

— Eu não acredito no mal. Não desse jeito. Acho que dá pra explicar as pessoas malvadas pela morfologia dos seus cérebros, os genes, o ambiente. De verdade, pela interação dessas três coisas.

— Essa explicação é bem detalhada. — Sojourner fica me encarando. — Você pensou bastante sobre isso?

— Sim. E quanto ao inferno? Você acredita no inferno?

— Acredito que muitas pessoas estão vivendo um inferno agora. Há muitas coisas horríveis no mundo. Inclusive aqui nos Estados Unidos. Os policiais matam negros como eu e não recebem a menor punição. Tem muita gente provocando dor nas outras. Como o inferno pode ser pior do que isso?

Quando eu contar a verdade para Sojourner, será que ela vai pensar que estou vivendo no inferno com a diaba da minha irmã me atormentando? Será que estou?

— Eu acho — observa Sojourner — que a ideia de inferno e céu depois da morte é uma forma de consolo para nós, de que aqueles que praticam o mal em vida vão ser punidos, e aqueles que praticam o bem vão ser recompensados. Mas duvido que céu e inferno realmente existam.

— Então você não acredita que a Bíblia é a palavra literal de Deus?

— Acho que é um registro das palavras Dele transcrito de maneira imperfeita pelos seres humanos. No caso do Novo Testamento, alguns livros só foram escritos gerações depois da morte de Jesus. Acredito que há verdade contida na Bíblia. Algumas coisas são metáforas, e outras, literais.

A versão da Sojourner sobre o Cristianismo é diferente de todas as outras com que já me deparei. O que me faz perceber que até hoje só tinha conversado com cristãos conservadores.

— Você já ouviu falar da Teologia da Libertação?

— Já ouvi sim, mas não sei nada sobre ela.

— Pesquise sobre ela então. É nisso que eu acredito. E você, acredita em quê? O seu Deus é a ciência?

— Não acredito em deus nenhum. Acredito em muitas coisas que você disse. Na justiça social e econômica, e em ajudar as pessoas sempre que pudermos. Acredito principalmente na empatia. Sem empatia, este mundo está condenado.

Sojourner concorda com a cabeça.

— E quanto ao amor? Você acredita no amor?

— No amor e na empatia? Acredito totalmente neles. — Aperto a mão dela.

Eu me viro para beijá-la e sussurro no ouvido dela:

— E também no sexo. Acredito muito no sexo agora.

CAPÍTULO 32

Quando chego em casa, bato na porta do escritório. Tenho muitas coisas para perguntar para David sobre Rosa. Ele me manda entrar.

Está no telefone. Suas sobrancelhas estão totalmente enrugadas, e sua boca é uma linha fina. É a cara que ele faz quando está se esforçando para manter o controle. Fico tentado a deixar a conversa para mais tarde. Eu não quero ver o David surtar.

— Eu entendo — repete ele.

Olho para o meu telefone, porque sinto que é falta de educação ficar ouvindo a conversa. Respondo à mensagem de Georgie, mas não digo a ela exatamente o que aconteceu. Não acho que eu consiga resumir o que Rosa fez com Seimone em algumas mensagens. Nazeem tirou dez em uma redação sobre por que esta geração de adolescentes australianos não bebe tanto quanto as anteriores. Eu parabenizo ele. Mando uma mensagem para Leilani para saber a opinião dela sobre o que está acontecendo com Rosa e Seimone. Ela não responde. Fico imaginando se ela também foi para a sessão de terapia.

Escrevo para a Sojourner:

Já estou com saudade de você.

Não me importo que a mensagem seja meio brega. Realmente estou com saudade dela. E só vou conseguir encontrá-la daqui a quatro horas.

— O que você queria, Che? — pergunta David. Mas não faço ideia de como ele não sabe o que quero.

— Cheguei num momento ruim?

— Sim, mas sempre posso arranjar tempo pra você. Você sabe disso.

Eu não sei disso, não.

— Quero conversar mais sobre Rosa.

David concorda com a cabeça.

Quero saber por que ele não me contou o que sabia. Quero saber se David tem algum plano.

— O que vamos fazer com relação a Rosa?

— Vamos fazer o que estivemos fazendo até agora. Deixamos claro para ela quando as atitudes dela são inaceitáveis. Eu passo um bom tempo lembrando a ela que se ela não conseguir se passar por uma pessoa normal, a vida dela vai ser terrível.

— Eu tenho gravado as nossas conversas.

— Suas conversas com Rosa? — David fica me encarando.

Faço que sim com a cabeça.

— Se mostrarmos as gravações para um psiquiatra, se ele pudesse ouvi-la falando casualmente como ela não se importa com ninguém, sobre como ela acha interessante quando os outros estão sofrendo, que ela gosta de azucrinar as pessoas, aí ele veria de cara o que ela realmente é.

— Sim. Mas e depois, o que vai acontecer?

Não sei.

— Temos um problema prático. Como podemos minimizar os danos que Rosa provoca? Não podemos curá-la. Isso não tem cura. Tudo o que podemos fazer é tentar contê-la.

— Então quer dizer que vamos desistir?

— Não foi isso o que eu falei. Poderia ser pior. Já vi casos muito piores.

— Você está falando do seu irmão? Ou do Vovô?

— Dos dois. Foi assim que eu soube o que Rosa era. Já convivi com isso antes.

— E eles são piores do que Rosa?

— Por que você acha que eu sempre mantive esta família o mais longe possível deles? Não queria que Saul ou o papai se aproximassem da Rosa.

Sinto uma tonteira por um momento. Estamos falando de Rosa, de psicopatia, desta família.

— Li alguns estudos que dizem que a empatia pode ser ensinada.

— Já é tarde demais para Rosa.

— Como você pode ter certeza? — Encaro David. — Deve haver algum psiquiatra, ou terapeuta, ou alguém que possa ajudá-la.

— Como Rosa costuma reagir quando alguém tenta mudar alguma coisa nela? Você se lembra das últimas vezes que a levamos a médicos?

Lembro.

— Ela manipulou eles — diz David. — Ela descobriu o que eles queriam ouvir da boca dela, e ficou repetindo essas coisas até receber alta.

Eu deveria ficar feliz por ouvir os meus pensamentos sendo ditos por David. Não fico.

— Você acha que não há mais esperança?

— Não falei isso. Estamos ensinando a ela como ser normal. Temos feito isso há anos. Rosa não pensa do mesmo modo que a maioria das pessoas, mas ela sabe o que pode acontecer a ela se as outras pessoas se derem conta disso. Ela está se tornando uma boa atriz.

— Boa até demais — comento.

David balança a cabeça. Ele está inclinado para a frente na cadeira, apoiando os cotovelos nos joelhos.

— Às vezes, quando fingimos ser alguém que não somos, alguma coisa muda dentro de nós. O fingimento acaba virando verdade.

— Você realmente acredita nisso?

— Eu sei por experiência própria. Quando conheci Sally, estava totalmente descontrolado. Fiz coisas horríveis naquela época.

Disso eu sei. Faz parte das lendas familiares. Sei que ele comandava um jogo de pôquer de altas apostas na escola particular chique dele, e que limpou a carteira de vários dos alunos mais ricos. Mas não foi por isso que ele foi expulso. Ele foi expulso porque quebrou o maxilar de outro aluno.

— Eu queria impressionar Sally, bancar o homem doido e selvagem dela. Eu achava que ela gostava desse meu lado. Mas ela tinha era medo. Naquela época, eu tinha muito medo de que ela me abandonasse.

Ele dá de ombros rapidamente, quase se desculpando, como se eu não soubesse o quanto ele a ama.

— Eu conscientemente comecei a me tornar mais como ela. Fiz um curso para aprender a controlar minha raiva, assim como ela queria. Você não conhece o meu verdadeiro temperamento, Che. Porque eu usei Sally como modelo. É por isso. Eu fazia o que a Sally fazia, falava o que ela falava. Parei de me meter em brigas. Foi a coisa mais difícil que já tive de fazer. Tenho muita raiva armazenada. Ela arde dentro de mim, e o desejo de liberá-la, de destruir tudo à minha volta... Às vezes tenho de sair correndo para escapar disso. Não posso ocupar o mesmo cômodo, a mesma cidade, o mesmo país que essa sensação.

— Mas ela não viaja com você? — David balança a cabeça, e depois concorda.

— Não quando eu estou com Sally. Ela me mostrou como fugir disso. Eu mudei. A raiva não arde dentro de mim com a mesma intensidade. Quantas vezes você já me viu perder o controle?

Nunca.

— Eu já vi você *não* se descontrolar. Seu rosto fica meio rígido. Dá pra ver você lutando contra isso.

— É uma luta e tanto.

— Rosa não se descontrola. Desde que ela era bem pequena. — Tento imaginar Rosa mudando. Não consigo. — Você não é a Rosa. Você se importa com o que os outros pensam. Você se importou com o que Sally pensava. *Por isso* você mudou. Rosa não se importa; você deveria ouvir algumas das coisas que ela disse para mim. Vou te mostrar as gravações.

David se empertiga na cadeira, empurrando-a um pouco para trás; toda sua intensidade já se esvaiu.

— Não precisa. Já ouvi as coisas que ela diz. Nossa tarefa agora é deixar claro para Rosa que se passar por uma pessoa normal é a única opção dela. Ela sabe que se chegar a receber um diagnóstico, isso vai diminuir bastante as chances de ela se safar com qualquer coisa. Talvez agir como uma pessoa normal acabe *mudando* ela. Eu mudei.

— Nós não somos profissionais. — Quero acreditar nele. — Estamos tomando decisões importantes. Será que não deveríamos pelo menos nos aconselhar com alguém que saiba mais sobre isso do que a gente? E se a levarmos para se consultar com alguém que já trabalhou com jovens... — Faço uma pausa antes de rotular. Ainda não chamei ela de psicopata na frente do David.

— E o que vamos ganhar com um diagnóstico oficial, Che?

— Um profissional pode nos ajudar a entender quais são as nossas opções.

— O que você acha que vai acontecer depois que Rosa for rotulada? Ela não infringiu nenhuma lei. Ela tem 10 anos. Se ela passar por exames, o que esses exames vão provar? Digamos que eles confirmem a sua hipótese... E aí?

— Ela é uma *psicopata*. Não é nosso papel proteger as pessoas dela?

— Você não pode chamar uma criança de 10 anos de psicopata. Como você acha que as pessoas vão tratá-la quando descobrirem? Que escola vai aceitá-la? Será que ela vai ter de frequentar uma escola para crianças perturbadas? O que ela vai aprender com outras crianças como ela?
Não faço ideia.
— O melhor que podemos fazer é mantê-la sob controle e fazer com que ela tenha consciência do que pode acontecer se ela decidir fazer o que der na telha dela. A contenção é a nossa única opção.
Mas nós até agora não conseguimos contê-la, né? Deixamos o vírus que é a Rosa contaminar Apinya e, agora, Seimone.

DE TARDE, NA academia, Sojourner me beija quando me vê e segura minha mão. Nós realmente estamos juntos. Os pensamentos sobre Rosa ou sobre os meus outros parentes fodidos se esvaem.
— Superaram as diferenças religiosas, foi? — Jaime ri.
— Estamos numa boa — retruca Sojourner.
— Demais — digo.
Jaime faz barulhos como se ela estivesse vomitando.
Malhamos juntos e fazemos *sparring* juntos. Durante muito tempo, fico sem pensar na minha irmã.
Nós três voltamos andando para casa. Eu vou jantar com elas e com as mães de Sojourner.
— Ah, obrigada por ter convidado Elon para a festa no outro dia — comenta Jaime. — A gente tem se encontrado. Elon é bem legal.
Elon é praticamente a definição de legal.
— Você ficou sabendo que a Leilani terminou com a Veronica, né?
Balanço a cabeça.
— De novo?
— Mas dessa vez foi pra valer. Veronica anda fazendo muito drama. Até cortou os pulsos.
Olho assustado.
— Mas não me convenceu muito, sabe? Foram mais uns arranhões do que qualquer coisa. Mas ela não para de chorar nos ombros do Elon, e eles são amigos desde que eram bebês. Ela é como se fosse da família. Elon tem que segurar essa barra com ela.

— Coitado.
— Pois é.
— Não me olhe com essa cara — diz Sojourner. — Eu não conheço Elon. Você podia levá-lo pra igreja, Jaime.

Jaime dá uma gargalhada. Aprendi que é uma piada interna delas que Jaime nunca vai para a igreja.

— Vai ter uma manifestação no domingo. Elon e eu vamos salvar o mundo.

— É sério?

Antes que elas possam começar a discutir, eu pergunto:

— As suas mães sabem que estamos juntos, né?

Estou um pouco nervoso com relação a esse jantar.

— É claro que sabem — responde Jaime. — Sid conta tudo para elas. Não há segredos naquela casa.

— Você fala como se isso fosse uma coisa ruim — diz Sojourner.

— Nunca achei que fosse sentir saudades daquela loucura católica de que tudo é um segredo, e de que as crianças não devem saber de nada. Morar com os meus pais era um caos. Mas vocês compartilham demais sobre a vida umas com as outras.

— Não fazemos nada disso!

— Amiga, sua mãe fala sobre a textura e a cor do cocô dela!

— Ela está doente. Esse é um dos sinais de como anda a saúde dela.

— É informação demais — fala Jaime enquanto sacode as mãos. — E as suas mães fazem barulho demais quando estão transando. Pelo menos quando os meus coroas estavam juntos eles tinham a decência de não transar mais. Ou, se transavam, eram mais silenciosos do que um rato.

— Se ferrou. Os ratos aqui são muito barulhentos.

— Deixa pra lá, não quero saber disso. De qualquer modo, meus pais não deviam transar. Que nojo. Sua mãe não precisa se meter na minha vida e me perguntar se estou usando camisinha e se estou... Como foi mesmo que ela disse?... *satisfazendo os meus desejos sexuais*. Meu. Deus. Do céu. Ela estava prestes a conversar comigo sobre o clitóris. Que vergonha.

Sojourner ri. Estou indeciso se fico imaginando como Jaime faz para não blasfemar na frente das mães de Sojourner, ou se rio do quanto as mães dela são parecidas com os meus parentais.

— Peraí. Isso não quer dizer que elas vão ficar me interrogando sobre se... estou te dando *prazer* direito, quer?

Agora Jaime também está rindo. O acesso de risos de uma provoca acessos de risos mais altos na outra.

— Elas provavelmente vão pedir pra você fazer um desenho para demonstrar que sabe onde fica o clitóris.

Jaime mal consegue andar de tanto que ri.

— Ih, olha só — digo enquanto mostro o meu telefone. — São os meus pais. Eles estão me mandando voltar pra casa agora.

— Nada disso. — Sojourner pega o meu telefone e dá para a Jaime. — Você está vendo essa mensagem no telefone?

— Não, não estou vendo essa mensagem. — Jaime balança a cabeça.

— Acho que me deu um enjoo repentino. — Coloco a mão na barriga e me viro, dando alguns passos na direção oposta.

Sojourner me pega por um braço, e Jaime, pelo outro.

— Pode ir parando, meu caro. Você não vai escapar do interrogatório das minhas mães.

— As lésbicas são terríveis — comenta Jaime. — Não têm vergonha nem limites. Elas provavelmente vão querer saber também se o seu pau é do tamanho certo.

— Aí você foi longe demais! — Sojourner dá uma gargalhada e um soco de brincadeira em Jaime.

— Ela está brincando, né? — Tenho quase certeza de que ela está brincando. — Né?

Elas voltam a gargalhar.

Encontramos Diandra e Elisabeta num restaurante venezuelano. A mãe de Elisabeta era da Venezuela. Provo *arepas* pela primeira vez. Como seis para ter certeza de que a primeira foi tão boa quanto a última. As mães dela não falam uma palavra sobre o meu pênis. Nós nem falamos sobre sexo. Conversamos sobre política, injustiça, uma manifestação da qual elas participaram, sobre a próxima luta de Sojourner, sobre como é o inverno em Sydney, e sobre se a idade legal para beber só aos 21 anos é uma bobagem.

Sojourner e eu passamos quase uma hora nos despedindo, com um beijo levando a outro.

Não conto a ela o que Rosa fez.
Não penso sobre o que Rosa fez.

JÁ PASSA DA meia-noite quando chego em casa. Sally está lá. Ela e David estão sentados na bancada em ilha tomando vinho juntos. Eles sabem que eu estava com Sojourner, Jaime e as mães de Sojourner, mas eu ainda não entrei em detalhes sobre nós dois.

— Que dia, ou melhor, que dia e noite nós tivemos... Enfim, você está bem? — Sally pousa a taça na bancada e me dá um abraço.

— Sim. E você?

— Não tenho certeza. Não acredito até agora que elas foram tão inconsequentes. Seimone poderia ter morrido! — responde me dando outro abraço.

Devolvo o abraço e abro a geladeira. Está quase vazia. Não tem nem queijo, nem presunto. Não encontro nenhuma proteína. Abro a gaveta de legumes e frutas, e pego a última maçã. Só vai servir para tapear a fome.

— Não tem presunto?

— Não tivemos tempo de passar no mercado — diz David. — Você pode ir amanhã se quiser.

— Claro — respondo enquanto imagino como vou pagar pelas compras. — O meu cartão de crédito voltou a funcionar?

— Eu te dou dinheiro.

Eu me sento num banco e pego um copo d'água.

— Seimone agora acredita — comenta Sally. — Que amendoim pode matá-la.

Se pelo menos Seimone acreditasse que Rosa pode matá-la...

— Como estão Lisimaya e Gene?

— Em choque. Acho que a terapia foi uma boa ideia. Estava acabando de falar para o David que foi uma pena ele não ter podido estar lá.

David não parece achar que foi uma pena.

— Alguém tem que trabalhar. Não estamos longe de fazer o lançamento.

— Ainda faltam dez meses. Não está tão perto assim. Você pode se permitir uma horas de folga.

— Preciso trabalhar. — David nem dá bola para as objeções de Sally.

— O que o terapeuta disse? — pergunto.

— Ele foi bastante prático. Fez as duas falarem sobre o que elas achavam que estavam fazendo. E que resultados esperavam. Se elas pensaram no que ia acontecer se algo desse errado. Se — Sally faz uma pausa — Seimone tivesse morrido.

Aposto que Rosa pensou nisso.

— E o que elas disseram?

— Que elas não tinham pensado nas consequências, claro. Elas achavam que o plano delas ia funcionar.

— Para ser justo com elas — diz David —, o plano funcionou. Seimone está viva.

— É verdade. Mas como o terapeuta ressaltou, isso não importa. Você não pode basear as suas decisões na expectativa de que o melhor resultado possível vai acontecer. Especialmente se o pior resultado possível é a morte!

— Como elas reagiram quando o terapeuta fez as duas repensarem sobre o que poderia ter acontecido?

— Seimone estava fora de si. Ela ficou repetindo que não queria morrer. Rosa estava desconsolada.

Aposto que sim. Rosa provavelmente chorou usando as lágrimas de Seimone como modelo. Não que ela não seja capaz de fabricar as próprias lágrimas sem estímulo prévio nos últimos tempos.

— Seimone está muito abalada. É por isso que Rosa está na casa dela, para consolá-la.

Deve estar sussurrando comentários venenosos nos ouvidos da menina.

— Eu queria que Rosa voltasse para casa, mas Seimone quase fez um escândalo quando falei isso. Ela vai passar mais uma noite lá.

— Isso é prudente? — pergunto antes que eu possa me conter. Atrás de Sally, David balança a cabeça.

— Acho que sim — responde Sally. Seimone aprendeu a lição. Rosa também. Elas não vão aprontar uma dessas de novo.

Não, imagina. Ela vai aprontar alguma coisa diferente.

— Você acha que elas realmente aprenderam a lição, assim, de repente?

— O fato de Seimone ter quase morrido foi um choque e tanto.

Não para Rosa.

— Elas vão continuar na terapia?

Sally concorda com a cabeça.

— O terapeuta quer conversar mais com elas sobre como elas devem contar para os adultos quando uma delas estiver prestes a fazer algo que não deve. Rosa não deveria ter deixado a situação ir tão longe assim. Ela devia ter dito para Seimone que testar a alergia dela era errado.

— Devia mesmo.

Sally me lança um olhar que indica que ela percebeu o meu sarcasmo.

No meu bolso, meu telefone vibra.

Mensagem da Leilani.

Temos de conversar sobre isso. Pensar sobre o que vamos fazer a respeito.

— Eu estou exausto — respondo.

Nossa despedida antes de dormir é mais agitada do que de costume. Sally me abraça duas vezes.

— Não consigo parar de imaginar o que teria acontecido se você não tivesse aplicado a adrenalina a tempo. A coitada da Rosa congelou. Obrigada, Che.

David tem um calafrio. Eu mordo a língua.

No meu quarto, combino de encontrar Leilani no café da manhã.

Vou me arrastando até a cama e fico deitado ali olhando a luz dos faróis dos carros percorrendo o teto. Queria que Sojourner estivesse aqui.

Pelo menos posso ter certeza de que, seja lá o que for que Rosa esteja aprontando, vai demorar a acontecer. Ela se safou depois de quase ter matado Seimone... Isso vai deixá-la satisfeita por um tempo.

CAPÍTULO 33

Sou acordado na manhã seguinte por Rosa batendo na porta do meu quarto. Lá fora está nublado, e pouca luz natural entra no meu quarto.
— Che!
— Espera um minuto — respondo, na esperança de que ela vá embora. Visto alguma coisa e abro a porta.
— Quando você voltou pra casa?
— Não quero mais que você viole os meus direitos — fala Rosa enquanto marcha quarto adentro, senta na minha cama, onde fica de pernas cruzadas, com as costas das mãos repousadas sobre os joelhos, como se fosse meditar.
Encaro ela.
— Você o quê? Quem está sentado na cama de quem, Rosa?
— Você grava as nossas conversas.
Não é o que eu esperava que ela fosse dizer. Eu me sento no chão.
— Como você descobriu?
— Eu ouvi você contando para o David. — Ela me olha do mesmo modo que olha para uma formiga antes de esmagá-la.
— Ouvindo por trás da porta. Muito ético da sua parte, Rosa.
— Eu não escondi de ninguém que estava ouvindo.
— Não, você só não saiu de perto a tempo. Eu abri a porta antes do que você esperava.
— Se não quer que os outros escutem, você não devia falar tão alto. Você sempre diz que não mente, Che, mas gravar conversas sem pedir permissão, isso é mentir. Você agiu como se estivéssemos tendo uma conversa normal, mas você estava me estudando como se eu fosse um inseto. Você é um mentiroso.
— Não sou, não. — Tenho uma sensação nauseante de que ela tem razão. — Se você tivesse me perguntado se eu estava te gravando, eu te contaria. Por acaso estou negando alguma coisa agora?

— Só porque você sabe que eu sei. Você é tão ardiloso quanto eu, Che. Você é como eu. Você só consegue fingir melhor que não é.

— Não sou nada parecido com você, Rosa.

— Você é meu irmão. É claro que se parece comigo. Não tem ninguém no mundo mais parecido comigo do que você.

— Alguma vez eu já ameacei matar um dos seus amigos?

— Eu nunca fiz isso.

— Você disse que ia empurrar a Soj... Sid de um lance de escadas.

— Não falei, não.

— Falou, *sim*. Você disse que queria que Maya e Leilani morressem.

— Eu nunca disse que mataria elas. Eu prometi que não faria isso. — Rosa nunca fez uma cara tão arrogante como agora. — Você mente pra si mesmo, Che. Eu sei exatamente quem eu sou. Gosto de mim mesma. Você seria muito mais feliz se gostasse de si mesmo, Che.

Tenho vontade de gritar.

— O que você diria se descobrisse que eu estava gravando as nossas conversas? Você acharia doentio da minha parte?

— Claro. Mas não é a mesma coisa, porque eu não sou como você, Rosa. Eu não *quero* ser como você. Nunca fiz ninguém matar seu bichinho de estimação. Nunca tentei matar meu melhor amigo. Eu não minto, roubo e trapaceio. Eu não sou você.

— Eu *não* matei o porquinho-da-índia. Eu *não* tentei matar a Seimone. Você não presta atenção. Eu nunca vou matar a Seimone. Ela é minha melhor amiga. Eu preciso dela. Não quero mais que você grave as nossas conversas. É doentio, Che. O fato de eu ser diferente não justifica isso.

— Você não é simplesmente diferente. Ser diferente não é a mesma coisa que ser perigosa, Rosa.

— E você também não deveria ficar contando mentiras sobre mim para Leilani. Ela falou para Seimone que eu mato bichos de estimação. Eu falei para Seimone que você tem inveja porque não é inteligente como eu. Ela sabe que você joga xadrez tão bem quanto um bebê. Ela tem pena de você.

— Fico feliz por eu não ser como você.

— Os imbecis sempre ficam felizes por serem imbecis. — Rosa dá um sorriso arrogante. — Sou diferente de 99% da população. E o meu tipo de diferença é melhor.

Será que ela está se referindo a estatísticas de quantos psicopatas há entre a população, ou de quantos gênios?

— Você sabia tem outras pessoas como eu que escrevem blogs? Aprendi bastante. Elas falam sobre como se passar por uma pessoa normal. Alguns dizem que você deve trocar de nome e abandonar a sua família assim que puder. A família só atrapalha.

Consigo imaginá-la fazendo isso. *Gostaria* que ela fizesse isso.

— Nos comentários dos blogs tem várias discussões. Muitos psicopatas... — Ela faz uma pausa e sorri para me indicar que ela sabe o que eu penso que ela é. — Muitos de *nós* pensam que a família é o melhor disfarce porque todo mundo acha que os psicopatas são solitários. As pessoas nunca suspeitam que alguém que tem uma família amorosa possa ser um monstro.

— Eu não acho que você seja um monstro — digo. Ela tem razão. Eu minto.

— David não quer que você conte aos McBrunight sobre mim porque ele não quer que eles desistam do negócio. O motivo todo é dinheiro, Che, e não Sally. Você não pode confiar no David. Por que você acha que ele nunca falou sobre mim pra você? Ele sempre soube.

— Por que, Rosa? — Estou muito interessado em ouvir a teoria da conspiração dela. Ela diz que as pessoas têm intenções tão hediondas quanto as dela. — Por que ele faria isso?

— Ele precisa que sejamos felizes, uma família normal, para não espantar os investidores. David odeia estar falido. Ele odeia ter que arrumar um emprego normal. Por que você acha que a gente se muda tanto? Por que você acha que ele está trabalhando tanto?

— David sempre trabalhou duro.

— Ele sempre faz com que pareça que ele está dando duro. — Rosa sorri. — Há mais pessoas como eu no mundo do que você pensa. Um por cento? Os pesquisadores devem ter inventado esse número. Quase todas as pessoas são como eu.

— Você só pensa assim porque não consegue se colocar no lugar de nenhuma outra pessoa. A única maneira de você entender que as pessoas se importam seria se você se importasse também.

— Você já vai ver. — Rosa dá de ombros. — Vamos fazer um jantar amanhã, Seimone e eu. Vai ser um jantar em família para que fiquemos mais unidos.

Mal posso esperar.

CHEGO NO CAFÉ alguns minutos atrasado por causa de Rosa. Leilani está sentada com a Maya numa mesa num dos cantos. Ela está com um dos braços em volta da irmã, e está inclinada na direção dela e conversando com ela entre goles de café. Dá para ver a intimidade delas, dá para sentir concretamente o amor mútuo que elas sentem.

Maya parece menor do que é. Ela tem olheiras. Acho que ela emagreceu. Ela parece assombrada. As duas parecem assombradas.

Por causa da Rosa.

Às vezes fico imaginando se Rosa não é um vírus alienígena. Todas as pessoas em quem ela toca são infectadas pelo mesmo DNA desumano: ela nos torna cinza. Tenho certeza de que eu era uma pessoa diferente antes de ela nascer. Era uma pessoa mais feliz. Quando a nave mãe pousar, vamos estar muito combalidos para conter a invasão.

Leilani me vê e dá meio aceno. Maya faz o mesmo. Caminho até elas.

— Precisamos bolar um plano — diz Leilani antes de eu me sentar.

Precisamos mesmo.

— Esse é o nosso comitê de guerra?

Os lábios da Maya se curvam. Ela quase sorri:

— Podemos passar tinta no rosto como camuflagem?

— Claro.

— O mais importante é manter Rosa longe da Seimone e Maya. — Leilani não está sorrindo. — Eu posso proteger a Maya, mas não sei como faço para me aproximar da Seimone. Ela está comendo na mão da Rosa. Seimone falou pra vocês que ela e a Rosa vão preparar o nosso jantar amanhã à noite?

O quase sorriso da Maya desaparece.

Leilani concorda com a cabeça.

— As duas obviamente acham que nos envenenar é o próximo passo.

— Você é hilária.

— Seimone fica repetindo que Rosa é a melhor amiga dela no mundo todo, e que tudo foi ideia dela. Não importa o que eu diga a ela sobre Rosa.

Maya olha para as próprias mãos.

— Não pode ter sido ideia da Seimone — prossegue Leilani. — Ela usa luvas para todos os lugares onde vai. Ela tem *horror* de amendoim.

— Tudo bem se eu pedir alguma coisa pra comer? — Estou morto de fome. — Ainda não comi nada hoje. — Essa era para ser uma reunião com café da manhã.

Leilani concorda com a cabeça. Peço o café da manhã completo. Ela e Maya pedem frutas e granola.

— Eu vivo alertando Seimone sobre Rosa — diz Leilani. — Eu alertei ela antes de você ter me dito qualquer coisa. Não disse exatamente que *a Rosa é uma psicopata*, mas contei a ela sobre o porquinho-da-índia, e sobre as coisas horríveis que ela diz. Seimone não acreditou em mim. Ela disse que eu estava com ciúmes. *Eu te amo*, ela disse. *A Maya também. Mas Rosa é minha melhor amiga. Ela me entende.*

— Que droga. — Consigo imaginar Rosa dizendo *você me entende* para Seimone do mesmo jeito que fala para mim.

— Maya agora está dormindo no meu quarto.

— Que bom. Você e Seimone ainda não estão se falando?

Maya fica abatida.

— Ela não está falando comigo. Mas Rosa está. Queria que ela não falasse comigo.

— Tome cuidado para nunca ficar sozinha com ela. Ou com ela e com a Seimone. Me liga se você achar que a Rosa vai aprontar alguma coisa. Você tem meu telefone?

Maya concorda com a cabeça.

— Não posso acreditar que ela queria matar a Seimone — comenta Leilani. — Elas são amigas. Por que Rosa iria querer matar ela?

— Eu não tenho certeza se ela queria mesmo — comento. — O injetor estava na mão dela. E sem a tampa.

— Então ela *ia mesmo* aplicar adrenalina na Seimone. É o que a Rosa alega. Que ela congelou.

— Ela não congelou nada. Ela estava rindo.

Maya fica muda, o que a faz parecer menor ainda.

— Não acho que Rosa teve a intenção de matá-la. Acho que ela ficou fascinada pelo fato de o rosto da Seimone estar ficando roxo. Ela queria ver o que ia acontecer. Por isso que ela fez com que Seimone comesse amendoim. Acho que Seimone estava disposta a comer, e que Rosa não queria que ela morresse.

— Rosa é capaz de fazer com que Seimone faça qualquer coisa — assegura Leilani.

— Ela é capaz de fazer Seimone acreditar que a ideia foi da própria Seimone.

Nossa comida chega. Meu café da manhã completo é, de fato, completo: quatro linguiças, várias fatias de bacon, ovos mexidos, cogumelos e cebola. Ataco a refeição. Maya fica mexendo na granola com a colher, misturando o iogurte com as frutas, mas sem dar uma colherada.

— Você realmente acha que ela é uma psicopata? — pergunta Leilani entre uma colherada e outra.

Já é a segunda vez que ela me pergunta sobre isso. Eu já entendi. Temos de ser cautelosos. Mas já faz anos que convivo com isso. E há anos tenho certeza disso.

— David também acha.

— O quê? Mas eu pensei que eles não acreditavam em você.

— Eu não sabia! Nós conversamos depois do que aconteceu. David admitiu que ele sabe o que ela é. E que ele também vem tentando controlá-la.

— Então por que ele não disse nada para os meus pais? — Leilani faz uma cara de susto.

— Sally se recusa a perceber isso. — Enquanto falo, me dou conta de que realmente não faz sentido. Por que o David *não* está alertando as pessoas? Principalmente os McBrunight? Ele disse que isso destruiria a nossa família, mas ele não pode acreditar nisso de verdade, ou pode? — Ele não quer chatear a Sally. — Tento terminar a frase.

— Isso é mentira! Seimone poderia ter morrido. Foda-se a Sally.

— Ela... — Eu encolho o corpo e começo a falar, mas nada do que David disse justifica manter Rosa em segredo. — Rosa diz que ele tem medo de que os seus pais desistam do negócio novo deles.

— Vou contar tudo o que você me disse para a mamãe e para o papai. E o seu pai vai ter que confirmar que é verdade. Por que eu inventaria uma coisa dessas?

— Acho improvável que ele faça isso. Eles podem perder tudo.

— Não estou nem aí.

— Conte para os seus pais. Vou com você se você quiser. Estou farto de não falar nada para ninguém. Os segredos são uma merda. Eu te contei que Rosa insinuou que empurraria a Soj... Sid de um lance de escadas?

Leilani ergue as sobrancelhas.

— Eu não acho que Rosa realmente faria isso. Ela não conseguiria. Sid é uma lutadora bem treinada. Rosa fala essas merdas o tempo todo... para me deixar preocupado.

— Quanta frieza... — comenta Leilani.

— Você leu a lista com as características dos psicopatas?

— Óbvio. Li pensando na Rosa, e todas as características batiam.

— Frieza, desinibição, destemor e carisma.

— Carisma com certeza eu tenho, e não me importaria de ter o destemor também — comenta Leilani. — Imagine só jamais se estressar ou sentir ansiedade.

— Mas o preço que se paga por isso é muito alto. — Sei que Leilani está brincando, mas não consigo evitar. — Nós nos preocupamos *porque* nos importamos. Além do mais, o destemor vem acompanhado da desinibição. Se Rosa quer alguma coisa, ela a toma para si. Ela não pensa nas consequências dos seus atos porque não se importa. Exceto dessa vez. O negócio do amendoim foi planejado de antemão. Você tem que pensar nas consequências se vai planejar algo.

Maya sente um calafrio. Ela não comeu nada. Meu prato está vazio.

— Rosa não aprende a se comportar melhor; ela aprende a como ser melhor em se comportar mal.

Leilani nem encostou no seu telefone. E ela está *sempre* mexendo no telefone.

— Como você consegue conviver com ela? — pergunta. — Eu ficaria com o estômago embrulhado se ficasse esperando para saber quando ela vai aprontar alguma. Faz dez anos que você tem que lidar com isso?

— Bem, eu... — Ninguém jamais chegou tão perto de entender o que é conviver com Rosa. Nem Georgie. Quem sabe David? Mas ainda não conversamos sobre isso. Não sei como consigo conviver com isso. Não tenho certeza se estou *conseguindo* conviver com isso. — A pior parte são os comentários venenosos que ela sussurra no meu ouvido. A visão de mundo torta dela.

— Vou me consultar com a minha terapeuta amanhã. — Leilani aperta a minha mão. — Vou contar tudo para ela. Ela vai saber o que fazer. Vou contar para a mamãe e para o papai também, não importa se David vai confirmar que é verdade ou não. Você vai confirmar.

— Obrigado. — Estou sendo sincero. Queria poder dizer a ela o quanto estou agradecido.

— Você ama a Rosa? — pergunta Leilani.

— Sim. Essa é a pior parte. Ela é minha irmã mais nova. Peguei ela no colo quando ela era bebê. Sempre tomei conta dela.

Maya se levanta da cadeira, dá a volta na mesa e me dá um abraço. Um abraço sincero. Uma coisa que Rosa jamais fez. Quase não consigo conter as lágrimas.

CAPÍTULO 34

Rosa e Seimone não cozinham o jantar para nós.
Leilani conta para os pais dela tudo o que eu disse a ela. David não confirma que é verdade. Eu acuso David de mentir. David me diz que está decepcionado comigo. Ele me disse que não podíamos contar aos McBrunight. E não vai falar mais nada sobre isso. Sally não consegue acreditar que eu seria capaz de dizer uma coisa desse tipo sobre Rosa — principalmente para os McBrunight. Ela parece ter esquecido que eu já disse para ela exatamente a mesma coisa.
Rosa dá um sorriso de superioridade.
Leilani e eu trocamos mensagens.
A gente esperava que tudo fosse pelos ares. Em vez disso, nos encontramos na casa dos McBrunight para discutir o que Sally chama de *mal-entendido*, e que Gene chama de *situação*, como adultos. Inclusive com alguns de nós que ainda não são adultos.
Bebo um gole d'água do copo à minha frente. No meio da mesa, há quatro jarras de água, e um verdadeiro banquete de queijos, frios, saladas, molhos e pães.
Não deveríamos estar sentados assim, com os McBrunight de um lado, e os Taylor e os Klein do outro, porque não foi assim que ocorreu nossa cisão. Rosa, Seimone e os adultos deveriam estar de um lado; Leilani, eu e Maya, do outro.
Gene tem olheiras arroxeadas sob os olhos. Ele sorri e dá tapinhas no ombro de Lisimaya. Ela devolve o sorriso, mas sem brilho. Não parece tão arrasada — a maquiagem está perfeita —, mas ela cobriu com maquiagem a maior parte da sua exaustão.
Duvido que qualquer um de nós tenha dormido muito desde que Seimone quase morreu. Exceto Rosa e David: nada tira o sono deles. As olheiras sob os olhos de Sally parecem hematomas. Maya prende seus bocejos.

Leilani também. Ela nem está olhando para o telefone. O meu está pegando fogo no meu bolso. Estou com a gravação de Rosa sobre não matar Maya pronta para ser reproduzida.

Rosa e Seimone trocam olhares e acenam uma para a outra numa linguagem de sinais inventada.

— Podemos começar? — pergunta Sally.

— Não tenho certeza — responde Leilani. — Algum de vocês vai dar ouvidos ao que temos a dizer?

Gene se vira para ela:

— Leilani, podemos pelo menos *tentar* manter uma conversa civilizada?

Leilani revira os olhos.

Ninguém encostou na comida. Pego um pedaço de aipo recheado com uma coisa rosa e dou uma mordida. O barulho da mordida soa alto como um tiro. Todos olham para mim.

— Desculpa — resmungo enquanto coloco o aipo no meu prato.

— Che não consegue ficar sem comer — comenta David. — Por causa do boxe.

— A comida está na mesa para ser consumida — fala Lisimaya enquanto aponta para o banquete. Ninguém faz um movimento em direção à mesa.

— Por que você não começa, Leilani? — sugere Sally. — Prometemos que vamos te dar ouvidos.

— Rosa é... — Leilani olha para Rosa, que está estampando no rosto uma expressão da mais pura inocência: os olhos arregalados, olhando para baixo, o lábio inferior quase fazendo um bico.

— Eu... nós — diz Leilani, olhando para mim. — Nós achamos que Rosa tem transtorno de personalidade antissocial.

— Não tenho, não! — reclama Rosa. Seimone balança a cabeça.

— Isso quer dizer que ela gosta de manipular as pessoas, e ela não se importa com o que acontece com os outros.

— Me importo, sim!

— Ela manipulou Seimone para que ela comesse manteiga de amendoim, e...

— Não manipulou nada! — protesta Seimone. — A ideia foi minha!

— Deixe Leilani terminar — repreende Lisimaya.

— Eu já falei várias vezes pra vocês... — diz Seimone.

— Leilani está falando primeiro — observa Gene. — Já vai chegar a sua vez.

— Você, Che — diz Leilani —, conte para eles sobre o porquinho-da-índia.

Eu conto. Rosa declara inocência.

— Por que você não nos contou isso na época? — indaga Sally.

— Porque vocês nunca acreditam em nada do que eu digo sobre Rosa.

— Porque você mente — argumenta Rosa.

— Você já vai ter a sua vez de falar, Rosa.

— Tem algo de errado com a Rosa — afirmo, e mantenho o tom de voz baixo e tranquilo. — Seimone podia ter morrido. Escutem esta gravação que eu fiz de uma conversa minha com a Rosa.

— Você gravou sua irmã? — pergunta Sally levantando a voz.

Eu concordo com a cabeça.

— Porque eu precisava de provas.

Aperto *play* antes que alguém mais diga alguma coisa.

Rosa: A Maya é cruel. As coisas seriam bem mais fáceis se ela morresse. Seimone queria que ela morresse.

Eu: Meu Deus do céu, Rosa, você não pode matar a Maya.

[Silêncio]

Eu: Se você matar Maya, vai presa.

[Silêncio]

Eu: Você é inteligente. Mas mesmo os assassinos mais inteligentes acabam sendo pegos. Pesquise sobre eles.

Rosa: Já pesquisei. Você está falando de pessoas que foram pegas. Mas há muitos casos não resolvidos de assassinatos.

[Silêncio]

Eu: Você gostaria de viver neste mundo com o mínimo possível de restrições à sua pessoa, não é?

[Silêncio]

Eu: Se você matar Maya, o que você acha que vai acontecer? Você é diferente. Você já tem de se esforçar muito para esconder isso dos outros, e, ainda assim, tem gente que não quer nem chegar perto de você.

Rosa: Como Maya. Estou ficando cada vez melhor em me parecer igual às outras pessoas, apesar de tudo. Você me viu na festa. Conversei com todo mundo, e todos gostaram de mim. Eles falaram para Sally e David que eu era muito talentosa.

— ELA SÓ ESTÁ brincando com você. — Sally insiste, enquanto Lisimaya envolve o corpo com os braços. — Ela só tem 10 anos. Ela não vai matar ninguém.
    — Eu jamais faria isso — garante Rosa.
    — Isso é alarmante — comenta Lisimaya. — Ela fala essas coisas com frequência?
    — É assim que ela pensa — confirmo.
    — Não é, não! — protesta Rosa. — Eu estava fingindo. Vocês sabem como eu gosto de atuar.
    — E ela já teve episódios de violência? — quer saber Lisimaya.
    — Matar insetos conta? Ela rouba.
    Conto para eles sobre o passaporte e, depois, sobre as coisas que ela fazia quando era menor. À medida que vou falando nada do que ela fez parece tão ruim assim.
    Gene ainda não disse uma palavra. David ainda não disse uma palavra.
    — Ela é maléfica — declara Leilani.
    — Você é maléfica — retruca Rosa, e ela pronuncia a palavra com dificuldade, como se ela não soubesse o seu significado.
    Seimone concorda com a cabeça:
    — É verdade, Lei-Lei, você tem sido muito má com a Rosa desde que ela chegou aqui. Maya também. Eu tenho permissão para fazer as minhas próprias amizades, sabia? Só porque somos gêmeas isso não quer dizer que temos de gostar das mesmas coisas.
    — Elas duas estão se consultando com o James — comenta Lisimaya.
    — Se Rosa é o que você diz que ela é, James teria percebido, você não acha? Ele passou anos trabalhando com crianças perturbadas.
    — Ela só foi a uma consulta — diz Leilani. — Por que você está mentindo, David?
    — Você está me perguntando por que eu não concordo que a minha filha seja perigosa? Porque ela não é.
    Eu balanço a cabeça.

— Ela *não* é, Che. Sim, ela tem dificuldades para formar laços com as pessoas. Ela sempre teve. Sim, ela diz coisas impróprias. Muito impróprias. Ela está aprendendo o que deve expressar e o que deve guardar para si, e o controle dela sobre os próprios impulsos não é lá muito bom. Sim, ela gosta de implicar com você, Che. Irmãs mais novas fazem isso.

Será que Gene e Lisimaya estão engolindo isso?

— Como você bem sabe, ela foi diagnosticada com deficiências no desenvolvimento quando era mais nova — continua David enquanto olha para os seus dois amigos mais antigos. — Mas ela tem melhorado. Meu Deus, vocês deveriam ter visto Rosa há três anos! Ela costumava penar para fazer amigos. Hoje, ela já tem duas amigas. Ela e Apinya ainda se falam. Então, seja lá o que for que aconteceu com o porquinho-da-índia da Apinya...

— Eu não...

— Deixa eu terminar, Rosa — repreende David. Rosa faz um bico com o lábio inferior. — Elas ainda são amigas.

Eu achava que David concordava que Rosa *era* perigosa. Ou não?

— Ela não é normal — declara Leilani.

— Eu concordo. Rosa não é normal. Ela está pelo menos 5 anos à frente das crianças da idade dela em matemática. E está mais avançada ainda como jogadora de xadrez. Socialmente, ela está um ou dois anos atrás. Aparentemente, essas características costumam vir acompanhadas. Não concordo com o seu diagnóstico. — Ele lança um olhar na minha direção. — E nem qualquer um dos profissionais que já examinou ela. E foram muitos. Eu sei que o Che *quer* ser médico, mas ele ainda não é.

Sinto minhas bochechas arderem.

— Ninguém examinou ela para ver se ela tem transtorno de personalidade antissocial.

Sally lança um olhar de fúria.

— David, por que você não contou isso para os meus pais? Você não acha que eles deveriam ter sabido que ela não era normal antes que ela chegasse perto das gêmeas?

Todos os adultos falam ao mesmo tempo, mas Lisimaya consegue vencer o barulho:

— Eles nos avisaram, Leilani. Nós sabemos da Rosa faz anos.

— Então por que vocês não contaram nada para *nós?* — reclama Leilani.
— Porque não queríamos que vocês julgassem ela — responde Lisimaya. — Rosa já tem problemas demais para se relacionar. Acho que erramos.
— Seimone parou de falar com Maya porque Rosa fez...
— Não fez nada — assegura Seimone. — Você fala como se eu fosse um bebê, Lei-Lei. Eu *não* sou um bebê. Maya sabe por que eu parei de falar com ela.
— E você pode nos dizer o motivo? — pergunta Gene delicadamente.
— Porque Maya chamou Rosa de robô do mal.
— Você fez isso, Maya?
Maya concorda com a cabeça. Gene prende o riso. Ninguém mais acha graça.
— Quero que vocês duas voltem a se falar — diz Lisimaya. — Vocês prometem isso para mim? Maya?
Maya concorda com a cabeça de novo.
— Seimone?
— Só se ela parar de implicar com a Rosa.
— E quando a Rosa implica comigo? — É a primeira vez que a Maya fala.
— Rosa — diz David antes que qualquer outra pessoa possa falar. — Você vai parar de implicar com a Maya?
— Eu não...
— Rosa?
Rosa concorda com a cabeça.
— Você promete?
— Prometo — diz Rosa, pronunciando a palavra *prometo* devagar demais, o que faz o gesto parecer sarcástico.
— Você vai parar de implicar com o seu irmão? — David aponta para o meu telefone. — O que você falou não teve graça. Jamais brinque com a morte.
Rosa faz cara de decepção:
— Eu estava brincando. Não achei que o Che ia me levar a sério.
— Seimone, você vai voltar a falar com sua irmã agora? — pergunta Lisimaya.

— Eu prometo — diz Seimone, e pronuncia a palavra do mesmo modo que Rosa.

A FAMÍLIA VOLTA para casa junta. Não consigo chamar a gente de *minha* família. Não sinto que eles tenham qualquer coisa a ver comigo. Apesar disso, aqui estamos. Tenho um pouco de cada um deles: o cabelo e o nariz de David, os olhos de Sally. Mas agora sinto como se não tivéssemos nada mais em comum.

Rosa dá um meio sorriso. Percebo que ela está considerando a noite de hoje como uma vitória sua. Ela tem razão. Foi mesmo.

— Você disse que acreditava em mim — reclamo com David. Estamos a menos de um quarteirão da casa dos McBrunight, mas eu não consigo me segurar.

— E eu acredito — diz ele. — Mas eu também te disse que tenho de manter esta família unida.

— Como você pôde? — pergunta Sally enquanto se vira para mim. Uma veia salta na testa dela. — Como você foi capaz de dizer aquelas coisas sobre a sua irmã? Como você foi capaz de gravar sua conversa com ela?

Rosa dá uma risadinha. A Sally se volta para ela:

— Não tem graça, Rosa.

Ela para de rir imediatamente.

— Isso não é brincadeira. Por que você acha que o seu irmão pensa coisas tão terríveis de você? Porque você não leva nada a sério, Rosa. Eu sei que é difícil. Eu sei como você sofre. Sei que você gostaria que tudo na vida fossem números. Mas não é assim. Você tem de fazer um esforço para se misturar melhor com as pessoas. Você tem de parar de rir quando as coisas não têm graça. Você precisa parar de dizer coisas assustadoras como aquelas. Que você quer que a Maya morra! Por que você disse uma coisa dessas?

— Sinto muito. — O rosto de Rosa está tão sem expressão quanto o de David.

— É bom mesmo, Rosa. Desejar a morte das pessoas nunca é engraçado! Você não pode falar assim.

David bota a mão no ombro de Sally. Ela tira.

— Como chegamos a este ponto? Como podemos ficar pensando o pior de nós mesmos? Como pudemos nos espionar? Como viramos isso?

Não sei para quem ela está dirigindo essas perguntas. Ela não está olhando para nenhum de nós.

David passa o braço em volta dela. Dessa vez, Sally não tira o braço dele, e encosta a cabeça no seu ombro. Acho que talvez ela esteja chorando.

Eles atravessam a rua em direção ao parque. Rosa e eu vamos atrás. Percorremos todo o caminho até nossa casa em silêncio. O rosto dela não tem expressão.

Mais do que qualquer coisa, eu queria estar com Sojourner.

PARTE 4
Quero ir para casa

CAPÍTULO 35

Está muito frio hoje, Georgie me diz por mensagem. **Estou até usando luvas!**

Aqui está um calor infernal.

O verão finalmente chegou. Estou usando shorts na academia e esperando Sojourner aparecer para nossa sessão de *sparring*. Estou esparramado no banco em frente aos vestiários, bebendo água, comendo duas barrinhas de proteína, e botando o papo em dia com Georgie.

Você ia amar aqui. Tem roupas de todos os estilos que você possa imaginar. De todas as cores. Pastel, fluorescente, cores de bala.

Você agora repara em roupas? Do nada agora você sabe o que é um tom pastel? Nova York mudou você.

Não conto a ela que estou repetindo uma frase de Leilani.

Vi umas pessoas usando macacões curtos vermelhos patinando na ciclovia com patins à moda antiga. Uma delas tinha bobs no cabelo.

Nisso eu tinha reparado. Todo mundo tinha. A patinadora que estava na frente dos outros equilibrava no ombro um *micro system vintage*, que tocava música tão antiga quanto os patins.

Que máximo. Algum dia eu ainda vou ver uma merda dessas. E a diabinha, ainda está viajando?

Ela volta hoje.

Revejo as fotos que Rosa mandou da colônia de férias de dança, e mando para Georgie a foto de hoje, de Seimone com a roupa de balé e Rosa com a fantasia Bo Peep, uma tradicional personagem inglesa que é uma pastora de ovelhas.

Que fofinhas. A gente já tinha aprendido a tirar selfie quando tinha 10 anos?

As crianças sabem tudo hoje em dia.

Então nada de animais mortos?

Engraçadinha. Não que eu saiba. Como está o TCC?

O trabalho de conclusão do curso de indumentária de Georgie é fazer um vestido longo de baile. Enquanto ela me escreve sobre isso, mandando inclusive fotos do mais recente manequim de percal, eu repasso minha lista.

1. *Manter Rosa sob controle.*
2. *Quero fazer sparring.*
3. *Quero uma namorada.*
4. *Quero voltar para casa.*

1. Rosa não fez nada de assustador desde que Seimone quase morreu e fizemos aquela reunião entre as famílias. Ela parou de falar comigo. Mais ou menos. E está fingindo que é normal. Ela não entrou mais escondida no meu quarto. Não disse mais quem ela quer que morra, nem nada que fizesse os pelos do meu braço arrepiarem.

Se Rosa não arrumar nenhum problema pelos próximos dez anos, será que vou conseguir acreditar que ela mudou?

David está mais otimista do que eu. Mas David diz coisas diferentes sobre Rosa em público e em particular. Ele me perdoou por eu ter contado tudo aos McBrunight. Já eu não tenho certeza se consegui perdoá-lo. Ele repete que a sobrevivência da nossa família está em jogo. Que rotular Rosa só vai servir para arruinar a vida dela e da nossa família. Ele consegue ver a maldade que carrega dentro de si, mas não admite isso para ninguém além de mim.

Há milhões de pessoas como Rosa no mundo, ele diz, *que vivem a vida toda sem matar ninguém. Rosa é esperta. Ela quer viver uma vida normal. Olha só como ela está se comportando.*

James, o terapeuta, não diagnosticou nada na Rosa. Ele não acha que a amizade dela com Seimone seja nociva.

Ele está errado. Mas pelo menos ela está se consultando com um profissional. Ela vai cometer algum deslize, e ele vai perceber. Agora que David e James entraram em cena, não me sinto mais tão responsável por Rosa.

Seimone voltou a falar com Maya, mas não como antes. Maya continua dormindo no quarto de Leilani. Rosa e Seimone continuam a ser unha e carne, e se comunicam por uma linguagem própria de sinais. Entrelaçam os dedos de modos diferentes, batem os cotovelos, mandam acenos e morrem de rir sempre que alguém pergunta a elas sobre essa linguagem secreta.

Leilani e Maya acreditam em mim. Antes, só Georgie acreditava. Eu nunca fui capaz de falar para ela como eu vivia aterrorizado, como Rosa consumia quase todos os minutos da minha vida. Poder conversar sobre Rosa com Leilani mudou tudo. Eu me sinto como se tivesse passado anos respirando com um pulmão só, e agora tenho dois.

2. Já fiz *sparring*. Estou mil vezes melhor no boxe agora do que antes de começar a fazer *sparring*. Os parentais não gostam nada disso. Mas não estão me proibindo.

3. Tenho uma namorada. Sojourner é tudo. Não vejo ela tanto quanto eu gostaria, ou seja, todo minuto de todos os dias. Ela tem dois empregos, é lutadora e dá aulas na escola bíblica na igreja. Se eu não treinasse boxe também, encontraria com ela no máximo duas vezes por semana.

4. Não quero voltar para casa em Sydney. Estou começando a me sentir em casa aqui.

Por causa de Sojourner, e Leilani, e Maya, e até Elon e Jaime.

Mas Sojourner é o que mais me faz feliz. Ela é mais do que tudo.

Quando ela entra na academia com os cabelos presos e a mochila apoiada num dos ombros, meu coração palpita mais forte. Eu sorrio, me levanto, e a abraço. Ela deixa a mochila cair no chão. E nós nos beijamos.

— Olha a pouca vergonha — ruge o Imbecil, mas nós ignoramos ele.

Sojourner me beija de novo, e depois desaparece vestiário adentro. Eu sorrio enquanto escrevo para a Georgie.

Estou no *sparring* agora. Seu trabalho parece ótimo.

Compramos pizza no caminho para casa. Esse é o nosso ritual agora. Sojourner paga. Ela sabe que os meus pais estão passando pelo que eles chamam de *problemas de fluxo de caixa*, e que estou com medo de estourar o cartão do Vovô, apesar de ele ter dito que não tem problema. Principalmente porque o Vovô adora escrever *Eu te disse* para David quantas vezes ele puder.

Eu geralmente acompanho Sojourner até a casa dela antes de ir para a minha, mas não hoje. Hoje as mães dela estão num encontro da igreja em Charleston, na Carolina do Sul. Eu e Sojourner vamos ficar sozinhos no pequeno apartamento dela até amanhã de manhã. Que é quando eu vou ter de voltar para casa e encontrar com Rosa pela primeira vez em duas semanas. Queria que as mães dela ficassem viajando por uma semana, para que eu pudesse adiar o reencontro com Rosa por mais tempo. Um mês seria melhor ainda. Quando estou com Sojourner, não penso em Rosa.

Não estou pensando nela quando entramos no quarto de Sojourner, tiramos nossas roupas e caímos com os corpos entrelaçados na cama dela.

DORMIMOS NA CASA dela. Acordo com meu telefone cheio de chamadas não atendidas e mensagens urgentes e com Sojourner alternadamente dizendo *caramba* e *ah* — o que para ela é o equivalente a uma enxurrada de palavrões. Ela vai se atrasar para a aula de defesa pessoal que está dando durante as férias.

Você pode tomar conta da Rosa e das gêmeas agora de manhã? Pode levá-las para a aula de tênis?

Suzette, a babá, está doente. Leilani está ocupada com o Neophyte. Os McBrunight só chegam de Tóquio à noite, e os parentais vão ter reuniões o dia todo; então, sobrei eu, porque os empregados dos McBrunight têm coisas mais importantes a fazer do que bancar a babá.

Maya me cumprimenta na porta da mansão da família:

— Elas também vão vir para a aula de tênis.

Maya está usando uma blusa branca, shorts e chinelos. Eu presumo que os sapatos de tênis dela estejam na sua bolsa enorme, que está perto da porta.

— Rosa não sabe jogar. — Que eu saiba, ela nunca segurou uma raquete de tênis.

— Nem Seimone. Mas agora elas vão frequentar a *minha* escola de tênis para ter aulas como principiantes.

Dentro de uma semana, Maya irá para uma colônia de férias de tênis na Flórida. Ninguém está admitindo o fato de que elas irem para colônias de férias em épocas diferentes deixa Maya o máximo de tempo possível longe de Seimone e Rosa.

— Ela nunca se interessou por tênis. Ela fala que é um jogo idiota. O tênis não é idiota.

Eu concordo com a cabeça, mas não tenho opinião formada sobre o assunto. Além de boxe, não gosto muito de esportes.

— Isso é obra da Rosa — diz Maya. — Você sabe o que ela disse? *Os ricos jogam tênis.* Então, Seimone disse: *Eu sou rica*, e Rosa falou: *E eu vou ficar rica.*

Eu espero fervorosamente que não.

— Ela é terrível.

Nós nos sentamos no sofá mais longe da porta.

— Onde elas estão?

Maya dirige o olhar para a galeria acima de nós, onde ficam os quartos das meninas.

— Quando começa sua aula? — Eu me espreguiço no sofá e olho para cima para ver o céu azul e as nuvens brancas através da claraboia enorme. Não estou a fim de ficar vendo as milhares de mensagens que recebi. Penso na noite anterior, em Sojourner.

— Daqui a uma hora — responde Maya. — Mas quero fazer um aquecimento antes. Se pegarmos a linha L do metrô, chegamos lá em 20 minutos. Falei para elas que nós iríamos sair assim que você chegasse aqui. Elas sabem que você está aqui.

Escrevo para minha irmã.

Desce, Rosa. Estamos prontos pra sair.

— Não queria que elas viessem também — comenta Maya. — Seimone odeia tênis. Queria que a colônia de férias dela durasse o verão todo.

Não posso evitar concordar com ela.

— Elas vão atrasar a gente.

— Ainda não. — Eu não consultaria elas sobre isso.

— Elas estragam tudo — fala Maya.

— Elas não vão aprontar nada. Se elas nos atrasarem, ou se fizerem qualquer outra coisa, vou contar para os seus pais.

Maya concorda com a cabeça, mas ela não parece convencida.

Escrevo para Sojourner.

Estou pensando em você.

Queria que ela estivesse aqui.

O elevador apita. Seimone e Rosa saem dele usando roupas que combinam: camisas vermelhas e saias azuis, tênis azuis e vermelhos, e laços azuis e vermelhos amarrando as suas tranças. Estão carregando mochilas azuis e vermelhas que combinam. Como se elas quisessem dizer *agora nós é que somos as gêmeas*.

— Oi, Che — dizem elas ao mesmo tempo. — Oi, Maya.

Maya fica calada.

O cabelo de Seimone está quase tão comprido quanto o de Rosa. Fico imaginando quando ela começou a deixar o cabelo crescer. Elas parecem pequenas líderes de torcida psicopatas em versão miniatura.

— Podemos escolher como vamos andar até lá? — pergunta Seimone.

— O tênis é uma coisa da Maya, então nós deveríamos poder escolher.

Isso me soa como o tipo de lógica de Rosa. Quem se importa como vamos andar até lá? Maya imita perfeitamente o revirar de olhos discreto de Leilani.

— Vamos andar até a estação da linha L na First Avenue, não vamos andar o caminho todo — digo. — E não vamos andar nas pontas dos pés ou equilibrando cadeiras.

— Que engraçado — comenta Seimone.

Rosa nos encara.

— O que a gente quis dizer é que queremos escolher o caminho.

Fico imaginando se algum dia ela vai entender o que é sarcasmo.

Maya já está na porta, colocando a bolsa sobre os ombros.

— Posso carregar isso se você quiser, Maya.

— A treinadora diz...

— Que carregar sua bolsa por aí vai te fazer ficar mais forte. Você me disse. Não sei se a lógica da sua treinadora faz muito sentido.

Maya mostra a língua para mim:

— Ela é o máximo! Uma típica *nova-iorquina*!

— Vamos pela Ninth Street — diz Rosa.

— Está bem.

Lá fora faz sol, e, apesar de ser um dia útil, há muitas pessoas dando uma volta, com cara de que não têm nenhum lugar específico para ir. Há pássaros nas árvores, pardais. Sojourner diz que também tem gaviões, mas nunca vi nenhum deles.

Enquanto caminhamos, Rosa e Seimone correm em volta de mim e de Maya. Depois, trocam de direção, e depois outra vez. As mãos delas se agitam enquanto fazem sua linguagem de sinais.

— Para de me empurrar — reclama Maya.

— Não estamos empurrando ninguém. Estamos dançando — comenta Rosa. — Temos de praticar os movimentos com naturalidade.

— Estamos deslizando — diz Seimone, mas para Rosa, e não para Maya.

— Não estão, não. Vocês estão esbarrando em mim. Che, manda elas pararem.

— Deixem para deslizar na quadra de tênis.

Elas trocam de posição de novo. Vejo Seimone levantar quatro dedos, com o polegar apoiado na base do mindinho. As duas dão risadinhas enquanto saltitam, e nós esperamos o sinal abrir.

Escrevo para Leilani.

Isso é um saco. Maya está arrasada. Rosa e Seimone são umas molecas impossíveis.

Atravessamos a rua. Decidi que é mais fácil ficar de olho em Maya do que ficar atento às travessuras de Rosa e Seimone. Maya caminha rápido e não sai do meu lado.

Molecas? Desde quando você resolveu falar como um livro infantil antigo?

Maya resmunga alguma coisa que soa como *odeio elas*.

Dou um tapinha meio sem jeito no ombro dela, esperando que com isso ela se lembre de que estou ali, solidário.

— Vamos parar para ver a área dos cachorros — diz Rosa. — Quero ver os cachorros.

De algum modo, ela conseguiu manter o cachorro de mentira dela vivo. Avisos por e-mail sobre o estado de saúde dele são mandados para mim e para os parentais. Ela provavelmente acha que tem grande chance de os parentais darem para ela um de verdade.

— Vamos nos atrasar — comenta Maya. — Não temos tempo para ver os cachorros.

— Vamos ir direto pelo parque, meninas.

— Está bem, Che — dizem ao mesmo tempo Seimone e Rosa cantarolando, e depois dão risadinhas. Queria poder proibir elas de darem risadinhas.

Sei que não há a menor chance de eu esbarrar com Sojourner — ela está dando aula —, mas mesmo assim olho à minha volta. O parque foi o primeiro lugar onde encontrei com ela fora da academia, e é onde nos beijamos de verdade pela primeira vez.

Sei que é cedo demais para que eu tenha saudade da época em que começamos a namorar. Não vou perguntar isso para Leilani ou para Georgie, e com certeza não para o Jason. Principalmente depois que a resposta dele quando soube que eu tinha namorada foi:

Tirando o atraso finalmente. Impressionante. Achei que o seu pau ia apodrecer e cair.

Às vezes acho que ele está falando sério quando diz essas coisas.

Maya passa a bolsa do ombro esquerdo para o direito.

— Será que você pode me deixar carregar isso um pouco? Juro que não conto para a treinadora.

— Não precisa — diz Maya. — Não está tão pesada quanto parece.

— Quando quiser descansar, é só falar. — A bolsa parece muito pesada.

Mais risadinhas das gêmeas de azul e vermelho.

— Podíamos jogar xadrez — diz Seimone. Rosa concorda com a cabeça. Elas trocam de lugar de novo. Dessa vez, vejo Seimone esbarrar de propósito em Maya.

— Pare com isso. Não empurre Maya. A gente não vai parar em lugar nenhum. Ninguém vai ver cachorros, nem jogar xadrez, nem empurrar a Maya.

Terminamos de cruzar o parque e estamos atravessando a Avenue A.

— Está bem, Che — dizem elas cantando e saltitando devagar e de um jeito profundamente irritante. Depois elas começam a cantarolar, o que só faz aumentar a irritação.

Seria ruim se eu matasse as duas?

Leilani responde imediatamente.

Essa não é uma pergunta típica da Rosa?

Estou devidamente envergonhado.

Tropeço e quase deixo o telefone cair.

— Você não devia mandar mensagens e andar na rua ao mesmo tempo — comenta Rosa.

— É contra a lei — diz a gêmea menos má dela.

Não consigo ver em que tropecei, mas desconfio que tenha sido nos pezinhos saltitantes de uma delas. Guardo o telefone no bolso. Preciso prestar atenção.

Maya troca a bolsa de ombro de novo.

— Deixa que eu carrego isso.

Ela balança a cabeça. Seus dedos estão brancos no ponto em que ela segura a bolsa.

— Faltam poucos quarteirões agora.

Ficamos esperando o sinal abrir. Ao meu lado, Maya troca a bolsa de ombro de novo. Não me ofereço para carregá-la. Vou esperar ela trocar mais uma vez, e aí vou insistir. Do outro lado dela, Seimone e Rosa estão pulando na ponta dos pés.

Um enorme caminhão de reboque passa por nós e dá uma buzinada alta. Ele está pintado com um anúncio brilhante vermelho, verde e amarelo de uma cerveja que não conheço. O sol está mais forte do que já esteve desde que chegamos aqui. Essa avenida lotada e movimentada é cheia de cores fortes e contrastes gloriosos. Não consigo lembrar por que eu achava Nova York feia. Qualquer cidade em que Sojourner estiver vai ser incrivelmente linda.

Alguma coisa faz um movimento estranho do meu lado. A bolsa de Maya começa a girar, com a alça se enroscando no braço dela e fazendo-a perder o equilíbrio. Tento agarrá-la no ar enquanto ela voa na minha frente em direção à rua. Uma bicicleta a atinge. Ela bate com a cabeça no asfalto, emitindo um som que me embrulha o estômago.

— Maya!

— Seimone começa a chorar de maneira histérica.

— Por que você empurrou ela? — grita Rosa, e lágrimas começam a escorrer do rosto dela. Ela está apontando.

— Que merda é essa? — diz um homem na rua. — Por que você fez isso? — Ele tira o telefone do bolso.

Não consigo ver de quem o homem está falando. Rosa e Seimone estão agarradas uma à outra.

Maya não está se mexendo. Apesar disso, está respirando, e está com os olhos abertos. Eu me agacho ao lado dela, sem ter certeza se deveria pegar a mão dela. Do lado da cabeça dela tem um chiclete recém-mascado. Seu colar com o coração de rubi está brilhando. Uma das pupilas dela está muito dilatada.

— Você vai ficar bem — digo, na esperança de que isso não se revele uma mentira. Encosto com cuidado na nuca dela.

— Está doendo — diz ela. — Quero a Lei-Lei.

Tiro o telefone do bolso. O número de emergência é *911*, eu lembro, e começo a ligar.

Atrás de mim, uma multidão grita, e as meninas estão chorando mais alto ainda.

Depois, escuto sirenes. Alto. Muito alto.

A telefonista do serviço de emergência me diz que uma ambulância já está a caminho. Escrevo para Leilani dizendo que Maya se machucou.

— Estou falando com Leilani, Maya. Ela já vai chegar aqui.

Alguém bota a mão no meu obro.

— Senhor?

Eu me viro. É a ambulância com os paramédicos. Dou um passo para trás e volto para a calçada. Eles se agacham do lado da Maya. Fico aliviado por ela estar sendo socorrida. Quero perguntar se ela vai ficar bem, mas eles não têm como saber isso no momento.

— Che! — me chama Maya.

— Estou aqui. — Não tenho certeza se ela pode me escutar.

— Por que você empurrou ela? — grita Rosa de novo.

Percebo que ela está apontando para mim.

CAPÍTULO 36

A polícia me deixou esperando numa salinha. Já disse para eles tudo o que vi enquanto a gente estava em pé na calçada observando os paramédicos examinarem Maya. Não tenho certeza sobre o que aconteceu. Não me ocorreu que Maya pudesse ter sido empurrada. Ela perdeu o equilíbrio. Achei que ela tivesse tropeçado, ou que alguém tivesse esbarrado na bolsa pesada dela, empurrando-a em direção ao meio-fio.

A polícia não me pergunta se eu empurrei Maya. Eles anotam tudo o que eu digo.

Uma policial aguarda comigo. Ela não fala muito, exceto quando me diz que David está a caminho.

A sala tem quatro cadeiras, uma mesa, um copo de plástico com água, e nada mais. Procuro o meu telefone. Não está no meu bolso. A última vez que me lembro de tê-lo visto foi quando eu estava ao lado de Maya mandando uma mensagem para Leilani. Será que o deixei cair naquela hora? Ou na viatura da polícia, no caminho para cá?

Continuo procurando o aparelho, e depois, quando estou botando as mãos no bolso de novo, lembro que ele não está lá.

Quero levantar e andar um pouco, mas a sala é pequena.

— Não faça isso, garoto — diz a policial.

Estou prestes a dizer *fazer o quê?* quando me dou conta de que, mesmo sentado, estou arrastando as pernas como Muhammad Ali.

— Não consigo ficar sentado quieto por muito tempo.

— É bom aprender, garoto.

Tento me concentrar em parar de mexer as pernas. Isso faz com que eu tenha vontade de tamborilar os dedos. Me contento em alongar os braços e os ombros.

Não sei quanto tempo depois David entra ali e me dá um abraço. Consigo sentir as lágrimas chegarem ao meu rosto, mas não choro. A policial se levanta e nos deixa a sós.

Desabo numa cadeira. David senta na cadeira ao lado.

— Como está a Maya?

— Ela está no hospital sendo examinada. Ela está consciente. Não deve ser muito grave.

Parecia bastante grave.

— Cadê a Sally?

— No hospital. A Rosa, também. Gene e Lisi ainda estão no avião. Danny arrumou uma advogada pra você. Ela vai chegar em breve. Ela disse que não deveriam ter te trazido para cá. Ela vai resolver tudo.

Não faço ideia de quem seja Danny. Dois policiais entram e se apresentam. Não consigo ter certeza se eles estão falando comigo, porque eles ficam olhando para David, e não para mim. Os dois têm apertos de mão fortes. Não escuto os nomes deles.

É como se isso tudo não tivesse nada a ver comigo.

Um dos policiais é alto, e a outra, baixa. Por um momento, penso que são os mesmos policiais que foram até a nossa casa na noite em que Rosa sumiu. Mas, desta vez, é o homem que é alto. Não consigo me concentrar no que ele está dizendo. Quem sabe nada disso seja sobre mim?

Meus pés estão se mexendo o mais silenciosamente que consigo. Não tive de ficar sentado tanto tempo assim desde que viemos de avião até aqui.

— Meu filho não vai responder a nenhuma pergunta até que a nossa advogada chegue.

— Não vou?

— Não vai — fala David com firmeza.

Bebo um gole d'água. Ela tem um sabor oleoso.

Os dois policiais falam um pouco mais com David, e depois vão embora.

Percebo que o piso é revestido daquele material que imita azulejo. Não consigo lembrar o nome, mas, numa das quinas da sala, uma das pontas começou a descolar, como papel de parede velho. Acho que azulejos de verdade devem ser caros.

A advogada chega acompanhada de um outro policial. O cabelo dela tem um corte chanel e é prateado, mas não do mesmo tom de prata que a atendente da Spool. Ele cresce desse jeito da cabeça da advogada. Ela se apresenta, e apertamos as mãos. O policial me diz que eu estou liberado para ir para casa, mas que não devo sair da cidade porque eles podem ter que me interrogar depois.

Pergunto sobre o meu telefone. A polícia diz que eles vão revistar o carro que me trouxe até aqui.

Minhas pernas estão loucas para correr.

NÃO VAMOS AO hospital. David diz que isso poderia provocar um escândalo, porque Rosa e Seimone estão dizendo que fui eu que empurrei Maya.

— Eu não empurrei ela.

— Eu sei. — David estica o braço no táxi para apertar a minha mão.

Em casa, eu me sento na bancada em ilha. A advogada está na minha frente. David já falou o nome dela várias vezes, mas eu não consigo gravar.

Ela não se importa quando eu me levanto e começo a andar.

David faz café. Tomo um gole, mas tem gosto de sabão. Boto o café na bancada e olho pela janela, mas tudo o que consigo ver é Maya deitada no asfalto.

A advogada diz alguma coisa. Não sei bem o quê.

Caminho de volta para bancada e me sento. Tem uma formiga na bancada. Há formigas em Nova York? Caso se tratasse de Sydney, eu acreditaria. Tem formiguinhas pretas por todos os lados lá. Olho mais de perto. É um pequeno grão de alguma coisa. Café? Achocolatado? Poeira? Não sei.

— Che?

— Sim?

— Você precisa responder às perguntas da Ilene.

Concordo com a cabeça e volto a me levantar. Minhas pernas têm espasmos quando me sento.

Minha advogada — *Ilene* — está tomando café como se estar sentada aqui me perguntando sobre uma criança de 11 anos que foi atropelada por uma bicicleta fosse a coisa mais normal do mundo. Talvez para ela isso *seja* normal.

Ilene explica que eu talvez não seja indiciado. Eles começaram a examinar recentemente, mas até agora as imagens das câmeras de segurança da rua não mostram nada. Não há câmeras naquela esquina, e as câmeras de tráfego estavam apontadas para os carros, não para os pedestres. Mas eles ainda não viram as imagens das câmeras do comércio ali em volta.

Isso é uma novidade para mim: não há câmeras de segurança espalhadas por toda Nova York. Depois, me lembro de que Rosa já tinha me dito isso. E foi Rosa quem escolheu por quais ruas nós passaríamos no caminho até o metrô.

Rosa armou tudo isso. Será que ela queria machucar Maya gravemente? Será que ela realmente queria botar a culpa em mim?

A advogada diz que a polícia já interrogou cinco testemunhas. Seimone, Rosa e um homem dizem que eu empurrei Maya. Duas mulheres dizem que foi uma das garotas. Ambas insistem que não fui eu. Uma das mulheres diz que foi Seimone. A outra não tem certeza de qual das duas foi.

Maya não sabe o que aconteceu. Ela não sabe quem a empurrou, só sabe que foi empurrada. Ela está falando, mas teve uma concussão cerebral, três costelas quebradas, duas vértebras fraturadas, e a perna esquerda teve duas fraturas, e vai precisar ser operada. A coluna dela está bem. Ela vai conseguir voltar a andar.

O ciclista tampouco sabe o que aconteceu. Ele acabou com uma perna quebrada, muitos arranhões provocados pela queda, e a bicicleta destruída. Por sorte, ele estava usando a bicicleta leve de corrida, e não uma daquelas azuis e pesadas que se pode alugar pela cidade. Um agravante para ele é que ele não estava na ciclovia.

— Talvez a polícia não te indicie — diz Ilene. — Ninguém morreu, e vocês são menores de idade. Você pode me dizer o que aconteceu? — Ela virou o banco para ficar de frente para mim. — O mais detalhadamente possível.

— Na verdade, não. Eu não vi o que aconteceu. Estávamos prestes a atravessar a rua, e de repente Maya estava no asfalto. Pensei que ela tinha tropeçado. — *Será* que pensei mesmo? Não tenho certeza se na hora eu estava pensando sobre o que aconteceu. Eu estava pensando em como ajudá-la. — Eu não empurrei ela. E nem percebi que ela foi empurrada.

— O que você disse? — pergunta David.

Estou do outro lado da sala.

— Desculpe — digo, e me aproximo dele. — Eu disse que não empurrei Maya.

— Você pode ficar sentado, Che? — pede David.

Volto a me sentar na bancada em ilha. Minhas pernas tremem, mas não há nada que eu possa fazer para detê-las.

— Quem você acha que empurrou Maya? — pergunta Ilene.

— A Rosa.

David contrai os lábios. A raiva desaparece do rosto dele antes que Ilene volte a olhar para ele.

— E Rosa acha que foi *você* quem empurrou Maya.

— Ela está armando para cima de mim. Ela faz esse tipo de coisa.

Enquanto falo com Ilene sobre Rosa, fico pensando por que ela está tentando botar a culpa em mim. O que ela ganha com isso?

— Você tem alguma prova de que isso seria o tipo de coisa que ela faria? — pergunta Ilene.

Conto para ela sobre as gravações que eu fiz e minhas anotações a respeito de Rosa.

Por um momento, Ilene parece desconcertada:

— Posso ter acesso a esse material?

Subo as escadas para pegar o meu laptop. Abro as pastas protegidas por senha e copio tudo num pen drive que ela me entregou. Agora ela tem tudo. David não falou uma palavra.

Depois que a advogada vai embora, ele me dá um abraço.

— Vai ficar tudo bem — diz ele. — Ilene precisava saber sobre Rosa. Você fez a coisa certa.

— Eu fiz? — A cara dele não parecia indicar isso antes.

— Tenho milhares de ligações para fazer. Você vai ficar bem? — Ele desaparece escritório adentro antes que eu possa responder.

Checo o meu tablet. Recebi um milhão de mensagens. Uso o tablet para ligar para Leilani. Ela ainda está no hospital.

— Sinto muito.

— Não foi culpa sua.

Não tenho certeza disso. Eu deveria ter ficado entre Maya e as meninas o tempo todo. E não ter deixado elas fazerem tanta bagunça. Eu deveria ter imaginado que elas estavam tramando alguma coisa. *Será* que elas estavam tramando alguma coisa? Ou o que aconteceu foi só Rosa aproveitando uma oportunidade?

— Como ela está?

— Ela está bem. Está falando. Não lembra muito de nada. Ela teve uma concussão cerebral. Está toda quebrada. Muitos ossos fraturados. A perna esquerda dela está péssima.

— Ela está sentindo dores?

Não tenho certeza se Leilani consegue me escutar. Para mim, ela soa como uma versão robótica de si mesma. Como se ela tivesse entrado naquele vale arrepiante e estivesse me dizendo coisas sobre uma desconhecida. Parece que estou lá naquele vale com ela.

— Ela sabe quem ela mesma é, quem é o presidente, blá-blá-blá. Ela jura que a culpa não pode ter sido sua. Ela acha que o empurrão veio do outro lado, acha que foi a Rosa. Mas ela está com a mente turva.

— Posso fazer uma visita?

— Só a família pode visitá-la. Mas ela perguntou por você. E pela bolsa de tênis dela. — Leilani emite um som que imagino ser uma risada forçada. — As raquetes dela foram destruídas. Ela não sabe que Seimone e Rosa estão dizendo que foi você quem empurrou. Ela se recusou a receber a visita da Seimone. — A voz de Leilani fica trêmula e volta a soar como a de um ser humano. — Estou com medo, Che. Estou com medo de ter sido Seimone.

LIGO PARA SOJOURNER. Ela não atende. Nós não íamos nos encontrar hoje à noite, porque ela está estudando para uma prova de primeiros socorros.

Preciso vê-la. Mas Ilene disse que devo ficar em casa até que as coisas fiquem um pouco mais claras.

Posso te encontrar? É importante.

Nenhuma resposta. Começo a checar minhas mensagens, e então me dou conta de que não tenho coragem de respondê-las. Ninguém sabe o que está acontecendo. Como posso ficar fazendo piadas com Nazeem, Georgie ou até Jason neste momento?

Quando Rosa e Sally voltam, estou sentado na bancada em ilha comendo uma tigela de cereal porque não tem nada mais para comer. David está no escritório.

Rosa está usando a roupa azul e vermelha. Não sei por que eu achei que ela tinha mudado. Essa é a primeira vez que ela vem pra casa desde o acidente.

Não, não foi um *acidente*.

Sally está segurando a mão de Rosa. O rosto de Sally está vermelho e cheio de manchas, como se ela tivesse acabado de chorar. Tenho certeza de que Rosa chorou também, mas não vejo nenhum sinal disso nela. Ela olha para mim, e depois desvia o olhar, sobe as escadas e bate a porta do quarto.

— Foi um dia longo — comenta Sally. — Os McBrunight estão no hospital.

Ela me abraça, mas apenas por um momento. Não sinto o peso do corpo dela; é como se Sally tivesse se esvaído.

— Vou me deitar. Estou morta de cansaço — diz ela. — Vou pedir para o David ir ver como ela está.

Concordo com a cabeça, mas ela já saiu de vista.

Volto a checar meu tablet. Recebi uma mensagem de Sojourner.

OK. Preciso de um descanso.

Estou prestes a convidá-la para vir para cá quando me dou conta de que eu também preciso me afastar de tudo isso um pouco. Mesmo que seja só por alguns minutos.

Ignoro o que a Ilene me falou:

Que tal nos encontrarmos no parque? Perto de onde ficam os cachorros.

5 minutos.

OK. Estou sem meu telefone.

Até mais.

Deixo um bilhete na bancada dizendo que vou voltar em meia hora, pego uma jaqueta e fecho a porta silenciosamente atrás de mim. Duvido que eles percebam que eu saí.

O PARQUE ESTÁ muito mais silencioso do que durante o dia. Não deve ter passado das dez horas.

Alguns cachorros estão correndo de um lado para o outro na área designada para eles, e pulando em cima de seus donos, que parecem exaustos. Passo perto da entrada, querendo ter sido mais específico quanto ao nosso ponto de encontro. Faço o caminho de volta até a entrada. Será que é melhor andar mais para a direção onde ela vai chegar?

— Che!

Sojourner está vestindo calça de moletom, camiseta e um casaco com capuz. Corro até ela e dou um abraço. Ela me abraça de volta. Não quero me desvencilhar dela.

— O que houve?

Não sei por onde começar.

Dou um beijo nela. O gosto é tão incrível que por um momento eu quase esqueço o que aconteceu. Sojourner se desvencilha primeiro.

— O que foi, Che?

— Aconteceu um acidente. A Maya está no hospital.

— Ela vai ficar bem? — Sojourner se afasta de mim.

— Ela está consciente. Quebrou vários ossos. Teve uma concussão cerebral. Mas eles acham que ela vai ficar bem. Ela não se lembra do que aconteceu.

Volto a beijá-la.

— Eu estava lá quando aconteceu. Rosa e Seimone também.

— Que coisa horrível.

Concordo com a cabeça. Como conto para ela sobre a pior parte?

— Eu precisava te ver.

Ela me pega pela mão e me leva até um banco. Ela sabe que a história não acabou. Devo estar demonstrando isso pela expressão no meu rosto.

— Pensei que tinha sido um acidente. Que ela tinha tropeçado, ou algo do gênero. A bolsa dela estava muito pesada. Eu devia ter carregado a bolsa para ela.

— Então não foi um acidente? — Sojourner parece confusa.

— Eles acham que não foi um acidente.

— Eles?

— A polícia. Eu não sei o que aconteceu. Estávamos parados esperando o sinal abrir e, de repente, Maya estava no asfalto. Uma bicicleta atropelou ela. Uma bicicleta! O babaca deveria estar na ciclovia. De qualquer forma, teria sido pior se fosse um carro. Ela estaria morta. Eu não vi o que aconteceu. Não pude fazer nada para impedir.

— Não foi culpa sua, Che. — Sojourner passa um dos braços em volta de mim.

— Eu sei. Mas as testemunhas estão dizendo coisas diferentes. Estão dizendo que Rosa a empurrou, ou Seimone.

— Não. — O choque da notícia faz com que ela encolha o corpo. — Isso não pode ser verdade.

— Rosa e Seimone dizem que *eu* empurrei a Maya. Uma das testemunhas concorda com elas. Mas eu não empurrei.

— É claro que não. — Sojourner fala como se tivesse certeza absoluta. — Mas por que a sua irmã diria uma coisa dessas? Por que a Seimone diria isso?

— Lembra quando eu te disse que a Rosa adora criar problemas? Esse é o tipo de problema que ela cria. Ela não é normal.

Sojourner me olha com uma expressão de susto.

— Ela sempre foi assim. Sempre. Eu tento impedi-la, mas ela sempre vence.

Começo a chorar. Sojourner me abraça. A sensação da pele dela contra a minha é o suficiente para que eu me sinta melhor. Não sei por quanto tempo ficamos abraçados.

— A MAYA MORREU.

Escuto as palavras, mas não registro direito. Ainda estou segurando as chaves. David segura a porta aberta e me puxa para dentro.

— O quê?

— A Maya morreu. — A expressão no rosto de David não se altera. Ele está em choque.

Posso ouvir Rosa soluçando de tanto chorar no andar de cima. Sally deve estar consolando ela. Fico imaginando quando Rosa aprendeu a chorar assim.

— Ela morreu?

— De hemorragia cerebral.

Começo a repassar tudo o que sei sobre sangramentos no cérebro. Fico imaginando em que parte do cérebro aconteceu a hemorragia. Ela caiu de costas e bateu a cabeça com força. Será que foi no tronco cerebral? Isso é muito grave.

É claro que é grave. Maya está *morta*. Importa onde foi a hemorragia?

Eu poderia tê-la salvado. Eu poderia ter carregado a bolsa dela. Eu poderia ter ficado sempre entre ela e minha irmã e Seimone. Eu poderia ter me recusado a tomar conta de Rosa e Seimone, e largado as duas nas mãos de um dos empregados dos McBrunight.

Eu poderia ter matado Rosa sufocada antes que ela pudesse machucar alguém.

Eu sei que foi Rosa quem empurrou.

Ela finalmente virou uma assassina, como sempre quis.

Eu òdeio a minha irmã.

CAPÍTULO 37

Na manhã seguinte a polícia me interroga na delegacia, na presença da minha advogada e de David. Rosa e Seimone também são interrogadas, mas em casa. Cada uma delas tem o seu próprio advogado.

Sally fica com a Rosa.

David e eu somos levados para uma sala que parece exatamente igual à sala para onde me levaram depois do acidente. Ou do não acidente. O piso que imita azulejos não está descolando numa das quinas, então sei que estou num local diferente, que também tem um cheiro estranho de umidade que a outra sala não tinha.

Ilene não nos acompanha.

— Não fale com ninguém até eu voltar. Tenho de resolver uma papelada — diz ela vagamente.

Fiquei acordado a maior parte da noite, pensando no que as testemunhas haviam dito, em como elas concordam que Maya foi empurrada, mesmo que não concordem sobre quem a empurrou.

Escrevo para Leilani do meu tablet dizendo que estou pensando nela. *Estou* realmente pensando nela, preocupado com ela, mas me sinto como se estivesse dizendo uma mentira.

As meninas me fizeram tropeçar. No caminho até a estação de metrô, quando elas estavam trocando de lado o tempo todo, elas me fizeram tropeçar de propósito.

Eu acho.

Na hora, não tive certeza, então não posso ter certeza agora, né? Acontece que agora tenho. Elas me fizeram tropeçar. Eu sei que fizeram.

Maya está morta.

Não consigo absorver essa informação. Ainda não me encontrei com Leilani. Quando nos encontrarmos, vou ter a confirmação. Mais uma vez, queria ter meu telefone comigo.

— Eu não empurrei — falo para David. Já é a terceira ou quarta vez que digo isso? Por que estou tão confuso?

— Sim — diz David. — Sei que você não empurrou. Sim — reafirma antes que eu possa dizer —, sei que a Rosa seria capaz de fazer isso. Mas eu não sei exatamente o que ela fez.

Não consigo avaliar bem o que ele disse. É como um daqueles problemas irritantes de lógica que Rosa ama. *Se A está num trem...*

— Você acha que foi Seimone?

— Não sei. Nenhum de nós sabe.

Finalmente David parece quase cansado. Ele tem olheiras suaves sob os olhos, que também estão um pouco vermelhos.

Ilene entra. Ela me dá um tapinha no ombro, o que é mais do que David fez. Repassamos juntos a minha versão da história, ela anota tudo num caderninho preto, e me pede desculpas por estar me fazendo as mesmas perguntas de novo.

Meus olhos ardem. Minhas pernas não param de ter espasmos, mas tenho certeza de que não posso simplesmente me levantar e começar a caminhar pela saleta.

David checa seu telefone, escreve mensagens, mas tenho certeza de que ele está prestando atenção.

— E as suas gravações?

Espero até que Ilene diga mais alguma coisa.

— Sua irmã não é como as outras crianças de 10 anos, né?

É difícil conter o riso.

— Não, ela não é. Você já ouviu quantas gravações?

— Só algumas.

Fica claro para mim que ela ainda não ouviu as conversas que são verdadeiramente horríveis. Não deu tempo.

— Eles vão me liberar?

— Estou tentando conseguir isso — diz a advogada.

David sai da sala.

— Vai ficar tudo bem. — Ilene me dá outro tapinha no ombro.

Eu me lembro de ter dito a mesma coisa para Maya.

David volta com água e um saco de batatas fritas. Não estou com fome. E eu estou sempre faminto.

Em um dado momento, começo a dormir com a cabeça apoiada na mesa. Quando acordo, Sally tomou o lugar de David, e Ilene saiu.

Limpo a baba da minha boca e tento me concentrar. Sally parece mais velha. Tem rugas demais no rosto dela. Muito cabelo branco em meio aos fios louros. Nunca tinha reparado em nada disso antes.

Ela está com a cabeça abaixada.

— O que aconteceu? — pergunto. — O que a Rosa disse?

— Ela ainda está dizendo que foi você. — Sally não olha para cima. — Seimone também.

— Você não acredita nelas, né?

— Claro que não.

Seria mais fácil de acreditar nisso se ela olhasse para mim.

Sally olha para as próprias mãos, girando a aliança em volta do dedo.

— Eu jamais empurraria Maya. Eu gosto da Maya! A Leilani é a minha melhor amiga aqui. Por que eu mataria a irmã dela?

— Eu não acho que você tenha matado ela, Che. — Sally continua mexendo na aliança.

A sensação que tenho é a de que ela não acredita em mim.

— Então por que você não olha para mim?

— Estou cansada, Che. Me sinto destroçada.

— Foi a Rosa. Você sabe como ela é. Você algum dia pensou em me levar a um especialista? É sempre a Rosa. Nesse caso, também foi ela.

Sally olha para cima. Seus olhos estão vermelhos, e a pele embaixo deles parece flácida. Ela estende o braço e toca a minha bochecha.

— Sim, Rosa é a mentirosa, e você é quem fala a verdade. Sabemos disso. Assim é a nossa família. Sou eu quem nos mantêm unidos, e David é o tempestuoso.

— Mãe? — Não consigo entender o que Sally está dizendo.

— Você nunca me chamou de *mãe* antes.

Ilene entra para explicar que Rosa, Seimone e eu vamos ser avaliados por um psiquiatra.

— Isso acontece sempre? — pergunto.

Ilene balança a cabeça.

— Eles também querem que você faça uma tomografia do cérebro, o que definitivamente não é comum. O advogado dos McBrunight foi quem fez a solicitação. Eles vão cobrir os custos.

— Eles querem que eu faça uma tomografia do meu cérebro? E a Rosa?
— Ela também — diz Ilene. — Assim como Seimone.
— Por quê? — Talvez eles tenham finalmente acreditado naquilo que contamos a eles sobre a Rosa. Eles querem ver se ela realmente é o que Leilani disse que ela é.
— Eles não explicaram o motivo. Você não precisa concordar em fazer isso.

Sally pergunta alguma coisa para Irene, mas eu não escuto porque estou segurando o riso. Rosa finalmente vai fazer uma tomografia cerebral.

— Acho ótimo — digo. — Que tipo de tomografia? Ressonância magnética? — Ilene olha para o seu caderno e folheia algumas páginas.
— Sim, vão ser ressonâncias magnéticas. Mas você não tem de fazer se não quiser — repete ela. — É uma solicitação muito incomum. Pode acabar complicando as coisas.
— Eu faço, sim. — Quero ver como a morfologia dos nossos cérebros é diferente. Quero ver o que exatamente faz de Rosa o que ela é. — Todos vão ver que Rosa não é normal.
— Eu não alimentaria esperanças com relação a isso — observa Ilene. — Essas avaliações geralmente são inconclusivas e contraditórias.
— Rosa também topou fazer, sabia? — diz Sally enquanto levanta a cabeça e olha nos meus olhos. — Ela não tem medo de uma tomografia. Você está obcecado, Che. Ainda assim, ela te venera.
— Mesmo quando ela diz que fui eu que empurrei Maya?
— Ela está tentando entender por que você fez isso.
— Você não tinha dito que acreditava em mim?
— Eu acredito — responde Sally. — Você é persuasivo. Você sempre conseguiu fazer com que as pessoas gostassem de você.
— Hein? Do que você está falando?

Ela está cobrindo os olhos com as mãos. Tenho quase certeza de que ela está chorando.

— Você é muito parecido com David — murmura ela.
— Com David? — repito.

Sally se levanta.

— Eu te amo, Che. Ela seca os olhos e vai em direção à porta.

Não sei o que dizer.

Ela vai embora.

Sigo-a com o olhar.

— Sinto muito — diz Ilene. Fico imaginando o quanto ela compreende o que acabou de acontecer. Fico imaginando o quanto eu mesmo compreendo.

ELES ME LIBERARAM para ir para casa. Ilene explica que a polícia gostaria que permanecêssemos na cidade, e que ninguém vai ser indiciado. Já ouvimos isso várias vezes. Ela vai nos avisar assim que as tomografias forem marcadas. Fico imaginando quanto tempo isso vai demorar, e o que vai acontecer com Rosa quando descobrirem o que ela é.

Sally volta para casa comigo. Melhor dizendo, ela volta ao meu lado. O sol ainda está no céu. Não sei que horas são e não quero perguntar, mas deve ser tarde já. As sombras são compridas, e os restaurantes estão cheios.

— Me desculpe — diz Sally.

Ela não está olhando para mim. Ela olha para a calçada, que está cheia de chicletes velhos grudados.

Não falo nada. Quando chegar em casa, vou entrar no tablet para mandar uma mensagem para Sojourner. Nunca tive tanta vontade de encontrar alguém quanto quero encontrá-la agora.

— Você já reparou como essa cidade fede? — observa Sally. — Fede muito mais do que Bangkok.

— Duvido disso — digo. Aqui não tem aquela fruta parecida com jaca. Durião.

Ela continua a falar como se eu não tivesse dito nada.

— O calor dilata o asfalto, liberando o odor de tudo o que já caiu no chão, principalmente xixi, vômito e comida estragada.

Não sei ao certo o que dizer. Tudo o que consigo sentir é o cheiro de incenso do brechó pelo qual estamos passando em frente. Sally é quem está ditando o ritmo acelerado da nossa caminhada, mas eu queria que estivéssemos andando mais rápido ainda. Queria poder sair correndo.

— Detesto esta cidade — comenta Sally.

Não tenho certeza se ela está falando comigo.

— Eu nunca quis vir pra cá. Foi ideia do David. Tudo é sempre ideia do David.

Se eu soubesse na época em que importava, teria argumentado com mais veemência para que nós não nos mudássemos para cá. Mas agora? Sojourner está aqui. Agora isso não importa mais. Agora eu tenho medo de que a gente tenha que ir embora.

MEU TELEFONE ESTÁ na bancada em ilha da cozinha como se tivesse estado ali o tempo todo. Será que foram os policiais que devolveram? Ou Rosa? Isso por acaso importa?

Vejo as mensagens que Sojourner me mandou. Tem uma de ontem à noite que não apareceu no meu tablet.

Fica firme.

Depois, tem uma mandada hoje de manhã:

Rosa está dizendo que você foi preso. Sinto muito pela Maya. E por você também.

Quando Rosa conversou com Sojourner? O que mais será que ela falou?

Ninguém foi preso. Posso te encontrar?

Não recebi nenhuma mensagem de Leilani.

Eu sinto muito.

Enquanto escrevo para ela, meus olhos ardem e sinto um aperto na garganta. Mas não estou preparado para chorar, pelo menos não ainda.

Estou com saudade.

Guardo o telefone no bolso. Estava sentindo falta do peso dele.

— Você está com fome? — pergunta Sally.

Essa pergunta costumava ser desnecessária, mas já não é. Não sinto fome desde que Maya foi ferida, e agora ela está morta.

— Claro.

Sally abre a porta da despensa, olha para dentro, e retira uma caixa de macarrão parafuso e um vidro de molho *all'arrabiata* pré-pronto. David vai ficar horrorizado.

Encho uma panela com água para ferver e adiciono sal.

— Obrigada, Che.

A voz de Sally nunca soou tão desanimada. Consequência do luto, acho. Ninguém com quem eu me importasse jamais havia morrido. Não tenho nem certeza se acredito mesmo que Maya morreu.

Quero dar um abraço em Sally, mas ela não está olhando para mim.

Eu me sento num banco e observo enquanto ela mexe o molho do macarrão. Meu estômago parece estar cheio de chumbo.

ROSA E DAVID se juntam a nós para comer o macarrão. Nós quatro nos sentamos em bancos em volta da bancada em ilha quase como se fôssemos uma família.

David não fica horrorizado pelo fato de o molho ter saído de um vidro industrializado, ou pela falta de queijo parmesão.

Rosa não fala comigo e nem olha para mim. Ela fica remexendo o macarrão na tigela, se certificando de que cada macarrão parafuso fique coberto de molho. Nem Sally nem David percebem que ela não está comendo. Não acredito que ela esteja triste demais para comer.

Boto uma garfada de macarrão na boca e mastigo. Não tem gosto de nada, e, quando engulo, quase sinto uma ânsia de vômito. Pouso o garfo na bancada.

Não pergunto para Rosa o que ela disse para Sojourner. Ela mentiria.

Os parentais conversam entre si como se nós não estivéssemos presentes, coisa que eles fazem com frequência, mas desta vez é sem querer. Seus carinhos e declarações de amor parecem mecânicos.

Checo o meu telefone.

— **Estou com saudade também. Não posso te encontrar hoje, e nem amanhã.** — Sojourner me manda uma mensagem. — **Mas vamos nos encontrar em breve. A Mamãe não está bem. Como você está?**

— **Bem, na medida do possível. Sinto muito pela sua mãe.**

Nenhuma resposta de Leilani. Eu não esperava que ela respondesse. Não consigo imaginar como ela está segurando essa barra.

— Você acha que tem problema se eu for à academia?

— Não sei — responde Sally. O comentário soa mais como *Não estou nem aí*. — Deixe o telefone ligado.

Faço o caminho todo até a academia correndo, com meus pés pisando com força na calçada. É como se o meu corpo tivesse esquecido tudo o que sabe sobre corrida e decidido atacar o chão com o máximo de força possível.

Quando chego na academia, meus pés estão latejando, e sinto uma cãibra na panturrilha esquerda.

Isso não me impede de malhar com o máximo de intensidade que consigo. Não encontro nenhum conhecido na academia, o que me deixa aliviado. Não sei nem como eu começaria a conversar com alguém.

Em momento algum deixo de pensar em Maya. Ela está morta. Meu cérebro fica dando voltas em torno disso. Maya morreu.

QUANDO CHEGO EM casa, Rosa está no meu quarto. É claro. Mas, desta vez, ela está sentada na minha escrivaninha, e não na cama.

— Sally está dormindo — comenta ela. — E David está no escritório.

— Achei que você não estivesse falando comigo.

— É claro que estou. Você é meu irmão.

Eu me deito na cama e fecho os olhos:

— Vai embora, por favor.

— O que você está fazendo, Che?

— Te ignorando, Rosa. E você, o que está fazendo?

Eu não vou deixar que ela me irrite.

— Rezando por você. Sojourner acha que isso pode ajudar.

— Por que você anda conversando com a Sojourner? — Eu me sento.

— Achei que ela fosse ficar muito preocupada, então liguei pra ela e contei tudo o que aconteceu.

— Não, você ligou para ela e mentiu. Eu não fui *preso*.

Rosa dá de ombros, como quem diz: *Mas vai ser.*

— Ela está rezando por você. Me disse pra falar pra você que ela vai rezar por você todos os dias. Eu disse pra ela que você não acredita em Deus. Ela disse que já sabia, mas que vai rezar mesmo assim. Eu disse pra ela que eu acreditava em Deus. Que eu senti a presença Dele quando estava na igreja. É Dele com D maiúsculo. Você tem de escrever assim para que as pessoas saibam que você está falando de Deus, e não de um homem comum. Mas eu não consigo entender por que Deus seria homem. Sojourner disse que eu posso ir com ela de novo à igreja no domingo. Mas só se David e Sally deixarem.

Não digo nada. Por que eu deixaria Rosa saber que eu não estou me sentindo bem? Já é uma luta e tanto não expressar no meu rosto o que estou sentindo. Será que Sojourner acha agora que eu sou um assassino? Eu me inclino para a frente e alongo a parte posterior da coxa. Elas ardem.

— Eu não acredito em Deus — declara Rosa para mim como se isso fosse uma novidade. — Nem que ele seja homem, ou mulher, ou nenhum dos dois, como Elon. A Jaime também não acredita. Ela admitiu isso pra mim. Ela disse que não é que ela não acredite, ela só não tem certeza. E ela não quer que Sojourner descubra. Ela disse que é muito difícil quando toda a família é religiosa e você simplesmente não é. Você sabia que a Jaime mora com Sojourner e as mães dela? É por causa da escola. A família dela morava no mesmo quarteirão da Sojourner, mas depois o prédio dela foi vendido e transformado num edifício de luxo, e agora eles moram a duas horas de distância daqui. Eles não têm muito dinheiro.

Eu sei de tudo isso.

— Mas não tem problema. Nós também não temos. Basta perguntar para o David. Ele está no escritório tentando fazer o dinheiro surgir do nada.

Ela está começando a me irritar.

— Você gosta da sua advogada? Eu gosto da minha. Ela diz que nada de ruim vai me acontecer, porque eu não fiz nada e, mesmo que tenha feito, sou jovem demais. Quem será que está pagando por ela? Duvido que ainda sejam os McBrunight.

— Por que você matou a Maya? Por quê, Rosa?

— Não fui eu. Foi a Seimone. Ela não queria matar. Foi sem querer.

Não acredito nela.

— Ela só queria dar um susto nela. Seimone está muito chateada.

Chateada?

— A morte da Maya era a última coisa que eu queria que acontecesse. Seimone empurrou com muita força. Eu falei para ela não fazer isso. Mas Seimone queria dar uma lição na Maya. Eu vivo dizendo para Seimone que é melhor dar uma lição nas pessoas sem violência. A violência é óbvia demais.

Arregalo os olhos para Rosa.

— É o que você sempre diz, Che. As pessoas vão presas quando são violentas. A não ser que você seja violento apenas no boxe. Seimone não quer ir para a cadeia.

— Você está me dando dor de cabeça.

— Estou com saudade de você — diz ela. — Mal nos falamos desde que eu voltei da colônia de férias, e eu tenho um monte de coisas pra te contar. Antes disso não estávamos nos falando. Eu sinto falta de conversar com você, Che. Conversar com a Seimone não é a mesma coisa. Eu não posso falar *tudo* pra ela.

Eu não sinto a mínima falta de ouvir esse *tudo*. Volto a me deitar e fecho os olhos. Talvez assim ela vá embora.

— As coisas são melhores quando você não está de mal de mim. As coisas são melhores quando você não está tão triste.

— Sinto muito pelo seu sofrimento — murmuro, sem me importar se ela consegue ouvir ou não.

— Isso foi um comentário sarcástico, né? — pergunta Rosa. — Está vendo? Eu sei *sim* o que é sarcasmo.

CAPÍTULO 38

Só consigo dormir quando já passam das sete e meia da manhã, e às nove sou acordado por David batendo na minha porta e me dizendo que minha advogada estava em casa. Tomo banho e me visto o mais rápido que posso.

No andar de baixo, Sally, David e Ilene estão sentados na bancada em ilha tomando café. Só David parece ter conseguido dormir.

Ilene me cumprimenta com um toque de leve no ombro.

— Você conseguiu dormir? — pergunta ela. Sei que estou com uma cara péssima.

— Um pouco.

Eu me sento no banco ao lado dela e aceito o café que David me oferece. O caderninho preto de Ilene está sobre a bancada em ilha.

— As tomografias e as avaliações estão marcadas para o meio-dia — observa ela. — Para vocês dois.

— Tão rápido assim?

— Os McBrunight conseguiram acelerar tudo. — Ela concorda com a cabeça e nos dá o nome e o endereço de uma clínica particular.

— O que não faz o dinheiro, hein? — comenta David. — Essas máquinas não custam milhões?

— Algo mais? — pergunto. — A polícia disse alguma coisa?

— Nenhuma novidade. Eles estão prosseguindo com a investigação deles — diz Ilene. — Terminei de examinar todo o material que você me entregou.

— Examinar o quê? — quer saber Sally.

— As conversas com Rosa que o Che gravou — responde David.

Sally parece prestes a dizer alguma coisa, mas David segura a mão dela.

— As conversas são estranhas mesmo — diz Ilene —, mas elas não provam que Rosa queria fazer mal a Maya.

— E quanto à conversa em que ela diz que queria machucar a Maya? — falo tentando tirar o tom de sarcasmo da minha voz.

— Rosa não diz isso explicitamente, diz? Ela diz que queria que Maya morresse. Todo mundo de vez em quando deseja que outra pessoa morra. E as crianças fazem isso com mais frequência do que nós. Minha filha disse ontem em voz alta que queria que eu morresse porque não cheguei em casa a tempo do jantar. O que ficou claro para mim nessas gravações é que Rosa gosta de dificultar a sua vida o máximo que pode. Não vou dizer que ela é uma típica irmã mais nova, porque algumas das coisas que ela disse são terríveis, mas ela não chega aos extremos que alguns irmãos chegam. Vai ser muito fácil retratar isso como simples rivalidade entre irmãos.

— E as minhas anotações?

— Sinceramente, Che, elas são muito especulativas. — Ela faz uma pausa. — E alguns dos trechos que você escreveu sobre sua própria opinião são, digamos, perturbadores. Se você chegar a ser indiciado, acho que nada disso vai te ajudar.

— Que trechos? O que escrevi que é perturbador?

— O fato de você espionar sua irmã, Che — intervém Sally. — Como você não consegue entender isso?

— Eu não me referia a isso — diz Ilene. — Falo dos trechos em que você escreveu sobre como aprendeu a controlar o seu temperamento, não cedendo à vontade de ferir os outros, e como o boxe foi útil para você redirecionar sua raiva. Ela abre o caderninho e lê em voz alta: *"Minha raiva arde dentro de mim. Sinto vontade de libertar isso, de destruir tudo e todos. Especialmente Rosa. Queria poder matar ela. Às vezes não consigo segurar a raiva. Sem o boxe, não sei o que seria de mim."*

— Que merda é essa? Eu nunca escrevi isso. Eu nunca sequer cheguei a *pensar* isso.

— Então por que isso consta nas anotações que você me entregou? — Ilene fica impassível. Ela permanece profissional, como quando começou a ler em voz alta esses trechos violentos. Ela não está emitindo julgamentos, só está me dizendo o que acha que vai contribuir para o meu caso, e o que não.

Estou prestes a dizer que foi Rosa quem inseriu esses trechos. Mas como posso fazer isso depois do que Sally acabou de dizer?

Eu sei que foi Rosa. Penso em quando encontrei escrito no meu diário: *Ponha fogo, veja queimar.* Isso foi obra da Rosa me dizendo que ela já sabia das gravações antes de escutar minha conversa com David. Foi ela quem acrescentou esses trechos. Ela pôs fogo. E agora está me vendo queimar.

Meu Deus.

A única pessoa que pode confirmar que estou falando a verdade é David, mas ele está calado. Ele sabe a verdade sobre Rosa. Por que não está dizendo que deve ter sido ela quem acrescentou essa merda?

— Foi a Rosa — digo, porque é verdade. — Ela deve ter escrito isso.

— Sério? — fala Sally. — Quer dizer que a Rosa agora está escrevendo no seu diário?

E é aí que me dou conta de que já ouvi essas palavras antes. David me disse que a raiva ardia dentro dele. David me disse que ele tinha de conter a vontade de destruir tudo. David que é o temperamental. O tempo todo ele soube de Rosa, mas nunca fez nada. Ele insistiu para que não contássemos nada a Sally. Sally acha que eu sou como David. David que era descontrolado quando era jovem. *O quão descontrolado?*

Buscar emoções fortes e correr riscos fazem parte da lista das características dos psicopatas. David é carismático, encantador. Sally me chamou de encantador. Não foi um elogio.

David é que está pondo fogo em mim e me vendo queimar.

É disso que Sally estava falando quando disse que eu era parecido com ele. Esse é o medo dela, e não que eu seja parecido com Rosa. David é o psicopata dela, assim como Rosa é a minha.

Como não percebi isso antes?

Você não é esperto, Che. Quantas vezes Rosa já não me disse isso?

Meu pai é como a Rosa.

O supercidadão David não se importa com as pessoas que ele ajuda, não se importa em tornar o mundo um lugar melhor. Ele só se importa consigo mesmo.

Nós somos o disfarce dele.

Como disse Rosa, alguns psicopatas têm uma família carinhosa para esconder quem eles realmente são.

Rosa me avisou isso. Ela disse que David era como ela. Ela me disse muitas coisas sobre David. Verdades. Eu não dei ouvidos a ela. Não acreditei nela.

— Você está bem, Che? — indaga Ilene.

— Não foi a Rosa — sussurro.

— Che? — repete Ilene.

David não sorri, mas percebo que ele sabe que eu sei. Ele está observando para ver se vou contar para Ilene. Sally está olhando para as próprias mãos. Uma lágrima cai na bancada.

Como Sally consegue viver com ele? Ela diz que o salvou. Nenhuma das histórias do descontrole de David me fez pensar que ele era como Rosa.

Sally sabe, e tem observado a mim e a Rosa, morrendo de medo que nos tornemos como ele. Mas ela vive com ele, ela acredita que conseguiu mudá-lo, ela o ama.

Mas David não ama Sally. Ele precisa dela porque ela é essencial para essa farsa de vida. É por isso que ele sempre mantém Sally por perto, fazendo com que ela acredite que ele mudou, e que Rosa é normal.

E quanto a mim?

Eu sei o que Rosa é, então sou carta fora do baralho. Ele decidiu que sou descartável. Será que ele convenceu Rosa a entrar nesse jogo? Será que eles planejaram tudo isso juntos?

— *Meu Deus* — sussurro.

Nada na minha família é como eu pensava.

Eu deveria ter voltado para casa na Austrália. Minhas tias sempre me disseram que me receberiam. Eu devia ter abandonado Rosa à própria sorte, viajado para casa, e saído para me divertir com Jason, Georgie e Nazeem.

Rosa não tem salvação. O caminho dela é só ladeira abaixo.

Fecho os olhos. Tudo o que vejo são os sorrisos de Rosa e de David. Como nunca percebi o quão parecidos eles são?

— Che sempre teve ciúmes da Rosa — diz David para Ilene. — Ele queria continuar sendo filho único. Depois se convenceu de que havia algo de errado com Rosa praticamente a partir do momento em que ela nasceu.

— Isso é mentira — protesto. — Você sabe o quanto eu mimei a Rosa. Sempre fiz tudo o que pude para protegê-la.

Sally começa a chorar.

— Foi você, não foi? — Encaro David. Ele me encara de volta.

— O que foi? Você está dizendo agora que fui eu que empurrei a Maya? Eu nem estava lá.

Ele levanta as mãos espalmadas como se indicasse para Ilene como eu sou um caso perdido.

— Você não percebe, Che? — De algum modo, Ilene está fingindo que nós não dissemos nada. — Essas gravações e anotações não provam nada contra Rosa.

— Eu não empurrei a Maya. Eu não fiz essas anotações sobre o meu temperamento. Eu não *tenho* mau temperamento.

Ilene me dá um tapinha no braço.

— As tomografias vão provar que foi a Rosa, e não eu!

— Já veremos — observa Ilene. — Tenho que ir.

Ela se levanta. Não faço ideia sobre o que ela está pensando disso tudo. Provavelmente já teve famílias piores como clientes.

David e Sally se despedem dela.

Então me ocorre que, mesmo depois que as tomografias revelem que Rosa é a psicopata, e não eu, estou ferrado mesmo assim. Meu pai é o monstro que vem ensinando a ela como ser uma ótima minipsicopata. É claro que ele nunca admitiria para mais alguém que ele sabe o que Rosa é. Ele não poderia permitir que ninguém suspeitasse o que *ele* é.

Para mim, este é o fim da família.

Estou morrendo de vontade de ver a Sojourner.

— Precisamos conversar — diz David depois que Ilene vai embora.

— Sobre o que exatamente vamos conversar? Eu agora sei o que você é.

— E o que eu sou, Che?

— Um monstro filho da puta.

Dou meia-volta e começo a sair. Sinto David me fulminando pelas costas. Não tenho medo, mas alguma coisa me diz que eu deveria ter.

— Esta é a sua única chance, Che. Se você sair daqui agora, não vou te contar nada.

— Não esqueça da sua consult… — grita Sally. Eu não escuto o resto, porque bato a porta com força e corro para as escadas, tentando conter a vontade de berrar.

MANDO UMA MENSAGEM para Sojourner. — **Estou com SAUDADE.**

Não vou para a academia. Não consigo. Estou magoado, com raiva, e mal consigo enxergar. Eu acabaria destruindo um saco de pancadas. Ou, mais provavelmente, as minhas mãos.

Corro em direção ao rio East, com vontade de ir à toda velocidade, mas tem muito trânsito, e pessoas demais. Não me preocupo com o calor que aumenta, ou com o ar pegajoso e poluído; tenho que suar a camisa mais rápido e com força.

Quando chego ao rio, corro na direção sul, me guiando com os meus braços e tomando impulso com os dedos do pé. Preciso continuar correndo assim até que tudo isso saia do meu corpo.

Logo começo a respirar com dificuldade e a sentir os meus pulmões e as minhas pernas arderem. Perco o ritmo. Pontinhos pretos surgem na frente dos meus olhos.

Paro. Ou faço isso ou desmorono. O caminho começa a dar voltas. Estou no meio dele, com o corpo dobrado, as mãos nas coxas, e piscando rápido, como se isso fosse clarear a minha vista. Preciso me sentar. Longos momentos se passam antes que eu consiga enxergar de novo. Ajeito a coluna, caminho em direção a um banco e me apoio no encosto dele para virar e me sentar.

Será que cheguei a beber água hoje? Não, só café. Já sei: estou desidratado. Também não consigo lembrar quando foi a última vez que comi. Mistério resolvido. Meu coração está batendo forte demais, e sinto uma sensação estranha na cabeça. Tem um bebedouro a poucos metros de distância. Vou me arrastando até ele e bebo com vontade. Ainda estou meio tonto. Preciso de comida. Não tenho a menor fome.

Checo o meu telefone. Sally me mandou um lembrete com o endereço da clínica. Tenho que atravessar a cidade para ir até lá.

Chego com dez minutos de atraso, pingando de suor, e ainda tonto. O Dawson Medical Center tem um porteiro. Ele checa minha identidade antes de me deixar entrar no prédio. Uma vez lá dentro, tenho que passar por um detector de metal vigiado por homens armados. Do outro lado dele, uma recepcionista verifica minha identidade de novo e me indica o andar para o qual devo subir.

Será que isso é normal nas clínicas médicas de Nova York?

Saio do elevador e entro numa sala de espera que parece o saguão de um hotel caro. Ilene está sentada num sofá de couro com um homem que eu não conheço. Atrás deles tem uma janela com vista para o rio Hudson.

— Oi, Che — diz ela enquanto se levanta. — Este é o Al Vandermeer. Ele é um dos advogados dos McBrunight.

Damos um aperto de mão. Estou aliviado porque os parentais não estão presentes. Não tenho ideia do que dizer para David.

— Você está bem? — pergunta Ilene.

Digo que sim, e sento respirando fundo e conto até dez. Será que o advogado dos McBrunight está aqui para verificar que não mandamos impostores no nosso lugar? Há quatro portas, mas não há recepção. Nem revisteiro. Não parece uma sala de espera.

Na mesa de vidro à nossa frente há uma jarra de água e copos de vidro. Eu me sirvo de um copo e bebo tudo.

— Rosa já está fazendo a tomografia. Sua mãe está com ela — avisa Ilene. — Primeiro você vai se consultar com o psiquiatra, e depois vai fazer a tomografia.

— A Seimone também?

— Ela já fez mais cedo.

— E você já estava aqui?

Checo o meu telefone. Outra mensagem da Georgie.

Você está bem? Eu soube da irmã da Leilani.

Como ela ficou sabendo? Depois, lembro que Leilani é famosa.

As coisas estão complicadas. Daqui a pouco te conto mais.

Enquanto aperto *enviar*, recebo uma mensagem de Sojourner.

Também estou com saudade. A Mamãe está no hospital. Fazendo mais exames. Mama teve que ir trabalhar.

Ela está bem?

Ela está fraca. Ela tem tido mais dias ruins do que bons ultimamente. Aqui é muito chato. Odeio ficar sentada esperando.

Sinto muito. Queria estar aí pra te fazer companhia.

Um homem carregando um tablet sai de uma das portas.

— Che Taylor? Seja bem-vindo. Sua ficha já está preenchida — diz ele. — Se você me acompanhar, a Dra. Gupta vai te receber agora.

— **Tenho que ir.** — Guardo o telefone no bolso. Não estou preparado, mas sigo o homem até o consultório da médica. O consultório da psiquiatra.

Aparentemente é um consultório médico normal. Nada parece ser feito de ouro. Embora o sofá seja igual ao da sala de espera. As estantes estão cheias de livros técnicos, inclusive o *Manual diagnóstico e estatístico dos transtornos mentais*.

A médica se levanta, aperta a minha mão, se apresenta e me indica um sofá em frente a ela. Ela está vestindo um terninho de alfaiataria muito parecido com o da Ilene, mas é marrom, e não cinza. Ela sorri, me diz que não existem respostas certas ou erradas, e me diz para eu levar o tempo que precisar.

O ar entre nós dois parece estremecer. Não sei se é porque não comi nada há... um dia? Dois? Três? Há quanto tempo aconteceu o acidente? Ou se é porque ela está me fazendo perguntas da lista das características dos psicopatas — a lista que eu venho lendo há tanto tempo —, mas me sinto como se eu tivesse entrado no sonho de alguém.

— Você está passando mal, Che? — pergunta a Dra. Gupta.

Digo que estou bem.

Não estou nada bem.

Mas devo estar melhor do que Leilani. Como ela está enfrentando tudo isso? Como é possível que ela *consiga* enfrentar? Não nos falamos desde a morte de Maya. Eu queria poder fazer alguma coisa.

— Você tem dificuldade em ficar parado?

Meu pés não param de se mexer embaixo da cadeira; não como o Muhammad Ali, mas tentando imitá-lo de leve.

Concordo com a cabeça.

Para que serve esta pergunta? Para avaliar a desinibição? O destemor? Inquietude motora não é um dos sintomas de psicopatia. David consegue ficar sentado quieto por horas, e Rosa também. Será que a Dra. Gupta já examinou Rosa?

Enquanto a médica me pergunta se eu arrumava muita encrenca quando era criança, começo a ficar preocupado com a ressonância magnética. Vou ter de ficar imóvel por dez minutos no mínimo. Talvez mais. E se eu não conseguir? E se eles não conseguirem fazer uma tomografia decente do meu cérebro?

A MÁQUINA DE ressonância magnética é de um branco cintilante sob as luzes fluorescentes. Visto somente uma bata de hospital de algodão, embora a sala esteja fria. Estou tonto o bastante para ficar feliz por poder me deitar na cama que vai me deslizar para dentro da máquina. Eles me explicaram que a máquina é basicamente uma câmera fotográfica gigante, que um suporte vai cobrir a minha cabeça como o capacete de um astronauta, que vai ser barulhento, e que não vou me machucar. Então não há motivos para ter medo.

Eu sei disso. Não tenho medo. Porque eu não sou claustrofóbico, nem psicopata. Rosa também não teria medo, porque ela é uma psicopata.

Coloco os fones que me oferecem. Eles estão tocando música clássica. Será que Rosa ouviu isso também?

Um espelho acima da minha cabeça me permite ver o operador da máquina na sala. Nem Sally nem David estão presentes. Eu disse que não queria a presença deles. Isso não é verdade. Quero a presença da Sally. Queria que a minha mãe me desse um abraço.

A cama desliza para dentro da máquina, emite um som parecido com o de um pássaro e, depois, barulhos estrondosos como explosões. A música mal consegue abafar esses barulhos. Vou ter que ficar aqui por meia hora, foi o que eles me disseram. Não sei se consigo. Minha perna direita tem um espasmo. Meu pescoço está duro. Quero mexer a cabeça.

Fecho os olhos e respiro como Natalie me ensinou, enchendo os pulmões, expirando lentamente, prestando atenção nos meus músculos, no fato de que devo relaxar. Começo pelos músculos lumbricais do meu pé e, de repente, a cama desliza para fora da máquina e estou piscando os olhos enquanto me sento.

De algum modo, acabei dormindo.

CAPÍTULO 39

Ilene está esperando por mim. O outro advogado já foi embora, e não há sinal dos parentais ou de Rosa.

— Seus pais levaram sua irmã para casa — diz Ilene. — Os resultados da sua tomografia estão sendo acelerados. Vamos saber sobre o cérebro da sua irmã às quatro da tarde. Temos que ficar aqui para que eles expliquem os resultados.

Concordo com a cabeça, o que me faz ficar tonto de novo.

— Você está bem?

— Não comi nada. É pressão baixa, eu acho.

— Vamos arrumar algo para você comer — diz Ilene.

Entramos em uma hamburgueria na esquina da clínica. O cheiro forte de carne na chapa deveria me dar fome. Não dá.

Peço um x-burguer e batatas fritas. Ilene pede um hambúrguer de cogumelo com bacon.

Enquanto esperamos, bebo meu copo d'água.

— São os McBrunight que estão te pagando? — pergunto, porque sei que não são os meus pais.

Ela concorda com a cabeça.

— E isso não é conflito de interesses, ou algo do gênero?

— Você é que é meu cliente, e não os McBrunight. Eles estão pagando os meus honorários, mas não estou relatando nada a eles. E não vou relatar. Mas entendo se você não se sentir confortável e preferir outro advogado.

— Não, está tudo bem. Eu só queria saber mesmo.

— Você está fazendo terapia, Che? Sei que sua irmã e Seimone estão. Mas e você?

— Eu estou bem. — Balanço a cabeça.

— Foi uma experiência traumática. Ela vai te acompanhar por muito tempo. Pode acreditar em mim. É melhor você buscar alguma ajuda agora. Eu já sugeri isso aos seus pais.

Concordo com a cabeça, e me pergunto qual foi a experiência dramática pela qual Ilene passou.

Ela olha para o relógio. Eu pego o meu telefone. São quase três horas.

Os hambúrgueres chegam. Ilene logo começa a comer. Tem sangue escorrendo do pão do meu x-burguer para o prato. Não houve sangue quando Maya voou pelos ares, mas mesmo assim não consigo comer.

— Você não está com fome?

— Eu deveria estar.

Pego o sanduíche e dou uma mordida, na esperança de que o gosto abra o meu apetite. Ele tem textura de carne e pão, mas tem gosto de papelão. Boto o hambúrguer no prato e me concentro em mastigar e engolir. Ilene já comeu metade do dela.

Obrigo a mim mesmo a dar outra mordida. Não é melhor do que a primeira, mas pelo menos ajuda a curar a minha tremedeira.

Ilene está dando a última mordida quando recebe uma chamada.

— Tenho que atender esta ligação. — Ela sai da hamburgueria.

Mando outra mensagem para a Leilani: — **Queria poder fazer alguma coisa. Sinto muito.**

Pela morte de Maya, por não tê-la protegido de Rosa, por não tê-los avisado de cara, por muitas coisas.

— Estou com saudade. — É verdade. Estou com quase tanta saudade de Leilani quanto de Sojourner.

— Foi uma ligação da clínica — diz Ilene quando volta. — A Dra. Gupta está pronta para conversar com você sobre os resultados.

QUANDO VOLTAMOS PARA o Dawson Medical Center, nos avisam para ir para a sala de reuniões. A Dra. Gupta está lá. E também estão Gene, Lisimaya e Seimone, assim como Sally, Rosa e o advogado dos McBrunight, e uma mulher de terno que eu presumo ser a advogada de Rosa.

— Por que estão todos aqui? — pergunto. — Cadê o David?

— Ele está vindo — diz Sally.

— Achamos que seria melhor que todos examinássemos os resultados juntos — fala Gene.

— Eu não concordei com isso — diz Ilene. — E a confidencialidade entre médico e paciente?

— Eu dei o meu consentimento — diz Sally em voz baixa. — Na condição de pai deles, David também concordou.

— Você não precisa concordar com isso, Che. Podemos manter essas informações privadas.

Quero ver a tomografia da Rosa.

— Eu concordo — digo.

A tomografia de Seimone é normal, claro. Ela pode estar sob a influência de Rosa, mas Rosa não é capaz de mudar a estrutura do cérebro dela. A Dra. Gupta enfatiza a atividade no córtex orbital dela.

Ela aperta um botão, e a próxima tomografia aparece ao lado da tomografia de Seimone no quadro branco.

Não consigo evitar um sobressalto. O cérebro de Rosa é como eu sempre achei que ele seria.

Enquanto a Dra. Gupta explica para os outros o que significam as imagens, fico encarando a maldade de Rosa. Quase não há atividade no córtex orbital, na amígdala. É uma tomografia típica de uma pessoa com transtorno de personalidade antissocial. As partes do cérebro dela que sentem empatia, amor, que têm uma consciência, não estão brilhando.

— E esta é a tomografia de Rosa — diz a Dra. Gupta enquanto aperta um botão e aparece outra tomografia. — Este cérebro tem menos atividade ainda nas amígdalas.

— De quem é... — Eu hesito.

A tomografia do meio é a minha. Tem que ser. É maior do que a de Rosa ou Seimone.

— Não estou entendendo — digo. — Houve um erro.

A Dra. Gupta balança a cabeça.

— Não houve erro, Che. Mas essas tomografias não significam que você ou sua irmã têm transtorno de personalidade antissocial.

— Na verdade significam sim, né? — começa a gritar Gene. Todos estão fazendo perguntas. Os advogados intervêm, tentando acalmar os ânimos. A Dra. Gupta pacientemente conta para eles todas as coisas que eu aprendi sobre o que faz de nós o que nós somos. Ela diz que nós não somos apenas um produto da nossa morfologia cerebral. É tão estranho ouvir uma outra pessoa falar isso que eu paro de prestar atenção.

Fico olhando assustado para a maldade no meu cérebro.

A Dra. Gupta nos explica os resultados da nossa lista de checagem. Rosa teve uma pontuação muito mais alta do que eu ou Seimone.

Não me sinto inocentado. Meu cérebro também é cheio de maldade.

Não sou quem eu pensava que era.

Quase rio.

Mas não tem graça. Eu não sou um monstro.

Será que eu venho me iludindo? Será que sinto o que eu penso que sinto? Será que eu tenho empatia? Como pode um cérebro com tanta maldade sentir o que eu sinto?

— Você tem certeza de que não tem nenhum erro na minha tomografia?

— Você não é o seu cérebro — responde a Dra. Gupta.

Olho para ela com cara de susto. Sei que não pode ser verdade.

— Não é *somente* o seu cérebro que forma você — acrescenta ela.

Gene, Lisimaya e os advogados continuam discutindo. Sally não falou uma palavra.

A maldade que aparece na minha tomografia não vai mudar, não importa o quanto eu olhe fixamente para ela.

Rosa segura a minha mão. Estou tão fascinado pela minha tomografia que não sei como ela reagiu ao próprio diagnóstico.

— Você é exatamente igual a mim — diz ela.

OS McBRUNIGHT QUEREM que nós assinemos um documento, que os advogados deles estão escrevendo, para garantir que nós jamais voltaremos a nos aproximar deles ou dos filhos deles. Em retribuição, eles vão pagar nossas passagens para Sydney.

Rosa diz que não vai assinar. Seimone é a melhor amiga dela. Seimone fica calada.

Ilene consegue um tempo para que pensemos sobre o assunto.

Vou para a academia, porque não consigo lidar com nada disso.

Treino com intensidade, mas me falta energia. Escrevo para Sojourner perguntando sobre a mãe dela. Eu adoraria vê-la, nem que fosse só por alguns minutos.

Não consigo parar de pensar no meu cérebro.

Jaime aparece para fazer *sparring*. Ela me cumprimenta com a cabeça, mas não vem falar comigo. Vou até ela.

— Oi — digo. — Como está Sojourner? Alguma notícia da mãe dela? Eu sei que elas estavam no hospital hoje.

— Eu estou bem. Obrigado por perguntar.

— Foi mal, eu... Estou com saudade dela. Tem sido... — Hesito.

— Uma merda — diz Jaime. — O que aconteceu é uma merda completa. Estamos assustadas. Veronica está uma pilha de nervos. Leilani não está se abrindo com ninguém. Ela reatou com a Veronica, e depois disse pra ela que não quer nunca mais vê-la. A irmã menor dela morreu, talvez tenha sido assassinada... — Jaime para de falar, com certeza porque se lembrou de que eu talvez seja um dos suspeitos. — O que aconteceu, Che?

— Eu não sei — respondo.

O olhar de Jaime é ao mesmo tempo cético e incisivo. Eu me retraio.

— A Maya — falo, mas depois tenho de fazer uma pausa. Dizer o nome dela dói. — A Maya estava do meu lado. Ela estava carregando a bolsa da aula de tênis. Ela era muito grande e pesada. Perguntei se ela queria que eu carregasse, mas ela não me deixou. Estávamos esperando o sinal abrir, e depois ela... foi pelos ares. Achei que alguém tinha esbarrado na bolsa dela, mas estão dizendo que...

— Você não empurrou ela — diz Jaime. Isso é uma afirmação, e não uma pergunta. Estou aliviado. — Leilani acha que a sua irmã é doida. É uma merda. Tudo isso é uma merda.

Concordo com a cabeça. Não conto para ela que Rosa *é* uma psicopata. Não falo para ela que o meu pai também é. Que eu... Eu não conto para ela sobre as tomografias.

Faço *sparring* contra um cara novo. Ele não é tão bom quanto pensa que é.

Decido mostrar para ele o quanto ele não é bom. Dido não tem que gritar para que eu dê um soco nele. Desfiro todos os golpes. Com força e rapidez, mas não com a precisão necessária.

Tenho vontade de matá-lo.

Dido grita alguma coisa que não escuto. Consegui encurralar o cara num canto, e me alterno destruindo os rins e a cabeça dele. Os bloqueios defensivos dele são inúteis. Estou acertando com toda a força que tenho. A sensação é incrível.

— Segura a onda, Che. — Dido me puxa pelo ombro e fica entre nós. — Você está prestando atenção? Isso aqui não é a final de um campeonato. Para de golpear com tanta força.

Começo uma rotação que leva a um cruzado direito, e freio o movimento bem a tempo.

Nossa. Eu quase acertei a minha treinadora.

Será que isso foi a maldade no meu cérebro? Será que estou me transformando no David?

— Merda — digo enquanto dou um passo para trás e pisco. — Perdão. Me desculpe.

— Você está bem, Nate? — pergunta ela para o cara que está levando uma surra minha.

O cara diz que está bem. Dido tira o protetor de cabeça dele e examina o rosto dele.

— Seu nariz está sangrando. Vai limpar e botar gelo nele. Vou ver como você está daqui a cinco minutos.

O cara concorda com a cabeça. Dido se vira para mim.

— É bom você se arrepender — diz ela enquanto pega a minha cabeça e me olha nos olhos. Nunca a vi desse jeito. — Não traga sua raiva para o ringue. Não traga sua raiva para esta academia. Você está prestando atenção, Che? Você está aqui pra fazer *sparring*, e não pra cometer um assassinato.

Concordo com a cabeça enquanto respiro ofegante. Ela tem razão. Eu perdi o controle.

— Estou prestando atenção. Me desculpe, Dido. Eu realmente sinto muito.

Ela me solta e se afasta enquanto balança a cabeça.

Estou com medo de ser como David. Mas eu não sou. Eu *não* acertei a Dido.

Estalo o pescoço dos dois lados. Dido não é o David. Aquele cara não é o David. Nenhum deles é meu inimigo.

— Você está bem?

Concordo com a cabeça.

— É melhor você se desculpar com o Nate. Você perdeu a linha.

Concordo com a cabeça.

— Se você fizer uma merda dessas de novo, te expulso da academia. Está me ouvindo?

— Sim, Dido. Desculpa.

Jaime vê tudo o que aconteceu. Fico me perguntando o que ela vai dizer para Sojourner.

Quando tiro as luvas, os nós dos meus dedos estão vermelhos e começando a ficar roxos.

Eu me sento no tatame e fico vendo as outras lutas enquanto repito para mim mesmo que não sou igual ao David. Se eu fosse, estaria prestes a socar alguém todos os dias. Mas nunca fiz isso, nem uma vez em dezessete anos.

Meu telefone vibra. É Ilene. Eles encontraram as imagens das câmeras de segurança. Seimone empurrou Maya.

QUANDO SAIO DO banho, Leilani está sentada no banco do lado de fora do vestiário mexendo no telefone. Ela deve ter perguntado para a Jaime onde eu estava. Ela está vestindo um terninho de um azul vívido com debrum vermelho e um chapéu combinando. E sua maquiagem está incrivelmente bonita. Ela não costuma usar tanta assim.

É por causa dela que reparo no que ela está vestindo e que sei o que é debrum.

— Oi, Leilani.

Ela olha para mim. A maquiagem não disfarça a dor que ela está sentindo.

Sinto um turbilhão de palavras — a explicação —, tudo o que eu quero dizer sobre David, sobre o que descobri da relação dele com Sally, sobre a minha família fodida. Mas não sei por onde começar.

Sinto muito, muito, eu não digo, porque essas palavras perderam o significado para mim. Mas que porra, como minha tristeza vai mudar a situação? Carrego minha mochila num dos ombros, e minha camiseta está desfiando. Minha calça de moletom está puída nos joelhos. Parece que eu rasguei minha própria roupa. Eu faria isso se isso ajudasse de alguma maneira.

— Eu não podia escrever por mensagem o que eu quero dizer, então vim te encontrar.

Concordo com a cabeça.

— Quer dar uma volta comigo? Tenho de ir à inauguração de uma galeria de arte, mas não tenho de chegar lá pontualmente.

Não consigo acreditar que ela vai a uma inauguração logo depois de...

Passamos pelos ringues de boxe, e me lembro da primeira vez em que eu vi Sojourner lutando. Bem ali, no ringue que fica mais perto da entrada. Ela estava muito linda. Acho que me apaixonei por ela antes mesmo de nós nos falarmos, o que é ridículo.

Na Houston Street, só se ouvem buzinas e música alta que sai dos carros presos no trânsito.

— Eles encontraram as imagens das câmeras de segurança — diz Leilani. — Eles te contaram?

— Sim.

— Maya disse que não foi você. Ela disse que foi empurrada do outro lado. Ela temia que tivesse sido Seimone.

— Sinto muito — falo.

— Um drinque agora caía bem — observa Leilani. — Mas vestida assim eu sou muito facilmente reconhecida.

Entramos num café na Clinton Street. O lugar é cubano, e tem as cores da bandeira de Cuba; o azul combina com o terninho de Leilani.

— Meus pais me proibiram de te encontrar. Eles são uns idiotas. Estão querendo que eu e Seimone andemos acompanhadas por guarda-costas agora. Eles querem que eu *comece a me comportar como uma adolescente, e não como uma protoadulta.* — Ela imita o Gene perfeitamente. — Apesar de terem sido eles mesmos que trouxeram sua família para as nossas vidas.

— Seus pais estão exigindo que a gente deixe a cidade. — Fico envergonhado.

— Eu sei das tomografias, Che — diz Leilani ao mesmo tempo que eu. — Não acho que você seja como Rosa. Você não pode ser como Rosa.

Ela quer que eu prove isso a ela. Tagarelo sobre o meio ambiente, sobre as diferenças entre mim e Rosa.

— Eu acho que é o seu pai — observa Leilani. — Eu acho que ele é como Rosa. Eles dois fazem os pelos da minha nuca se arrepiarem. Se fizessem uma tomografia do coração dele, encontrariam um buraco negro. Eu já reparei no jeito como Rosa olha para ele, mas ele é esperto demais para retribuir os olhares conspiratórios dela.

Arregalo os olhos para ela.

— O que foi?

— Por que você não disse nada?

— Eu não tinha certeza. — Ela dá sua habitual leve encolhida de ombros. — Não sabia se eu pensava isso só porque não gosto dele.

— Eu só fui perceber isso hoje. Sou muito idiota. Achei que ele me amasse.

— Che — diz Leilani.

— Ele é como a Rosa. Acho que a minha família toda é.

— A Sally, não — comenta Leilani.

— Não. Mas o meu tio e meu avô são. Porra, Leilani. Eu herdei a genética fodida do clã, que nem os Borgia.

— Eu sempre achei que os meus pais fossem os Borgia! — Leilani explode com sua gargalhada horrorosa que ela solta pelo nariz.

Depois começo a rir também, porque não tem nada no mundo como a risada da Leilani, e ela é muito exagerada. O que me resta fazer?

Enquanto nos servem os cafés, nós nos acalmamos. O garçom escancara os dentes na tentativa de se unir a nós na diversão que claramente estamos sentindo.

Tomo um gole. A bebida é muito forte e doce. Exatamente o que eu preciso. Serviram um bolo também, mas nenhum de nós encosta nele.

— Eu não preciso morar com eles. Tenho dinheiro o bastante para me mudar, então é isso o que vou fazer. Não posso mais fingir que me importo com eles. Eu só continuava morando com eles por conta das gêmeas. Agora que Maya... Eu poderia levar Seimone comigo.

— Como está a Seimone? — Que pergunta idiota. Como ela pode estar?

— Ela não está falando.

— Com você?

Leilani balança a cabeça.

— Com ninguém. Desde que Maya morreu. Acho que ela não está falando nem com a Rosa.

Duvido disso. Rosa não vai desistir de Seimone tão facilmente. Estendo o braço sobre a mesa para apertar a mão de Leilani. Sinto o peso de ter uma irmã como Rosa e um pai como David.

— A Seimone não vai ser presa.

— É claro que não. Mesmo que ela não fosse menor de idade. Ninguém pode provar que ela teve a intenção de matar a Maya. Ela não teve! Se a bicicleta não estivesse lá... Maya provavelmente teria só alguns hematomas, nada mais grave.

— Rosa diz que foi um acidente.

— Se isso saiu da boca da criança psicopata, então deve ser verdade. Nesse caso, eu acredito nela. Se o plano era matar Maya, então era um plano de merda. Acho que Rosa deu sorte.

— É tudo muito fodido.

— É. Seimone agora vai fazer sessões diárias de terapia. Esta é a solução dos meus pais para tudo: dar dinheiro. Meu Deus, Che. Não consigo mais lidar com eles. Tenho que ficar lá pra ajudar a Seimone, mas *não posso* mais ficar lá. Não posso ficar naquele mausoléu. Não quero perder as minhas duas irmãs.

— Ainda há esperanças para Seimone — digo. — Pelo menos o cérebro dela tem as conexões corretas.

— Você não é como eles, Che. — Leilani gargalha. — Você tem os instintos certos. Presta atenção no David. Ele não tem. Você acha que ele apertaria a minha mão assim? Que ele me mandaria mensagens para saber se estou bem?

Balanço minha cabeça. Ele é bem melhor do que Rosa, mas, mesmo assim, o comportamento dele foi aprendido. Ele nunca abraça a mim ou a Rosa com a mesma espontaneidade que Sally. Sempre achei que isso era porque ele era homem.

— Você tem amigos. Eu noto a frequência com que você manda mensagens para eles. Vejo como você é quando está com Elon, Jaime e Veronica. Sei o que é ser sua amiga. É uma amizade sincera. Não uma relação estranha, que é o máximo que Rosa e David conseguem fazer.

— Passei a noite com Veronica. Você sabe que eu terminei com ela de novo? Fui para a casa dela ontem porque eu queria ser abraçada por alguém. Mas acabou sendo pior do que se eu tivesse ficado sozinha. Tudo que ela diz e faz é errado.

Será que vou chegar a sentir o mesmo com relação a Sojourner? Não, não vou.

— Mandei ela ir à merda. Pra sempre. Isso me faz ser igual à Rosa?

Ela está brincando. Consigo dar um meio sorriso.

— Nunca. Você está o mais distante possível de ser como a Rosa. Eu já te falei que quando te conheci tive medo de que você fosse como ela?

— Por que eu fui má com você?

— Aham. Mas você era simpática demais com Maya, e Rosa te dava arrepios, e...

— E o quê?

— Você parecia, não sei, vulnerável? Seu rosto expressa tudo o que você está sentindo. Rosa não é assim.

— Nem o David. Ei, pelo menos aprendemos a evitar qualquer pessoa que seja boa de pôquer.

— Ah. Isso já está registrado. Percebi rapidamente que você não era como ela.

— E lá se vai a minha imagem de pessoa descolada. Eu fui meio escrota naquele dia. Me desculpe.

— Você foi engraçada. Gostei de você de cara.

— Não sei o que vai acontecer agora. — Leilani põe na mesa sua xícara de café vazia e pede outra.

— Nem eu. — Minha garganta dói com o peso das lágrimas que não consigo chorar.

— Dói. A ausência da Maya. Sinto dores por todo o corpo — sussurra Leilani. Os olhos dela estão rasos d'água. — Não sei como vou superar isso.

Concordo com a cabeça e tento liberar as lágrimas piscando. Maya morreu, e mesmo que eu não tenha empurrado ela, a culpa é minha.

— O enterro é amanhã — diz ela. — Sinto tanto.

Ela não precisa explicar que não estamos convidados, mas eu gostaria de poder ir. Gostaria de poder me despedir. Queria dizer para Leilani que Maya era uma criança ótima, mas ela vai ouvir isso amanhã o dia todo. Ela vai sofrer.

— Tudo bem — digo em vez disso. Mas nada está bem. — Continuo desejando... — começo a falar. — Fico desejando que fosse Rosa que tivesse morrido.

— Eu também. Odeio ela. — Não há fúria nas palavras dela.

Não sei se a morte da Rosa adiantaria de alguma coisa, porque David continuaria vivo.

— Você sabia que eles estão completamente lisos? — digo antes de me lembrar que *liso* é um termo que a Rosa usa. — Seus pais é que nos bancaram.

— Bancaram tudo?

— Praticamente. Eles estão pagando até os nossos advogados. Quão fodido é isso?

— Demais. Fico pensando o que é que os seus pais sabem sobre os meus para eles fazerem isso.

— Como assim?

— Nunca vi os meus pais fazerem nada parecido com o que fizeram pela sua família. Tipo, nunca. Eles fazem muitas doações para caridade: para erradicar a malária, salvar as crianças da fome, e não ajudar financeiramente velhos colegas de faculdade. O que os coroas ganham com isso? Pelo visto, nada.

— Eles se conhecem desde sempre... — Hesito. — Seja lá o que for, eles decidiram que agora estamos quites. Eles estão secando a fonte.

— Sinto muito. Você tem que se afastar da sua família, Che. Ela é ainda mais fodida do que a minha. Você tem pra onde ir?

— Tenho minhas tias. Irmãs de Sally. Vou ficar bem. Não quero sair de Nova York. Não posso abandonar a Sojourner.

— Se precisar de ajuda, basta me avisar.

Concordo com a cabeça. Mas pedir ajuda para Leilani depois que minha irmã matou a dela? Não consigo.

— Nós dois temos de nos afastar de tudo isso — observa ela. — Você promete para mim? Você não deve nada para Rosa.

Estendo o braço sobre a mesa para voltar a apertar a mão dela, e isso machuca também.

CAPÍTULO 40

Quando chego em casa, Sally está sentada no sofá tomando vinho. David deve estar no escritório.

— Como você está? — pergunta Sally. Ela pousa a taça na mesa e me dá um abraço forte. — Me desculpa. Por tudo. Boa parte de tudo isso é culpa minha. Mas vou resolver a situação.

— Como? — digo, quando, na verdade deveria ter dito: *Não é não*. Mas não tenho certeza sobre o quanto isso é verdade.

Sally toma outro gole de vinho. A garrafa na mesa de centro tem menos da metade.

— Ilene me contou — falo. — Sobre a Seimone.

— Sim. — Os olhos de Sally estão marejados. — É terrível. Coitada da Seimone.

Rosa desce as escadas em marcha, com o queixo erguido. Ela está usando o seu vestido branco com a faixa azul e carregando sua bolsa da Shirley Temple.

— Você está pronta? — pergunta ela a Sally.

Sally concorda com a cabeça, toma um último gole do seu vinho, passa uma água na taça e a coloca na máquina de lavar.

— Pronta para quê? — indago. — Já está tarde. Aonde vocês vão?

Sally olha para Rosa, que balança a cabeça.

— Ela não está falando com você, Che. Sinto muito. Te contamos quando voltarmos.

Sally me dá um abraço rápido.

— Vamos resolver as coisas. Prometo.

— O que isso quer dizer?

— Quer dizer que as coisas vão melhorar. — Ela me beija na testa. — Tem um cozido no fogão caso você esteja com fome. É enlatado, mas até que não é ruim.

— Eu já comi — minto.

E então elas saem porta afora.

Pego o meu telefone para escrever para Leilani. Recebi uma mensagem de Sojourner:

Posso te encontrar agora.

Faz vinte minutos que ela mandou a mensagem.

Sim! Agora?

Relato para a Leilani sobre o que acabou de acontecer.

Não faço ideia do que a Rosa está aprontando.

Nenhuma resposta. Tomara que a inauguração da galeria de arte esteja distraindo ela. Estou mais ansioso pela resposta de Sojourner. Fico observando o meu telefone do mesmo modo como observo um parceiro de *sparring* no ringue. Quando ele vibra, quase o deixo cair.

Me encontra na porta do meu prédio em 10 minutos.

Saio correndo.

SOJOURNER DESCE DO prédio dela menos de um minuto depois que eu chego lá. Ela deve ter ficado olhando da janela da cozinha para saber quando eu chegaria. Ela se escora contra a porta, com as mãos nas costas. Parece mais magra do que eu me lembrava. A grande luta dela. Deve estar próxima.

— Está perdendo peso? — pergunto.

— Sim. E estou com tanta fome que só consigo pensar em comida. A luta é daqui a dois dias.

Eu deveria saber isso.

— Está se sentindo preparada?

Ela desencosta da porta e caminha em direção ao rio. Acompanho o passo, mas me certifico de não caminhar muito perto dela. O ar está quente e abafado. Está escorrendo suor pelas minhas costas.

— Acho que sim. Mas estou mesmo é pensando no hambúrguer que o Bruno vai me dar depois que eu me pesar.

Sojourner está bonita: seus músculos estão sarados, dá para ver cada fibra deles. Eu queria vê-la lutando. A luta vai ser do outro lado do rio, em Nova Jersey. De trem, não é longe.

Do outro lado da ponte da Sixth Street, ela não começa a correr, como da última vez. Sojourner caminha mais perto do rio e se apoia no parapeito. Uma brisa fresca sopra sobre nós, nos dando um alívio temporário do calor. Minha camiseta está grudada no meu corpo. O rosto de Sojourner brilha.

— Estava com saudade. — Minhas mãos estão no parapeito, mas não estão perto o bastante das dela. A madeira da balaustrada está começando a ficar áspera. Posso sentir pequenas farpas.

— Eu também estava com saudade. — Ela não faz nenhum gesto que indique que vai me tocar. — A Rosa tem me mandado mensagens dizendo todo o tipo de coisas, Che. Ela diz que foi você quem matou a Maya. Mas Jaime me disse que foi a Seimone. Que a Rosa obrigou Seimone a matar a própria irmã gêmea. O que está acontecendo? Você disse que a Rosa gostava de arranjar um problema, mas isso já é demais, não? Não se trata de um simples *problema*.

Estou morrendo de vontade de sentir os braços de Sojourner em volta do meu corpo.

— A Rosa diz que você mente, mas ela é que vive mentindo. O que há de errado com ela? Ela exagera muito. Ela... Não sei bem qual palavra usar, mas parece que ela está atuando, ou tentando me vender alguma coisa. Ela não fala e age como uma criancinha.

Quero abraçá-la. Quero tocá-la, mas ela não se mexeu. As mãos dela estão a centímetros das minhas.

— Qual é o problema da sua irmã, Che? Jaime diz que ela é uma psicopata. E que é isso que Leilani também diz.

Consigo ouvir a água batendo contra as pedras abaixo de nós no rio. Aqui o trânsito emite um som baixo. Não consigo distinguir as buzinas. Não consigo ouvir sirenes.

— Ela é. Os psiquiatras chamam isso de transtorno de personalidade antissocial. Significa que ela não tem empatia, que ela não se importa com ninguém além dela mesma, e que ela não segue regras.

— Ela me falou que você iria dizer essas coisas sobre ela.

— Bem, não sou só mais eu. Ela foi diagnosticada hoje.

— Isso é bom, não? O fato de ela ter sido diagnosticada? Ela me disse que *você* é que tinha esse transtorno.

Agora é o momento em que eu deveria falar para ela sobre a minha tomografia.

— Ela disse que toda a sua família é assim. Seu pai, seu tio, seu avô. Todos vocês são frios, insensíveis e cruéis.

— Esta parte é verdade. Mas é a Rosa que é como eles, e não eu. — Não posso falar para ela do meu cérebro. Não posso contar a ninguém.

— Eu sei.

— Você sabe? — sussurro.

— É claro — diz ela, mas não se aproxima de mim.

— Desde a primeira vez que te vi, pude notar que você se importava. Você é puro sentimento, Che. Você não consegue deixar de expressar no rosto o que está sentindo. Você tem uma leveza que... — Ela se vira para sorrir para mim. — Em parte, é por isso que gosto tanto de você.

Quase digo: *Você gosta mesmo?* Quero beijá-la.

— Você nunca me pareceu frio. Sua irmã me dá medo. A princípio, não percebi, mas depois de conversar com ela... — Sojourner tem um calafrio. — A Rosa não presta. Você deveria ver como ela se comporta na escola bíblica. Ela decorou várias passagens, mas ela não *sentia* o que estava escrito. Ela só queria saber mais da Bíblia do que as outras crianças porque queria ganhar delas. Ela poderia estar decorando qualquer coisa. Ela não tem consciência, Che. *Esse* é o problema dela. *Nada, em toda a criação, está oculto aos olhos de Deus. Tudo está descoberto e exposto.* Ter uma consciência significa que você quer fazer o que é certo aos olhos de Deus. Porque Deus vai ver. A Rosa não teme a Deus; ela não teme a ninguém.

— Você acha que ela é má? — Nunca pensei nisso em termos de religião, mas ela tem razão.

— Essa é a grande questão, Che. Acredito que todas as pessoas têm salvação. Até mesmo Rosa. Praticar maldades significa que você é mau? Às vezes sim, eu acho. Fico feliz que você não seja como ela.

— Eu realmente não sou, Sojourner. Sou capaz de amar. Eu amo v...

— Para. — Ela ergue uma das mãos. Isso faz com que eu me lembre de David por uma fração de segundo, e quero afastar esse pensamento. — Por que você não me disse nada, Che? Por que você não me alertou?

Eu tentei te contar, eu quase digo.

Mas mesmo quando penso sobre isso, sei que não é verdade. Tive medo de que ela não quisesse nada comigo se descobrisse. Mesmo que acreditasse em mim, o que eu não sabia se ia acontecer.

— Por que, Che? Por que você não confiou em mim o bastante para ter me contado?

Ela está olhando para mim e esperando uma resposta.

Eu não tenho o que responder. Ela tem razão. Eu traí a confiança dela.

— Sinto muito. — É tudo o que consigo dizer.

— Você sente muito? — Ela balança a cabeça para demonstrar para mim o quão pouco vale o meu arrependimento. — Toda sua família é como a Rosa? — Por um momento, acho que ela está prestes a dizer um palavrão.

— Como isso é possível?

Estou certo de que esta foi uma pergunta retórica, que ela não quer que eu explique sobre a interação entre DNA, morfologia do cérebro e meio ambiente. Penso em fazer uma piada dizendo que não é culpa minha o fato de meus parentes todos serem demônios, mas ela não teria graça.

— É demais pra mim, Che. O fato de você não ter me contado isso é muito para eu aguentar; a sua família é muito para eu aguentar. E se a sua irmã decidisse me empurrar na frente de um ônibus?

Foi uma bicicleta. Apesar disso, não a corrijo. E nem conto a ela que Rosa falou sobre empurrá-la de um lance de escadas.

— Ou o seu pai, ou o seu tio, ou o seu avô. Eu tenho meus próprios problemas familiares. Minha mãe está muito doente, Che. Ela já quase morreu mais vezes do que eu consigo contar. Ela agora tem que ficar o tempo todo na cadeira de rodas.

— Eu sinto muito. A Diandra é incrível. — Percebo que o prédio dela não tem elevador, e que elas moram no quinto andar. Será que Sojourner vem carregando a mãe por essas escadas esse tempo todo? E a cadeira de rodas?

— Ela é mesmo. — Sojourner respira fundo, tentando se acalmar. Ela não está olhando para mim. — Ela também gosta de você. Mas ela concorda comigo neste ponto. Você sabe que eu ando rezando por isso? Minhas mães também. Confiança é tudo, Che. A sua família é... Não tenho palavras para descrever a sua família. Eu sei que a maldade pode ser um traço de família, mas nunca ouvi falar de uma família como a sua. Como posso ter um relacionamento com você se não posso confiar em você? Como posso ter filhos com você?

Ela chegou a pensar em ter filhos comigo? Imagino nós dois daqui a dez anos morando juntos com as nossas crianças.

Ela tem razão. Isso não pode acontecer. Não comigo, nem com ninguém. Há um grande risco de os meus filhos serem como a Rosa, como o David. Não posso botar mais demônios no mundo.

Eu sempre pensei que um dia teria filhos.

— Eu manteria a minha família afastada de você — digo, sabendo o quão patético isso soa.

— Mas você não manteve eles afastados, né, Che? Você nem me alertou. Você alerta alguém sobre isso? Se a Rosa é o que você diz que ela é, como você pode não alertar as pessoas? E o seu pai? Você já alertou alguém sobre ele? É seu dever proteger as pessoas. Mesmo que você não tenha encontrado Jesus na sua vida. Você deve praticar o bem neste mundo.

Quero dizer para ela que eu não sabia sobre o David. Mas isso já não importa, não é mesmo? Sojourner tem razão. O fato de eu não ter avisado a ela sobre Rosa foi imperdoável. Mas eu não sabia *como* alertá-la. Eu ainda não sei.

— Eu disse para Rosa não entrar mais em contato comigo. Foi estranho dizer isso a uma criança, mas não consigo lidar com ela. Não posso evitar.

— Ela tentou te contatar depois disso?

— Eu bloqueei o número dela.

— Bem pensado.

— E não vou mais atender às suas ligações também, Che.

Encolho o corpo.

Ela se vira para mim, e pega o meu rosto entre as mãos. Meu coração acelera. Talvez ela mude de ideia.

— Eu gosto de você, mas não podemos ficar juntos, Che. É demais pra mim. Sempre vai ser.

Os lábios dela estão contra os meus. Eu me inclino para beijá-la, querendo mais, mas ela já se afastou.

— Adeus, Che. Deus te abençoe.

Sojourner se vira e sai correndo. Não vou atrás dela.

QUANDO CHEGO EM casa, Sally e Rosa não estão lá. Estou com o coração partido por conta de Sojourner. Respirar dói.

Queria ser um psicopata para não sentir essa dor, para não me importar. Neste exato momento eu queria não ter sentimentos. Se eu não tivesse sentimentos, talvez conseguisse sobreviver a isso. Maya está morta, e Sojourner me abandonou. Não tenho nada mais.

Por que não consigo parar de sentir isso? Por que não consigo ser mais como David? Por que não sou como ele? O que me salvou disso?

Meus genes. Não os do lado paterno, mas os do lado materno. Meu genes dos Taylor é que me salvaram. Me dou conta de como é perfeito o fato de eu ter o sobrenome de Sally, e a Rosa ser uma Klein como David. É quase como se eles soubessem de antemão.

Dou uma risada. Minha amada família: pai e irmã psicopatas, e uma mãe delirante.

Isso faz de mim o quê?

Não sei.

Tudo o que sei é que não sou psicopata.

Começo a chorar. Meu cérebro e meu coração estão partidos.

Nunca chorei tanto assim desde que chegamos em Nova York.

CAIO NO SONO com o dia raiando. Se elas voltaram antes disso, eu não ouvi. Quando Sally me acorda, já passam das nove horas. Ela senta ao meu lado da cama enquanto eu espanto o sono dos meus olhos. Ela tem uma aparência péssima.

— Há quanto tempo você não dorme?

— A Rosa confessou. — Ela ignora minha pergunta.

— Ela fez o quê? Mas e as imagens da Seimone empurrando a Maya? Do que Sally está falando?

— Seimone só empurrou a Maya porque a Rosa ameaçou ela. Foi isso o que fomos fazer ontem à noite: fomos para a polícia contar tudo para eles.

— E por que vocês não me contaram?

— Porque Rosa disse que não ia para a polícia confessar se eu contasse pra você. — Sally me dá um tapinha no braço. — Eu não podia correr o risco de ela mudar de ideia. Lisi e Gene precisavam saber da verdade.

Concordo com a cabeça. De qualquer modo, eu tinha bastante certeza de que eles já sabiam por que Seimone fez o que fez.

— E o que eles vão fazer com a Rosa? Eles não prenderam ela, né? Ela é menor de idade. A Ilene disse que...

— Os McBrunight não querem que ninguém seja indiciado. — Sally balança a cabeça. — Eles só querem que deixemos o país.

— Os McBrunight estavam lá com vocês?

— Não. Os advogados deles.

— Então você assinou aquele contrato?

— Não, a Rosa disse que só confessaria se eles não nos fizessem assinar contrato nenhum. Ela fez com que eles deixassem isso escrito.

— Isso foi ideia da advogada dela?

— Ai, Che, foi horrível. — Os olhos de Sally se enchem de lágrimas. — Eu não sabia o que Rosa ia contar a eles sobre o David.

— Ela falou para eles que o David é um psicopata?

— Rosa disse que matar a Maya foi ideia do David. Ela gravou uma conversa com ele. Várias, na verdade. Ele disse a ela que, se ela matasse alguém, se livraria dessa vontade, e não teria de matar de novo. Ele disse que ninguém jamais acreditaria que uma criança como ela era uma assassina. Ela só precisava fazer com que tudo parecesse um acidente.

— Isso está gravado?

Sally seca as lágrimas e concorda com a cabeça. Mas ela continua a chorar.

— Pensei que ele havia mudado, Che. Eu acreditei nele.

— Onde *está* o David? Ele foi preso? Isso deve ser uma conspiração, ou algo do gênero, não?

— Ele sumiu.

— Como assim, sumiu?

— David fugiu.

Saio da cama e corro até o andar de baixo. Abro a porta do escritório. Nenhum sinal de David.

Entro no quarto deles. Ele também não está lá. E quando eu abro o guarda-roupas, vejo cabides sem roupas. Uma das gavetas foi esvaziada. David realmente sumiu.

— **ELE SEMPRE** esteve preparado para desaparecer caso precisasse — diz Sally. Ela fez café. Sento na bancada em ilha e tomo alguns goles.

— Ele não sabia que eu sabia sobre o kit de fuga dele. Mas eu sabia. Nunca achei que ele fosse usá-lo. Achei que era um hábito que havia restado dos velhos tempos.

— Kit de fuga? — A Rosa me falou sobre isso. Eu não acreditei nela.

— Sim, com passaportes e dinheiro em espécie de vários países. Ele renova os documentos toda vez que mudam as tecnologias dos passaportes. Desde que o conheço, ele sempre esteve pronto para fugir.

— Será que não conseguem pegá-lo? Rastrear o telefone dele?

— Você acha mesmo que ele levou o telefone dele? David não é burro. Ele fugiu.

— Quando ele foi embora? Ele não estava na clínica. Não o vejo desde que Ilene esteve aqui ontem de manhã.

Sally está chorando demais para conseguir me ouvir.

Não estou chocado. Não tenho certeza do que eu sou. Imagino o que Sojourner diria. Depois lembro que não posso contar nada disso a ela: ela bloqueou o meu número. Nunca mais vou poder contar nada a ela.

— Isso não faz sentido.

Abraço Sally, passo os dedos pelos cabelos dela, e fico imaginando por que David diria para Rosa que ela deveria matar alguém. Isso não faz sentido. David queria ficar disfarçado. O fato de Rosa ter provocado a morte de Maya só serviu para acabar com o disfarce dele.

CAPÍTULO 41

Rosa desce as escadas e se senta num banco.
— O que temos para o café da manhã?
— Não faço ideia. — respondo. Eu não estou com fome.
— Você tem que parar de chorar, Sally — diz Rosa. — É irritante.
Sally parece que poderia ser destruída pela mais leve das brisas; e Rosa parece que nunca passou uma noite insone na vida.
Ela exibe um sorriso. Com as covinhas.
— Você se parece muito com o David, sabe, Rosa? Principalmente quando você sorri.
— Que bom. Isso quer dizer então que todas as pessoas vão se apaixonar por mim, assim como acontece com o David. Aposto que ele fugiu com a Suzette. Você sabia que ela pediu demissão?
Sally se retrai. Não digo a ela que Suzette é a babá. Nem pergunto para Rosa se isso é verdade.
Volto minha atenção para o meu café. Sally continua chorando sobre o café dela.
— Todo mundo sabe de tudo agora, Che — fala Rosa. — Chega de mentiras. Você deveria ficar feliz. — Ela levanta as pernas e as apoia no banco, se equilibrando precariamente, e de repente me vem à cabeça uma lembrança de Rosa sentando assim quando era menor.
— Ele matou uma pessoa quando era jovem. — Sally está olhando para o próprio café, e não para nós. As lágrimas escorrem mais devagar.
Quero perguntar como ela sabe disso. Ela viu? Por que David contaria a ela que ele matou alguém se ela não fosse uma das testemunhas?
— Ele disse que jamais voltaria a fazer isso. Que foi um acidente.
Ele mentiu.
A expressão de Rosa confirma isso.
Sally não responde, e me dou conta de que eu não disse isso em voz alta. Fico imaginando se ele chegou a matar mais de uma vez.

— David nunca mais voltou a fazer isso. Quando ficava descontrolado, ele costumava fazer outras coisas. Coisas legais. Ele sublimava os próprios sentimentos. Ele não é o mesmo da época em que o conheci. Achei que esse lado dele tinha desaparecido de vez. Eu o amava, Che. Ainda o amo. Achei que ele tinha *mudado*.

— Para onde ele fugiu?

— Não sei. Ele nem me disse que estava indo embora.

Sally parece estar com o coração partido. Tenho uma sensação horrível de que ela está mais triste pelo fato de David ter ido embora do que por qualquer outra coisa. Não é pela morte de Maya. Nem pela maldade de Rosa. Não é pela morfologia do cérebro dos filhos dela.

— Rosa?

A Rosa balança a cabeça.

— Ele deixou o telefone para trás e levou o kit de emergência. Levou também as joias da Sally. Ele não se despediu de mim, e eu era a favorita dele.

Sally não olha para nenhum de nós.

— Eu não sou como ele, Sally. Eu sei que você acha que a tomografia indica que eu sou, sim, mas tive uma pontuação baixa na lista das características dos psicopatas.

Rosa dá uma risadinha. Não estou conquistando o carinho da minha mãe ao declarar para ela que não sou como o amor da vida dela.

— Eu também não sou como ele — fala Rosa para mim. — Sou muito mais inteligente.

— Eu não sabia que os filhos poderiam herdar esse lado do David. — Sally parou de chorar.

— Isso quer dizer que você gostaria que nós não tivéssemos nascido? — pergunto.

— É claro que sim, seu bobo. Ela sempre quis ficar só com o David. Ela acha que ter filhos foi um erro.

Sally não contradiz Rosa.

— Você gostaria que eu não tivesse nascido, né, Che?

— Nem sempre. — Já que estamos sendo sinceros, posso dizer isso.

Rosa dá um sorriso maroto.

— Depois que você conheceu o Vovô e o tio Saul, você não hesitou em ter filhos? — Não consigo resistir à pergunta.

Os lábios de Sally se movem para cima, no que pode ser a tentativa de dar um sorriso,

— Várias pessoas boas têm parentes horríveis.

— Não *tão* horríveis assim. Além do mais, David não era uma pessoa boa.

— Ele *não é* uma boa pessoa. Ele não morreu. Ele matou mais de uma vez, sabia? — conta Rosa para Sally. — Mas já faz muito tempo. Desde que eu nasci.

— O que você quer dizer? — Sally olha assustada para Rosa. — O que ele te contou?

— Muitas coisas.

— Quem ele matou?

Rosa dá de ombros, como se isso não importasse:

— Ele não me falou os nomes.

— Ele te disse por que matou? — pergunta Sally. — Ou quantas pessoas matou?

— Ele não é um assassino em série, Sally. Você não tem que se preocupar com isso. Ele matou poucas vezes.

— E o que você chama de pouco? — indago.

O rosto de Sally fica lívido. Imagino quantas conversas como esta ela já teve com Rosa. Talvez esta seja a primeira. Mas ninguém sabe o que Rosa falou para ela para convencê-la a ir à delegacia fazer a confissão.

— Três — responde Rosa. — Tenho quase certeza de que foram três.

— Meu Deus do céu — comenta Sally.

— David não fez isso porque ele gosta de matar. Ele estava irritado.

— Que reconfortante — digo.

Sally parece prestes a vomitar. Fico imaginando o quanto ela sabe realmente sobre o homem que tanto ama.

— Sarcasmo — diz Rosa. — Eu não tenho um temperamento ruim, e nunca tive vontade de matar ninguém. Está vendo? Não sou como David.

— E Seimone e a manteiga de amendoim?

A Rosa revira os olhos.

— Quantas vezes tenho que te dizer que isso foi ideia da Seimone?

— Nunca vou acreditar nisso, Rosa. Me diga que você fez com que ela acreditasse que isso era ideia dela, aí vou acreditar em você. E agora? — pergunto para Sally.

— Agora? — repete ela. — Eu não sei.

— Poderíamos ficar aqui — sugere Rosa. — Não *temos* mais que ir embora. Eu resolvi isso.

— Não, não podemos ficar — diz Sally. — Gene e Lisimaya querem que a gente suma daqui.

— Mas eles já não podem nos *obrigar* a ir embora. Este apartamento foi alugado por seis meses — explica Rosa. — Além do mais, Seimone precisa de mim.

Sally balança a cabeça sem poder acreditar no que está ouvindo.

A vontade de falar *Eu te disse* para ela é irresistível. Pelo menos agora ela percebe quem a Rosa é, mas eu me sinto vazio.

— Seimone não precisa de você, Rosa — responde Sally. — Você arruinou a vida dela. Você fez com que ela matasse a própria irmã.

— Não fiz, não. Foi um acidente. Eu nunca matei ninguém. Eu prometi ao Che que não faria isso. Eu não quebro as minhas promessas. Esse é o meu jogo favorito.

— Então por que você falou para a polícia que você e Seimone queriam matar a Maya?

— Para me livrar do David. Eu não queria que ele se irritasse e me matasse. Ele ultimamente andava muito irritado comigo. Eu fiquei com medo. — Rosa não parece estar com medo.

Sally cobre o rosto com as mãos. Eu deveria ser solidário a ela. Vou fazer isso mais tarde, mas não agora. Ela acabou de perder o David, embora ele seja um monstro. E eu perdi a Sojourner, que é a pessoa mais incrível que já conheci.

— Eu quero ficar aqui — comenta Rosa. — A gente podia ficar aqui até o contrato de aluguel expirar, não?

— E aí voltamos para casa — digo. — E depois?

Sally engole em seco, tentando conter a enchente de lágrimas.

— Alguma das minhas irmãs vai me receber. Vou recomeçar a vida. — Ela faz uma pausa, como se de repente se lembrasse de que têm dois filhos. — *Nós* vamos recomeçar nossas vidas.

— Eu não sou como ele — repito, mas posso perceber que ela não acredita em mim. Ela acha que eu e Rosa somos como David. Ela pensa que se apaixonou por um monstro e deu à luz dois monstros.

***

PRECISO DE UM banho. Preciso dormir. Preciso de um cérebro diferente. Quem me dera se um banho e algumas horas de sono pudessem alterar a morfologia do meu cérebro.

Sally fala algo sobre fazer o café da manhã, mas não tem nada na geladeira, só uma caixa de cereal pela metade. — Eu queria ter feito compras — divaga ela. — Vou fazer isso agora.

Mas em vez disso, ela entra no escritório e fecha a porta.

Eu deveria comer alguma coisa. Fico pensando em quando será que eu vou voltar a ter fome.

Rosa despeja metade da quantidade de cereal numa tigela, e come sem leite mesmo.

— Sally está fora de si — observa ela.

Fico imaginando se Sally já esteve em si algum dia. David e Sally sempre tiveram muitas opiniões e ideias parecidas. Na maior parte do tempo, eles soavam iguais. Nunca tinha me ocorrido como eles são muito parecidos. Não, na verdade, como eles *aparentavam* ser parecidos. A única diferença era o temperamento dele.

Sally achou que seria capaz de mudá-lo, mas foi ele quem a mudou. Nesses anos todos em que foram casados, David a estava moldando como o disfarce perfeito para ele. O que será que ela está sentindo agora?

Não conheço a minha própria mãe. Jamais vou saber como ela era antes de conhecer David. Depois, me dou conta de que nunca vou saber quem *eu mesmo* fui antes do nascimento de Rosa.

Rosa pega o seu telefone.

— Seimone está dizendo que os pais dela vão pagar pelo nosso voo de volta. E nada mais. Eles não querem mais ter nada a ver conosco. Seimone está desconsolada. Ela vai ficar de coração partido com a minha ausência.

— Duvido, Rosa. Vai acontecer com ela o mesmo que aconteceu com Apinya. Um dia ela vai acordar e se dar conta do que você fez a ela.

— Apinya ainda é minha amiga. Nós nos falamos o tempo todo.

— Prove. Ligue para Apinya agora, e mostre pra mim como vocês são boas amigas.

— Agora ela está dormindo.

— Cadê o seu tablet? Me mostra a lista de chamadas feitas, para que eu possa ver quantas vezes você conversa com a sua querida e amada amiga Apinya.

Rosa dá de ombros, não se importando com o fato de que eu a peguei mentindo:

— Seimone é a minha melhor amiga em todo o universo. Somos muito mais próximas do que eu e Apinya éramos. Ela jamais vai me esquecer.

Nisso eu acredito. Vou sentir falta de Leilani. Tenho que ir visitá-la. Queria poder visitar Sojourner. Fecho os olhos.

— Em pouco tempo estarei de volta, morando com Seimone. Você vai ver só.

Ela está delirando.

— Gene e Lisimaya querem que você morra.

— Sem David, as coisas vão ser bem melhores — diz Rosa. — Vamos ficar só eu e você.

— E Sally?

— Sally não conta. Só eu e você.

— Não consigo pensar em nada pior. A não ser que seja a volta do David. Espero nunca mais ter que olhar para ele de novo. Para onde você acha que ele foi?

— Para bem longe. — Rosa dá de ombros.

— É uma pena que ele não tenha te levado também — digo. — Já que você é a preferida dele.

— Não sou uma assassina como David. Ele era a bomba-relógio, e não eu. Mas agora ele foi embora.

— Porque você se livrou dele. — À medida que digo isso, me dou conta de que Rosa também se livrou de Sojourner. Ela nunca ia empurrar Sojourner de um lance de escadas, só queria afastá-la de mim. Jamais vou perdoá-la.

— Eu te disse que eu era esperta. Nós somos iguais, eu e você. — Consigo ouvir o cereal crocante quebrando entre os dentes dela. — Temos os mesmos cérebros.

— Se isso fosse verdade, eu seria esperto também, não? Mas você sempre diz que eu não sou. — Se eu fosse esperto, teria fugido dessa família, de Rosa, anos atrás. Eu teria percebido o que o David é.

— Comparado a mim você não é, mas você é mais esperto do que a maioria das pessoas. Porque nós temos o mesmo cérebro.

— Não, Rosa, nós não temos.

— Achei que você não mentisse, Che. Nós dois vimos as tomografias.

— Eu não sou o meu cérebro. A médica disse que o resultado da minha tomografia não quer dizer que eu seja como você.

— *A médica disse...* — Rosa me imita.

— O meio ambiente e o DNA também contam. Não somos quem somos apenas pelo formato do nosso cérebro.

— Nós compartilhamos tudo isso também. — Rosa solta suas risadinhas. — Moramos juntos. Temos os mesmos pais.

— Não. Não é a mesma coisa. Sou sete anos mais velho do que você. Isso muda tudo. Pelos primeiros doze anos da minha vida, moramos na mesma casa em Sydney. Eu tinha estabilidade. Você passou a maior parte da vida se mudando de um lugar para o outro. Cinco países diferentes, um milhão de cidades diferentes, e casas e escolas e professores. Tem sido um caos. E ainda por cima, eu tive de cuidar de você. Sou o seu terceiro pai. Eu tomei conta de você, Rosa. Cuidar de você... me mudou. David te levava para os piores caminhos. Eu, não. Você...

— Eu que te salvei — diz Rosa. Nunca a vi com uma cara tão arrogante. — Se ter cuidado de mim é o motivo pelo qual você não é como eu, então *eu* sou a razão de você não ser um psicopata. Se eu não tivesse nascido, você seria como eu, Che. David teria te ensinado a ser um bom aprendiz de psicopata. Você é um cara legal *por minha causa*. Por que você não me agradece?

Dessa vez, Rosa não dá risadinhas, ela solta uma gargalhada.

ARRUMAR AS MALAS não me toma muito tempo. Dessa vez, não tem contêiner. Levamos na bagagem novamente só aquilo que podemos carregar. Tenho uma mala e uma mochila.

As coisas que eu quero levar não entram na mala, então deixo para trás alguns livros e a calça de moletom e a camiseta mais surradas do meu equipamento de boxe. Fico com pena de abandonar o pôster do Ali. Olho para os nós dos dedos dele cheios de cicatrizes, e depois, para os meus. Eles têm hematomas da última vez que fiz *sparring*. Queria encontrar uma maneira de dar o pôster de presente para Sojourner, mas ela me disse para eu não falar mais com ela.

Tudo o que quero fazer é falar com ela.

Tento me concentrar em voltar para casa. Em Georgie, Nazeem, Jason. Eles sabem que estou voltando. Jason, para variar, finge que não está nem aí.

Maneiro. Você pode vir pra minha próxima luta.

Georgie e Nazeem não param de fazer perguntas. Digo para eles que vou contar tudo quando chegar.

Mas não sei se vou conseguir. Não sei se quero contar para as pessoas sobre o ponto escuro no meu cérebro. Todos os trâmites com a polícia acabaram aqui. A morte da irmã mais nova de Leilani McBrunight foi anunciada como um acidente, e foi pouco divulgada. Leilani só é conhecida num nicho do mundo da moda.

Enquanto dobro as camisas macias que a Leilani comprou para mim, sinto vontade de chorar. Eu não vou sentir saudades só da Sojourner.

Tem alguma recomendação de como devo dobrar as roupas chiques que você comprou pra mim?

Em vez de me mandar uma mensagem de volta, Leilani me liga por vídeo.

— Você tem lenço de papel?

— Você cortou o cabelo! — O cabelo dela está mais curto do que o meu; um corte raspado à máquina que a deixa com cara de detenta. — Você passou máquina dois?

Leilani concorda com a cabeça.

— Ele estava comprido demais, então... — Ela estala os dedos. — Corte. Você também está precisando de um.

É verdade. Meu cabelo está caindo sobre os meus olhos. Puxo ele para trás.

— Não tive tempo. — Ou dinheiro. Ou vontade. Meu cabelo não é importante.

— Lenço de papel?

— Não.

— Você tem um monte de camisetas velhas. Use isso. Mas escolha uma limpa! Bote as camisas estendidas entre as suas camisetas e se certifique de que as etiquetas das suas camisetas não entrem em contato com as camisas. As etiquetas são de plástico. — Ela treme. — Essas etiquetas podem causar estragos em tecidos de qualidade. É melhor cortá-las. Dobre as camisas no menor tamanho possível para evitar que amarrotem. Assim que você aterrissar, pendure tudo em cabides modelados, e não em cabides comuns de arame!

Faço uma saudação a ela.

Leilani faz uma mesura.

— Obrigado — digo. — Pelas dicas, pelas roupas... por ter me ensinado a dar valor a isso.

— De nada — responde ela como se fosse uma atendente de telemarketing. Mas posso perceber que ela está sendo sincera.

— E por me ensinar sobre Nova York.

— Não tem de quê.

— Obrigado também pelo seu gênio instigante.

— Sempre.

Ela olha para outro lado brevemente.

— Vou sentir saudade de você — digo.

Leilani sorri.

— Principalmente da sua risada.

— Ah, cala a boca! Vou te mandar um toque de celular da minha risada se você não tomar cuidado.

— Por favor! É tudo o que eu mais quero.

— Mas vamos voltar a nos ver, Che. Você vai se afastar da Rosa, né? — Ela se aproxima da tela, e agora só vejo os olhos dela. — Me promete?

Concordo com a cabeça.

— Prometo.

— Quando você tiver um tempo livre, vou te visitar, não importa onde você estiver. Te prometo.

— Eu vou adorar.

Ela faz uma careta para aliviar a tensão.

— Quero conhecer sua amiga Georgie.

— Ela também quer te conhecer — digo. Tento pensar em alguma coisa mais leve para dizer; em vez disso, suspiro. — Se você vir Sojourner, diga a ela que eu a amo.

Leilani faz que sim com a cabeça

— Agora não. Talvez daqui a algum tempo. Jaime disse que foi muito difícil para Sid terminar com você.

Sinto um aperto na garganta. Faz menos de um dia que terminamos, e desde então eu tenho vontade de mandar mensagens para ela praticamente a cada minuto que passa.

— Estou morrendo de saudade dela — sussurro.

Leilani olha para o outro lado. Eu não deveria ter dito isso. Perder Sojourner não é nada comparado a Leilani perder a irmã.

— Estou com saudades da Maya também — digo.

— Será que algum dia a dor vai passar? — Ela não tenta esconder. A dor está estampada no rosto dela.

— Ela tem que passar — respondo. Mas eu não sei se acredito nisso.

CAPÍTULO 42

— Não tem muitos botões.

Rosa está sentada entre Sally, que está na janela, e eu, no corredor. Não estamos na classe executiva. Rosa não está feliz com isso.

Na classe da ralé, consigo sentir o cheiro entranhado do suor das milhares de pessoas que usaram estes assentos antes de nós. Mas o ar é o mesmo: recirculado, com gosto de plástico reciclado, e sem nenhuma umidade. Minha língua já está grudando no céu da boca.

— Eles bem que podiam ter comprado passagens de primeira classe. Isso é maldade com a gente. Você pelo menos pediu para eles comprarem passagens na classe executiva? — pergunta Rosa para Sally.

Nossa mãe não responde. Ela apoia a bochecha contra a janela e olha para as nuvens. Ela falou pouco desde que nós três tivemos nossa primeira conversa sincera. Conversar não cura a dor de um coração partido e de uma alma arrasada. Falar com Rosa potencializa isso.

Queria poder dizer para Sally que eu também estou com o coração partido. Mas acho que ela não acredita que eu tenho um coração.

Penso na minha lista. Consegui tudo o que queria: uma namorada, fazer *sparring*, e agora estamos voltando para Sydney. Consegui tudo, menos o primeiro item: *Manter Rosa sob controle*. Nunca vou conseguir fazer isso. Eu devia contar para ela sobre isso. Seria uma maneira perfeita de explicar para ela o que é a ironia dramática.

— Sally — diz Rosa. — Quando chegarmos em Sydney, posso ganhar um cachorro? Eu não matei o meu cachorro de mentira.

Sally não demonstra qualquer reação.

— Aposto que se você tivesse pedido, os McBrunight teriam comprado para nós passagens na classe executiva. O custo disso não seria nada para eles. Eles podiam comprar um avião inteiro se quisessem. Eles *deviam* comprar um avião para nós. Eu salvei Seimone da cadeira elétrica e eles nem me agradeceram.

— Em Nova York não tem pena de morte — falo para ela. — E, se tivesse, eles não usariam a cadeira elétrica, e certamente não executariam uma garotinha rica. Além disso, a polícia não ia indiciar ninguém mesmo.

— Ainda assim, eu salvei a pele dela. Por isso ela me deu isso aqui. — Rosa tira um colar de debaixo da camisa; um coração de rubi pendendo de uma corrente de ouro. — Seimone me deu o colar da Maya. Ela diz que agora somos gêmeas.

Uma onda de enjoo invade o meu corpo. Cubro a boca com a mão e saio correndo do meu assento para o corredor e o banheiro. O vômito me queima o esôfago e a boca antes de cair na privada. Sinto um gosto ácido, de alface, pão e queijo. O enjoo volta repetidas vezes. Vomito até que não tenho nada mais para expelir além de bile.

Quando me viro para lavar as mãos e o rosto, reparo no branco dos meus olhos, que agora está vermelho, no espelho. Hemorragia subconjuntival. Tem uma aparência horrível, mas vasos sanguíneos estourados não são nada. Eles são o oposto de Rosa, que é bem pior do que parece.

Encho um copinho de papel com água, bochecho e cuspo. Fico surpreso toda a vez que vejo os meus olhos.

Quando volto a me sentar, Rosa está tomando uma Coca Cola. O tipo de coisa que Sally jamais permitiria que ela fizesse. Ela olha para mim e ri:

— Você está com olhos de demônio.

— Quando você roubou esse colar? — Maya o estava usando quando morreu.

— Eu não precisei roubar. Só precisei pedir. Seimone me adora.

Ela balança as pernas para a frente e para trás, quase chutando o assento na frente dela. Esse não é um tipo interessante de problema para se arrumar. É fácil demais. Ela vai pensar em alguma outra coisa.

Tenho certeza absoluta de que ela vai arrumar mais confusão. Rosa afugentou Sojourner, arruinou Sally, se livrou de David, e me destruiu. Tenho certeza de que todas essas emoções vão fazer com que ela queria fazer isso de novo; fazer algo pior.

Não consigo deixar de pensar numa coisa que Rosa disse quando tinha 4 anos:

— *Posso te fazer chorar se eu quiser.*

Na época, eu ri.

— *Consigo suportar bastante dor, garota. Mas vai em frente, me dá um soco.*
— *Não estou falando de dor física, bobo.*
— *De que tipo de dor você está falando, então?*
Rosa apontou para o meu coração.
Ela tinha razão. Ela sempre teve razão.

AGRADECIMENTOS

Tayari Jones me deu a ideia inicial de escrever uma versão para jovens de *The Bad Seed*, o maravilhoso livro escrito por William March em 1954, quando ela escreveu sobre ele no Twitter. Ela me inspirou a reler o livro e a estudar sobre como as pesquisas acerca dos psicopatas mudaram. E mudaram bastante, na verdade.

Também me inspirei observando minha fantástica e fabulosa sobrinha, Lyra Larbalestier Bern, enquanto ela aprendia a rir, andar, falar e a se tornar uma pessoinha amorosa e cheia de empatia. Observar Lyra me ajudou a imaginar todas as maneiras como Rosa é diferente dela.

Nadine Champion, minha treinadora de boxe, é uma das pessoas mais incríveis que já conheci. Ela me ensinou tudo o que sei sobre a fina arte do pugilismo, e influenciou muito este livro. Se não fosse por ela, eu jamais teria feito *sparring* e aprendido tantas coisas sobre mim que eu não sabia.

Jill Grinberg é minha agente faz mais de dez anos. Agradeço por isso todos os dias. Obrigada. Também quero agradecer à equipe maravilhosa da Jill Grinberg Literary Management: Katelyn Detweiler, Cheryl Pientka e Denise St. Pierre.

Muito obrigada a todos da Soho Press, principalmente Daniel Ehrenhaft, Meredith Barnes e Rachel Kowal. E também a todos da Allen and Unwin, principalmente Jodie Webster, Hilary Reynolds e Clare Keighery. Fico muito feliz de ter casas maravilhosas nos meus dois países: os Estados Unidos e a Austrália.

Agradeço a Lili Wilkinson e Anna Grace Hopkins por terem me indicado leituras sobre empatia.

Agradeço aos meus primeiros leitores: Jack Heath, Alaya Dawn Johnson, Daniel José Older, Meg Reid, Tim Sinclair, Scott Westerfeld e Sean Williams. Minhas desculpas sinceras pela qualidade do original. Agora está muito melhor. Com certeza.

Um obrigado especial para Scott Westerfeld, Jill Grinberg, Meg Reid e Alaya Dawn Johnson, que, pagando os seus pecados, leram várias provas do livro. (Eles aparecem em ordem de quantas provas leram.)

Jill Grinberg e Denise St. Pierre me forneceram observações cruciais. Devo muito a vocês.

Agradeço a Coe Booth, Jessie Devine, Sarah Dollard, Emily Jenkins, Alaya Dawn Johnson, Bronwyn King, Gemma Kyle, Jan Larbalestier, Jason Reynolds e Lili Wilkinson por seus comentários em provas posteriores. Eles foram fundamentais. Principalmente aqueles comentários sobre a falta de continuidade, Lili e Sarah! Fico feliz que essas falhas não tenham passado. Coe, Emily e Alaya salvaram este livro ao apontar mais trechos ainda que deveriam ser suprimidos. Às vezes é difícil ver as árvores quando se está no meio da maldita floresta. Jessie Devine me deu dicas muito úteis sobre como escrever o personagem Elon. Qualquer comentário equivocado sobre gênero que tenha passado é culpa minha.

O nome da família McBrunight é uma mistura do nome de várias jogadoras do Minnesota Lynx que integraram a equipe vencedora do campeonato da WNBA de 2013. A vitória delas foi um incrível trabalho em equipe, então houve muita especulação sobre quem iria receber o prêmio de jogadora mais valiosa da liga de basquete. Richard Cohen, um conhecido blogueiro do esporte, escreveu no Twitter que o prêmio deveria ir para o time todo, e inventou uma mistura dos nomes delas. Eu disse a ele que iria incluir esses nomes no meu próximo livro, e foi isso o que fiz. Janine (Mc)Carville, Rebecca (Brun)son, Monica Wr(ight) = McBrunight. O nome Maya é em homenagem a Maya Moore, e Seimone, a Seimone Augustus. Pronuncia-se da mesma maneira que *Simone*. Lisimaya é uma combinação de Maya e Lindsay Whalen. (Ok, Lisi ter vindo de Lindsay é um pouco de exagero, mas soa melhor.) O nome Leilani é em homenagem a uma das minhas jogadoras de basquete favoritas: Leilani Mitchell. Não, ela não fazia parte desse time vencedor. Eu só adoro ela mesmo.

Como sempre, agradeço muito à minha família querida e muito normal, composta por Jan Larbalestier, John Bern, Niki Bern, Lyra Larbalestier Bern e Scott Westerfeld.

Este livro foi composto na tipologia Janson Text LT Std,
em corpo 10,5/15,15, e impresso em papel offwhite
no Sistema Cameron da Divisão Gráfica
da Distribuidora Record.